UNA ANTORCHA EN LAS TINIEBLAS

UNA ANTORCHA EN LAS TINIEBLAS

SABAA TAHIR

Traducción de Raúl Rubiales

UMBRIEL

Argentina • Chile • Colombia • España
Estados Unidos • México • Perú • Uruguay

Título original: *A Torch Against the Night*
Editor original: Razorbill, un sello de Penguin Random House
Traducción: Raúl Rubiales

1.ª edición: enero 2024

Plaza de los Reyes Magos, 8, piso 1.º C y D – 28007 Madrid
www.umbrieleditores.com

ISBN: 978-84-19030-78-8
E-ISBN: 978-84-19936-22-6
Depósito legal: M-32.266-2023

Fotocomposición: Ediciones Urano, S.A.U.
Impreso por Romanyà Valls, S.A. – Verdaguer, 1 – 08786 Capellades (Barcelona)

Impreso en España – *Printed in Spain*

Para mi madre, mi padre, Mer y Boon.
Todo lo que soy, os lo debo a vosotros.

PRIMERA PARTE

HUIDA

I: *Laia*

¿*Cómo nos han encontrado tan rápido?*

Detrás de mí, las catacumbas devuelven el eco de unos gritos airados y el chirrido del metal. Mis ojos pasan a toda velocidad por las calaveras sonrientes que adornan las paredes. Creo que puedo oír las voces de los muertos.

Sé ligera, sé veloz, parece que me susurran. *A menos que quieras unirte a nuestras filas.*

—Más rápido, Laia —me azuza mi guía. Su armadura centellea mientras se apresura por delante de mí a través de las catacumbas—. Los perderemos si no nos apresuramos. Conozco un túnel para huir que lleva fuera de la ciudad. Una vez que lleguemos allí, estaremos a salvo.

Oímos un rasguño detrás de nosotros, y los ojos claros de mi guía miran por encima de mi hombro. Su mano se convierte en un borrón marrón y dorado cuando vuela hacia la empuñadura de la cimitarra que lleva cruzada a la espalda.

Un movimiento simple cargado de amenaza. Un recordatorio de que no se trata solo de mi guía. Es Elias Veturius, heredero de una de las familias más importantes del Imperio. Había sido un máscara, un soldado de élite del Imperio marcial. Y es mi aliado, la única persona que me puede ayudar a salvar a mi hermano, Darin, de una infame prisión marcial.

Elias se planta a mi lado con un solo paso. Con otro, se pone delante, moviéndose con una gracia antinatural para alguien tan voluminoso. Juntos nos asomamos hacia el túnel que acabamos de cruzar. El pulso me palpita en las sienes. Cualquier rastro de júbilo por destruir la academia Risco Negro o rescatar a Elias de ser ejecutado se desvanece. El Imperio nos persigue. Si nos atrapa, moriremos.

El sudor me empapa la camisa, pero a pesar del calor repugnante de los túneles, un escalofrío me recorre la piel y me eriza el vello de la nuca. Me parece oír un gruñido, como el de una criatura maliciosa y hambrienta.

Apresúrate, me grita mi instinto. *Sal de aquí.*

—Elias —susurro, pero me pone un dedo en los labios, «Shh», y saca uno de los cuchillos de la media docena que lleva atada a lo largo del pecho.

Desenfundo una daga del cinturón e intento oír por encima de los crujidos de las tarántulas del túnel y de mi propia respiración. La sensación de hormigueo de ser observada desaparece, reemplazada por algo peor: el olor de brea y llama, voces que suben y bajan que se están acercando.

Soldados imperiales.

Elias me toca los hombros y apunta hacia sus pies y luego a los míos. *Pisa donde yo piso.* Voy con tanto cuidado que no me atrevo ni a respirar, y le sigo el paso mientras se da la vuelta y se dirige raudo lejos de las voces.

Llegamos a una bifurcación en el túnel y viramos a la derecha. Elias señala con la cabeza hacia un agujero profundo en la pared que le llega hasta el hombro, vacío aparte de un ataúd de piedra apoyado sobre el lateral.

—Adentro —susurra—, hasta el fondo.

Me escurro dentro de la cripta, reprimiendo un escalofrío ante el chirrido de la tarántula que reside ahí. Una cimitarra que forjó Darin cuelga de mi espalda y la empuñadura repiquetea sonoramente contra la piedra. *Deja de moverte, Laia... No importa lo que haya merodeando por aquí.*

Elias se mete en la cripta después de mí y su altura lo obliga a medio agacharse. En el espacio estrecho, nuestros brazos se rozan, y suelta un suspiro pronunciado. Pero cuando levanto la vista, tiene el rostro inclinado hacia el túnel.

Incluso bajo la tenue luz, el color gris de sus ojos y las líneas marcadas de su mandíbula son sorprendentes. Siento una sacudida en el estómago… no estoy acostumbrada a su cara. Hace tan solo una hora, mientras escapábamos de la destrucción en la que he sumido Risco Negro, sus rasgos estaban ocultos por una máscara plateada.

Ladea la cabeza, aguzando el oído mientras los soldados se acercan. Caminan rápido, sus voces retumban por las paredes de las catacumbas como chillidos entrecortados de aves rapaces.

— … probablemente haya ido hacia el sur. Si tuviera medio cerebro, claro.

—Si tuviera medio cerebro —interviene un segundo soldado—, habría pasado la cuarta prueba y no nos habrían endosado a esa escoria plebeya como Emperador.

Los soldados entran en el túnel donde nos escondemos, y uno mete su lámpara en la cripta que está justo enfrente de la nuestra.

—Por los infiernos. —Se retira rápidamente cuando ve lo que sea que acecha en el interior.

Nuestra cripta es la siguiente. El estómago me da un vuelco y mi mano tiembla, aferrada a la daga.

A mi lado, Elias saca otra hoja de su funda. Tiene los hombros relajados y empuña los cuchillos sin apretar. Pero cuando le consigo ver la cara, frente arrugada y mandíbula apretada, el corazón se me encoge. Me devuelve la mirada, y durante un segundo puedo ver su angustia. No tiene ningún deseo de darles muerte a estos hombres.

Pero si nos ven alertarán a los demás guardias que hay aquí abajo, y aparecerán soldados imperiales en cada esquina. Le aprieto el antebrazo a Elias. Se pone la capucha sobre la cabeza y se sube un pañuelo negro para ocultar el rostro.

Los soldados se acercan con pasos retumbantes. Puedo olerlo: sudor, metal y suciedad. Elias agarra las armas con más fuerza. Su cuerpo está tenso como un gato salvaje justo antes de arremeter. Me llevo una mano a mi brazalete, un regalo de mi madre. Bajo mis dedos, su contorno familiar es como un bálsamo.

El soldado llega al borde de la cripta. Levanta la lámpara...

De repente, un poco más abajo del túnel, se oye un golpe sordo. Los soldados se giran, desenfundan el metal y corren a investigar. En cuestión de unos segundos, la luz de sus lámparas desaparece y los sonidos de sus pisadas se hacen más y más distantes.

Elias suelta un suspiro contenido.

—Vamos —me indica—. Si esa patrulla estaba barriendo el área, habrá más. Tenemos que llegar al pasaje de huida.

Salimos de la cripta y un temblor zarandea los túneles, sacudiendo el polvo y enviando huesos y calaveras al suelo con un repiqueteo. Trastabillo, y Elias me agarra del hombro, me pone de espaldas contra la pared y se yergue a mi lado. La cripta permanece intacta, pero el techo del túnel suelta un crujido siniestro.

—Por todos los cielos, ¿qué ha sido eso?

—Parecía un terremoto. —Elias se aparta un paso de la pared y levanta la vista al techo—. Solo que en Serra no hay terremotos.

Avanzamos por las catacumbas con más urgencia. Con cada paso espero oír otra patrulla y ver las antorchas en la distancia.

Cuando Elias se detiene, es tan repentino que me choco con su ancha espalda. Hemos entrado en una cámara funeraria circular con un techo bajo abovedado. Dos túneles se ramifican delante de nosotros. En uno centellean antorchas, casi demasiado lejos como para distinguirlas. Las criptas agujerean las paredes de la cámara, cada una custodiada por una estatua de piedra que representa a un hombre con armadura. Bajo sus cascos, las calaveras nos observan. Me estremezco y me acerco más a Elias.

Pero él hace caso omiso a las criptas, a los túneles y a las antorchas distantes.

Se limita a observar a la niña pequeña que está en el centro de la cámara.

Va vestida con ropa raída y tiene la mano apretada contra una herida que le sangra en el costado. Sus rasgos finos la definen como una académica, pero cuando intento verle los ojos, baja la cabeza y su pelo negro le cubre la cara. *Pobrecita*. Las lágrimas le hacen un surco por las mejillas mugrientas.

—Por los diez infiernos, cada vez somos más aquí abajo —masculla Elias. Da un paso hacia la niña con la mano tendida, como si estuviera tratando con un animal asustado—. No deberías estar aquí, bonita —dice con voz amable—. ¿Estás sola?

La niña emite un pequeño sollozo.

—Ayudadme —susurra.

—Déjame ver ese corte. Puedo vendártelo. —Elias se arrodilla sobre una pierna para estar a su altura, igual que hacía mi abuelo con sus pacientes más jóvenes. La niña se mantiene alejada de él y mira hacia mí.

Doy un paso adelante, aunque mis instintos me urgen a ser precavida. La niña me observa.

—¿Me puedes decir tu nombre, pequeña? —le pregunto.

—Ayudadme —repite. Hay algo en la manera como evita mirarme a los ojos que hace que se me erice la piel. Pero, claro, probablemente el Imperio la haya maltratado, y ahora está frente a un marcial que va armado hasta los dientes. Debe de estar aterrorizada.

La niña da un paso atrás, y miro hacia el túnel iluminado por las antorchas. Las antorchas significan que estamos en territorio del Imperio. Solo es cuestión de tiempo que aparezcan los soldados.

—Elias. —Señalo con la cabeza hacia las antorchas—. No tenemos tiempo. Los soldados…

—No podemos dejarla aquí. —Su culpabilidad es clara como el agua. Las muertes de sus amigos hace unos días durante la tercera prueba le pesan; no quiere causar ninguna más. Y es lo que ocurrirá si dejamos a esta niña aquí sola para que se muera por las heridas—. ¿Tienes algún familiar en la ciudad? —le pregunta Elias—. ¿Necesitas…?

—Plata. —Ladea la cabeza—. Necesito plata.

Elias arquea las cejas. No puedo culparlo. Tampoco es la respuesta que yo estaba esperando.

—¿Plata? —repito—. Nosotros no…

—Plata. —Se desplaza arrastrando los pies de lado como un cangrejo. Creo ver el destello de un ojo a través de su pelo caído. Qué extraño—. Monedas. Un arma. Joyas.

Me mira al cuello, a las orejas, a las muñecas. Con esa mirada se delata.

Advierto los orbes negros como el alquitrán donde deberían estar sus ojos y voy en busca de mi daga. Pero Elias ya está enfrente de mí con las cimitarras que destellan en sus manos.

—¡Aléjate! —le grita a la niña, actuando como el máscara que es.

—Ayudadme. —La niña deja que el pelo le caiga sobre la cara una vez más y se lleva las manos a la espalda, una caricatura retorcida de un niño persuasivo—. Ayuda.

Ante la visible repulsión que me causa, sus labios se contraen en una sonrisa maliciosa que me parece obscena en su cara dulce. Y entonces gruñe, el sonido gutural que había oído antes. Es lo que había notado que nos observaba. Es la presencia que sentía en los túneles.

—Sé que tenéis plata. —Un hambre rabiosa subyace en la voz de la criatura con forma de niña pequeña—. Dádmela. La necesito.

—Apártate de nosotros —le ordena Elias—, antes de que te corte la cabeza.

La chica, o lo que sea eso, ignora a Elias y fija los ojos en mí.

—Tú no lo necesitas, pequeña humana. Te daré algo a cambio. Algo maravilloso.

—¿Qué eres? —susurro.

De repente, sacude los brazos y las manos le brillan con una extraña luz verdosa. Elias se lanza hacia ella, pero lo evita y me agarra la muñeca y me aprieta los dedos. Grito, y mi brazo brilla durante menos de un segundo antes de salir despedida hacia atrás, aullando y apretándome la mano como si estuviera en llamas. Elias me recoge del suelo donde he caído, me pone en pie y le lanza una daga a la niña al mismo tiempo. La criatura la esquiva, todavía chillando.

—¡Niña tramposa! —Se mueve rápido mientras Elias arremete contra ella de nuevo, sus ojos solo se fijan en mí—. ¡Astuta! Me preguntas lo que soy, pero ¿qué eres tú?

Elias salta hacia ella y le desliza una de sus cimitarras por el cuello. No es lo bastante rápido.

—¡Asesino! —le grita mientras lo esquiva dando vueltas—. ¡Exterminador! ¡Eres la misma muerte! ¡Parca andante! Si tus pecados fueran sangre, niño, te ahogarías en tu propio río.

Elias retrocede con el asombro reflejado en los ojos. Unas luces parpadean en el túnel. Tres antorchas se mueven rápidas hacia nosotros.

—Vienen los soldados. —La criatura se gira para mirarme—. Los mataré por ti, chica de ojos miel. Abriré sus gaznates. Ya he despistado a los otros que te perseguían, en el túnel de antes. Lo volveré a hacer. Si me das tu plata. Él la quiere. Nos recompensará si se la llevamos.

Por los cielos, ¿quién es él? No se lo pregunto, me limito a levantar la daga como respuesta.

—¡Estúpida humana! —La niña aprieta los puños—. Él te lo arrebatará. Encontrará la manera. —Se gira hacia el túnel—. ¡Elias Veturius! —Me encojo. El grito que profiere es tan alto que probablemente la hayan oído hasta en Antium—. ¡Elias Vetu...!

Sus palabras mueren cuando la cimitarra de Elias le perfora el corazón.

—Efrit, efrit que en la cueva reside —dice. El cuerpo de la niña se desliza por el arma y cae al suelo con un golpe sordo, como

una roca que se desprende—. *Ama la oscuridad pero a la hoja teme*. Es una antigua rima. —Enfunda la cimitarra—. Nunca me había dado cuenta de lo útil que era hasta hace poco.

Elias me agarra la mano y salimos a toda prisa siguiendo el túnel oscuro. Tal vez, por algún milagro, los soldados no han oído a la niña. Tal vez no nos hayan visto. *Tal vez, tal vez…*

No tenemos esa suerte. Oigo un grito y el estruendo de las pisadas que nos persiguen.

II: Elias

Tres auxiliares y cuatro legionarios, a unos quince metros detrás de nosotros. Mientras corro hacia delante, giro la cabeza para calcular su avance. Actualicemos a seis auxiliares, cinco legionarios, doce metros.

Más soldados del Imperio invadirán las catacumbas a cada segundo que pase. A estas alturas, un mensajero habrá corrido a avisar a las patrullas vecinas, y los tambores esparcirán la alerta por todo Serra: *Avistado Elias Veturius en los túneles. Todos los escuadrones, asistid.* No hace falta que los soldados estén seguros de mi identidad, nos darán caza igualmente.

Doy un giro abrupto a la izquierda por un túnel lateral y tiro de Laia conmigo, mientras mi mente salta de un pensamiento a otro. *Quítatelos de encima rápido, mientras todavía tengas la oportunidad. Si no...*

No, gruñe el máscara dentro de mí. *Detente y mátalos. Solo son once. Fácil. Podrías hacerlo con los ojos cerrados.*

Debería haber matado al efrit en la cámara mortuoria de inmediato. Helene se reiría de mí si supiera que he intentado ayudar a la criatura en vez de reconocerla por lo que era en realidad.

Helene. Me jugaría las espadas a que ahora mismo está en una sala de interrogatorio. Marcus... O Emperador Marcus, como lo llaman ahora, le ordenó que me ejecutara. No lo consiguió. Y lo que es peor, fue mi confidente más cercana durante catorce años. Ninguno de esos pecados saldrá impune, no ahora que Marcus posee el poder absoluto.

Helene sufrirá a manos de él. Por mi culpa. Vuelvo a oír al efrit. *¡Parca andante!*

Me asaltan a la mente recuerdos de la tercera prueba. Tristas, que muere por la espada de Dex. Demetrius y Leander, que sucumben.

Un grito más adelante me devuelve al presente. *El campo de batalla es mi templo.* El antiguo mantra de mi abuelo vuelve a mí cuando más lo necesito. *La punta de mi espada es mi sacerdote. La danza de la muerte es mi plegaria. El golpe de gracia es mi liberación.*

A mi lado Laia jadea y arrastra el cuerpo. Me está ralentizando. *Podrías dejarla atrás,* me susurra una pérfida voz. *Te moverías más rápido si fueras solo.* Aplasto la voz. Aparte del hecho obvio de que le prometí ayuda a cambio de mi libertad, sé que Laia haría lo que fuera por llegar a la prisión de Kauf, hasta su hermano, y eso incluye intentar llegar hasta allí ella sola.

Y en ese caso, moriría.

—Más rápido, Laia —le insisto—. Están demasiado cerca. —Empieza a correr algo más deprisa. Dejamos atrás paredes plagadas de calaveras, huesos, criptas y telarañas. Estamos mucho más al sur de donde deberíamos estar. Hace mucho que nos hemos saltado el túnel de huida en el que escondí provisiones para varias semanas.

Las catacumbas tiemblan y se zarandean, y los dos nos vamos al suelo. El hedor a fuego y muerte se filtra a través de una rejilla de cloaca que está justo encima de nosotros. Unos momentos después, una explosión se extiende por el aire. No pierdo el tiempo pensando en qué ha podido ser. Lo que importa es que ha entorpecido el avance de los soldados que tenemos detrás, tan recelosos como nosotros de la inestabilidad de los túneles. Aprovecho la oportunidad para alejarnos unos doce metros más de ellos. Atajo por un túnel lateral y me oculto en las sombras profundas de una alcoba medio derruida.

—¿Crees que nos encontrarán? —susurra Laia.

—Con un poco de suerte, no…

Una luz destella en la dirección en la que íbamos, y oigo el ritmo marcado de los pisotones de las botas. Dos soldados entran en el túnel y nos iluminan claramente con las antorchas. Se detienen durante un segundo, desconcertados, tal vez por la presencia de Laia y por la ausencia de mi máscara. Entonces, se fijan en mi armadura y en mis cimitarras, y uno de ellos suelta un silbido penetrante que atraerá a cualquier soldado que pueda oírlo.

Mi cuerpo toma el mando. Antes de que cualquiera de los soldados pueda desenfundar sus espadas, ya les he lanzado unos cuchillos, que se clavan en la carne suave de sus cuellos. Caen lentamente y las antorchas chisporrotean en el suelo húmedo de la catacumba.

Laia sale de la alcoba con una mano en la boca.

—E-Elias…

Me lanzo de nuevo a la alcoba, tirando de ella y desenvainando un palmo las cimitarras. Me quedan cuatro cuchillos por lanzar. *No son suficientes.*

—Me encargaré de tantos como pueda —le digo—. No te metas en medio. Por más mala que parezca la situación, no interfieras, no me intentes ayudar.

Las últimas palabras abandonan mis labios mientras los soldados que nos perseguían aparecen por el túnel a nuestra izquierda. A cinco metros de distancia. A cuatro. En mi mente, los cuchillos ya han salido volando y han alcanzado sus objetivos. Salgo disparado de la alcoba y los lanzo. Los cuatro primeros legionarios caen en silencio, uno tras otro, tan sencillo como segar el cereal. El quinto cae por un tajo de mi cimitarra. La sangre caliente sale a borbotones, y siento cómo me sube la bilis. *No pienses. No te aflijas. Limítate a despejar el camino.*

Seis auxiliares aparecen detrás de los cinco primeros. Uno me salta a la espalda, y lo despacho con un codazo en la cara. Un instante después, otro soldado se abalanza sobre mí.

Cuando le estampo la rodilla en los dientes, suelta un aullido y se agarra la nariz rota y la boca ensangrentada. *Giro, patada, paso al lado, golpea.*

Detrás de mí, Laia grita. Un auxiliar la arrastra fuera de la alcoba por el cuello y sostiene un cuchillo en su garganta. Su mirada maliciosa se convierte en un aullido. Laia le ha clavado una daga en el costado. La saca y el auxiliar se tambalea hacia atrás.

Me giro hacia los últimos tres soldados. Huyen.

En unos segundos, recupero mis armas. A Laia le tiembla el cuerpo entero mientras examina la carnicería que nos rodea: siete muertos. Hay tres heridos que gimen e intentan ponerse en pie.

Cuando Laia me mira, tiene los ojos desorbitados de la impresión que le da ver mis cimitarras y mi armadura ensangrentadas. La vergüenza me inunda, con tanta fuerza que desearía que me comiera la tierra. Ahora ve el verdadero interior de mi miserable ser. *¡Asesino! ¡Parca andante!*

—Laia... —empiezo a decir, pero un gruñido bajo atraviesa el túnel y el suelo se agita. A través de las rejillas de las cloacas, nos llegan gritos, alaridos y el retumbar ensordecedor de una explosión enorme.

—Por los infiernos, ¿qué...?

—Es la Resistencia académica —grita Laia por encima del ruido—. ¡Se están rebelando!

No llego a preguntarle cómo sabe ese fascinante dato, porque justo en ese instante capto un destello plateado revelador en el túnel a nuestra izquierda.

—¡Por los cielos, Elias! —La voz de Laia se ahoga, tiene los ojos muy abiertos. Uno de los máscaras que se acerca es enorme, me saca mucha edad y no lo reconozco. El otro es una figura pequeña, casi diminuta. La calma reflejada en su rostro enmascarado contradice la furia escalofriante que emana de ella.

Mi madre. La comandante.

Las pisadas de botas retruenan a nuestra derecha mientras los silbidos atraen a más soldados, si cabe. *Atrapados.*

El túnel vuelve a gruñir.

—Ponte detrás de mí —le ordeno a Laia. No me oye—. Laia, maldita sea, ponte... Buf...

Laia se arroja directamente a mi estómago, un salto desesperado y torpe tan inesperado que caigo hacia atrás en dirección a una de las criptas de la pared. Paso directamente a través de las gruesas telarañas que hay encima de la cripta y aterrizo de espaldas encima de un ataúd de piedra. Laia tiene medio cuerpo encima de mí y el otro medio acuñado entre el ataúd y la pared de la cripta.

La combinación de telarañas, cripta y chica cálida me desconcierta, y apenas soy capaz de tartamudear:

—¿Estás loc...?

BUM. El techo del túnel en el que estábamos hace nada se derrumba de golpe con un estruendo intensificado por el rugido de las explosiones de la ciudad. Sitúo a Laia debajo de mí con los brazos a ambos lados de su cabeza para protegerla de la explosión. Pero es la cripta la que nos salva. Tosemos por la nube de polvo desatada por las explosiones y soy muy consciente de que, si no fuera por la agilidad mental de Laia, ambos estaríamos muertos.

El estrépito cesa, y la luz del sol se filtra a través del polvo. Nos llegan gritos desde la ciudad. Con cuidado, me quito de encima de Laia y me giro hacia la entrada de la cripta, que está medio bloqueada por fragmentos de roca. Me asomo hacia lo que queda del túnel, que no es demasiado. Se ha desplomado por completo y no se ve ni un máscara.

Salgo reptando de la cripta, medio arrastrándome, medio cargando a Laia, que todavía sigue tosiendo, por encima de los escombros. Tiene la cara manchada de polvo y sangre, que puedo confirmar que no es suya, e intenta agarrar la cantimplora. Se la pongo en los labios. Tras unos pocos tragos, consigue ponerse en pie.

—Puedo… puedo andar.

Las rocas obstruyen el túnel a nuestra izquierda, pero una mano enfundada las está apartando. Los ojos grises de la comandante y su pelo rubio centellean a través del polvo.

—Vamos. —Me subo el cuello para ocultar el tatuaje en forma de diamante de Risco Negro que tengo en la nuca. Trepamos fuera de las ruinas de las catacumbas hacia las bulliciosas calles de Serra.

Por los diez infiernos ardientes.

Nadie parece haberse dado cuenta de que una de las calles se ha hundido hacia las catacumbas; todos están demasiado ocupados observando una columna de fuego que se eleva hacia el cálido cielo azul: la mansión del gobernador, encendida como una pira funeraria bárbara. Alrededor de los portones negros y en la inmensa plaza que hay enfrente, decenas de soldados marciales están inmersos en una batalla campal con cientos de rebeldes vestidos de negro: son luchadores de la Resistencia académica.

—¡Por aquí! —Voy en dirección contraria a la mansión del gobernador, llevándome por delante a dos luchadores rebeldes que se acercan mientras avanzo, y me dirijo hacia la siguiente calle. Pero el fuego se propaga por allí, extendiéndose rápidamente, y los cuerpos se desperdigan por el suelo. Agarro a Laia de la mano y corro hacia otra calle lateral, donde descubro la misma brutalidad que en la primera.

Por encima del chasquido de las armas, los gritos y el rugido de las llamas, los tambores de las torres de Serra suenan frenéticamente solicitando tropas de refuerzo del Distrito Ilustre, del Distrito Extranjero y del Distrito de Armas. Otra torre informa de mi localización cerca de la mansión del gobernador y ordena a todas las tropas disponibles que se unan a la persecución.

Nada más hemos dejado la mansión atrás, una cabeza de pelo rubio claro emerge de los escombros del túnel derrumbado. *Maldita sea.* Estamos en medio de la plaza, al lado de una fuente cubierta de ceniza decorada con la estatua de un caballo piafante. Coloco a Laia de espaldas a ella y nos agachamos, buscando desesperadamente una ruta de escape antes de que la comandante o uno de los marciales nos localice. Pero parece ser que cada edificio y cada calle colindante con la plaza están en llamas.

¡Busca más! En cualquier momento, la comandante se internará en la refriega de la plaza y usará sus terribles habilidades para abrirse camino a través de la batalla para encontrarnos.

Vuelvo a mirarla mientras se quita el polvo de la armadura, impasible ante el caos. Su serenidad hace que se me erice el vello de la nuca. Su escuela está destruida, su hijo y enemigo ha escapado, la ciudad es un absoluto desastre. Y, aun así, está sorprendentemente calmada.

—¡Allí! —Laia me agarra del brazo y señala hacia un callejón escondido detrás de una carreta volcada de un comerciante. Nos agachamos y corremos hacia allá, y doy gracias a los cielos por el tumulto que evita que tanto los académicos como los marciales nos descubran.

En unos minutos, llegamos al callejón, y justo cuando estamos a punto de meternos en él, me arriesgo a mirar hacia atrás; una vez, solo para asegurarme de que no nos ha visto.

Busco entre el caos, a través de un grupo de luchadores de la Resistencia que se abalanza sobre un par de legionarios, pasado un máscara que lucha contra diez rebeldes a la vez, hacia los escombros del túnel, donde encuentro a mi madre de pie. Un esclavo académico de avanzada edad que intenta escapar del caos comete el error de cruzarse en su camino. Ella le clava la cimitarra en el corazón con una brutalidad inconsciente. Cuando saca la hoja, ni siquiera lo mira. Por el contrario, tiene los ojos clavados en mí. Como si estuviéramos conectados, como si supiera cada uno de mis pensamientos, su mirada corta a través de la plaza.

Sonríe.

III: *Laia*

La sonrisa de la comandante es como un gusano pálido hinchado. Aunque solo la veo un instante antes de que Elias me inste a alejarme del baño de sangre de la plaza, me doy cuenta de que me ha quitado el habla.

Patino, mis botas todavía están cubiertas de sangre de la carnicería en los túneles. Me estremezco ante el recuerdo de la imagen del rostro de Elias, el odio que había en sus ojos. Quería decirle que ha hecho lo que tenía que hacer para salvarnos, pero no he podido encontrar las palabras. Lo único a lo que me he limitado es a reprimir las náuseas.

Los sonidos del sufrimiento desgarran el aire; marciales y académicos, adultos y niños, entremezclados formando un único grito cacofónico. Apenas lo oigo por lo concentrada que estoy en esquivar los fragmentos de cristal y los edificios en llamas que se derrumban en las calles. Miro por encima del hombro decenas de veces, esperando ver a la comandante que nos pisa los talones. De golpe, me siento como la chica que era hace un mes. La chica que abandonó a su hermano para que el Imperio lo encarcelara, la chica que sollozaba y gimoteaba después de que la azotaran. La chica sin coraje.

Cuando el miedo toma el control, utiliza lo único que es más poderoso e indestructible para combatirlo: tu espíritu. Tu corazón. Oigo las palabras que me dijo el espadero Spiro Teluman, el amigo y mentor de mi hermano.

Intento transformar mi miedo en energía. La comandante no es infalible. Tal vez ni siquiera me haya visto; su atención estaba completamente fija en su hijo. Ya hui de ella una vez. Lo volveré a hacer.

La adrenalina se me dispara, pero cuando giramos de una calle a la siguiente, me tropiezo con una pequeña montaña de escombros y caigo de bruces sobre los adoquines ennegrecidos por el hollín.

Elias me vuelve a poner en pie con la misma facilidad que si estuviera hecha de plumas. Mira hacia delante, hacia atrás, hacia las ventanas y los tejados cercanos, como si él también estuviera esperando que su madre apareciera en cualquier momento.

—Tenemos que seguir. —Tiro de su mano—. Tenemos que salir de la ciudad.

—Lo sé. —Elias nos guía hacia un vergel polvoriento y muerto, cercado por un muro—. Pero no lo lograremos si estamos exhaustos. No nos hará ningún daño descansar un minuto.

Se sienta, y me arrodillo a su lado a regañadientes. El aire de Serra me parece extraño y contaminado, el olor pungente de la madera quemada se mezcla con algo más oscuro: sangre, cuerpos calcinados y acero desenvainado.

—¿Cómo vamos a llegar a Kauf, Elias? —Esa es la pregunta que me ha estado carcomiendo desde el momento en que nos deslizamos hacia los túneles saliendo de su barracón en Risco Negro. Mi hermano se dejó apresar por los soldados marciales para que yo tuviera la oportunidad de escapar. No voy a permitir que muera por ese sacrificio; es el único familiar que me queda en este condenado Imperio. Si no lo salvo yo, nadie lo hará—. ¿Nos vamos a esconder en el campo? ¿Cuál es el plan?

Elias me sostiene la mirada con sus ojos grises opacos.

—Habríamos podido salir al oeste de la ciudad por el túnel de huida —me indica—. Habríamos tomado los pasos de montaña al norte, habríamos robado una caravana tribal y fingido ser comerciantes. Los marciales no nos estarían persiguiendo a los dos ni nos estarían buscando en el norte. Pero ahora... —Se encoge de hombros.

—¿Qué significa eso? ¿Ni siquiera tienes un plan?

—Sí. Salimos de la ciudad. Escapamos de la comandante. Ese es el único plan que importa.

—¿Y luego qué?

—Vayamos paso a paso, Laia. Es de mi madre de quien estamos hablando.

—No le tengo miedo —contesto, no vaya a ser que piense que sigo siendo la misma chica asustadiza que conoció en Risco Negro hace semanas—. Ya no.

—Pues deberías —dice Elias secamente.

Los tambores retumban con una descarga de sonido que hace temblar los huesos. Me palpitan las sienes con su eco.

Elias ladea la cabeza.

—Están informando sobre nuestro físico —dice—. *Elias Veturius: ojos grises, metro noventa, noventa y cinco kilos, pelo negro. Visto por última vez en los túneles al sur de Risco Negro. Armado y peligroso. Viaja con una mujer académica: ojos dorados, metro sesenta y siete, cincuenta y siete kilos, pelo negro...* —Se queda callado—. ¿Lo entiendes? Nos dan caza, Laia. Ella nos persigue. No tenemos manera de salir de la ciudad. El miedo es el rumbo correcto ahora mismo... Nos mantendrá con vida.

—Las murallas...

—Están bien defendidas a causa de la rebelión académica —interviene Elias—. Mejor ahora, sin duda. Mi madre habrá enviado mensajes por toda la ciudad diciendo que todavía no hemos salido de las murallas. Las puertas estarán el doble de fortificadas.

—¿Podríamos..., podrías tú... abrirte camino luchando? ¿Tal vez en alguna de las puertas más pequeñas?

—Podríamos —concuerda Elias—. Pero significaría matar a mucha gente.

Entiendo por qué desvía la mirada, aunque esa parte de mí dura y fría que desarrollé en mi tiempo en Risco Negro se pregunta qué diferencia supondrá algunos marciales muertos de más. Sobre todo si lo comparamos con los que ya ha matado, y sobre todo cuando pienso en lo que les van a hacer a los académicos cuando la revolución rebelde sea inevitablemente aplastada.

Pero mi parte más bondadosa se estremece ante esa frialdad.

—¿Los túneles, entonces? —propongo—. Los soldados no se lo esperarán.

—No sabemos cuáles se han hundido y no tiene sentido bajar ahí si nos topamos con un camino sin salida. El puerto, tal vez. Podríamos nadar por el río...

—No sé nadar.

—Recuérdame que le pongamos remedio a eso cuando tengamos unos días. —Niega con la cabeza; nos estamos quedando sin opciones—. Podríamos intentar pasar desapercibidos hasta que la revolución se vaya apagando. Y colarnos en los túneles una vez que las explosiones hayan acabado. Conozco una casa segura.

—No —intervengo con rapidez—. El Imperio envió a Darin a Kauf hace tres semanas. Y esas fragatas de prisioneros van rápido, ¿no es así?

—Llegarán a Antium en menos de dos semanas. —Elias asiente—. Desde allí, es un viaje de diez días por tierra hasta Kauf si no se encuentran con mal tiempo. Ya podría haber llegado a la prisión —me dice.

—¿Cuánto tardaremos nosotros en llegar?

—Tenemos que ir por tierra y evitar que nos descubran —repone Elias—. Tres meses, si vamos rápido. Pero solo si conseguimos llegar a la cordillera de Nevennes antes de las nieves del invierno. Si no, no podremos cruzar hasta la primavera.

—Entonces, no podemos retrasarnos —digo—. Ni un día. —Vuelvo a mirar por encima del hombro, intentando suprimir la creciente sensación de pavor—. No nos ha seguido.

—Que veamos, no —constata Elias—. Es demasiado lista para eso.

Examina los árboles muertos que nos rodean mientras le da vueltas a la cimitarra una y otra vez con la mano.

—Hay un almacén abandonado cerca del río, adyacente a las murallas de la ciudad —dice al fin—. Es propiedad de mi abuelo… Me lo enseñó hace años. Una puerta que da al patio trasero conduce fuera de la ciudad. Pero hace mucho que no voy por allí. Puede que ya no esté en pie.

—¿La conoce la comandante?

—El abuelo no se lo contaría jamás.

Pienso en el momento en que Izzi, mi compañera esclava de Risco Negro, me advirtió sobre la comandante cuando llegué por primera vez a la escuela. Sabe cosas, me dijo. *Cosas que no debería saber*.

Pero tenemos que salir de la ciudad, y no me queda ningún plan mejor por ofrecer.

Partimos, cruzando veloces distritos a los que no ha llegado la revolución y escabulléndonos con cuidado a través de aquellas áreas donde se extienden la lucha y el fuego. Las horas transcurren y la tarde da paso a la noche. Elias es una presencia serena a mi lado, aparentemente impasible ante la visión de tanta destrucción.

Es extraño pensar que hace un mes mis abuelos estaban vivos, mi hermano estaba libre y yo no había oído jamás el nombre de Veturius.

Todo lo que ha ocurrido desde entonces es como una pesadilla. El abuelo y la abuela, asesinados. Darin, llevado a rastras por los soldados mientras me grita que huya.

Y la Resistencia académica que se ofrece a ayudar a salvar a mi hermano y termina traicionándome.

Otro rostro aparece en mi mente, ojos oscuros, atractivo, y serio, siempre muy serio. Hace que sus sonrisas tengan más valor. Keenan, el rebelde de pelo llameante que desafió a la Resistencia para ofrecerme en secreto una vía de escape de Serra. Una vía que yo, a mi vez, le cedí a Izzi.

Espero que no esté enfadado. Espero que entienda por qué no podía aceptar su ayuda.

—Laia —me llama Elias cuando llegamos al borde oriental de la ciudad—. Estamos cerca.

Salimos del laberinto de calles de Serra cerca de un almacén de mercantes. La cúpula solitaria de un horno de ladrillo proyecta una oscura sombra que envuelve los depósitos y zonas de almacenaje. Durante el día, este sitio debe de ser un bullicio de carretas, mercaderes y estibadores. Pero a esta hora de la noche está abandonado. El cambio de estación se deja entrever en el frío del atardecer y un viento constante sopla desde el norte. No se mueve nada.

—Allí. —Elias señala hacia una estructura construida en las murallas de Serra, similar a las que tiene a los lados, pero con un patio trasero visible repleto de malas hierbas—. Ese es el lugar.

Se queda observando el almacén durante varios minutos.

—La comandante no podría esconder a una decena de máscaras ahí dentro —afirma—, pero dudo de que viniera sin ellos. No se arriesgaría a que pudiéramos escapar.

—¿Estás seguro de que no vendría sola? —El viento sopla con más fuerza, y me abrazo el cuerpo y tiemblo. La comandante por sí sola ya es lo suficientemente aterradora. Estoy segura de que no necesita soldados que la ayuden.

—No del todo —admite—. Espera aquí. Me aseguraré de que esté despejado.

—Creo que debería ir contigo. —Me pongo nerviosa de inmediato—. Si ocurre algo…

—En ese caso, sobrevivirás, incluso si yo no lo consigo.

—¿Qué? ¡No!

—Si es seguro que vengas, te silbaré una nota. Si hay soldados, dos notas. Si la comandante nos está esperando, tres notas repetidas dos veces.

—¿Y si es ella? Entonces, ¿qué?

—Entonces, espérate. Si sobrevivo, volveré por ti —dice Elias—. Si no, tendrás que salir de aquí.

—Elias, idiota, te necesito si quiero sacar a Darin…

Me pone un dedo en los labios que atrae mi mirada a la suya.

Delante de nosotros, el almacén está en silencio. Detrás, la ciudad arde. Recuerdo la última vez que lo miré así... Fue justo antes de besarnos. Por el tenso aliento que se le escapa, creo que él también lo recuerda.

—Hay esperanza en la vida —dice—. Una chica valiente me lo dijo una vez. Si algo me ocurre, no tengas miedo. Encontrarás la manera.

Antes de que mis dudas me vuelvan a asaltar, baja la mano y se dirige hacia el almacén tan liviano como las nubes de polvo que se elevan del horno de ladrillo.

Sigo sus movimientos con la mirada, a sabiendas de lo endeble que es el plan. Todo lo que ha ocurrido hasta ahora ha sido resultado de la fuerza de voluntad o por pura buena suerte. No tengo ni idea de cómo llegar al norte a salvo, más allá de confiar en Elias para que me guíe. Ni me hago una idea de lo que costará colarnos en Kauf, más allá de esperar que Elias sepa qué hacer. Lo único que tengo es una voz dentro de mí que me dice que debo salvar a mi hermano y la promesa de Elias de que me ayudará a hacerlo. El resto no son más que deseos y esperanzas, y no hay nada más frágil que eso.

No es suficiente. Con eso no basta. El viento me revuelve el pelo, más frío de lo que debería ser a finales de verano. Elias desaparece en el patio del almacén. Tengo los nervios de punta y, aunque respiro hondo, es como si no pudiera tomar suficiente aire. *Vamos. Vamos.* Esperar su señal es un tormento.

De repente, lo oigo. Tan rápido que durante un segundo pienso que estoy equivocada. Espero estarlo. Pero vuelvo a oír el sonido.

Tres notas rápidas. Agudas, repentinas y cargadas de advertencia.

La comandante nos ha encontrado.

IV: Elias

Mi madre oculta su ira con practicada astucia. La envuelve en la calma y la entierra bien profundo. Pisotea la tierra de encima, pone una lápida y finge que está muerta.

Pero lo veo en sus ojos. Ardiendo en el contorno, como los bordes de un papel que se ennegrecen justo antes de estallar en llamas.

Odio compartir su misma sangre. Ojalá pudiera quitármela del cuerpo.

Está enfrente de la alta muralla oscura de la ciudad, otra sombra más en la noche si no fuera por el brillo plateado de su máscara. A su lado está nuestra ruta de escape, una puerta de madera tan cubierta de vides secas que es imposible discernirla. Aunque no sostiene ningún arma en las manos, su mensaje está claro. *Si queréis huir, tendréis que pasar por encima de mí.*

Por los diez infiernos. Espero que Laia haya oído mi silbido de advertencia. Espero que no se acerque.

—Te ha costado lo tuyo —dice la comandante—. Hace horas que espero.

Se lanza hacia mí con un cuchillo largo que ha aparecido rápidamente en su palma, como si hubiera salido de su piel. La esquivo a duras penas antes de lanzarle un tajo con las cimitarras. Evita el ataque con una danza grácil sin preocuparse por entrechocar las hojas y entonces me lanza una estrella ninja. No me alcanza de milagro. Antes de que pueda sacar otra, me abalanzo veloz hacia ella y le propino una patada que la manda al suelo.

Mientras se vuelve a poner en pie trastabillando, examino el área en busca de soldados. Las murallas están vacías y los tejados a nuestro alrededor, desiertos. Ningún sonido procede del almacén del abuelo. Aun así, no me puedo creer que no tenga asesinos acechando cerca.

Oigo un sonido a mi derecha, y levanto las cimitarras anticipando una flecha o lanza, pero es el caballo de la comandante, que está atado a un árbol. Reconozco la montura de la Gens Veturia... Es uno de los sementales del abuelo.

—¿Nervioso? —La comandante arquea una ceja—. No te preocupes. He venido sola.

—¿Y por qué harías eso?

La comandante me arroja más estrellas. Mientras me agacho, sale disparada a cubrirse tras un árbol para huir del alcance de los cuchillos que le lanzo como respuesta.

—Si crees que necesito un ejército para destruirte, chico —me dice—, estás equivocado.

Se baja el cuello del uniforme y pongo una mueca cuando veo la camisa de metal que lleva debajo, impenetrable para las armas de filo.

La camisa de Hel.

—Se la quité a Helene Aquilla. —La comandante desenvaina las cimitarras y responde a mi asalto con una grácil facilidad—. Antes de enviarla a la Guardia Negra para que la interroguen.

—No sabe nada. —Esquivo los ataques de mi madre mientras ella danza a mi alrededor. *Ponla a la defensiva. Y, luego, un golpe rápido en la cabeza para dejarla inconsciente. Róbale el caballo. Huye.*

La comandante emite un sonido insólito mientras nuestras cimitarras colisionan, una música extraña que llena el silencio de la zona de almacenaje. Tras unos instantes, me doy cuenta de que es una risa.

Nunca había oído a mi madre reír. Nunca.

—Sabía que vendrías aquí. —Arremete contra mí con las cimitarras, me agacho por debajo de ella y noto el viento de su ataque a centímetros de mi cara—. Habrás sopesado escapar por la puerta de la ciudad. Luego por los túneles, por el río, por el muelle. Al final, todos presentaban demasiados problemas, y más si les sumamos a tu pequeña amiga. Te acordaste de este lugar y asumiste que yo no lo conocería. Estúpido.

»Está aquí, lo sé. —Sisea la comandante irritada cuando bloqueo su ataque y le hago un corte en el brazo—. La esclava académica. Espiando el edificio. Observando. —La comandante resopla y eleva la voz—. Aferrándote a la vida con tenacidad como la cucaracha que eres. ¿Supongo que te salvaron los augures? Debería haberte aplastado a conciencia.

¡Escóndete, Laia!, grito en mi cabeza, pero no la llamo, por miedo a que una de las estrellas de mi madre se le incruste en el pecho.

La comandante está enfrente del almacén ahora. Jadea un poco, y sus ojos tienen un brillo asesino. Quiere acabar con esto.

Me hace una finta con el cuchillo, pero cuando la bloqueo, me golpea los pies por debajo y su hoja desciende. Me aparto rodando sobre mi cuerpo y evito por los pelos una muerte por empalamiento, pero dos estrellas más silban hacia mí, y, aunque bloqueo una, la otra me corta el bíceps.

Una piel dorada aparece en la oscuridad detrás de mi madre. *No, Laia. Apártate.*

La comandante suelta las cimitarras y saca dos dagas con la determinación de acabar conmigo. Salta hacia mí con toda su fuerza y emplea estocadas rápidas para causarme heridas de las que no me percate hasta que suelte mi último aliento.

La esquivo demasiado lento. Una hoja me muerde el hombro, y me echo hacia atrás, pero no lo bastante rápido, y no consigo evitar una patada maliciosa en la cara que me hace caer de rodillas. De repente, veo dos comandantes y cuatro espadas.

Estás muerto, Elias. Unas respiraciones entrecortadas me retumban en la cabeza; es mi propio aliento, superficial y doloroso. Oigo su risa fría, como rocas que rompen el cristal. Ejecuta el golpe de gracia. Solo el entrenamiento de Risco Negro, su entrenamiento, me permite levantar mi cimitarra instintivamente para bloquearla. Pero ya no me queda fuerza. Me quita las cimitarras de las manos de un golpe, una a una.

Por el rabillo del ojo, veo que Laia se acerca con la daga en la mano. *Detente, maldita sea. Te matará en un segundo.*

Pero entonces pestañeo y Laia ha desaparecido. Creo que me lo debo de haber imaginado, que la patada me ha agitado la mente, pero Laia vuelve a aparecer y la arena sale volando de su mano hacia los ojos de mi madre. La comandante aparta la cabeza, y busco a tientas por el suelo mis cimitarras. Alzo una en el mismo instante en que nuestras miradas se cruzan.

Espero que aparezca su muñeca enguantada y bloquee la espada. Espero morir mientras oigo cómo se regodea en su triunfo.

Pero en vez de eso, sus ojos brillan con una emoción que no logro identificar.

En ese instante, mi cimitarra le golpea la sien con un impacto que la dejará fuera de sí durante al menos una hora. Cae al suelo como un saco de harina.

La rabia y la confusión me invaden mientras Laia y yo bajamos la vista hacia ella. ¿Qué crimen no ha perpetrado mi madre? Ha azotado, matado, torturado y esclavizado. Ahora está tumbada delante de nosotros, indefensa. Sería muy fácil matarla. El máscara dentro de mí me impele a hacerlo. *No vaciles ahora, necio. Te arrepentirás.*

Ese pensamiento me causa repulsión. No a mi propia madre, así no, no importa el tipo de monstruo que sea.

Capto un destello que se mueve. Una figura merodea por las sombras del almacén. ¿Un soldado? Ta vez... Pero uno demasiado cobarde como para salir y pelear. Tal vez nos haya visto, tal vez no. No voy a esperar para descubrirlo.

—Laia. —Arrastro a mi madre por las piernas hasta la casa. Pesa muy poco—. Ve a por el caballo.

—Está... está... —Baja la vista hacia el cuerpo de la comandante, y niego con la cabeza.

—El caballo —insisto—. Desamárralo y tráelo a la puerta. —Mientras lo hace, corto un pedazo de cuerda del rollo que llevo en la mochila y ato los tobillos y las muñecas de mi madre. Una vez que se despierte, las ataduras no la retendrán durante mucho rato, pero combinadas con el golpe en la cabeza, debería darnos suficiente tiempo como para alejarnos bastante de Serra antes de que pueda enviar soldados tras de nosotros.

—Tenemos que matarla, Elias —dice Laia con voz temblorosa—. Nos perseguirá nada más se despierte. Jamás llegaremos a Kauf.

—No voy a matarla. Si tú quieres hacerlo, date prisa. No nos queda tiempo.

Me aparto de ella para examinar la oscuridad que nos rodea de nuevo. Quienquiera que nos estuviera observando ha desaparecido. Tenemos que asumir lo peor: que era un soldado y hará sonar la alarma.

No hay ninguna tropa patrulla por encima de las murallas de Serra. *Por fin algo de suerte.* La puerta cubierta de vides se abre después de unos cuantos tirones secos, y las bisagras sueltan un sonoro crujido. En unos segundos, cruzamos la ancha muralla de la ciudad. Durante un instante veo doble. *Maldito golpe en la cabeza.*

Laia y yo pasamos lentamente por una arboleda de albaricoques con el caballo haciendo cloc detrás de nosotros. Ella guía al animal, y yo camino por delante con las cimitarras preparadas.

La comandante ha escogido enfrentarse a mí sola. Quizá fuera su orgullo, su deseo de demostrarse a sí misma y a mí que me podía destruir sin ayuda. Sea cual fuere la razón, habría apostado al menos unos cuantos pelotones de soldados aquí fuera para atraparnos si conseguíamos cruzar. Si algo sé de mi madre, es que siempre tiene un plan de emergencia.

Agradezco que la noche sea oscura. Si la luna estuviera colgada del cielo, un arquero habilidoso podría acabar con nosotros fácilmente desde la muralla. Siendo así, nos camuflamos con los árboles. Con todo, no me fío de la oscuridad. Estoy a la espera de que los grillos y demás criaturas nocturnas se queden en silencio, de que mi piel se ponga fría, de oír el rasguño de una bota o el crujido del cuero.

Pero mientras avanzamos por el vergel, no hay ningún indicio del Imperio.

Ralentizo el paso cuando nos acercamos a los últimos árboles. Un afluente del Rei corre cerca. Los únicos puntos de luz en el desierto son dos guarniciones, a kilómetros entre sí y de nosotros. Los mensajes de los tambores retumban entre ellas, dando instrucciones sobre los movimientos que tienen que hacer las tropas de Serra. En la distancia, oigo el sonido de los cascos de los caballos y me tenso, pero se alejan de nosotros.

—Algo no está bien —le comento a Laia—. Mi madre debería haber puesto patrullas aquí.

—Tal vez haya pensado que no las necesitaría —me susurra Laia con incertidumbre—. Que conseguiría matarnos.

—No —respondo—. La comandante siempre tiene un plan de emergencia. —De repente, deseo que Helene estuviera aquí. Puedo visualizar con facilidad sus cejas plateadas juntas y su mente desenredando los hechos con paciencia y cuidado.

Laia me mira con la cabeza ladeada.

—La comandante comete errores, Elias —me dice—. Nos ha subestimado a los dos.

Es verdad, y, sin embargo, el nudo molesto que tengo en la garganta no desaparece. Por los infiernos, me duele la cabeza. Tengo ganas de vomitar. De dormir. *Piensa, Elias.* ¿Qué era lo que he visto en los ojos de mi madre justo antes de dejarla inconsciente? Una emoción. Algo que normalmente no mostraría.

Tras un instante, lo veo con claridad. *Satisfacción.* La comandante estaba complacida.

Pero ¿por qué iba a estarlo por que la dejara sin conocimiento después de que haya intentado matarme?

—No ha cometido un error, Laia. —Salimos hacia la tierra abierta que hay tras el vergel y observo la tormenta que se arremolina sobre la cordillera serrana, a miles de kilómetros—. Nos ha dejado ir.

Pero no entiendo el motivo.

V: Helene

Leal hasta el final.

El lema de la Gens Aquilla, susurrado en mi oído por mi padre unos segundos después de nacer. He pronunciado esas palabras miles de veces. Nunca las he cuestionado. Nunca las he puesto en duda.

Ahora pienso en ellas mientras me hundo entre dos legionarios en los calabozos debajo de Risco Negro. *Leal hasta el final.*

¿Leal a quién? ¿A mi familia? ¿Al Imperio? ¿A mi corazón?

Que arda en los infiernos mi corazón maldito. Mi corazón es lo que me ha traído aquí, de hecho.

—¿Cómo escapó Elias Veturius?

El interrogador me detiene los pensamientos. Su voz es tan indiferente como hace horas, cuando la comandante me arrojó a este pozo con él. Me acorraló fuera de los barracones de Risco Negro, apoyada por un pelotón de máscaras. Me rendí de inmediato, aunque me golpeó para dejarme inconsciente de todos modos. Y entre ese momento y ahora, se las ingenió para quitarme la camisa de plata que me obsequiaron los hombres sagrados del Imperio, los augures. Una camisa que me hacía prácticamente invencible una vez adherida a la piel.

Tal vez debería sorprenderme que haya conseguido sacármela. Pero no es así. A diferencia del resto del maldito Imperio, nunca he cometido el error de subestimar a la comandante.

—¿Cómo escapó? —vuelve a insistir el interrogador. Reprimo un suspiro. He respondido a esa pregunta cientos de veces.

—No lo sé. Primero se suponía que le iba a cortar la cabeza y después lo único que podía oír era un pitido. Cuando volví a mirar hacia la tarima de ejecución, había desaparecido.

El interrogador hace un gesto con la cabeza a los dos legionarios que me sujetan. Me preparo.

No les digas nada. Pase lo que pase. Cuando Elias escapó, me prometí que lo cubriría por última vez. Si el Imperio descubre que huyó por los túneles, o que está viajando con una académica, o que me dio su máscara, los soldados lo rastrearán con más facilidad. Jamás saldrá de la ciudad con vida.

Los legionarios me meten la cabeza de nuevo en un cubo lleno de agua fétida. Presiono los labios, cierro los ojos y mantengo el cuerpo relajado, aunque cada molécula de mi ser quiere luchar contra mis captores. Me centro en una sola imagen, el método que nos enseñó la comandante durante el entrenamiento contra los interrogatorios.

Elias escapando. Sonriendo en alguna tierra distante bañada por el sol. Disfrutando de la libertad que llevaba tanto tiempo persiguiendo.

Mis pulmones forcejean y arden. *Elias escapando. Elias libre.* Me ahogo, muero. *Elias escapando. Elias libre.*

Los legionarios me sacan de un tirón la cabeza del cubo y tomo una bocanada de aire.

El interrogador me levanta la cabeza con mano firme, obligándome a mirarlo a los ojos verde claro que brillan inexpresivos en su máscara plateada. Espero ver un destello de ira o frustración, al menos, después de horas haciendo las mismas preguntas y obteniendo las mismas respuestas. Pero está calmado. Casi plácido.

En mi cabeza, lo llamo «el Norteño» por su piel bronceada, mejillas hundidas y ojos angulares. Deben de haber pasado pocos años desde que se graduó en Risco Negro, es demasiado joven como para estar en la Guardia Negra y mucho más para ser interrogador.

—¿Cómo escapó?

—Te acabo de decir…

—¿Por qué estabas en los barracones de los calaveras después de la explosión?

—Creía que lo había visto. Pero le perdí la pista. —Es una versión de la verdad. Al final sí que le perdí la pista.

—¿Cómo colocó las cargas en los explosivos? —El Norteño me suelta la cara y camina arriba y abajo lentamente, fundiéndose con las sombras, pero con el parche rojo de su uniforme bien visible: un pájaro con el pico abierto. Es el símbolo de la Guardia Negra, la responsable de hacer cumplir las normas dentro del Imperio—. ¿Cuándo lo ayudaste?

—No lo ayudé.

—Era tu aliado. Tu amigo. —El Norteño saca algo del bolsillo. Tintinea, pero no puedo ver qué es—. Justo en el instante en el que lo iban a ejecutar, una serie de explosiones casi derruyen la escuela. ¿Esperas que alguien se crea que ha sido una coincidencia?

Ante mi silencio, el Norteño hace un gesto a los legionarios para que me vuelvan a hundir. Respiro hondo y bloqueo cualquier cosa de mi mente que no sea la imagen de Elias libre.

Y entonces, justo cuando me hundo, pienso en ella.

En la chica académica. Todo ese pelo negro y esas curvas y sus malditos ojos dorados. Cómo le sostenía la mano mientras huían por el patio. La manera como pronunciaba su nombre y cómo, en sus labios, sonaba como una canción.

Me trago una bocanada de agua. Sabe a muerte y a pis. Pataleo y forcejeo contra los legionarios que me sujetan. *Cálmate.* Así es como los interrogadores destruyen a sus prisioneros. Una grieta y te meterá una cuña y la hundirá a martillazos hasta que se abra en dos.

Elias escapando. Elias libre. Intento visualizarlo en mi mente, pero la imagen se reemplaza por una de los dos juntos entrelazados.

Tal vez ahogarme no sea tan horrible.

Los legionarios tiran de mí cuando el mundo se empieza a oscurecer. Escupo toda el agua de la boca. *Prepárate, Aquilla. Ahora es cuando te rompe.*

—¿Quién es la chica?

Es una pregunta tan inesperada que, por un momento, soy incapaz de eliminar la sorpresa, o más bien el reconocimiento, de mi rostro.

Una mitad de mí maldice a Elias por ser lo suficientemente estúpido como para dejarse ver con la chica. La otra mitad intenta aplastar el pavor que se me está formando en la garganta. El interrogador observa cómo las emociones se muestran en mis ojos.

—Muy bien, Aquilla. —Pronuncia las palabras con una calma desalentadora. De inmediato, pienso en la comandante. Cuanto más suave hablaba, me había dicho Elias un día, más peligrosa era. Al fin puedo ver qué se ha sacado el Norteño del uniforme. Dos conjuntos de anillos de metal unidos que se desliza por los dedos. Cestus. Un arma brutal que transforma una simple paliza en una muerte lenta y sangrienta—. ¿Por qué no empezamos por ahí?

—¿Empezamos? —Llevo horas en este agujero infernal—. ¿Qué quieres decir con «empezamos»?

—Esto —hace un gesto hacia el cubo de agua y mi cara amoratada— era para que nos conociéramos.

Por los diez infiernos sangrantes. Se ha estado conteniendo. Ha ido incrementando el dolor poco a poco, debilitándome, esperando encontrar una fisura, esperando que me rindiera. *Elias escapando. Elias libre. Elias escapando. Elias libre.*

—Pero ahora, Verdugo de Sangre —las palabras del Norteño, aunque pronunciadas con suavidad, detienen el canto en mi mente—, ahora vamos a ver de qué pasta estás hecha.

* * *

El tiempo se torna confuso. Las horas pasan. ¿Transcurren días? ¿Semanas? No sabría decirlo. Aquí abajo, no veo el sol. No puedo oír los tambores ni el campanario.

Solo un poco más, me digo a mí misma después de una paliza particularmente violenta. *Otra hora. Aguanta otra hora más. Otra media hora. Cinco minutos. Un minuto. Solo uno.*

Pero cada segundo es dolor. Estoy perdiendo esta batalla. Lo siento en los períodos de tiempo que desaparecen, en la manera como mis palabras se embrollan y tropiezan unas con otras.

Las puertas del calabozo se abren, se cierran. Los mensajeros vienen, consultan. Las preguntas del Norteño cambian, pero nunca se acaban.

—Sabemos que escapó con la chica por los túneles. —Tengo uno de los ojos tan hinchado que no puedo abrirlo, pero mientras el Norteño habla, lo fulmino con el otro—. Ha asesinado a medio pelotón ahí abajo.

Ay, Elias. Esas muertes lo atormentarán, no las verá como algo necesario sino como una elección, la elección errónea. Seguirá con las manos manchadas de sangre mucho después de lo que yo tardaría en limpiárselas.

Pero una parte de mí siente alivio por que el Norteño sepa cómo escapó Elias. Al menos ya no tengo que seguir mintiendo. Cuando el interrogador me pregunte sobre la relación entre Elias y Laia, puedo responderle con franqueza que no sé nada.

Solo tengo que sobrevivir lo suficiente como para que el Norteño me crea.

—Cuéntame sobre ellos... No es tan difícil, ¿verdad? Sabemos que la chica era una simpatizante de la Resistencia. ¿Había convencido a Elias para que se uniese a su causa? ¿Eran amantes?

Quiero echarme a reír. *Tus hipótesis son tan buenas como las mías.*

Intento responder, pero estoy tan dolorida que solo puedo soltar un gemido. Los legionarios me arrojan al suelo. Me quedo hecha una bola en un patético intento de proteger mis costillas rotas. El aliento se me escapa en un silbido. Me pregunto si la muerte estará cerca.

Pienso en los augures. ¿Saben dónde estoy? ¿Les importa? Deben de saberlo. Y no han hecho nada por ayudarme.

Pero sigo viva y no le he dado al Norteño lo que quiere. Si todavía me está interrogando, entonces significa que Elias está libre y la chica está con él.

—Aquilla. —La voz del Norteño parece… diferente. Cansada—. Se te acaba el tiempo. Háblame sobre la chica.

—No sé…

—Si no, tengo órdenes de apalizarte hasta la muerte.

—¿Órdenes del Emperador? —jadeo. Estoy sorprendida, creía que Marcus me obsequiaría con todo tipo de horrores en persona antes de matarme.

—No importa de quién sean las órdenes —responde el Norteño. Se agacha y me mira con sus ojos verdes. Por una vez, no parecen tan serenos—. No vale la pena, Aquilla —insiste—. Dime lo que necesito saber.

—No… no sé nada.

El Norteño me observa durante un momento. Cuando me quedo callada, se yergue y se coloca los cestus.

Pienso en que Elias estaba en este mismo calabozo no hace tanto. ¿Qué le pasó por la cabeza mientras se enfrentaba a la muerte? Parecía muy sereno cuando subió a la tarima de ejecución. Como si hubiera encontrado la paz mientras acataba su destino.

Ojalá me pudiera prestar algo de esa paz ahora. *Adiós, Elias. Espero que encuentres la libertad. Espero que seas feliz. Solo los cielos saben que los demás no lo seremos.*

La puerta del calabozo se abre de golpe detrás del Norteño y oigo unos pasos familiares y airados.

El Emperador Marcus Farrar ha venido a matarme en persona.

—Mi señor Emperador —lo saluda el Norteño. Los legionarios me arrastran hasta ponerme de rodillas y me obligan a inclinar la cabeza hacia delante en un gesto de respeto.

En la luz tenue del calabozo, y con la visibilidad limitada, no puedo discernir la expresión de Marcus, pero puedo distinguir la identidad de la silueta alta de pelo blanco situada detrás de él.

—¿Padre? —Por los infiernos sangrantes, ¿qué está haciendo aquí? ¿Lo va a usar Marcus contra mí? ¿Lo va a torturar hasta que le dé información?

—Su majestad. —La voz de mi padre mientras se dirige a Marcus es fría como el cristal, sin ninguna inflexión que delate sus sentimientos. Pero sus ojos me miran un instante, llenos de terror. Con la poca fuerza que me queda, lo miro con rabia. *No dejes que lo vea, padre. No le permitas saber cómo te sientes.*

—Un momento, *pater* Aquillus. —Marcus silencia a mi padre con un movimiento de la mano y mira hacia el Norteño—. Lugarteniente Harper —dice—. ¿Tenemos algo?

—No sabe nada de la chica, su majestad. Tampoco ayudó en la destrucción de Risco Negro.

Así que sí que me creía.

La serpiente ignora a los legionarios que me sujetan. Me ordeno a mí misma no venirme abajo. Marcus me agarra del pelo y me pone en pie. El Norteño observa, inexpresivo. Aprieto los dientes y cuadro los hombros. Me abro paso por el dolor, esperando —no, más bien deseando— no encontrar más que odio en los ojos de Marcus.

Pero me observa con esa tranquilidad inquietante que a veces desprende. Como si conociera mis miedos tan bien como los suyos propios.

—¿En serio, Aquilla? —dice Marcus, y aparto la mirada—. Elias Veturius, tu amor verdadero —prosigue, y las palabras suenan sucias en su boca—, escapa delante de tus narices con una fulana académica, ¿y no sabes nada de ella? ¿Nada sobre cómo sobrevivió a la cuarta prueba, por ejemplo? ¿O sobre su papel en la Resistencia? ¿Acaso las amenazas del lugarteniente Harper no han dado resultado? Tal vez pueda pensar en algo mejor.

Detrás de Marcus, el rostro de mi padre palidece un poco más.

—Su majestad, por favor...

Marcus lo ignora y me empuja contra la pared del calabozo y aprieta su cuerpo contra el mío. Me acerca los labios a la oreja y cierro los ojos, deseando más que nada que mi padre no estuviera presenciándolo.

—¿Debería encontrar a alguien a quien podamos atormentar? —murmura Marcus—. ¿Alguien en cuya sangre podamos bañarnos? ¿O debería darte otras tareas? Espero de veras que hayas prestado atención a los métodos de Harper. Los usarás a menudo como Verdugo de Sangre.

Mis pesadillas, esas que de algún modo él conoce, se alzan ante mí con una claridad pavorosa: niños rotos, madres destripadas, casas convirtiéndose en polvo. Yo a su lado, su comandante leal, su seguidora, su amante. Disfrutando de ello. Queriéndolo. Queriéndolo a él.

Solo son pesadillas.

—No sé nada —suelto en un graznido—. Soy leal al Imperio. Siempre he sido leal al Imperio. —*No torturéis a mi padre,* quiero añadir, pero me obligo a no suplicar.

—Su majestad. —Mi padre emplea un tono más determinado esta vez—. ¿Y nuestro acuerdo?

¿Qué acuerdo?

—Un momento, *pater* —susurra Marcus—. Todavía estoy jugando. —Se aprieta más contra mí antes de que una extraña mirada le cruce el rostro: sorpresa o quizás irritación. Menea la cabeza, como un caballo cuando espanta una mosca, antes de dar un paso atrás—. Desencadenadla —ordena a los legionarios.

—¿Qué significa esto? —digo mientras intento ponerme en pie. Las piernas me fallan, y mi padre me agarra antes de que me caiga y me sujeto en sus anchos hombros con el brazo.

—Puedes irte. —Marcus mantiene la mirada fija en mí—. *Pater* Aquillus, preséntate ante mí mañana a la décima campanada. Sabes dónde encontrarme. Verdugo de Sangre, tú vendrás con él. —Se detiene un momento antes de irse y me resigue la sangre que me cubre la cara lentamente con el dedo. Sus ojos se muestran hambrientos mientras se lo lleva a la boca y lo lame—. Tengo una misión para ti.

Y se va, seguido por el Norteño y por los legionarios. Solo cuando sus pasos desaparecen por las escaleras que salen del calabozo dejo caer la cabeza. El cansancio, el dolor y la incredulidad me roban las fuerzas.

No he traicionado a Elias y he sobrevivido al interrogatorio.

—Ven, hija. —Mi padre me sujeta con el mismo cuidado que si fuera un recién nacido—. Vamos a llevarte a casa.

—¿Qué intercambio has hecho por esto? —le pregunto—. ¿Qué has intercambiado por mí?

—Nada importante.

Mi padre intenta cargar con más de mi peso, pero no se lo permito. En vez de eso, me muerdo el labio con la suficiente fuerza como para derramar sangre. Mientras nos dirigimos a la salida de la celda, me concentro en ese dolor en vez de en la debilidad de mis piernas y el ardor que siento en los huesos. Soy la Verdugo de Sangre del Imperio marcial. Saldré de este calabozo por mi propio pie.

—¿Qué les has dado, padre? ¿Dinero? ¿Tierras? ¿Estamos arruinados?

—Dinero no, influencia. Es un plebeyo. No tiene Gens, ninguna familia que lo apoye.

—¿Las Gens le están dando la espalda?

Mi padre asiente.

—Abogan por su resignación... o por un asesinato. Tiene demasiados enemigos y no puede encarcelarlos ni matarlos a todos. Son demasiado poderosos. Necesita influencia. Y eso le he dado a cambio de tu vida.

—Pero ¿cómo? ¿Lo vas a aconsejar? ¿Le prestarás hombres? No lo entiendo...

—Ahora mismo, eso no importa. —La mirada de los ojos azules de mi padre es feroz, y descubro que no puedo mirarlo sin notar un nudo en la garganta—. Eres mi hija. Le habría dado la piel de mi espalda si me la hubiera pedido. Apóyate en mí y ahorra fuerzas.

La influencia no puede ser lo único que habrá estrujado Marcus de mi padre. Quiero exigirle que me lo explique todo, pero mientras ascendemos por las escaleras, una sensación de mareo me invade. Estoy demasiado rota como para contenerlo. Dejo que me ayude a salir del calabozo, incapaz de deshacerme de la perturbadora sensación de que, sea cual fuere el precio que haya pagado por mí, ha sido demasiado alto.

VI: *Laia*

Deberíamos haber matado a la comandante.

El desierto que se extiende más allá del vergel está en completo silencio. El único atisbo de la revolución académica es el brillo anaranjado del fuego contrapuesto al límpido cielo nocturno. Una brisa fresca nos trae el olor a lluvia desde el este, donde una tormenta centellea sobre las montañas.

Vuelve. Mátala. Me siento dividida. Si Keris Veturia nos ha dejado ir, significa que hay alguna razón diabólica detrás. Aparte de eso, asesinó a mis padres y a mi hermana. Le vació un ojo a Izzi. Torturó a la cocinera. Me torturó a mí. Lideró a toda una generación de los monstruos más letales e innobles en la masacre a mi gente hasta convertirlos en una versión servil de ellos mismos. Merece morir.

Pero ya estamos muy lejos de las murallas de Serra, ahora es demasiado tarde como para dar marcha atrás. Darin es más importante que vengarme de esa mujer loca. Y alcanzar a Darin significa alejarme de Serra tan rápido como pueda.

Nada más salir del vergel, Elias salta a la grupa del caballo. Su atención no se relaja en ningún momento y la cautela cubre cada uno de sus movimientos. Siento que se está haciendo la misma pregunta que yo. *¿Por qué nos ha dejado ir la comandante?*

Le agarro la mano y me subo detrás de él, y la cara se me enciende al notarlo tan cerca. La silla es enorme, pero Elias no es un hombre pequeño. Por los cielos, ¿dónde pongo las manos?

¿En sus hombros? ¿En su cintura? Todavía me estoy decidiendo cuando arrea al caballo con los talones y este empieza a avanzar de golpe. Me agarro a una de las correas de la armadura de Elias y él estira el brazo hacia atrás para apretarme contra su espalda. Le rodeo la cintura con los brazos y me apoyo contra su ancha espalda. La cabeza me da vueltas mientras cruzamos como una exhalación el desierto vacío.

—No te levantes —me indica por encima del hombro—. Las guarniciones están cerca. —Menea la cabeza como si se sacudiera algo de los ojos y un escalofrío lo atraviesa. Los años de observar a mi abuelo con sus pacientes hacen que ponga una mano en el cuello de Elias. Está caliente, pero podría ser por la pelea con la comandante.

El escalofrío remite, y azuza al caballo. Vuelvo la vista a Serra, esperando ver cómo los soldados salen a borbotones por las puertas, o que Elias se tense y me diga que ha oído cómo los tambores informan de nuestra posición. Pero pasamos por las guarniciones sin incidentes, no hay nada más que desierto abierto a nuestro alrededor. Muy lentamente, el pánico que me atenaza desde que he visto a la comandante empieza a desvanecerse.

Elias se orienta gracias a la luz de las estrellas. Después de un cuarto de hora, lleva el caballo a medio galope.

—Las dunas están en el norte. Son un infierno a caballo. —Me levanto para poder oírlo por encima del golpeteo de los cascos del animal—. Nos dirigiremos al este. —Señala con la cabeza hacia las montañas—. Deberíamos alcanzar esa tormenta dentro de unas pocas horas. Eliminará nuestro rastro. Iremos al pie de las montañas.

Ninguno de los dos ve la sombra que se precipita desde la oscuridad hasta que ya la tenemos encima. Primero, Elias está delante de mí con la cara a unos pocos centímetros de la mía mientras me inclino hacia él para escucharlo. Después, oigo el golpe sordo de su cuerpo que aterriza en el suelo del desierto. El caballo se encabrita y me aferro a la montura, intentando no caer. Pero una mano me agarra del brazo y me tira a mí también. Quiero gritar ante el contacto frío e inhumano, pero solo consigo soltar un aullido. Es como si el mismísimo invierno se hubiera apoderado de mí.

—Daaaaame —dice la criatura en voz ronca. Todo cuanto veo son ondas de oscuridad que flotan formando una vaga forma humana. Siento náuseas cuando el hedor a muerte me envuelve. A unos pasos, Elias masculla mientras pelea contra más sombras.

—Plaaaaata —añade la que me tiene agarrada—. Dame.

—¡Suéltame! —Mi puño aterriza contra una piel fría y húmeda cuyo contacto me congela desde el puño hasta el codo. La sombra desaparece, y de repente me encuentro luchando contra el aire de manera ridícula. Un segundo después, unas tenazas de hielo se cierran alrededor de mi cuello y empiezan a apretar.

—¡Daaaaaame!

No puedo respirar. Pataleo desesperadamente. Le acierto en la boca y la sombra me suelta, y me quedo resollando e intentado recobrar el aliento. Un chillido atraviesa la noche mientras una cabeza sobrenatural pasa volando, cortesía de la cimitarra de Elias. Se dirige hacia mí, pero dos criaturas más aparecen del desierto y le bloquean el paso.

—¡Es un espectro! —me grita—. ¡La cabeza! ¡Tienes que cortarle la cabeza!

—¡No soy una soldado, maldita sea! —El espectro aparece de nuevo y desenfundo la cimitarra de Darin de mi espalda, deteniendo así su avance. Nada más darse cuenta de que no tengo ni idea de lo que estoy haciendo, se abalanza sobre mí y me clava los dedos en el cuello, del que empieza a manar sangre. Grito ante el frío y el dolor, y suelto la espada de Darin mientras mi cuerpo se entumece y se queda inerte.

Un centelleo de acero, un grito espeluznante y la sombra cae, decapitada. El desierto se queda en un silencio abrupto más allá de mis jadeos y los de Elias. Recoge la espada de Darin y avanza hacia mí mientras observa los arañazos en mi cuello. Me levanta la barbilla con dedos cálidos.

—Estás herida.

—No es nada. —Él también tiene cortes en la cara y no se queja, así que me alejo y agarro la cimitarra de Darin. Elias parece prestarle atención por primera vez. Se queda con la boca abierta. La sostiene en alto, intentando verla a la luz de las estrellas.

—Por los diez infiernos, ¿es una hoja de Teluman? ¿Cómo...? —Unas pisadas en el desierto detrás de él hacen que los dos vayamos en busca de nuestras armas. Nada aparece de la oscuridad, pero Elias va en busca del caballo a grandes zancadas—. Salgamos de aquí. Ya me lo contarás por el camino.

Nos apresuramos hacia el este. Mientras cabalgamos, me doy cuenta de que, más allá de lo que le conté a Elias la noche que los augures nos encerraron en su habitación, apenas conoce nada de mí.

Eso puede ser algo bueno, me dice mi parte más recelosa. *Cuanto menos sepa, mejor.*

Mientras sopeso cuánto debería contarle sobre la espada de Darin y Spiro Teluman, Elias se medio gira en la silla de montar. Sus labios se curvan en una sonrisa burlona, como si pudiera notar mi vacilación.

—Estamos juntos en esto, Laia. Ya puedes contarme la historia completa. Y hemos peleado codo con codo —señala mis heridas con la cabeza—. Mal asunto mentirle a un compañero de armas.

Estamos juntos en esto. Todo lo que ha hecho desde el momento que le hice jurar que me ayudaría ha reforzado esa verdad. Merece saber mis motivos. Merece conocer mis verdades, por más extrañas e inesperadas que sean.

—Mi hermano no era un académico normal —empiezo a contar—. Y... En fin, yo no era precisamente una esclava normal y corriente...

* * *

Veinticinco kilómetros y dos horas después, Elias cabalga en silencio delante de mí mientras el caballo avanza fatigado. Sostiene las riendas con una mano y en la otra empuña una daga. Las nubes bajas dejan caer una llovizna y me he apretado la capa contra la humedad.

Todo lo que le podía contar —la redada, el legado de mis padres, la amistad con Spiro, la traición de Mazen, la ayuda de los augures…— se lo he confiado. Las palabras me liberan. Tal vez me haya acostumbrado tanto a la carga de los secretos que no me había dado cuenta de su peso hasta que me he librado de él.

—¿Estás molesto? —pregunto cuando acabo.

—Mi madre —responde en voz baja—. Ella mató a tus padres. Lo siento. Yo…

—Los crímenes de tu madre no son tuyos —lo interrumpo tras unos instantes de sorpresa. No sabía lo que iba a decir, pero definitivamente no era eso—. No te disculpes por ellos. Pero… —Miro hacia el desierto: vacío, silencioso. Traicionero—. ¿Entiendes por qué es tan importante para mí salvar a Darin? Es lo único que tengo. Después de lo que hizo por mí…, y después de lo que le hice yo…, abandonándolo…

—Tienes que salvarlo, eso lo entiendo. Pero, Laia, es mucho más que solo tu hermano. Debes saberlo. —Elias me mira con sus ojos grises penetrantes—. La forja del Imperio es la única razón por la que nadie se ha opuesto a los marciales. Cada arma desde Marinn hasta las Tierras del Sur se rompe contra nuestras hojas. Tu hermano podría derrocar al Imperio con el conocimiento que tiene. No me extraña que la Resistencia lo buscara. No me extraña que el Imperio lo enviara a Kauf en vez de matarlo. Querrán saber si ha compartido lo que sabe con alguien.

—Desconocen que fuera el aprendiz de Spiro —le digo—. Creen que era un espía.

—Si podemos liberarlo y llevarlo hasta Marinn —Elias detiene el caballo ante un riachuelo desbordado por la lluvia y me hace un gesto para que desmonte—, podría fabricar armas para los marinos, los académicos y los tribales. Podría cambiarlo todo.

Elias menea la cabeza y se baja del caballo. Cuando sus botas tocan el suelo, sus piernas ceden. Se agarra al borrén de la silla. Su rostro se pone blanco como la luna y se lleva una mano a la sien.

—¿Elias? —Bajo mi mano, su brazo tiembla. Se estremece, igual que cuando salimos de Serra—. ¿Estás…?

—La comandante me ha dado una patada desafortunada —dice Elias—. Nada serio. Es solo que no siento los pies.

El color le vuelve al rostro y mete la mano en una alforja y me pasa un buen puñado de albaricoques tan grandes que tienen la piel agrietada. Los debe de haber recogido del vergel.

Cuando la fruta dulce estalla entre mis labios, el corazón se me encoge. No puedo comer albaricoques sin pensar en los ojos brillantes de mi abuela y en sus mermeladas.

Elias abre la boca como si fuera a decir algo, pero cambia de idea y se gira para llenar las cantimploras en el riachuelo. Con todo, noto que está ponderando una pregunta. Me pregunto si seré capaz de responderla. *¿Qué era esa criatura que viste en el despacho de mi madre? ¿Por qué crees que te salvaron los augures?*

—En el cobertizo, con Keenan —dice al final—. ¿Lo besaste? ¿O te besó?

Escupo el albaricoque, tosiendo, y Elias se levanta del arroyo para darme palmadas en la espalda. Me había preguntado si debía contarle lo del beso. Al final, decidí que, como mi vida dependía de él, era mejor no ocultarle nada.

—¿Te cuento la historia de mi vida y esa es tu primera pregunta? ¿Por qué…?

—¿Por qué crees? —Ladea la cabeza, levanta las cejas y el estómago me da un vuelco—. En cualquier caso, tú… tú…

Palidece de nuevo, y una extraña expresión le cruza el rostro. El sudor le perla la frente.

—La-Laia, no me siento...

Arrastra las palabras y se tambalea. Lo agarro del hombro, intentando mantenerlo de pie. Noto la mano empapada..., y no es por la lluvia.

—Por los cielos, Elias, estás sudando... mucho.

Le agarro la mano. Está fría y húmeda.

—Mírame, Elias. —Baja la vista hacia mis ojos y las pupilas se le dilatan profusamente antes de que un temblor violento le sacuda el cuerpo. Se tambalea hacia el caballo, pero cuando intenta apoyarse en la silla no lo consigue y cae. Me coloco bajo su brazo antes de que su cabeza se estrelle contra las rocas del lecho del arroyo y lo tumbo con todo el cuidado que puedo. Sus manos se retuercen.

No puede ser por el golpe en la cabeza.

—Elias, ¿te ha cortado en algún lado? ¿La comandante ha usado algún tipo de hoja?

Se agarra el bíceps.

—Solo un rasguño. Nada seri...

Lo ocurrido se asoma a sus ojos, y se gira hacia mí, intentando formar las palabras. Antes de conseguirlo, se queda agarrotado primero y luego se desploma como una piedra, inconsciente. No importa, ya sé lo que iba a decir.

La comandante lo ha envenenado.

Su cuerpo está tan quieto que me asusta y le tomo la muñeca, aterrorizada ante su pulso errático. A pesar de estar cubierto de sudor, tiene el cuerpo frío, no febril. Por todos los cielos, ¿por eso la comandante nos ha dejado ir? *Pues claro, Laia, tonta. No necesitaba ir tras nosotros ni preparar una emboscada. Tan solo necesitaba hacerle un corte... y el veneno se ha encargado del resto.*

Pero no lo ha conseguido, al menos no del todo. Mi abuelo solía lidiar con académicos tullidos por hojas envenenadas. La mayoría morían en el transcurso de una hora desde que los herían. Pero han tenido que pasar varias horas para que Elias siquiera reaccionara al veneno.

No puso suficiente. O el corte no era lo suficiente profundo. No importa. Lo único que importa es que todavía sigue con vida.

—Lo siento —gimotea. Al principio creo que me está hablando a mí, pero sigue con los ojos cerrados. Levanta las manos como si estuviera repeliendo algo—. No quería hacerlo. Mi orden... Debería haber sido...

Rasgo una tira de mi capa y la meto en la boca de Elias, no vaya a ser que se muerda su propia lengua. La herida de su brazo es superficial y está caliente. Nada más tocarla, se agita violentamente y asusta al caballo.

Rebusco en mi mochila llena de frascos de medicinas y hierbas, y al fin encuentro algo con lo que desinfectar la herida. Cuando el corte está limpio, Elias destensa el cuerpo y su rostro, rígido del dolor, se relaja.

Su respiración sigue siendo superficial, pero al menos ya no se está convulsionando. Sus pestañas son medialunas oscuras en contraposición con la piel dorada de su cara. Parece más bien un joven dormido. Como el chico con el que bailé la noche del Festival de la Luna.

Extiendo una mano y la coloco sobre su mandíbula, áspera por la barba incipiente, cálida y llena de vida. Su cuerpo desprende una gran vitalidad cuando pelea, cuando cabalga. Incluso ahora, que su cuerpo batalla contra el veneno, le palpita.

—Venga, Elias. —Me inclino hacia él y le hablo al oído—. Resiste. Despierta. Despierta.

Abre los ojos de golpe, escupe la tela y retiro la mano al instante de su cara. El alivio me recorre el cuerpo. Despierto e ileso siempre es mejor que inconsciente y malherido. Se levanta de un salto de inmediato. Y se dobla por la mitad mientras le vienen arcadas.

—Túmbate. —Lo empujo para que se ponga de rodillas y le froto la espalda ancha, igual que el abuelo hacía con los pacientes enfermos. *El contacto puede curar más que las hierbas y las cataplasmas*—. Tenemos que descubrir qué veneno es para encontrar un antídoto.

—Es demasiado tarde. —Elias se relaja con el contacto de mis manos durante un instante ante de buscar su cantimplora y beberse el contenido. Cuando acaba, tiene la mirada más clara e intenta ponerse en pie—. Los antídotos para la mayoría de los venenos se tienen que administrar al cabo de menos de una hora. Pero si este veneno tenía que matarme, ya lo habría hecho. Pongámonos en marcha.

—¿A dónde, exactamente? —le pregunto—. ¿Al pie de las montañas? ¿Donde no hay ciudades ni boticas? Estás envenenado, Elias. Si un antídoto no te va a ayudar, al menos necesitas una medicina que trate las convulsiones, o te estarás desmayando durante todo el camino hasta Kauf. Solo que te morirás ante de que lleguemos, porque nadie puede sobrevivir a esas convulsiones durante mucho tiempo. Siéntate y déjame pensar.

Me mira con sorpresa y obedece.

Escruto mi mente en busca del año que pasé con el abuelo como aprendiz de curandera. El recuerdo de una niña pequeña aparece en mi mente. Tenía convulsiones y desmayos.

—Extracto de telis —digo. El abuelo le dio a la chica un dracma de esa sustancia y en un solo día los síntomas disminuyeron. Pasados dos, desaparecieron—. Le proporcionará a tu cuerpo la oportunidad de combatir el veneno.

Elias hace una mueca.

—Lo podríamos encontrar en Serra o en Navium.

Solo que no podemos volver a Serra, y Navium está en dirección contraria a Kauf.

—¿Qué me dices del Nido de Ladrones? —El estómago me da un vuelco ante el miedo que me genera esa idea. Esa roca gigante es una cloaca sin ley llena de desechos de la sociedad: bandoleros, cazarrecompensas y usureros del mercado negro que solo conocen las más oscuras de las corrupciones. El abuelo fue allí varias veces para encontrar hierbas extrañas. La abuela nunca podía dormir cuando estaba fuera.

Elias asiente.

—Peligroso como los diez infiernos, pero lleno de gente que quiere pasar tan desapercibida como nosotros.

Se vuelve a levantar, y, aunque estoy impresionada por su fuerza, también estoy horrorizada por la manera insensible con la que trata su cuerpo. Agarra con torpeza las riendas del caballo.

—Otro desmayo pronto, Laia. —Le da unos golpecitos a la pata delantera izquierda del caballo y este se sienta—. Átame con cuerdas y dirígete en línea recta al sureste. —Se lanza encima de la silla, inclinándose peligrosamente hacia el lado—. Noto que llegan —susurra Elias.

Me giro, esperando oír el sonido de los cascos de una patrulla del Imperio, pero todo está en silencio. Cuando vuelvo a mirarlo, tiene los ojos fijos en un punto más allá de mi cabeza.

—Voces. Me llaman.

Alucinaciones. Otro efecto del veneno. Ato a Elias al semental con la cuerda que tiene en la mochila, relleno las cantimploras y me monto. Elias se desploma contra mi espalda, se ha desmayado de nuevo. Su olor, a lluvia y a especias, me embriaga, y respiro hondo para calmarme.

Mis dedos empapados de sudor patinan por las riendas del caballo. Como si la bestia notara que no tengo la menor idea de montar, levanta la cabeza y tira de la embocadura. Me seco las manos en la camisa y me agarro con más fuerza.

—Ni se te ocurra, rocín —le digo ante su resoplido rebelde—. Vamos a estar tú y yo durante los próximos días, así que será mejor que me hagas caso. —Lo arreo suavemente con los talones y, para mi alivio, inicia el trote. Giramos hacia el sureste, le hinco los talones y desaparecemos en la noche.

VII: Elias

El murmullo de unas voces me rodea y me recuerda a un campamento tribal al despertar: los susurros de los hombres que calman a los caballos y los niños que prenden los fuegos para el desayuno.

Abro los ojos esperando encontrarme con el brillo del sol del desierto tribal, con un brillo imperturbable, incluso en el ocaso. En vez de eso, veo las copas de los árboles. El murmullo se acalla y el aire está impregnado de los aromas verdes de hojas de pino y cortezas de árbol recubiertas de musgo. Está oscuro, pero puedo distinguir los troncos nudosos de unos árboles enormes, algunos tan anchos como casas. Por encima de las altas ramas, retales del cielo azul se oscurecen rápidamente y pasan a tonos grisáceos, como si se acercara una tormenta.

Algo sale disparado por entre los árboles y desaparece cuando me giro. Las hojas crujen, susurrando como si fuera un campo de batalla fantasmagórico. Los murmullos que he oído antes suben y bajan y luego desaparecen.

Me levanto. Aunque espero sentir cómo el dolor me recorre brazos y piernas, no siento nada. La ausencia del dolor es extraña… y me incomoda.

Dondequiera que me encuentre, no debería estar en este lugar. Debería estar con Laia en dirección al Nido de Ladrones. Debería estar despierto, luchando contra el veneno de la comandante. Alargo la mano en busca de mis cimitarras por instinto, pero no están.

—En el mundo de los fantasmas no hay cabezas que decapitar, asesino imbécil.

Conozco esa voz, aunque rara vez la haya oído con un tono tan cargado de veneno.

—¿Tristas?

Mi amigo aparece igual que en vida, su cabello con el mismo tono oscuro y el relieve del tatuaje del nombre de su amada se recorta visiblemente en su piel pálida. Aelia. No se parece en nada a un fantasma, aunque debe de serlo. Vi cómo moría en la tercera prueba bajo la cimitarra de Dex.

Tampoco percibo que sea un fantasma; es algo de lo que me doy cuenta con una violencia abrupta cuando, tras meditarlo un momento, me hunde el puño en la mandíbula.

El estallido de dolor que me atraviesa el cráneo es la mitad del suplicio que debería ser. Aun así, doy un paso atrás. El odio que hay tras el puño es mucho más poderoso que el golpe en sí.

—Eso ha sido por dejar que Dex me matara en la prueba.

—Lo siento. Debería haberlo detenido —le digo.

—No importa. Como ves, sigo estando muerto.

—¿Dónde estamos? ¿Qué es este lugar?

—La Antesala. Se ve que es el sitio para los muertos que no están listos para cruzar al otro lado. Leander y Demetrius se fueron, pero yo no. Estoy aquí atascado escuchando estos lamentos.

¿Lamentos? Supongo que se refiere al murmullo de los fantasmas que revolotea por los árboles, que a mí me causa el mismo malestar que el rumor de las olas del mar.

—Pero yo no estoy muerto.

—¿Acaso no se ha presentado ella para darte su discursito? —pregunta Tristas—. *Bienvenido a la Antesala, el reino de los fantasmas. Soy la Atrapaalmas y estoy aquí para ayudarte a cruzar al otro lado.*

Como niego con la cabeza, perplejo, Tristas esboza una sonrisa malévola.

—Bueno, estará aquí pronto e intentará obligarte a cruzar. Todo esto es suyo. —Hace un gesto hacia el bosque y los espíritus, que todavía murmuran por entre los árboles. Entonces su rostro cambia: hace una mueca—. ¡Ahí viene! —Tristas desaparece por entre los árboles a una velocidad sobrenatural. Alarmado, me doy la vuelta y veo una sombra que emerge de un tronco cercano.

Mantengo las manos relajadas a los lados; estoy preparado para agarrar, estrangular, golpear. La figura se acerca, desplazándose de un modo que no se parece en nada a una persona. Es demasiado fluido, demasiado rápido.

Pero cuando está cerca, frena y se transforma en una mujer esbelta de pelo oscuro. Su rostro no tiene arrugas, aunque soy incapaz de adivinar su edad. Sus ojos negros y la mirada antigua me indican algo que no puedo comprender.

—Hola, Elias Veturius. —Su voz terrosa tiene un acento muy marcado, como si no estuviera acostumbrada a hablar serrano—. Soy la Atrapaalmas, y es un placer conocerte al fin. Llevo mucho tiempo observándote.

Fantástico.

—Tengo que salir de aquí.

—¿Lo disfrutas? —Su voz es suave—. ¿El daño que causas? ¿El dolor? Puedo verlo. —Sus ojos se centran en el aire alrededor de mi cabeza y mis hombros—. Lo acarreas. ¿Por qué? ¿Acaso te trae felicidad?

—No. —Aparto el pensamiento de mi mente—. No es mi intención… No quiero hacerle daño a nadie.

—Aun así, destruyes a todos aquellos que se acercan a ti. A tus amigos. A tu abuelo. A Helene Aquilla. Los lastimas. —Se queda callada mientras la horrible verdad de sus palabras cala en mí—. A esos no los observo en el otro lado —dice—. Pero tú eres distinto.

—No debería estar aquí. No estoy muerto —insisto.

Se me queda mirando durante un buen rato antes de ladear la cabeza como si fuera un pájaro curioso.

—Pero estás muerto —afirma—, solo que todavía no lo sabes.

* * *

Abro los ojos de golpe y veo un cielo cubierto de nubes. Es media mañana, mi cuerpo está desplomado hacia delante y mi cabeza rebota en el espacio entre el cuello y el hombro de Laia. Unos pequeños montes se elevan y bajan a nuestro alrededor, salpicados de árboles de yaca, plantas rodadoras y poco más. Laia dirige el caballo hacia el sureste al trote, directo al Nido de Ladrones. Al notar que me muevo, gira el cuerpo hacia mí.

—¡Elias! —Frena el caballo—. Has estado inconsciente durante horas. Yo... creía que tal vez no te despertaras.

—No detengas el caballo. —No me queda ni rastro de la fuerza que sentía en la alucinación, pero me obligo a sentarme. Un mareo me recorre y siento la lengua hinchada en la boca. *Quédate aquí, Elias,* me digo a mí mismo. *No permitas que la Atrapaalmas te reclame de nuevo*—. Tenemos que seguir moviéndonos... Los soldados...

—Hemos cabalgado toda la noche. Vi a los soldados, pero estaban lejos y se dirigían hacia el sur. —Tiene unas ojeras visibles y le tiemblan las manos. Está exhausta. Le tomo las riendas y apoya la espalda contra mí y cierra los ojos.

—¿A dónde has ido, Elias? ¿Lo recuerdas? Porque he visto desmayos antes. Pueden dejar a alguien sin sentido durante unos cuantos minutos, incluso hasta una hora, pero has estado inconsciente mucho más.

—A un lugar extraño. Un bo-bosque...

—Ni se te ocurra desplomarte de nuevo, Elias Veturius. —Laia se gira y me zarandea por los hombros, y abro los ojos de golpe—. No puedo hacer esto sin ti. Mira al horizonte. ¿Qué ves?

Me obligo a levantar la vista.

—Nu-nubes. Una tormenta se acerca. Grande. Tenemos que cobijarnos.

Laia asiente.

—Podía olerla. La tormenta. —Mira hacia atrás—. Me recuerda a ti.

Intento discernir si es un cumplido o no, pero me rindo. Por los diez infiernos, estoy muy cansado.

—Elias. —Posa una mano en mi cara y me obliga a mirarla a sus ojos dorados, tan hipnotizantes como los de una leona—. Quédate conmigo. Tenías un hermanastro… Cuéntame más cosas de él.

Unas voces me llaman… La Antesala me arrastra hacia ella con unas garras mordaces.

—Shan —respondo con voz ahogada—. Se llama… Shan. Mandón, igual que Mamie Rila. Tiene diecinueve años…, es un año más pequeño. —Sigo parloteando en un intento de repeler el agarre frío de la Antesala. Mientras hablo, Laia me pone agua en las manos y me apremia para que beba.

—Quédate. —Me sigue repitiendo, y me aferro a la palabra como si fuera un madero a la deriva en medio del océano—. No te vuelvas a ir. Te necesito.

Horas después, nos alcanza la tormenta, y aunque cabalgar a través de ella es una tortura, el azote del agua me obliga a mantenerme despierto. Dirijo el caballo hacia un bajo desfiladero repleto de rocas. La tormenta arrecia y no vemos más allá de unos cuantos metros, lo que significa que los hombres del Imperio estarán igual de cegados.

Desmonto y paso unos largos minutos intentando ocuparme del semental, pero mis manos se niegan a funcionar correctamente. Una emoción desconocida se aferra a mí: el miedo. Lo aplasto. *Pelearás contra el veneno, Elias. Si te tuviera que matar, ya estarías muerto.*

—¿Elias? —Laia está a mi lado con el rostro surcado por la preocupación. Ha atado una lona entre dos piedras, y cuando acabo con el caballo me guía hasta allí y me obliga a sentarme.

—Me dijo que había herido a gente —desembucho mientras nos apretamos el uno contra la otra—. Permití que les hicieran daño.

—¿Quién te ha dicho eso?

—Te haré daño —afirmo—. Le hago daño a todo el mundo.

—Basta, Elias. —Laia me sujeta las manos—. Te liberé porque no me hiciste daño. —Se queda callada y la lluvia forma una cortina fresca a nuestro alrededor—. Intenta quedarte, Elias. La última vez has estado ausente durante mucho rato y necesito que estés aquí.

Estamos tan juntos que puedo ver la marca en el centro de su labio inferior. Un bucle de su pelo se ha soltado del moño y se derrama por su largo cuello dorado. Daría lo que fuera por estar así de cerca de ella y no estar sufriendo por el veneno o porque me persigan, me hieran o me aflijan.

—Cuéntame otra historia —murmura Laia—. Tengo entendido que los quintos visitan las islas del sur. ¿Son bonitas? —Ante mi gesto afirmativo, me da un leve codazo—. ¿Cómo son? ¿El agua es transparente?

—El agua es azul. —Intento combatir contra mi lengua trabada porque tiene razón: tengo que quedarme. Tengo que conseguir que lleguemos al Nido. Tengo que conseguir la telis.

—Pero no es…, no es un azul oscuro. Son mil tonos de azul. Y de verde. Como… como si alguien tomara los ojos de Hel y los convirtiera en un océano.

El cuerpo me tiembla. *No… Otra vez no.* Laia me toma las mejillas con las manos y su tacto me envía una descarga de deseo por el cuerpo.

—Quédate conmigo —me insiste. Noto sus dedos fríos en mi piel febril. Un relámpago destella, iluminando su rostro y oscureciendo sus ojos dorados, otorgándole un aspecto como si fuera de otro mundo—. Cuéntame otra historia —me pide—. Algo bonito.

—Tú —respondo—. La… la primera vez que te vi. Eres preciosa, pero hay muchas chicas preciosas, y… —*Encuentra las palabras. Oblígate a quedarte*—. Pero no destacabas por eso. Eres como yo…

—Quédate conmigo, Elias. Quédate aquí.

La boca no me obedece. La oscuridad que invade el contorno de mi visión se ensancha.

—No puedo quedarme…

—Inténtalo, Elias. ¡Inténtalo!

Su voz se desvanece y el mundo se torna oscuro.

* * *

Esta vez, estoy sentado en el suelo del bosque y el calor de un fuego alivia el frío de mis huesos. La Atrapaalmas está sentada enfrente y alimenta pacientemente el fuego con troncos.

—Los gemidos de los muertos no te importunan —dice.

—Responderé a tus preguntas si tú respondes a las mías —replico. Cuando asiente, continúo—. No me parecen gemidos, sino más bien susurros. —Espero alguna confirmación de ella, pero no llega ninguna—. Mi turno. Estos desmayos… no deberían mantenerme inconsciente durante tantas horas cada vez. ¿Eres tú quien los provoca? ¿Me estás reteniendo aquí?

—Te lo dije: te he estado observando. Quería tener la oportunidad de hablar contigo.

—Déjame volver.

—Pronto. ¿Tienes alguna pregunta más? —dice.

Siento cómo crece mi frustración y me dan ganas de gritarle, pero necesito respuestas.

—¿Qué quisiste decir cuando dijiste que yo estaba muerto? Sé que no lo estoy. Estoy vivo.

—No por mucho tiempo.

—¿Puedes ver el futuro, como los augures?

Levanta la cabeza, y la mueca desdeñosa que hay en sus labios es inequívocamente inhumana.

—No invoques a esas criaturas aquí —repone—. Este es un mundo sagrado, un lugar en el que los muertos vienen a encontrar la paz. Los augures son abominables para la muerte. —Se inclina hacia atrás—. Soy la Atrapaalmas, Elias. Lidio con los muertos. Y la muerte te ha llamado... aquí. —Me toca el brazo en el punto exacto donde me cortó la estrella de la comandante.

—El veneno no me matará —digo—. Y si Laia y yo conseguimos el extracto de telis, tampoco lo harán los desmayos.

—Laia, la chica académica. Otra llama que espera para quemar el mundo entero —dice—. ¿También le harás daño a ella?

—Nunca.

La Atrapaalmas niega con la cabeza.

—Te estás encariñando de ella. ¿No ves lo que estás haciendo? La comandante te ha envenenado. Tú, por tu parte, eres un veneno. Envenenarás la alegría de Laia, su esperanza, su vida, igual que has envenenado a todos los demás. Si de verdad te preocupas por ella, no permitas que ella se preocupe por ti. Igual que el veneno que se propaga por tu interior, no hay ningún antídoto para ti.

—No me voy a morir.

—La fuerza de voluntad por sí sola no puede cambiar el destino de alguien. Piénsalo, Elias, y lo verás. —Esboza una sonrisa triste mientras remueve las ascuas del fuego—. Tal vez te reclame aquí de nuevo. Tengo muchas preguntas...

Vuelvo al mundo real de golpe con tanta brusquedad que hace que me duelan los dientes. La niebla envuelve la noche. Debo de haber estado inconsciente durante horas. El caballo trota hacia delante a ritmo constante, aunque noto cómo le tiemblan las patas. Tendremos que detenernos pronto.

Laia sigue cabalgando, ajena a que me haya despertado. No tengo la mente tan clara como en la Antesala, pero recuerdo las palabras de la Atrapaalmas. *Piénsalo, Elias, y lo verás.*

Hago un repaso de los venenos que conozco y me maldigo por no haber prestado más atención al centurión de Risco Negro que nos instruía en toxinas.

Nocturnia. Apenas se la menciona porque es ilegal en el Imperio, incluso para los máscaras. Su uso se prohibió hace un siglo, después de que la emplearan para asesinar a un emperador. *Siempre mortífera, y aunque en grandes dosis mata al instante, en dosis menos elevadas los únicos síntomas son desmayos profundos.*

De tres a seis meses de desmayos, recuerdo. Después la muerte. No hay cura. Ni antídoto.

Al fin entiendo por qué la comandante nos ha dejado escapar de Serra, por qué no se ha molestado en rebanarme el pescuezo. No tenía ninguna necesidad.

Porque ya me había matado.

VIII: *Helene*

—Seis costillas rotas, veintiocho laceraciones, trece fracturas, cuatro tendones rasgados y una lesión renal.

El sol de la mañana se filtra a través de las ventanas de mi habitación de cuando era pequeña y hace brillar el pelo rubio plateado de mi madre mientras transmite la información del médico. La observo en el espejo ornamentado de plata que tenemos enfrente, un regalo que me dio cuando era una niña. Su superficie impoluta es la especialidad de una ciudad situada en los confines del sur, una isla de sopladores de vidrio que mi padre visitó una vez.

No debería estar aquí. Debería estar en los barracones de la Guardia Negra preparándome para mi audiencia con el Emperador Marcus Farrar, que tendrá lugar dentro de menos de una hora. En vez de eso, estoy sentada entre las sábanas de seda y las cortinas de color lavanda de la Villa Aquilla, dejando que me atiendan mi madre y mis hermanas en lugar de un médico militar. *Estuviste en el interrogatorio durante cinco días y estaban muertas de preocupación,* insistió mi padre. *Quieren verte.* No me quedaban fuerzas para rechazarlo.

—Trece fracturas no es nada. —Mi voz es áspera. Intenté no gritar durante el interrogatorio. Mi garganta está irritada de las veces que no lo conseguí. Mi madre me cose una herida y oculto una mueca de dolor cuando corta el hilo.

—Tiene razón, madre. —Livia, que con dieciocho años es la más joven de los Aquilla, me dedica una sonrisa sombría—. Podría haber sido peor. Podrían haberle cortado el pelo.

Resoplo; reír me duele demasiado, e incluso madre sonríe mientras me extiende un ungüento por encima de una de mis heridas. Solo Hannah se mantiene inexpresiva.

Le dirijo la mirada y ella aparta la suya con la mandíbula apretada. Mi hermana mediana nunca ha aprendido a sofocar el odio que siente hacia mí, aunque después de la primera vez que la amenacé con la cimitarra, al menos ha aprendido a ocultarlo.

—Es tu maldita culpa. —El tono de Hannah es bajo, lleno de veneno, y para nada inesperado. Me sorprende que haya tardado tanto rato—. Es repugnante. No deberían haberte torturado en busca de información sobre… sobre ese monstruo. —*Elias.* Agradezco que no pronuncie su nombre—. Deberías habérsela dado…

—¡Hannah! —la interrumpe mi madre. Livia, con la espalda erguida, la fulmina con la mirada.

—Mi amiga Aelia tenía que casarse la semana que viene —masculla Hannah—. Su prometido está muerto por culpa de tu amigo. Y te niegas a ayudar a encontrarlo.

—No sé dónde…

—¡Mentirosa! —La voz de Hannah tiembla con más de una década de furia. Durante catorce años, mi educación pasó por delante de cualquier cosa que hicieran ella o Livvy. Catorce años en los que mi padre estuvo más preocupado por mí que por sus otras hijas. Conozco su odio tanto como mi propia piel, aunque eso no significa que duela menos. Ve a una rival en mí. La miro y contemplo a la hermana de ojos grandes y pelo rubio que solía ser mi mejor amiga.

Al menos hasta que llegó Risco Negro.

Ignórala, me digo. No puedo permitirme que unas acusaciones me estén retumbando en los oídos cuando me encuentre con la serpiente.

—Deberías haberte quedado en prisión —dice Hanna—. No vales lo suficiente como para que padre tenga que ir a suplicarle al Emperador…, a suplicarle de rodillas.

Por los cielos sangrientos, padre. No. No debería haberse rebajado así... Al menos no por mi causa. Bajo la vista hacia mis manos, rabiosa cuando noto que los ojos me arden por las lágrimas. Por los infiernos sangrantes, estoy a punto de encontrarme cara a cara con Marcus. No tengo tiempo para culpabilizarme ni para las lágrimas.

—Hannah —dice mi madre con voz férrea, tan diferente a su habitual amabilidad—. Vete.

Mi hermana levanta el mentón en un gesto desafiante antes de darse la vuelta e irse a paso lento, como si la idea hubiese sido suya. *Habrías sido una máscara excelente, hermana.*

—Livvy —dice mi madre tras un minuto—. Asegúrate de que no haga pagar su ira con los esclavos.

—Probablemente ya sea muy tarde para eso —masculla Livvy mientras se va. Cuando intento levantarme, mi madre me coloca una mano en el hombro y me empuja hacia atrás con una fuerza sorprendente.

Me unta un corte profundo en la cabeza con un maldito ungüento que escuece. Sus dedos fríos giran mi cabeza de un lado a otro y sus ojos son como espejos tristes donde se reflejan los míos.

—Ay, mi niña —susurra. Me siento débil de repente, como si quisiera derrumbarme en sus brazos y no salir jamás de su abrazo seguro.

Al final, le aparto las manos.

—Ya basta. —Mejor que se piense que soy una impaciente que una debilucha. No puedo mostrarle mis partes heridas. No puedo mostrárselas a nadie. No cuando mi fuerza es lo único que me va a servir ahora. Y no cuando solo quedan unos minutos para que me encuentre con la serpiente.

Tengo una misión para ti, me dijo. ¿Qué me va a pedir que haga? ¿Aplastar la revolución? ¿Castigar a los académicos por su insurrección? *Demasiado fácil.* Unas opciones peores me vienen a la mente, aunque intento no pensar en ellas.

A mi lado, mi madre suspira. Sus ojos se anegan y me tenso. Se me dan tan bien las lágrimas como las declaraciones de amor. Pero sus lágrimas no se derraman. Se recompone, algo que se ha visto obligada a aprender como la madre de una máscara, y va en busca de mi armadura. En silencio, me ayuda a ponérmela.

—Verdugo de Sangre. —Mi padre aparece en el umbral de la puerta unos minutos después—. Es la hora.

* * *

El Emperador Marcus se ha establecido en Villa Veturia.

En la casa de Elias.

—Ante el deseo de la comandante, sin duda —dice mi padre mientras unos guardias que portan los colores de Veturia abren la puerta de la Villa delante nuestro—. Querrá mantenerlo cerca.

Ojalá hubiera escogido cualquier otro sitio. Los recuerdos me asaltan mientras cruzamos el patio. Elias está en todos lados, su presencia es tan fuerte que sé que con solo girar la cabeza podría visualizarlo a unos centímetros de mí con los hombros echados hacia atrás con una gracia natural y alguna ocurrencia preparada en los labios.

Pero, por supuesto, no está aquí, ni tampoco su abuelo, Quin. En su lugar hay decenas de soldados de la Gens Veturia vigilando las murallas y los tejados. El orgullo y la arrogancia que eran el sello distintivo de los Veturia bajo el mandato de Quin han desaparecido. Ahora una corriente de miedo silencioso barre el patio. En una esquina, se alza un poste de azotes y la sangre todavía fresca mancha los adoquines a su alrededor.

Me pregunto dónde estará Quin ahora. En algún lugar seguro, espero. Antes de ayudarlo a escapar por el desierto al norte de Serra, me dio una advertencia. *Vigila tus espaldas, chica. Eres fuerte, y te matará por ello. No directamente; tu familia es demasiado importante para eso. Pero encontrará la manera.* No tuve que preguntarle a quién se estaba refiriendo.

Mi padre y yo entramos en la Villa. Aquí está el vestíbulo donde Elias me saludó después de nuestra graduación. Las escaleras de mármol por las que corríamos de pequeños, la sala de estar donde Quin recibía a los invitados y la despensa de detrás, desde donde Elias y yo lo espiábamos.

Cuando al fin nos escoltan a mi padre y a mí hasta la biblioteca de Quin, me esfuerzo por controlar mis pensamientos. Ya es lo bastante malo que Marcus, como Emperador, me pueda ordenar hacer lo que le plazca. No puedo permitirle también que me vea lamentarme por Elias. Usará esa debilidad en su beneficio, lo sé.

Eres una máscara, Aquilla. Actúa como tal.

—Verdugo de Sangre. —Marcus levanta la vista cuando entro, y mi título suena como un insulto en sus labios—. *Pater* Aquillus. Bienvenidos.

No estoy segura de qué esperar cuando entramos. Marcus apoltronado en un harén de mujeres maltratadas y llenas de moratones, tal vez.

Sin embargo, lleva puesta la armadura completa, tanto su capa como sus armas están ensangrentadas, somo si estuviera en el centro de una pelea. Claro. Siempre le han gustado el crúor y la adrenalina de la batalla.

Dos soldados Veturia están apostados junto a la ventana. La comandante está al lado de Marcus, apuntando a un mapa que hay encima del escritorio que tienen delante. Mientras se inclina, capto un brillo plateado debajo de su uniforme.

Esa perra lleva puesta la camisa que me robó.

—Como le iba diciendo, mi señor. —La comandante asiente como saludo, antes de retomar el hilo de la conversación—. Debemos lidiar con el alcaide Sisellius de Kauf. Era primo del antiguo Verdugo y compartía información de los interrogatorios de los prisioneros de Kauf con él. Era la razón por la que el Verdugo era capaz de mantener un control tan férreo sobre las disidencias internas.

—No puedo estar buscando al traidor de tu hijo, pelear contra esas ratas revolucionarias, doblegar la voluntad de las Gens ilustres a mi favor, lidiar con los ataques fronterizos y encargarme de uno de los hombres más poderosos del Imperio, comandante. —Marcus se ha hecho a la autoridad con naturalidad. Como si lo hubiera estado esperando—. ¿Sabes cuántos secretos conoce el alcaide? Podría reunir un ejército con unas pocas palabras. Hasta que no tengamos el resto del Imperio bajo control, dejaremos al alcaide en paz. Puedes retirarte. *Pater* Aquillus. —Marcus mira a mi padre—. Acompañe a la comandante. Ella se encargará de los detalles de nuestro... acuerdo.

Acuerdo. Los términos para mi liberación. Mi padre todavía no me ha contado cuáles eran.

Pero no puedo preguntarlo ahora. Mi padre sigue a la comandante y a los dos soldados Veturia. La puerta del estudio se cierra detrás de ellos y Marcus y yo nos quedamos solos.

Se gira para observarme, pero no puedo devolverle la mirada. Cada vez que me veo en sus ojos dorados, asoman mis pesadillas. Espero que se deleite con mi debilidad, que me susurre al oído las cosas oscuras que ambos vemos, como ha estado haciendo durante semanas. Espero que se acerque, que ataque. Sé cómo es. Sé con qué me ha estado amenazando durante meses.

Pero aprieta la mandíbula y medio levanta la mano, como si estuviera a punto de espantar a un mosquito. Entonces, retoma el control de sí mismo y una vena le palpita en la sien.

—Parece ser, Aquilla, que tú y yo estamos destinados a estar juntos, como Emperador y Verdugo. —Me escupe las palabras—. Hasta que uno de los dos muera, en todo caso.

Me sorprende el tono amargo de su voz. Sus ojos felinos están fijos en la distancia. Sin Zak a su lado, no parece estar del todo presente; es como si fuera media persona, en lugar de una entera. Tenía una apariencia más joven cuando estaba con Zak. Seguía siendo cruel y horrible, pero más relajado. Ahora parece mayor, más duro y, lo más aterrador, más sabio.

—Entonces, ¿por qué no te limitaste a matarme en la prisión? —pregunto.

—Porque disfruté ver cómo tu padre me suplicaba. —Marcus sonríe, un atisbo de su antiguo ser. La sonrisa desaparece—. Y porque los augures parecen tener una debilidad por ti. Cain vino a visitarme y me insistió en que matarte me llevaría a mi propia ruina. —La serpiente se encoge de hombros—. Si te soy sincero, me dan ganas de rebanarte el cuello solo para ver qué ocurre. Tal vez todavía lo haga. Pero por ahora tengo una misión para ti.

Control, Aquilla.

—Estoy a tus órdenes, mi señor.

—La Guardia Negra, que ahora son tus hombres, ha fracasado en localizar y retener al rebelde Elias Veturius.

No.

—Tú lo conoces y sabes cómo piensa. Le darás caza y me lo traerás encadenado. Y luego lo torturarás y lo ejecutarás. Públicamente.

Cazar. Torturar. Ejecutar.

—Mi señor. —*No puedo hacerlo. No puedo*—. Soy la Verdugo de Sangre. Debería estar aplastando la revolución…

—La revolución ha sido reprimida —dice Marcus—. Tu ayuda no será necesaria.

Sabía que esto iba a ocurrir. Sabía que me enviaría tras Elias. Lo sabía porque lo había soñado. Pero no creía que fuera tan pronto.

—Acabo de posicionarme como líder de la Guardia Negra. Tengo que conocer a mis hombres. Mis deberes.

—Pero antes tienes que ser un ejemplo para ellos. ¿Y qué mejor manera que capturar al mayor traidor del Imperio? No te preocupes por el resto de la Guardia Negra. Seguirán mis órdenes mientras llevas a cabo esta misión.

—¿Por qué no va la comandante? —Intento reprimir la desesperación en mi voz. Cuanto más se note, más placer sentirá al oírla.

—Porque necesito a alguien despiadado para machacar a los revolucionarios —responde Marcus.

—Quieres decir que necesitas a un aliado que esté contigo.

—No seas estúpida, Aquilla. —Niega con la cabeza, asqueado, y empieza a caminar de un lado a otro—. No tengo aliados. Tengo personas que me deben cosas y personas que quieren cosas y personas que me usan y personas a las que uso. En el caso de la comandante, el querer y usar es mutuo, así que se quedará aquí. Me sugirió que dieras caza a Elias como una prueba de lealtad. Accedí a su sugerencia.

La serpiente se detiene.

—Juraste ser mi Verdugo, la espada que ejecuta mi voluntad. Ahora tienes la oportunidad de demostrarme tu lealtad. Los buitres vuelan sobre mí, Aquilla. No cometas el error de pensar que soy demasiado estúpido como para no verlo. La huida de Veturius es mi primer fracaso como Emperador, y los ilustres ya lo están utilizando en mi contra. Necesito que muera. —Me mira a los ojos y se inclina hacia delante, sus nudillos se quedan blancos mientras se aferra al escritorio—. Y quiero que seas tú quien lo mate. Quiero que observes cómo la luz abandona sus ojos. Quiero que él sepa que la persona a quien tiene más aprecio en el mundo es la que le atraviesa el corazón con una espada. Quiero que eso te persiga durante el resto de tus días.

El odio no es lo único que hay en los ojos de Marcus. Durante un momento fugaz e indiscernible, también vislumbro la culpa.

Quiere que sea como él. Quiere que Elias sea como Zak.

El nombre del gemelo de Marcus planea entre nosotros, un fantasma que volvería a la vida si pronunciáramos su nombre. Ambos sabemos lo que ocurrió en el campo de batalla de la tercera prueba. Todo el mundo lo sabe. Zacharias Farrar fue asesinado, apuñalado en el corazón por el hombre al que tengo delante.

—Muy bien, su majestad. —La voz me sale fuerte y estable. Mi entrenamiento entra en juego. La sorpresa en el rostro de Marcus lo hace gratificante.

—Empezarás de inmediato. Recibiré informes diarios; la comandante ha elegido a un soldado de la Guardia Negra para que nos mantenga al corriente de tu progreso.

Cómo no. Me doy la vuelta para irme, y el estómago me da un vuelco mientras estiro la mano hacia la maneta de la puerta.

—Una cosa más —dice Marcus, obligándome a girarme con los dientes apretados—, ni se te ocurra decirme que no eres capaz de atrapar a Veturius. Es lo suficientemente astuto como para escapar de los cazarrecompensas con facilidad. Pero tanto tú como yo sabemos que jamás sería capaz de huir de ti. —Marcus ladea la cabeza, calmado, sereno y lleno de ira—. Buena caza, Verdugo de Sangre.

* * *

Mis pies me guían lejos de Marcus y su terrible orden por la puerta de la biblioteca de Quin Veturius. Bajo mi armadura ceremonial, la sangre de una herida me empapa las vendas. Resigo con suavidad la herida con el dedo, presionando primero levemente y luego con fuerza. El dolor me atraviesa el torso y me estrecha la visión hasta que solo puedo ver lo que tengo justo enfrente.

Debo perseguir a Elias. Atraparlo. Torturarlo. Matarlo.

Aprieto los puños. ¿Por qué tuvo Elias que romper su juramento a los augures y al Imperio? Ya ha visto cómo es la vida más allá de nuestras fronteras: en las Tierras del Sur, hay más monarquías que personas, cada reyezuelo maquina cómo conquistar al resto. En el noroeste, los salvajes de la tundra intercambian bebés y mujeres por pólvora ígnea y licor. Y al sur de los Grandes Páramos, los bárbaros de Karkaus se dedican a saquear y violar.

El Imperio no es perfecto, pero nos hemos mantenido firmes contra las tradiciones retrógradas de las tierras despedazadas que se extienden más allá de nuestras fronteras desde hace ya más de cinco siglos. Elias lo sabe y, aun así, le dio la espalda a su gente.

A mí.

No supone ninguna diferencia. Es una amenaza para el Imperio. Una amenaza de la que me tengo que hacer cargo.

Pero lo quiero. ¿Cómo voy a matar al hombre al que quiero?

La chica que era, la chica que tenía esperanza, ese pajarillo débil... La chica que aletea y menea la cabeza ante la confusión de esta situación. *¿Qué pasa con los augures y sus promesas? ¿Serías capaz de matarlo, a tu amigo, a tu compañero de armas, a tu todo, al único al que has...?*

Acallo la voz de esa chica. *Concéntrate.*

Ya hace seis días que Veturius se fue. Si estuviera solo y pasara desapercibido, atraparlo sería como intentar capturar el humo. Pero las noticias de su huida y la recompensa lo obligarán a ir con más cuidado. ¿Bastaría con dejar que los cazarrecompensas intentaran encontrarlo? Suelto una risita. He visto a Elias robar a la mitad de los individuos de un campamento de esos mercenarios sin que ninguno de ellos se percatara. Dará vueltas a su alrededor, aunque esté herido o lo persigan.

Pero está la chica. Es más lenta. Menos experimentada. Una distracción.

Distracciones. Él, distraído. Por ella. Distraído porque él y ella... Porque ellos...

Nada de eso, Helene.

Unas voces elevadas me devuelven la atención hacia delante, lejos de la fragilidad de mi interior. Oigo a la comandante que habla en el salón y me pongo tensa. Se acaba de ir con mi padre, ¿acaso se atreve a levantarle la voz al *pater* de la Gens Aquilla?

Avanzo con celeridad para abrir de golpe las puertas agrietadas del salón. Uno de los beneficios de ser la Verdugo de Sangre es que tengo un rango superior a todos los demás menos el Emperador. Puedo increpar a la comandante y ella no puede hacer nada al respecto si Marcus no está presente.

Entonces me detengo, porque la voz que responde no pertenece a mi padre.

—Te dije que tu deseo de dominarla sería un problema.

La voz me da un escalofrío. También me recuerda a algo: a los efrits de la segunda prueba, la manera como sus voces sonaban como el viento. Pero si los efrits eran una tormenta de verano, esta voz es un vendaval de invierno.

—Si la cocinera os ofende, podéis matarla.

—Tengo limitaciones, Keris. Encárgate de ella. Ya nos ha perjudicado demasiado. El líder de la Resistencia era esencial y ahora está muerto.

—Podemos sustituirla. —La comandante se queda callada y escoge sus palabras con cuidado—. Y perdonadme, mi señor, pero ¿cómo me podéis hablar a mí de obsesión? No me dijo quién era la esclava. ¿Por qué muestra tanto interés por ella? ¿Qué significa?

Le sigue una pausa larga y tensa. Doy un paso atrás, recelosa de lo que sea que esté en esa habitación con la comandante.

—Ah, Keris. ¿Has estado ocupada en tu tiempo libre, por lo que veo? ¿Buscando información sobre ella? Quién es, quiénes eran sus padres...

—Fue lo bastante fácil descubrirlo una vez que supe lo que tenía que buscar.

—La chica no te incumbe y me canso de tus preguntas. Esas pequeñas victorias te han hecho atrevida, comandante, pero no permitas que te vuelvan estúpida. Tienes tus órdenes, ejecútalas.

Me quito de en medio justo cuando la comandante sale de la habitación. Se aleja por el pasillo airada y me espero hasta que sus pasos desaparecen para doblar la esquina... y me encuentro enfrente del otro interlocutor.

—Nos estabas escuchando.

Noto la piel húmeda, y me doy cuenta de que estoy agarrando la empuñadura de la cimitarra. La figura ante mí parece ser un hombre normal vestido con un traje sencillo, las manos enguantadas y la capucha echada para ocultar su rostro. Aparto la mirada de inmediato. Un instinto primitivo me apremia a salir de ahí, pero para mi preocupación me doy cuenta de que no me puedo mover.

—Soy la Verdugo de Sangre. —Pronunciar mi rango no me da ninguna fuerza, pero cuadro los hombros de todos modos—. Puedo escuchar donde desee.

La figura ladea la cabeza e inhala, como si oliera el aire a mi alrededor.

—Te han dado un don. —El hombre suena ligeramente sorprendido. Me estremezco ante la oscuridad pura de su voz—. Un poder curativo. Los efrits lo despertaron, puedo olerlo. El azul y blanco del invierno, el verde de inicios de primavera.

Por los cielos sangrantes. Quiero olvidarme del poder extraño que me succionó la vida y que usé en Elias y Laia.

—No sé de qué hablas. —La máscara de mi interior toma el control.

—Te destruirá si no te andas con cuidado.

—¿Y cómo lo sabes? —¿Quién es este hombre..., si es que es un hombre?

La figura levanta una mano enguantada, me la coloca en el hombro y canta una nota aguda, como el trino de un pájaro, algo inesperado si tenemos en cuenta el tono cavernoso de su voz. El fuego me atraviesa el cuerpo de golpe y aprieto los dientes para no gritar.

Pero cuando el dolor remite, el cuerpo me duele menos, y el hombre hace un gesto hacia el espejo que hay colgado en una pared lejana. Los moratones de mi cara no han desaparecido, pero han mejorado considerablemente.

—Lo sé. —La criatura ignora mi boca abierta por la sorpresa—. Deberías encontrar a un profesor.

—¿Te estás ofreciendo voluntario? —Debo de estar fuera de mis cabales para proponerle eso, pero la cosa emite un sonido insólito que debe de ser una risa.

—No. —Vuelve a aspirar aire, como si se lo estuviera pensando—. Tal vez... algún día.

—¿Qué... quién eres?

—Soy la Parca, chica, y voy a recoger lo que me pertenece.

Al oír eso, me atrevo a mirarlo a la cara. Es un error, pues en lugar de ojos tiene unas estrellas que brillan como los fuegos de los infiernos. Cuando me devuelve la mirada, una descarga de soledad me atraviesa. Y llamarlo «soledad» se queda corto. Me siento abandonada. Destruida. Como si me hubieran arrancado todo y todos los que me importan y los hubieran lanzado al éter.

La mirada de la criatura es un abismo que se retuerce, y cuando mi visión se vuelve rojiza y me tambaleo hacia la pared que tengo detrás, me doy cuenta de que ya no lo estoy mirando a los ojos. Estoy mirando hacia mi futuro.

Lo veo durante un segundo. Dolor. Sufrimiento. Terror. Todo lo que amo, todo lo que me importa, anegado de sangre.

IX: *Laia*

El Nido de Ladrones se eleva hacia el cielo como un puño colosal. Bloquea el horizonte y su sombra hace que la oscuridad del desierto cubierto de niebla se intensifique. Desde aquí, parece estar tranquilo y abandonado, pero hace rato que se ha puesto el sol y no me puedo fiar de mis ojos. En las profundidades de las grietas de esa gran roca laberíntica, el Nido rebosa de los marginados del Imperio.

Miro a Elias y veo que se le ha bajado la capucha. Cuando se la recoloco, ni se mueve, y la preocupación me contrae el estómago. Ha estado transitando entre la conciencia y el sueño durante los últimos tres días, pero su último desmayo ha sido especialmente violento. Se quedó sin conocimiento durante más de un día, el más largo hasta ahora. No sé tanto de curar como el abuelo, pero incluso yo sé que eso es malo.

Antes, al menos musitaba, como si se estuviera peleando contra el veneno, pero hace horas que no pronuncia ni una palabra. Estaría contenta si le oyera decir cualquier cosa, incluso si fueran más detalles de Helene Aquilla y sus ojos como el océano, un comentario que de manera inesperada me irritó bastante.

Se está escabullendo, y no puedo permitir que eso ocurra.

—Laia. —Al oír la voz de Elias, casi me caigo del caballo del sobresalto.

—Gracias a los cielos. —Echo la mirada atrás y veo que tiene la piel gris y demacrada, y los ojos le arden debido a la fiebre. Levanta la vista hacia el Nido y luego hacia mí.

—Sabía que conseguirías llegar. —Durante un instante, parece su antiguo yo: cálido, lleno de vida. Se asoma por encima de mi hombro y observa mis dedos, irritados de haber estado agarrando las riendas durante cuatro días, y me arrebata las tiras de cuero de las manos.

Durante unos segundos incómodos, mantiene los brazos alejados de mí, como si me fuera a ofender por su cercanía, así que me reclino contra su pecho, sintiéndome más segura de lo que he estado en días, como si de repente me hubiese puesto una armadura. Él se relaja y baja los antebrazos hasta mis caderas, y notar su peso me envía un hormigueo por la espalda.

—Debes de estar exhausta —murmura.

—Estoy bien. Con lo grande que eres, arrastrarte encima y bajarte del caballo ha sido diez veces más fácil que tratar con la comandante.

Suelta una risita débil, y con ello algo en mi interior se relaja al oírla. Encara el caballo hacia el norte y lo espolea a medio galope hasta que el camino que tenemos por delante se eleva.

—Estamos cerca —dice—. Nos dirigiremos hacia las rocas al norte del Nido, allí hay muchos sitios en los que te puedes ocultar mientras busco la telis.

Giro la cabeza con el ceño fruncido por encima del hombro.

—Elias, puedes perder el conocimiento en cualquier momento.

—Puedo resistir los desmayos. Solo necesito unos pocos minutos en el mercado —insiste—. Está justo en el corazón del Nido. Tiene de todo, debería ser capaz de encontrar una botica.

Un rictus le cruza el rostro y sus brazos se tensan.

—Lárgate —musita, aunque claramente no es a mí. Cuando lo miro interrogativamente, finge que está bien y empieza a hacerme preguntas sobre los últimos días.

Pero cuando el caballo empieza a subir por el terreno rocoso al norte del Nido, el cuerpo de Elias se sacude, como si tirara de él un marionetista, y se inclina abruptamente hacia la izquierda.

Agarro las riendas y agradezco a los cielos que lo haya atado con cuerda para que no se caiga. Lo rodeo con el brazo como puedo, torsionada en la silla e intentando mantenerlo recto para que no asuste al caballo.

—No pasa nada. —Me tiembla la voz. Apenas puedo sujetarlo, pero induzco mis palabras con la calma serena del abuelo mientras las convulsiones empeoran—. Conseguiremos el extracto, y todo irá bien. —Su pulso se desboca frenéticamente, y le poso una mano en el corazón, con miedo a que explote. No creo que aguante mucho más así.

—Laia. —Apenas puede hablar y tiene los ojos desorbitados y perdidos—. Tengo que ir yo. No vayas allí sola, es demasiado peligroso. Lo haré yo mismo. Te harán daño... Siempre... hago daño...

Se desploma, su respiración es superficial. Está inconsciente. ¿Quién sabe durante cuánto tiempo esta vez? El pánico me sube por la garganta como la bilis, pero me obligo a tragármelo.

No importa que el Nido sea peligroso. Debo ir. Elias no va a sobrevivir si no encuentra la manera de conseguir la telis. No con un pulso tan irregular y mucho menos tras cuatro días de desmayos.

—No puedes morir. —Lo zarandeo—. ¿Me oyes? No puedes morir, o Darin morirá también.

Los cascos del caballo patinan en las rocas y se encabrita, casi arrancándome las riendas de las manos y lanzando a Elias por los aires. Desmonto y le canturreo al animal, intentando mantener a raya mi impaciencia, y lo convenzo para que me siga mientras la niebla espesa da paso a una llovizna miserable que me cala hasta los huesos.

Apenas puedo ver mi mano enfrente de la cara, pero eso me anima. Si yo no puedo ver a dónde me dirijo, los ladrones no pueden ver quién se acerca. Aun así, ando con cuidado mientras siento cómo el peligro acecha desde todos lados. Desde el desdibujado camino de tierra que he seguido, puedo ver el Nido lo suficientemente claro como para distinguir que no es una roca sino dos, partidas por la mitad como si lo hubiera hecho un hacha gigante. Un valle estrecho se extiende por el centro, y la luz de las antorches parpadea en él. Debe de ser el mercado.

Al este del Nido se abre una tierra de nadie en la que unos finos dedos de roca se elevan de unos desfiladeros bajos que van ganando altura hasta que las rocas se mezclan para formar las primeras cumbres de la cordillera serrana.

Busco por los barrancos y hondonadas a mi alrededor hasta que localizo una cueva lo bastante grande para esconder a Elias y el caballo.

Para cuando consigo amarrar al animal a un saliente de roca y arrastro a Elias de la montura, me falta el aire. La lluvia lo ha dejado empapado, pero no hay tiempo para cambiarle la ropa por una seca. Lo cubro con una capa con cuidado y entonces hurgo en su mochila en busca de monedas, sintiéndome una ladrona.

Cuando las encuentro, le aprieto la mano y saco uno de sus pañuelos para atármelo en la cara como hizo en Serra, inhalando el aroma a especias y lluvia.

A continuación, me bajo la capucha y salgo de la cueva con la esperanza de que siga con vida cuando vuelva.

Si es que vuelvo.

* * *

El mercado que hay en el corazón del Nido rebosa de tribales, marciales, marinos e incluso bárbaros de ojos salvajes de los que hostigan las fronteras del Imperio. Los mercaderes sureños se mueven por entre la multitud; sus ropas brillantes y coloridas se contraponen a las armas cruzadas en sus espaldas, pechos y piernas.

No veo ni a un académico. Ni siquiera esclavos. Pero sí que veo a mucha gente que actúa de una forma tan sospechosa como yo, así que me inmiscuyo entre la muchedumbre y me aseguro de que la empuñadura de mi cuchillo esté bien visible.

Unos segundos después de unirme a la multitud, alguien me agarra del brazo. Sin mirar, ataco con el cuchillo, oigo un gruñido y me libero de un tirón. Me bajo más la capucha y me encorvo, como hacía en Risco Negro. *Eso es lo que es este lugar. Otro Risco Negro. Solo que más pestilente y lleno de ladrones y asaltadores de caminos, además de asesinos.*

El lugar apesta a licor y a estiércol, y por debajo de eso distingo el picor acre del ghas, un alucinógeno prohibido en el Imperio. Unas casas destartaladas se amontonan a lo largo del desfiladero, la mayoría insertadas en las grietas naturales de la roca, con toldos de lona como techo y paredes. Las cabras y las gallinas abundan casi tanto como las personas.

Las casas quizá sean humildes, pero los bienes que hay en el interior son todo lo contrario. Un grupo de hombres a unos cuantos metros de mí regatean por una bandeja llena de rubíes y zafiros brillantes del tamaño de un huevo. Algunos puestos están repletos de hileras de bloques de ghas, quebradizo y pegajoso, mientras que otras tienen montones de barriles de pólvora ígnea colocados de una manera peligrosa.

Una flecha me pasa zumbando por la oreja y echo a correr antes de darme cuenta de que no me atacan a mí. Un grupo de bárbaros cubiertos de pieles está reunido al lado de un comerciante de armas y prueban sus arcos disparando flechas en cualquier dirección. Estalla una pelea e intento salir de en medio, pero se reúne la multitud y me es imposible moverme. A este paso, nunca encontraré a un boticario.

— ... una recompensa de sesenta mil marcos, dicen. Nunca había visto una tan alta...

—El Emperador no quiere quedar como un necio. Veturius tenía que ser su primera ejecución y metió la pata. ¿Quién es la chica que lo acompaña? ¿Por qué viaja con una académica?

—Tal vez se haya unido a la revolución. Dicen que los académicos saben el secreto del acero sérrico. El mismo Spiro Teluman hizo de mentor de un joven académico. Quizá Veturius esté tan harto del Imperio como Teluman.

Por los cielos sangrantes. Me obligo a seguir andando, aunque deseo desesperadamente seguir escuchando. ¿Cómo se ha filtrado la información sobre Teluman y Darin? ¿Y qué significa para mi hermano?

Que tal vez tenga menos tiempo del que creías. Muévete.

Claramente, los tambores han trasladado mi descripción y la de Elias lejos. Me muevo con avidez ahora, examinando el sinfín de puestos en busca de una botica. Cuanto más me quede en este lugar, más peligro correremos. La recompensa sobre nuestras cabezas es tan elevada que dudo de que quede ni una sola alma aquí que no la haya oído mentar.

Al fin, en un callejón que sale del paso principal, localizo una choza con una mano y un mortero grabados en la puerta. Al dirigirme hacia allí, paso por el lado de un grupo de tribales que comparten unas tazas de té humeante bajo una lona con un par de marinos.

— ... como monstruos salidos del infierno —dice en voz baja uno de los tribales, un hombre de labios finos y la cara surcada de cicatrices—. No importa cuánto luchásemos, seguían saliendo. Espectros. Malditos espectros.

Casi me detengo en seco, pero sigo andando lentamente en el último momento. Así que otros también han visto a las criaturas místicas. La curiosidad me puede y me agacho para juguetear con los cordones de las botas, esforzándome por oír la conversación.

—Hace una semana, otra fragata ayanesa se hundió en las costas de la Isla Sur —dice una marina. Toma un sorbo de té y se estremece—. Pensábamos que habían sido los corsarios, pero el único superviviente deliraba sobre efrits de mar. No lo creíamos, pero ahora…

—Y ahora gules aquí en el Nido —añade el tribal de las cicatrices—. No soy el único que los ha visto…

Desvío la vista hacia ellos, incapaz de evitarlo, y, como si lo hubiera atraído con mis ojos, el hombre tribal gira la cabeza hacia mí y desvía la mirada. Y luego el individuo vuelve a mirarme.

Piso un charco, patino y la capucha se cae de mi cabeza. *Mierda.* Me levanto tambaleándome y me calo la capucha sobre los ojos mientras miro por encima del hombro. El hombre tribal me sigue observando con los ojos oscuros entrecerrados.

¡Sal de aquí, Laia! Me apresuro a alejarme, giro por un callejón y otro antes de arriesgarme a mirar por encima del hombro. Sin rastro del tribal. Suspiro, aliviada.

La lluvia arrecia, y vuelvo hacia la botica. Me asomo por el callejón en el que estoy para ver si el tribal y sus amigos siguen en el puesto del té. Pero parece que se han ido, así que antes de que puedan volver, y antes de que nadie más me vea, me meto en la tienda.

El olor a hierbas me envuelve, con un matiz de algo oscuro y amargo. El techo es tan bajo que casi me golpeo la cabeza. Unas lámparas tradicionales tribales cuelgan de él y su intrincado brillo floral contrasta drásticamente con la oscuridad de la tienda.

—*Epkah kesiah meda karun?*

Una niña tribal de unos diez años se dirige a mí desde detrás del mostrador. Las hierbas cuelgan atadas en manojos sobre su cabeza. Los viales que se alinean en la pared que tiene detrás brillan. Los observo en busca de algo familiar. La chica se aclara la garganta.

—*Epkah Keeya Necheya?*

Por lo que sé, me podría estar diciendo que apesto como un caballo. Pero no tengo tiempo de descubrirlo, así que uso un tono bajo y espero que me entienda.

—Telis.

La niña asiente y rebusca en un cajón o dos antes de negar con la cabeza, rodear el mostrador y examinar las estanterías. Se rasca el mentón, me levanta un dedo como para pedirme que espere y se escurre por una puerta trasera. Atisbo un almacén con ventanas antes de que se cierre la puerta.

Pasa un minuto. Después otro. *Vamos.* He estado alejada de Elias durante al menos una hora, y me llevará otra media hora volver hasta él. Y eso si esta chica tiene la telis. ¿Y si se desmaya otra vez? ¿Y si grita o chilla y revela su localización a alguien que pase cerca?

La puerta se abre y la chica regresa esta vez con un tarro achatado lleno de un líquido ambarino: extracto de telis. De detrás del mostrador, saca otro frasco más pequeño con mucho cuidado y me mira, expectante.

Extiendo las manos dos veces.

—Veinte dracmas.

Eso debería bastar para que Elias aguantase durante un tiempo. La niña mide el líquido con una lentitud atroz mientras cada pocos segundos va levantando la vista hacia mí.

Cuando al fin sella el frasco con cera, extiendo la mano para agarrarlo, pero se echa hacia atrás meneando cuatro dedos. Le suelto cuatro monedas de plata en las manos. Niega con la cabeza.

—*Zaver!* —Saca un marco de oro de una bolsita y me lo muestra en el aire.

—¿Cuatro marcos? —estallo—. ¡¿Por qué no me pides la luna, de paso?!

La chica se limita a levantar la barbilla. No tengo tiempo para regatear, así que busco las monedas y se las dejo en el mostrador, y luego extiendo la mano para la telis.

Ella vacila y sus ojos se dirigen hacia la puerta.

Saco la daga con una mano mientras con la otra agarro el frasco y salgo de la choza enseñando los dientes. Pero el único movimiento que hay en el oscuro callejón es el de una cabra que mordisquea algo de la basura. El animal me suelta un balido antes de volver a su festín.

Aun así, estoy inquieta. La chica tribal actuaba de forma extraña. Me apresuro, manteniéndome lejos de la calle principal y permaneciendo en los embarrados callejones del mercado mal iluminados. Me apresuro a llegar al borde oriental del Nido, tan concentrada en el camino que dejo atrás que no me doy cuenta de la figura esbelta y oscura que tengo delante hasta que choco con ella.

—Discúlpeme —me dice una voz sedosa. El hedor a ghas y hierbas de té me embriaga—. No la he visto.

Un escalofrío me recorre la piel cuando reconozco su voz. Es el hombre tribal, el de las cicatrices. Me clava la mirada y sus ojos se entrecierran.

—¿Y qué hace una chica académica de ojos dorados en el Nido de Ladrones? ¿Huyendo de algo, tal vez? —Cielos. Me ha reconocido.

Intento esquivarlo por su derecha, pero me bloquea.

—Quita de en medio. —Le apunto con el cuchillo. Se ríe y me apoya una mano en el hombro y con la otra me desarma con facilidad.

—Te sacarías un ojo tú sola, pequeña tigresa. —Hace girar mi daga en una mano—. Soy Shikaat, de la tribu Gula. ¿Y tú eres…?

—No es asunto tuyo. —Intento zafarme de él, pero su agarre es férreo.

—Solo quiero hablar. Camina conmigo. —Me aprieta más el hombro.

—Suéltame. —Le doy una patada en el tobillo, se dobla y me libera. Pero cuando intento salir corriendo hacia un callejón lateral, me atrapa por el brazo, me agarra la otra muñeca y me sube las mangas.

—Esposas de esclava. —Pasea un dedo por la piel todavía irritada de mis muñecas—. Hace poco que te las han quitado. Interesante. ¿Te apetecería oír mi teoría?

Se inclina hacia mí con los ojos oscuros brillantes, como si me estuviera contando un chiste.

—Creo que hay muy pocas chicas académicas de ojos dorados sueltas por el mundo salvaje, pequeña tigresa. Tus heridas me dicen que has estado en la batalla. Hueles a hollín… ¿Tal vez de los fuegos de Serra? Y la medicina... Vaya, eso es lo más interesante de todo.

Nuestra conversación ha atraído algunas miradas curiosas, más que curiosas. Un marino y un marcial, ambos enfundados en una armadura de cuero que los distingue como cazarrecompensas, nos observan con interés. Uno se acerca, pero el tribal me hace avanzar por el callejón lejos de ellos. Suelta un grito en la oscuridad. Un instante después, dos hombres se materializan, sus secuaces sin duda, y se dirigen a interceptar a los cazarrecompensas.

—Eres la académica a la que los marciales están buscando. —Shikaat observa entre los puestos, hacia los lugares sombríos donde pueden acechar las amenazas—. La que viaja con Elias Veturius. Y le ha pasado algo a él, de otro modo no estarías aquí sola, tan desesperada por extracto de telis como para pagar veinte veces más que su precio habitual.

—¿Cómo diantres lo has sabido?

—No hay muchos académicos por aquí —me indica—. Cuando aparece uno, nos damos cuenta.

Maldita sea. La chica de la botica me debe de haber delatado.

—Ahora —me dice con una sonrisa de oreja a oreja—, me vas a llevar hasta tu desafortunado amigo o te clavaré un cuchillo en la garganta y te colgaré boca abajo de alguna grieta para que mueras lentamente.

Detrás de nosotros, los cazarrecompensas mantienen una discusión acalorada con los hombres de Shikaat.

—¡Sabe dónde está Elias Veturius! —les grito a los cazadores. Desenfundan sus armas y otras cabezas del mercado se giran hacia nosotros.

El tribal suspira y me mira casi con tristeza. En el segundo en el que desplaza su atención hacia los cazarrecompensas, le doy una patada en el tobillo y me libero.

Salgo como una exhalación por debajo de los toldos, tiro al suelo una cesta llena y casi arrollo a una anciana marina y la hago caer de espaldas. Durante un instante, Shikaat no puede verme. Una pared de piedra se eleva enfrente de mí y una hilera de tiendas se extiende a mi derecha. A la izquierda, un montículo de cajas está apoyado en precario equilibrio contra el lado de un carruaje lleno de pieles.

Agarro una de las pieles de la parte superior del montón y me meto debajo del carro, cubriéndome el cuerpo y quitando los pies de la vista justo antes de que Shikaat entre en el callejón. Todo se queda en silencio mientras investiga la zona. En ese momento, oigo unos pasos que se acercan, se acercan…

Desaparece, Laia. Me encojo en la oscuridad mientras me agarro el brazalete en busca de fuerza. *No puedes verme. Solo ves sombras, solo oscuridad.*

Shikaat aparta las cajas de una patada, permitiendo que un hilo de luz ilumine la parte inferior del carro. Oigo cómo se agacha, oigo su respiración mientras se asoma por debajo.

No soy nada, nada más que un montón de pieles, nada importante. No me ves. No ves nada.

—¡Jitan! —grita a sus hombres—. ¡Imir!

Unos pasos apresurados de dos hombres se aproximan y, un momento después, la luz de una lámpara aparta la oscuridad de debajo del carro. Shikaat remueve las pieles, y me encuentro observando su rostro triunfal.

Solo que el triunfo se convierte en desconcierto casi de inmediato. Posa la vista en las pieles y luego en mí. Sostiene la lámpara, iluminándome de cerca.

Pero no me mira a mí. Casi como si no pudiera verme, como si fuera invisible.

Lo cual es imposible.

Justo en el instante en que pienso eso, pestañea y me agarra.

—Has desaparecido —susurra—. Y ahora estás aquí. ¿Has empleado algún truco? —Me zarandea violentamente y los dientes me castañean—. ¿Cómo lo has hecho?

—¡Piérdete! —Intento arañarlo, pero me tiene agarrada a una distancia segura.

—¡No estabas! —sisea entre dientes—, y entonces has reaparecido justo enfrente de mí.

—¡Estás loco! —Le muerdo la mano y me acerca a él, obligándome a mirarlo a los ojos—. ¡Has fumado demasiado ghas!

—Repítelo —ordena.

—Estás loco. Estaba ahí todo el rato.

Niega con la cabeza, como si supiera que no le estoy mintiendo y no me pudiera creer. Cuando me suelta la cara, intento zafarme sin éxito.

—Ya basta —me dice mientras sus secuaces me atan las manos por delante—. Llévame hasta el máscara o muere.

—Quiero una parte. —Una idea germina en mi mente—. Diez mil marcos. Y vamos solos... No quiero que nos sigan tus hombres.

—Nada de una parte y mis hombres van conmigo —responde.

—Entonces, ¡encuéntralo tú solo! Clávame un cuchillo como has prometido hacer y vete.

Le sostengo la mirada, como solía hacer la abuela cuando los comerciantes tribales ofrecían un precio demasiado bajo por sus mermeladas y ella los amenazaba con largarse. Los latidos de mi corazón suenan como cascos de caballo.

—Quinientos marcos —dice el tribal. Cuando abro la boca para protestar, levanta una mano— y pasaje seguro hacia las tierras tribales. Es una buena oferta, chica. Acéptala.

—¿Y tus hombres?

—Se quedan. —Medita durante un momento—. A una distancia prudente.

El problema con las personas avariciosas, me dijo el abuelo una vez, *es que se piensan que todos los demás son tan avariciosos como ellas.* Shikaat no es distinto.

—Dame tu palabra como tribal de que no me traicionarás. —Aunque sé lo que vale un juramento así—. No confiaré en ti de otro modo.

—Te doy mi palabra. —Me empuja y trastabillo, agarrándome a tiempo para no caer. *¡Cerdo!* Me muerdo el labio para evitar decírselo.

Que se crea que me ha amedrentado. Que se crea que ha ganado. Pronto se dará cuenta de su error: ha jurado jugar limpio.

Pero yo no.

X: Elias

Cuando recupero la conciencia, sé que no debo abrir los ojos.

Tengo las manos y los pies atados con una cuerda y estoy tumbado de lado. Percibo un sabor extraño en la boca, como a hierro y hierbas. Me duele todo, pero noto la mente más lúcida que en días anteriores. La lluvia golpea las rocas a unos metros. Estoy dentro de una cueva.

Pero en el ambiente hay algo fuera de lugar. Oigo una respiración rápida y nerviosa, y huelo la ropa de algodón y cuero curtido que visten los mercaderes tribales.

—¡No puedes matarlo! —Laia está delante de mí con la rodilla apoyada en mi frente y habla tan cerca que puedo notar su aliento en la cara—. Los marciales lo quieren con vida. Para... para que el Emperador pueda encargarse de él.

Una figura arrodillada por encima de la coronilla maldice en *sadhese* y noto cómo un metal frío se clava en mi cuello.

—Jitan..., el mensaje. ¿Solo nos darán la recompensa si lo llevamos con vida?

—¡Joder, no me acuerdo! —La voz me llega de algún lugar cercano a mis pies.

—Si lo vas a matar, al menos espérate unos días. —La voz de Laia es de una insensibilidad práctica, pero la tensión subyacente está tan tersa como la cuerda de un oud—. Con este tiempo, su cuerpo se descompondría rápido. Tardaríamos al menos cinco días en llevarlo hasta Serra. Si los marciales no pueden identificarlo, entonces ninguno de nosotros conseguirá el dinero.

—Mátalo, Shikaat —dice el tercer tribal que está cerca de mis rodillas—. Si se despierta, estamos muertos.

—No se va a despertar —asegura el hombre al que llaman Shikaat—. Míralo... Ya tiene un pie en la tumba.

Laia reduce la presión en mi cabeza poco a poco. Noto un cristal entre los labios. Un líquido sale del interior, un líquido que sabe a metal y a hierba. Extracto de telis. Un instante después, el cristal desaparece, escondido donde Laia lo debe de estar ocultando.

—Shikaat, escucha... —empieza a decir ella, pero el ladrón la aparta de un empujón.

—Es la segunda vez que te inclinas hacia delante de esa manera, chica. ¿Qué estás tramando?

Llegó la hora, Veturius.

—¡Nada! —afirma Laia—. ¡Quiero la recompensa tanto como vosotros!

Uno: primero visualiza el ataque, dónde vas a golpear, cómo te vas a mover.

—¿Por qué te has inclinado hacia delante? —le grita Shikaat a Laia—. Y no me mientas.

Dos: tenso los músculos del brazo izquierdo para prepararlo, ya que el derecho lo tengo retenido bajo mi cuerpo. Respiro hondo en silencio para darle aire a cada parte de mi ser.

—¿Dónde está el extracto de telis? —pregunta Shikaat entre dientes, acordándose de golpe—. ¡Dámelo!

Tres: antes de que Laia le pueda responder al tribal, piso con fuerza el suelo con el pie derecho para hacer palanca y giro hacia atrás sobre la cadera, lejos de la hoja de Shikaat y arremetiendo contra el hombre que tengo a mis pies con las piernas atadas mientras me balanceo hacia atrás y él golpea el suelo. Acto seguido, me abalanzo sobre el tribal que tengo en las rodillas con un golpe de cabeza antes de que pueda levantar la espada. La suelta, y me giro para recogerla agradecido de que al menos esté afilada. Con dos cortes, me libero de la cuerda de las muñecas, y con dos más, la de los tobillos. El primer tribal al que he derribado se pone de pie trastabillando y sale corriendo de la cueva, sin duda para pedir refuerzos.

—¡Detente!

Giro sobre los talones hacia el último tribal, Shikaat, que sujeta a Laia contra su pecho. Tiene sus muñecas agarradas en una mano, una espada que apunta a su cuello y una mirada asesina en los ojos.

—Suelta la espada y pon las manos en el aire o la mato.

—Adelante —digo en un *sadhese* perfecto. Tensa la mandíbula, pero no se mueve. Un hombre que no se sorprende con facilidad. Pienso mis palabras con cuidado—. Un segundo después de que la mates, te mataré. Tú estarás muerto y yo seré libre.

—Inténtalo. —Clava la espada en el cuello de Laia y sale un hilito de sangre. Laia busca frenéticamente con la vista algo, lo que sea, que pueda usar para zafarse—. Tengo cien hombres fuera de esta cueva…

—Si tuvieras a cien hombres fuera —mantengo mi atención en Shikaat—, ya les habrías dicho que entraran…

Me lanzo hacia delante a media palabra, uno de los trucos preferidos del abuelo. *Los necios prestan atención a las palabras en una pelea,* me dijo una vez. *Los guerreros lo usan como ventaja.* Le doy un tirón a la mano derecha del tribal lejos de Laia mientras la aparto con mi cuerpo.

Y ese gesto, en ese preciso instante, me condena.

El subidón de adrenalina que me había dado el ataque se escurre como el agua por una alcantarilla, y trastabillo hacia atrás, viendo doble. Laia recoge algo del suelo y se gira hacia el tribal, que le dedica una sonrisa repugnante.

—Tu héroe todavía tiene veneno corriéndole por las venas, chica —sisea—. No te puede ayudar ahora.

Da un salto hacia ella con el cuchillo en ristre para matarla. Laia le lanza arena a los ojos, y él grita mientras gira la cara.

Pero no puede detener el impulso de su cuerpo, Laia levanta un cuchillo y, con un sonido repugnante, el tribal se queda empalado en él.

Laia respira entrecortadamente y suelta el arma mientras da unos pasos atrás. Shikaat alarga la mano y la agarra del pelo, y Laia abre la boca en un grito ahogado con los ojos fijos en el cuchillo clavado en el pecho del ladrón. Me busca con la mirada, llena de terror, mientras Shikaat, con sus últimas gotas de vida, intenta matarla.

Al fin recobro las fuerzas y lo aparto de Laia de un empujón. El tribal la suelta, mirándose la mano inerte con curiosidad, como si no fuera suya. Y luego se desploma en el suelo, muerto.

—¿Laia? —la llamo, pero se ha quedado mirando el cuerpo como en trance. *Su primera muerte.* El estómago me da un vuelco al recordar mi primera muerte, un chico bárbaro. Recuerdo su cara pintada de azul y el corte profundo en su estómago. Sé demasiado bien lo que está sintiendo Laia en este instante. Repulsión. Horror. Miedo.

La energía me vuelve. Todo me duele: el pecho, los brazos, las piernas. Pero no me estoy desmayando ni alucinando. Vuelvo a llamar a Laia, y esta vez levanta la vista.

—No quería hacerlo —murmura—. Él... él se ha lanzado hacia mí. Y el cuchillo...

—Lo sé —digo con suavidad. No querrá hablar de ello. Su mente está en modo supervivencia y no le dejará hacerlo—. Cuéntame qué ha pasado en el Nido. —Puedo intentar distraerla aunque sea un poco—. Y cómo has conseguido la telis.

Me narra la historia rápidamente en tanto me ayuda a atar al tribal inconsciente. Mientras escucho, a ratos no me lo puedo creer y a ratos estallo de orgullo por su auténtico temple.

Fuera de la cueva, oigo cómo ulula un búho, un pájaro que no debería estar pululando por aquí en un tiempo como este. Me acerco a la entrada.

Nada se mueve por entre las rocas cercanas, pero una ráfaga de viento me trae el hedor a sudor y a caballos. Parece ser que Shikaat no mentía sobre los cien hombres que esperaban fuera de la cueva.

Al sur, a nuestras espaldas, todo es roca sólida. Serra está al oeste. La cueva se abre al norte, hacia un camino estrecho que desciende serpenteante hasta el desierto y en dirección a los pasos que nos harían llegar a salvo hasta la cordillera serrana. Al este, el camino se arroja hacia los Aguijones, ochocientos metros de escarpados dedos de roca que en un día soleado significan la muerte, por no hablar de cuando llueve a cántaros. La cara este de la cordillera serrana se eleva por detrás de los Aguijones. Allí no hay ni caminos ni pasos, solo montañas salvajes que al final ceden al desierto tribal.

Por los diez infiernos.

—Elias. —Laia es una presencia nerviosa a mi lado—. Deberíamos salir de aquí antes de que el tribal se despierte.

—Hay un pequeñito problema. —Señalo con la cabeza hacia la oscuridad—. Estamos rodeados.

Cinco minutos después, nos he amarrado a Laia y a mí con la cuerda y he llevado al lacayo de Shikaat a la entrada de la cueva, todavía atado. Coloco el cadáver de Shikaat encima del caballo y le quito la capa para que sus hombres puedan reconocerlo. Laia se asegura de no mirar el cuerpo.

—Adiós, rocín. —Laia lo acaricia entre las orejas—. Gracias por llevarme, me da pena dejarte aquí.

—Te robaré otro —digo secamente—. ¿Estás lista?

Asiente, me dirijo a la parte posterior de la cueva y preparo la yesca y el pedernal. Prendo una llama y la alimento con las ramitas y madera que he podido encontrar, la mayoría húmedas. Un humo blanco y denso se eleva y llena la cueva rápidamente.

—Ahora, Laia.

Laia azota los cuartos traseros del caballo con toda su fuerza, lo que hace que salgan tanto él como Shikaat como una exhalación de la cueva hacia los tribales que esperan en el norte. Los hombres que se ocultan tras las rocas en el este emergen y gritan cuando ven el humo y el cuerpo de su líder muerto.

Y eso significa que no nos prestan atención a nosotros. Nos escabullimos de la cueva con las capuchas echadas, ocultos por el humo, la lluvia y la oscuridad. Encaramo a Laia a mi espalda, compruebo la cuerda que he atado a un dedo de roca, medio escondido y discreto, y entonces me deslizo hacia los Aguijones en silencio, bajando palmo a palmo hasta que llego a un saliente de roca resbaladizo por la lluvia tres metros más abajo. Laia salta de mi espalda con un crujido leve que espero que los tribales no oigan. Tiro de la cuerda para soltarla.

Por encima de nuestras cabezas, los tribales tosen mientras entran en la cueva humeante. Oigo cómo maldicen mientras liberan a su amigo.

Sígueme, artículo con la boca a Laia. Nos movemos lentamente, los sonidos de nuestro avance se ven amortiguados por el golpeteo de botas y los gritos de los hombres tribales. Las rocas de los Aguijones son afiladas y resbaladizas, sus cantos angulosos se nos clavan en los pies y se enganchan en nuestras ropas.

La mente me transporta a hace seis años, cuando Helene y yo acampamos en el Nido durante una estación.

Todos los quintos vienen al Nido para espiar a los ladrones durante un par de meses. Los ladrones lo odian, y si te capturaban significaba una muerte lenta y larga, una de las razones por las que la comandante enviaba a los estudiantes a este lugar.

A Helene y a mí nos pusieron juntos: el bastardo y la chica, los dos marginados. La comandante se debió de regodear al emparejarnos y pensar que eso conllevaría la muerte de uno de los dos. Pero nuestra amistad, en vez de debilitarnos, nos hizo más fuertes.

Saltábamos por los Aguijones como si fuera un juego, como gacelas gráciles, y nos retábamos a hacer saltos cada vez más atrevidos. Helene cubría las mismas distancias que yo con tal facilidad que jamás te imaginarías que tenía miedo a las alturas. Por los diez infiernos, éramos unos descerebrados. Muy seguros de que no nos íbamos a caer. Muy seguros de que la muerte no nos encontraría.

Ahora sé que no es así.

Estás muerto, solo que todavía no lo sabes.

La lluvia amaina a medida que nos desplazamos por el campo de roca. Laia está en silencio con los labios apretados. Está inmersa en una lucha interna, se lo noto. Sin duda alguna, está pensando en Shikaat. Con todo, mantiene el ritmo y solo vacila una vez, cuando cruzo de un salto una brecha de casi dos metros con un abismo de sesenta metros debajo.

Primero salto yo y llego al otro lado con facilidad. Cuando miro atrás, Laia tiene el rostro pálido.

—Yo te agarro —le digo.

Se me queda mirando con sus ojos dorados en los que se puede ver la batalla que libran su miedo y su determinación. Sin previo aviso, salta, y la fuerza de su cuerpo me hace caer de espaldas. Mis manos están por todo su cuerpo: cintura, caderas y el aroma azucarado de su pelo. Sus labios carnosos se separan como si fuera a decir algo, aunque voy a ser incapaz de darle una respuesta inteligente. No cuando tanta parte de su cuerpo está expuesta a tanta del mío.

La aparto a un lado. Ella se tambalea con expresión dolida en el rostro. Desconozco por qué lo hago, solo sé que acercarme a ella me hace sentir mal de algún modo. Es injusto.

—Ya casi estamos —le digo para distraerla—. Quédate a mi lado.

A medida que nos acercamos a las montañas y dejamos atrás el Nido, la lluvia amaina del todo y una niebla espesa la reemplaza.

El campo de roca se nivela y se extiende en planicies desiguales con salientes salpicados de árboles y matorrales. Detengo a Laia y escucho en busca de sonidos que delaten que nos están persiguiendo. Nada. La niebla se posa espesa sobre los Aguijones como un manto, revoloteando por los árboles a nuestro alrededor y otorgándoles un aspecto fantasmagórico que hace que Laia se me acerque un poco más.

—Elias —susurra—, ¿iremos al norte desde aquí? ¿O daremos una vuelta hasta el pie de la montaña?

—No tenemos el material necesario para poder escalar las montañas al norte —le respondo—, y los hombres de Shikaat probablemente estén trepando por todo el pie de la montaña. Nos estarán buscando.

Laia palidece.

—Entonces, ¿cómo vamos a llegar a Kauf? Si vamos en barco desde el sur, el retraso…

—Vamos al este —la interrumpo—. Hacia las tierras tribales.

Antes de que pueda protestar, me arrodillo y dibujo un tosco mapa de las montañas y sus alrededores en el suelo.

—Son aproximadamente dos semanas de viaje hasta las tierras tribales. Un poco más si nos demoramos. Dentro de tres semanas, tendrá lugar la Reunión de Otoño en Nur. Todas las tribus estarán allí; comprando, vendiendo, comerciando, concertando matrimonios y celebrando los nacimientos. Cuando acabe, más de doscientas caravanas saldrán de la ciudad. Y cada caravana está formada por cientos de personas.

Los ojos de Laia se iluminan al entenderlo.

—Nos vamos con ellos.

Asiento.

—Miles de caballos, carretas y tribales salen a la vez. En caso de que alguien nos persiga hasta Nur, perderán nuestro rastro. Algunas de esas caravanas se dirigirán al norte. Encontraremos alguna que quiera cobijarnos. Nos esconderemos entre ellos y nos dirigiremos hacia Kauf antes de que lleguen las nieves del invierno. Seremos un comerciante tribal y su hermana.

—¿Hermana? —Se cruza de brazos—. No nos parecemos en nada.

—O esposa, si lo prefieres. —Arqueo una ceja mientras la miro, incapaz de resistirme. El rubor le sube por las mejillas y le tiñe de rojo el cuello. Me pregunto si el sonrojo también se le extenderá más abajo. *Basta, Elias.*

—¿Cómo vamos a convencer a una tribu para que no nos delate a cambio del botín?

Toco la moneda de madera que tengo en el bolsillo, un favor que me debe una mujer tribal muy lista de nombre Afya Ara-Nur.

—Eso déjamelo a mí.

Laia le da vueltas a lo que le acabo de decir y al final asiente. Me pongo de pie y presto atención, analizando la tierra que nos rodea. Está demasiado oscuro como para continuar, así que necesitamos un lugar en el que acampar para la noche. Seguimos subiendo por los salientes y nos adentramos en un bosque oscuro hasta que encuentro un buen sitio: un claro debajo de un saliente de roca, rodeado de pinos ancestrales cuyos troncos están cubiertos por abundante musgo. Mientras estoy retirando las piedras y ramas de la tierra seca de debajo de la roca, noto la mano de Laia en el hombro.

—Tengo que contarte algo —dice, y cuando la miro a la cara me falta el aliento durante un segundo—. Cuando me metí en el Nido —continúa—, temía que el veneno pudiera… —Niega con la cabeza, y suelta las palabras de golpe—. Me alegro de que estés bien. Y sé lo mucho que te estás arriesgando por mí. Gracias.

—Laia… —*Me has mantenido con vida. Te has mantenido con vida. Eres tan valiente como tu madre. No permitas que nadie te diga lo contrario.*

Tal vez secundaría estas palabras atrayéndola hacia mí, pasando un dedo por la línea dorada de su clavícula y hacia su largo cuello. Estrechando su pelo y acercándola a mí lentamente, muy muy lentamente…

El dolor me atraviesa el brazo. Un recordatorio. *Destruyes a todos aquellos que se acercan a ti.*

Podría ocultarle la verdad. Llevar a cabo la misión antes de que se me acabe el tiempo y desaparecer. Pero la Resistencia le ocultó secretos. Su hermano le ocultó el trabajo que hacía con Spiro. También le ocultaron la identidad de la asesina de sus padres.

En su vida todo han sido secretos. Merece conocer la verdad.

—Deberías sentarte. —Me aparto de ella—. Yo también tengo que contarte algo. —Se queda en silencio mientras hablo, mientras le expongo lo que ha hecho la comandante, mientras le cuento lo de la Antesala y la Atrapaalmas.

Cuando termino, a Laia le tiemblan las manos y apenas puedo oír su voz.

—¿Te… te vas a morir? No. No. —Se seca la cara y respira hondo—. Tiene que haber algo, alguna cura, alguna manera…

—No la hay. —Mantengo un tono realista—. Estoy seguro. Me quedan unos cuantos meses, por eso. Al menos seis, espero.

—Nunca he odiado a nadie tanto como a la comandante. Nunca. —Se muerde el labio—. Dijiste que nos dejó marchar. ¿Este es el motivo? ¿Quería que murieras lentamente?

—Creo que quería asegurarse mi muerte —respondo—. Pero por ahora le soy más útil vivo que muerto. No tengo ni idea de por qué.

—Elias. —Laia se arrebuja contra su capa. Después de pensarlo un momento, me acerco a ella, y apretamos los cuerpos en busca de calor—. No puedo pedirte que pases los últimos meses de tu vida en una empresa loca hasta la prisión de Kauf. Deberías encontrar a tu familia tribal…

La Parca me dijo que hacía daño a las personas. A muchas personas: a los hombres que murieron en la tercera prueba por mi mano o a causa de mis órdenes; a Helene, a la que abandoné a manos del depredador de Marcus; a mi abuelo, que tuvo que abandonar su casa y exiliarse por mi culpa; incluso a Laia, a la que obligaron a enfrentarse a la tarima de ejecución en la cuarta prueba.

—No puedo ayudar a las personas a las que les he hecho daño —digo—. No puedo cambiar lo que les hice. —Me inclino hacia ella. Necesito que entienda el significado de cada una de mis palabras—. Tu hermano es el único académico en el continente que sabe cómo fabricar acero sérrico. No sé si Spiro Teluman se encontrará con Darin en las Tierras Libres. Ni siquiera sé si Teluman sigue con vida, pero sí sé que, si puedo sacar a Darin de la prisión, si salvar su vida significa que puede darles a los enemigos del Imperio la oportunidad de luchar por su libertad, entonces tal vez compense algo de la maldad que he traído al mundo. Su vida, y todas las que podría salvar, para remediar las que he quitado.

—¿Y si está muerto, Elias?

—Me dijiste que oíste a algunos hombres en el Nido que hablaban de él, sobre su conexión con Teluman. —Me repite la información y me quedo pensando—. Los marciales tendrán que asegurarse de que Darin no haya compartido sus conocimientos de forja y que, en caso de que lo haya hecho, ese conocimiento no se extienda. Lo mantendrán con vida para interrogarlo. —Aunque no sé si sobrevivirá al interrogatorio. Sobre todo si tenemos en consideración al alcaide de Kauf y la manera retorcida como consigue respuestas de sus prisioneros.

—¿Estás seguro de eso? —me pregunta Laia tras girar la cabeza hacia mí.

—Si no estuviera seguro pero supieras que hay una posibilidad, por pequeña que sea, de que pudiera seguir vivo, ¿intentarías salvarlo? —Veo la respuesta en sus ojos—. No importa si estoy seguro, Laia. Mientras tú quieras salvarlo, yo te ayudaré. Hice un juramento y no voy a romperlo.

Tomo la mano de Laia en la mía. Fría y fuerte. Las mantendría así y besaría cada duricia de sus palmas y besuquearía la parte interior de su muñeca hasta que se le cortara la respiración. La acercaría a mí para ver si ella también desea ceder al fuego que arde entre los dos.

Pero ¿para qué? ¿Para que me pueda llorar cuando me muera? Eso no está bien, es egoísta.

Me aparto de ella lentamente y le sostengo la mirada para que sepa que en realidad es lo último que quiero. El dolor le cruza los ojos. Confusión.

Aceptación.

Me alegra ver que lo entiende. No me puedo aproximar a ella, no de esa manera. No puedo dejar que se acerque a mí. Hacerlo solo conllevaría dolor y pena.

Y de eso ya ha tenido suficiente.

XI: *Helene*

—Déjala en paz, Portador de la Noche. —Noto una mano fuerte en el brazo que me obliga a separarme de la pared y ponerme en pie. *¿Cain?*

De la capucha del augur emergen mechones blancos. Sus rasgos desgastados están ensombrecidos por sus ropas oscuras, y sus ojos de color rojo sangre muestran una expresión seria mientras mira a la criatura. *Portador de la Noche,* lo ha llamado, como las antiguas historias que solía contar Mamie Rila.

El Portador de la Noche sisea entre dientes, y Cain entrecierra los ojos.

—Déjala, te digo. —El augur da un paso delante de mí—. Ella no camina en la oscuridad.

—¿Ah, no? —El Portador de la Noche suelta una risita antes de desaparecer en un torbellino de su capa, dejando tras de sí el aroma de las llamas. Cain se gira hacia mí.

—Bien encajado, Verdugo de Sangre.

—¿Bien encajado? ¿Bien encajado?

—Ven. No queremos que la comandante o sus lacayos puedan oírnos.

Todavía me tiembla el cuerpo por lo que he visto en los ojos del Portador de la Noche. Mientras Cain y yo salimos de Villa Veturia, me recompongo lentamente. Nada más salir por la puerta, giro sobre los talones para encararme al augur. Solo una vida entera de veneración evita que me aferre a sus ropajes desesperadamente.

—Lo prometió. —El augur conoce todos mis pensamientos, así que no oculto mi voz rasgada ni intento reprimir las lágrimas que afloran en mis ojos. Es un alivio no tener que hacerlo—. Me prometió que estaría bien si mantenía mi juramento.

—No, Verdugo de Sangre. —Cain me conduce lejos de la Villa hacia una avenida ancha de casas ilustres. Nos acercamos a una que en su día debía de ser preciosa, pero que ahora es una carcasa chamuscada, destruida hace días durante la peor parte de la revolución académica. Cain deambula por los escombros cubiertos de hollín—. Prometimos que, si mantenías tu juramento, Elias sobreviviría a las pruebas. Y así fue.

—¿De qué sirve que sobreviva a las pruebas si de todas maneras va a morir dentro de unas semanas a mi mano? No me puedo negar a seguir la orden de Marcus, Cain. Juré lealtad. Me hizo jurar lealtad.

—¿Sabes quién vivía en esta casa, Helene Aquilla?

Un cambio de tema, por supuesto. No me sorprende que Elias estuviera siempre tan irritado con los augures. Me obligo a mirar alrededor, pero no reconozco la casa.

—El máscara Laurent Marianus y su esposa Inah. —Cain aparta una viga chamuscada con el pie y recoge del suelo un caballo tosco tallado en madera—. Sus hijos, Lucia, Amara y Darien. Seis esclavos académicos. Uno de ellos era Siyyad, que quería a Darien como si fuera su propio hijo.

Cain le da la vuelta al caballo y lo vuelve a dejar en el suelo con cuidado.

—Siyyad lo talló para el chico hace dos meses, cuando Darien cumplió los cuatro años. —Se me encoge el pecho. *¿Qué le ocurrió?*—. Cinco de los esclavos intentaron huir cuando los académicos atacaron con antorchas y brea. Siyyad fue en busca de Darien y lo encontró, agarrado a su caballo, escondido debajo de su cama, aterrorizado. Lo sacó de ahí, pero el fuego avanzaba demasiado de prisa. Murieron rápido, todos ellos. Incluso los esclavos que intentaron huir.

—¿Por qué me cuenta esto?

—Porque el Imperio está lleno de casas como esta. Con vidas como estas. ¿Crees que las vidas de Darien o de Siyyad importan menos que la de Elias? No.

—Eso lo sé, Cain. —Me molesta que tenga que recordarme lo que vale mi propia gente—. Pero ¿de qué sirve todo lo que hice en la primera prueba si Elias va a morir de todos modos?

Cain me encara y siento cómo se abalanza sobre mí toda la fuerza de su presencia. Doy un paso atrás, acongojada.

—Darás caza a Elias. Lo encontrarás, pues lo que aprenderás en ese viaje sobre ti misma, tu tierra y tus enemigos, ese conocimiento es esencial para la supervivencia del Imperio. Y para tu destino.

Me dan ganas de vomitar a sus pies. *Confié en ti. Te creí. Hice lo que querías.* Y ahora mis miedos cobrarán vida para perseguirme. Buscar a Elias, matarlo, no es ni la peor de mis pesadillas. Es lo que siento en mi interior mientras lo hago. Eso es lo que vuelve tan poderosos esos sueños, las emociones que me recorren: la satisfacción mientras atormento a mi amigo, el placer al oír la risa de Marcus, que está a mi lado, observando complacido.

—No permitas que la desesperación te consuma. —La voz de Cain se suaviza—. Mantente fiel a tu corazón, y habrás servido bien al Imperio.

—Al Imperio. —*Siempre el Imperio*—. ¿Y qué pasa con Elias? ¿Y conmigo?

—El destino de Elias está en sus propias manos. Acércate ahora, Verdugo de Sangre. —Cain posa una mano sobre mi cabeza, como si me estuviera bendiciendo—. Esto es lo que significa tener fe: creer en algo más importante que tú misma.

Suelto un suspiro y me seco las lágrimas de la cara. *Esto es lo que significa tener fe.* Ojalá no fuera tan difícil.

Lo miro mientras se aleja de mí, hacia las profundidades de las ruinas de la casa, donde desaparece finalmente detrás de una columna chamuscada. No me preocupo por seguirlo, ya sé que se ha ido.

* * *

Los barracones de la Guardia Negra se encuentran en una sección mercante de la ciudad. Es un edificio alargado de piedra sin ningún distintivo más allá de un verdugo plateado con las alas abiertas repujado en la puerta.

Cuando entro, la media docena de máscaras que hay dejan lo que están haciendo y me saludan.

—Tú. —Miro al guardia negro más cercano—. Ve a buscar al lugarteniente Faris Candelan y al lugarteniente Dex Atrius. Cuando lleguen, asígnales aposentos y armas. —Antes de que el guardia pueda asimilar la información, me dirijo al siguiente—. Tú, consígueme todos los informes de la noche que Veturius escapó. Cada ataque, cada explosión, cada soldado muerto, cada tienda saqueada, cada testimonio ocular..., todo. ¿Dónde están los aposentos del Verdugo?

—Por allí, señora. —El soldado señala hacia una puerta negra al final de la habitación—. El lugarteniente Avitas Harper está dentro. Llegó justo antes que usted.

Avitas Harper. Lugarteniente Harper. Un escalofrío me recorre la piel. Mi torturador. Por supuesto. Él también es un miembro de la Guardia Negra.

—¿Qué quiere, por los cielos sangrantes?

El guardia negro parece sorprendido durante un momento.

—Órdenes, creo. El Emperador lo ha asignado a sus órdenes.

Querrás decir que la comandante lo ha asignado. Harper es su espía.

Harper me está esperando junto al escritorio en los aposentos de Verdugo. Me saluda con una inquietante inexpresividad, como si no se hubiera pasado cinco días en un calabozo atormentándome.

—Harper. —Me siento enfrente de él con el escritorio que nos separa—. Informa.

Harper se queda callado un instante. Suelto un suspiro en una clara muestra de irritación.

—Te han asignado a este servicio, ¿no es así? Dime qué sabemos del paradero del traidor Veturius, lugarteniente. —Empleo todo el desprecio en esa última palabra que puedo—. ¿O eres tan ineficaz para cazar como lo eres para interrogar?

Harper no reacciona a mi mofa.

—Tenemos una pista: un máscara muerto justo fuera de la ciudad. —Se detiene—. Verdugo de Sangre, ¿has escogido al equipo para esta misión?

—Tú y otros dos —respondo—. El lugarteniente Dex Atrius y el lugarteniente Faris Candelan. Los reclutaré hoy para la Guardia Negra. Pediremos refuerzos cuando sea necesario.

—No reconozco esos nombres. Por lo general, Verdugo, a los reclutados los escogen...

—Harper —lo interrumpo, y me inclino hacia delante. No va a tener control sobre mí nunca más—, sé que eres un espía de la comandante, el Emperador me lo dijo. No me puedo librar de ti, pero eso no significa que tenga que hacerte caso. Como tu superior, te ordeno que mantengas la boca cerrada sobre Faris y Dex. Ahora explícame lo que sabemos sobre la huida de Veturius.

Anticipo una réplica, pero se limita a encogerse de hombros, lo que de algún modo me enfurece todavía más. Harper me da los detalles de la huida de Elias: los soldados a los que mató y dónde lo han avistado en la ciudad.

Alguien llama a la puerta a mitad del informe, y para mi alivio entran Dex y Faris. El pelo rubio de Faris es un revoltijo y la piel morena de Dex tiene un tono cetrino. Sus capas chamuscadas y las armaduras ensangrentadas son una prueba de las actividades que han llevado a cabo durante los últimos días. Sus ojos se abren cuando me ven: llena de cortes y moratones, un desastre, en definitiva. Pero entonces Dex da un paso adelante.

—Verdugo de Sangre. —Hace el saludo y, a pesar de todo, sonrío. Dex siempre se acuerda del protocolo, incluso cuando le ponen delante los restos fragmentados de una antigua amiga.

—Por los diez infiernos, Aquilla. —Faris está horrorizado—. ¿Qué te han hecho?

—Bienvenidos, lugartenientes —digo—. ¿Supongo que el mensajero os puso al corriente de la misión?

—Se nos encomienda matar a Elias —dice Faris—. Hel...

—¿Estáis preparados para cumplir?

—Por supuesto —sigue Faris—. Necesitas hombres en los que puedas confiar, pero Hel...

—Este —lo interrumpo, no vaya a ser que diga algo que Harper pueda chivar al Emperador o a la comandante— es el lugarteniente Avitas Harper. Mi torturador y el espía de la comandante. —De inmediato, Faris cierra los labios—. A Harper también se le ha asignado esta misión, así que sed precavidos con lo que decís con él presente, puesto que la comandante y el Emperador serán informados de todo. —Harper se remueve en el sitio, incómodo, y una oleada de triunfo me recorre el cuerpo—. Dex —añado—. Uno de los hombres traerá los informes de la noche que Elias escapó. Tú eras su lugarteniente, así que busca cualquier cosa que pueda resultar relevante. Faris, tú vendrás conmigo. Harper y yo tenemos una pista fuera de la ciudad.

Doy gracias por que mis amigos acepten mis órdenes estoicamente. Su entrenamiento hace que permanezcan impasibles. Dex se excusa y Faris lo sigue para ir en busca de caballos. Harper se pone en pie y ladea la cabeza mientras me mira. No soy capaz de leer su expresión; curiosidad, tal vez. Rebusca algo en el bolsillo y me tenso, recordando los cestus que usó conmigo durante el interrogatorio.

Pero se limita a sacar un anillo grande, plateado y grabado con un pájaro con las alas y el pico abiertos en un grito. El anillo del puesto de Verdugo de Sangre.

—Ahora es tuyo. —Saca una cadena—. Por si te queda grande.

Es demasiado grande, pero un joyero lo podrá solucionar. Quizás espera que le dé las gracias. Sin embargo, me limito a agarrar el anillo, ignoro la cadena y paso por su lado sin mediar palabra.

* * *

El máscara muerto en las planicies fuera de Serra parece un indicio prometedor. Sin rastros ni emboscadas. Pero nada más ver el cuerpo que cuelga de un árbol con signos claros de haber sido torturado, sé que Elias no lo ha matado.

—Veturius es un máscara, Verdugo de Sangre. Entrenado por la comandante —dice Harper mientras volvemos a la ciudad—. ¿Acaso no es un carnicero como el resto de nosotros?

—Veturius no dejaría un cuerpo a la intemperie —interviene Faris—. Quien haya hecho eso quería que encontráramos el cuerpo. ¿Para qué lo haría si no quiere que lo persigamos?

—Para despistarnos —protesta Harper—. Para mandarnos al oeste en vez de al sur.

Mientras discuten, le doy vueltas. Conocía a ese máscara, era uno de los cuatro a los que habían ordenado escoltar a Elias durante su ejecución. El lugarteniente Cassius Priorius, un depredador vicioso con especial predilección por las chicas jóvenes. Había estado un tiempo como centurión de combate en Risco Negro. Yo tenía catorce años por aquel entonces, pero iba siempre con la mano en la daga cuando él rondaba cerca.

Marcus ha enviado a Kauf a los otros tres máscaras que custodiaban a Elias durante seis meses como castigo por dejarlo escapar. Pero ¿por qué no Cassius? ¿Cómo ha acabado así?

La comandante es la siguiente que me viene a la mente, pero no tiene ningún sentido. Si Cassius la hubiera enfurecido, ella lo habría atormentado y matado públicamente; lo que sea por subir su reputación.

Noto un hormigueo en la nuca, como si alguien me estuviera observando.

—Pequeña cantante…

La voz suena lejana, traída por el viento. Me giro sobre la silla. El desierto está vacío, a excepción de una planta corredora arrastrada por el viento. Faris y Harper frenan sus caballos y me lanzan miradas inquisitivas. *Sigue adelante, Aquilla. No era nada.*

El siguiente día de búsqueda es igual de infructífero, igual que el día después de ese. Dex no encuentra nada en los informes. Los mensajeros y la información que transmiten los tambores nos traen falsos indicios: dos hombres asesinados en Navium y un testigo que asegura que Elias es el causante. Un marcial y una académica a los que se les ha visto juntos en una posada… Como si Elias fuera tan estúpido como para meterse en una maldita posada.

Para cuando acaba el tercer día, estoy exhausta y frustrada. Marcus ya ha enviado dos mensajes en los que exige saber si he hecho algún avance.

Debería dormir en los barracones de la Guardia Negra, como he hecho las dos noches anteriores.

Pero estoy harta de ellos y, sobre todo, estoy harta de la sensación de que Harper está informando a Marcus y a la comandante de cada uno de mis movimientos.

Es casi medianoche cuando llego a la Villa Aquilla, pero las luces de la casa resplandecen y docenas de carruajes forman una línea en la calle. Uso la entrada de los esclavos para evitar a mi familia, pero me cruzo de frente con Livvy, que está supervisando una cena tardía.

Suspira ante mi expresión.

—Entra por la ventana. Nuestros tíos han ocupado toda la planta baja. Querrán hablar contigo.

Nuestros tíos, los hermanos y primos de mi padre, lideran las principales familias de la Gens Aquilla. Buenas personas, pero de lengua suelta.

—¿Dónde está madre?

—Con las tías, intentando mantener a raya su histeria. —Livvy arquea una ceja—. No están contentas con la alianza entre los Aquilla y los Farrar. Padre me ha pedido que sirviera la cena.

Sin duda alguna, para que pueda escuchar y aprender. Livia, a diferencia de Hannah, muestra interés por cómo se dirigen las Gens. Padre no es ningún estúpido, sabe lo útil que eso puede ser.

Mientras salgo por la puerta trasera, Livvy me llama.

—Ten cuidado con Hannah. Ha estado actuando un poco raro, como engreída, como si supiera algo que nosotras no.

Pongo los ojos en blanco. Como si Hannah pudiera saber algo que me fuera a importar.

Trepo por los árboles que se curvan hacia mi ventana. Colarme en mi habitación, incluso herida, no me supone ningún esfuerzo. Solía hacerlo con regularidad durante las vacaciones para encontrarme con Elias.

Aunque nunca por el motivo que yo quería.

Cuando me balanceo y entro en mi habitación, me regaño a mí misma. *No es Elias. Es el traidor Veturius, y tienes que darle caza.* Tal vez si me sigo diciendo estas palabras me dejarán de doler.

—Pequeña cantante.

Todo el cuerpo se me entumece al oír esa voz; es la misma que he oído en el desierto. Ese momento de sorpresa es mi perdición. Una mano me tapa la boca y oigo un susurro en la oreja.

—Tengo que contarte una historia, así que escucha con atención. Puede que llegues a aprender algo.

Mujer. Manos fuertes. Llenas de callos. Sin acento. Me revuelvo para quitármela de encima, pero el acero que presiona firmemente en mi cuello me detiene. Pienso en el cuerpo del máscara en el desierto. Quien sea esta mujer es mortífera y no teme matarme.

—Había una vez —empieza a narrar la extraña voz— una chica y un chico que intentaron escapar de una ciudad sumida en las llamas y el terror. En esa ciudad, encontraron la salvación teñida por las sombras. Y allí esperaron a la diablesa de piel plateada con un corazón tan oscuro como su hogar. Pelearon contra ella bajo la cúpula de sufrimiento que nunca duerme. La derrocaron y huyeron victoriosos. Un cuento bonito, ¿no crees? —Mi captora acerca el rostro a mi oreja—. La historia está en la ciudad, pequeña cantante —me dice—. Encuentra la historia y encontrarás a Elias Veturius.

La mano que me tapa la boca baja al mismo tiempo que el cuchillo. Me giro para ver cómo la figura corre por mi habitación.

—¡Espera! —Me vuelvo y pongo las manos al aire. La figura se detiene—. El máscara muerto del desierto. ¿Lo has hecho tú?

—Es un mensaje para ti, pequeña cantante —dice la mujer con voz rasposa—. Para que no fueras lo bastante estúpida como para pelear contra mí. No te sientas mal por ello, era un asesino y un violador. Merecía morir. Lo que me recuerda... —ladea la cabeza— a la chica, Laia. No la toques. Si algo le llega a ocurrir, ninguna fuerza de este mundo podrá impedir que te saque las tripas. Lentamente.

Dicho eso, se vuelve a poner en movimiento. Doy un brinco y desenvaino la espada, pero es demasiado tarde. La mujer ya ha saltado por la ventana y corre a toda prisa por los tejados.

Pero no antes de que pueda verle la cara: endurecida por el odio, destrozada hasta un límite inconcebible e identificable al instante.

La esclava de la comandante. La que se supone que estaba muerta. La que todo el mundo conocía como la cocinera.

XII: *Laia*

Cuando Elias me despierta la mañana después de dejar atrás el Nido, tengo las manos húmedas. Incluso en la tenue luz previa al amanecer puedo ver la sangre del tribal que corre por mis brazos.

—Elias. —Me froto frenéticamente las palmas en la capa—. La sangre no se va. —También él la tiene encima—. Estás cubierto…

—Laia. —Se pone a mi lado al instante—. Solo es la niebla.

—No. Está… está por todos lados. —*Muerte, por todos lados.*

Elias me toma las manos en las suyas, sosteniéndolas en alto hacia la luz apagada de las estrellas.

—Mira. La niebla forma gotitas sobre la piel.

Al fin tomo conciencia de la realidad mientras me pone en pie lentamente. *Solo era una pesadilla.*

—Tenemos que irnos. —Señala con la cabeza hacia el campo de roca, apenas visible por entre los árboles a unos cien metros—. Hay alguien ahí fuera.

No veo a nadie en los Aguijones ni oigo nada más allá del crujido de las ramas agitadas por el viento y el canto de los pájaros más madrugadores. Con todo, el cuerpo me duele cuando se tensa.

—¿Soldados? —le susurro a Elias.

Hace un gesto negativo con la cabeza.

—No estoy seguro. He visto un destello de metal… Una armadura o un arma, tal vez. No hay duda de que se trata de alguien que nos persigue. —Al ver mi semblante inquieto, me ofrece una sonrisa rápida—. No estés tan preocupada. La mayoría de las misiones que salen bien solo son un conjunto de desastres evitados por los pelos.

Si creía que el paso de Elias al salir del Nido era intenso, estaba equivocada. La telis le ha devuelto prácticamente toda su fuerza habitual. En cuestión de unos minutos, hemos dejado atrás el campo de roca y nos abrimos camino a través de la montaña como si el mismísimo Portador de la Noche nos estuviera pisando los talones.

El terreno es traicionero, lleno de barrancos anegados y riachuelos. En nada me doy cuenta de que necesito toda mi concentración solo para mantener el paso de Elias, lo cual no es algo malo. Después de lo ocurrido con Shikaat, después de saber lo que la comandante le hizo a Elias, lo único que quiero es encerrar esos recuerdos en un cajón oscuro de mi mente.

Elias se gira una y otra vez para examinar el camino que dejamos atrás.

—O los hemos perdido o se las están apañando muy bien para esconderse. Me temo que es lo segundo.

Elias añade poco más. Supongo que en un intento de mantener la distancia, de protegerme. Una parte de mí entiende su razonamiento, incluso lo respeta. Pero al mismo tiempo siento la pérdida de su compañía con intensidad. Huimos juntos de Serra. Combatimos a los espectros como un equipo. Cuidé de él cuando lo envenenaron.

El abuelo solía decir que quedarse al lado de alguien en sus momentos más oscuros establece un vínculo. Una sensación de obligación que es más un regalo que una carga. Me siento atada a Elias ahora. No quiero que me aleje de él.

Hacia la mitad del segundo día, los cielos se enturbian y cae un diluvio. El aire de la montaña se vuelve frío y nuestro paso se ralentiza hasta que me dan ganas de gritar. Cada segundo parece una eternidad que debo pasar con pensamientos que deseo reprimir con todas mis fuerzas. La comandante envenena a

Elias. La muerte de Shikaat. Darin en Kauf, sufriendo a las manos del infame alcaide de la prisión.

Muerte por todos lados.

Una marcha forzada en un aguanieve que me cala hasta los huesos simplifica la vida. Después de tres semanas, mi mundo se ha reducido a inhalar la siguiente respiración, obligándome a dar el siguiente paso y encontrar la voluntad de repetirlo todo. Cuando cae la noche, Elias y yo nos desplomamos del cansancio, empapados y tiritando. Por la mañana, nos sacudimos la helada de las capas y empezamos de nuevo. Vamos más rápido ahora, intentando ganar tiempo.

Cuando al fin descendemos de las alturas, la lluvia cesa. Una neblina fría se posa sobre los árboles, pegajosa como una telaraña. Llevo los pantalones rotos por las rodillas y la túnica hecha jirones.

—Qué extraño —musita Elias—. Nunca he visto un tiempo como este tan cerca de las tierras tribales.

Aminoramos la marcha hasta convertirla en un paso renqueante, y cuando queda todavía una hora para la puesta de sol, se detiene.

—No sirve de nada seguir en este fango —dice—. Mañana deberíamos llegar a Nur, busquemos un sitio en el que acampar.

¡No! Detenernos me dará tiempo para pensar, para recordar…

—Ni siquiera es de noche —protesto—. ¿Qué pasa con quien nos persigue? Seguro que podemos…

Elias me mira con gesto grave.

—Nos detenemos —afirma—. No he visto ninguna señal de nuestros perseguidores desde hace días y por fin la lluvia ha parado. Necesitamos descansar y comer algo caliente.

Unos minutos después, localiza una loma. Solo puedo distinguir un conjunto de rocas monolíticas en la cima. Elias me pide que encienda un fuego mientras él desaparece detrás de una de las piedras. Está ausente un buen rato y, cuando vuelve, trae la cara acabada de rasurar. Se ha limpiado toda la suciedad de las montañas y se ha puesto ropa limpia.

—¿Estás seguro de que es una buena idea? —He conseguido alimentar el fuego hasta que tiene un tamaño respetable, pero miro hacia el bosque, nerviosa—. Si quien nos persigue todavía, está ahí fuera... Como vean el humo...

—La niebla enmascara el humo. —Señala con la cabeza hacia una de las rocas y me echa un vistazo rápido—. Hay un arroyo allí, deberías lavarte. Yo iré a buscar la cena.

El rostro se me enciende, sé qué aspecto debo de tener. Ropa ajada, cubierta de barro hasta las rodillas, la cara arañada y el pelo revuelto con aspecto salvaje. Todo lo que tengo huele a hojas húmedas y a tierra.

En el arroyo me quito la asquerosa túnica raída y utilizo la única punta limpia para asearme. Encuentro una mancha de sangre seca. Es de Shikaat. Me libero de la túnica de inmediato.

No pienses en eso, Laia.

Miro por encima del hombro, pero Elias no está. La parte de mí que no puede olvidar la fuerza de sus brazos y el calor de sus ojos durante el baile en el Festival de la Luna desea que se hubiera quedado. Que me hubiera mirado. Que me hubiera ofrecido la comodidad de su tacto. Sentir el calor de sus manos en mi piel y en mi pelo sería una distracción más que bienvenida. Sería un regalo.

Una hora después, tengo la carne viva de tanto frotar la suciedad y voy vestida con ropa limpia, aunque húmeda.

La boca se me hace agua cuando huelo el conejo que se está asando. Espero que Elias se levante cuando me acerco. Si no estamos andando o comiendo, se va a patrullar. Pero hoy asiente y me siento a su lado, tan cerca del fuego como puedo, y me peino los enredos del pelo.

—Es precioso —me dice tras señalar mi brazalete.

—Me lo dio mi madre justo antes de morir.

—Ese patrón... Me parece que lo he visto antes. —Elias ladea la cabeza—. ¿Puedo?

Llevo la mano al brazalete para quitármelo, pero me detengo, invadida por una reticencia peculiar. *No seas tonta, Laia. Te lo va a devolver.*

—Solo... solo un minuto, ¿vale? —Le paso el brazalete, inquieta mientras le da vueltas en las manos, examinando el patrón apenas visible por el desgaste.

—Plata —dice—. ¿Crees que los seres místicos pueden notarlo? Los efrits y los espectros no paraban de pedir plata.

—Ni idea. —Lo agarro con premura cuando me lo devuelve y todo el cuerpo se me relaja cuando me lo pongo de nuevo—. Pero moriría antes de darles esto. Es lo último que me dio mi madre. ¿Tienes... tienes algo de tu padre?

—Nada. —Elias no emplea un tono amargo—. Ni siquiera un nombre. Tanto mejor. Dudo de que fuera una buena persona, sea quien fuere.

—¿Por qué? Tú eres bueno. Y no lo has sacado de la comandante.

Elias me lanza una sonrisa triste.

—Esa es tu impresión. —Azuza el fuego con un palo—. Laia —me dice con amabilidad—, deberíamos hablar de eso.

Ay, por los cielos.

—¿Hablar de qué?

—De lo que sea que te preocupe. Puedo adivinarlo, pero creo que será mejor si me lo dices tú.

—¿Quieres hablar ahora? ¿Después de semanas de ni siquiera mirarme?

—Te miro. —Su respuesta es rápida, en voz baja—. Incluso cuando no debería.

—Entonces, ¿por qué no dices nada? ¿Crees que soy... horrible? ¿Por lo que ocurrió con Shikaat? No quería hacerlo... —El resto de las palabras se me quedan atascadas en la garganta. Elias suelta el palo y se acerca. Noto sus dedos en el mentón y me obliga a mirarlo.

—Laia, soy la última persona que te juzgará por matar en defensa propia. Mira lo que soy. Mira mi vida. Te he dejado en paz porque creía que estarías más cómoda a tu aire. Y lo de no... mirarte, no quiero hacerte daño. Estaré muerto dentro de unos meses. Unos cinco, si tengo suerte. Es mejor que mantenga la distancia, ambos lo sabemos.

—Demasiada muerte —murmuro—. Está por todas partes. ¿De qué sirve vivir entonces? ¿Algún día escaparé de ella? Dentro de unos meses tú estarás... —No puedo pronunciar las palabras—. Y Shikaat me iba a matar... Y luego... Y luego de repente estaba muerto. Su sangre estaba muy caliente y parecía muy vivo, pero... —Reprimo un escalofrío y yergo la espalda—. No importa. Estoy dejando que me afecte demasiado. Yo...

—Tus emociones te hacen humana —dice Elias—. Incluso las que son desagradables tienen un motivo. No las reprimas. Si las ignoras, solo se harán más fuertes y ruidosas.

Noto un nudo en la garganta que se aferra y araña, como un alarido que ha estado atrapado en mi interior.

Elias tira de mí y me abraza, y una vez que me apoyo en su hombro, el sonido que acecha en mi interior sale, una mezcla entre un grito y un sollozo. Es algo animal y extraño. Frustración y miedo por lo que tiene que venir. Rabia por sentirme siempre como si estuviera frustrada. Temor por no volver a ver a mi hermano nunca más.

Después de un buen rato, me aparto. Elias tiene una expresión sombría cuando lo miro. Me seca las lágrimas e inspiro su aroma embriagador.

La expresión de su cara desaparece. Puedo ver cómo se estrella contra una pared con claridad. Deja caer los brazos y se aparta.

—¿Por qué haces eso? —Intento controlar mi exasperación, pero no lo consigo—. Te encierras en ti mismo. Te apartas de mí porque no quieres que me acerque. ¿Y lo que yo quiero? No me vas a hacer daño, Elias.

—Sí te lo haré —dice—. Créeme.

—No te creo. Al menos no en esto.

Me acerco a él, desafiante. Tensa la mandíbula, pero se queda quieto. Sin apartar la vista, levanto una mano, vacilante, hacia su boca. Hacia esos labios, curvados como si siempre estuvieran sonriendo, incluso cuando sus ojos están encendidos por el deseo, como lo están ahora.

—Esto es una mala idea —masculla. Estamos tan cerca que puedo ver una pestaña larga que se le ha caído en la mejilla. Puedo ver los reflejos azules de su pelo.

—Entonces, ¿por qué no lo detienes?

—Porque soy un necio. —Respiramos nuestros alientos mutuos y cierra los ojos mientras su cuerpo se relaja y sus manos finalmente me recorren la espalda.

En ese momento, se queda paralizado. Abro los ojos de golpe. Elias tiene la atención centrada en la línea de árboles. Un segundo después se levanta y desenvaina las cimitarras en un único movimiento fluido. Me pongo de pie trastabillando.

—Laia. —Me rodea y se pone delante de mí—. Nuestro perseguidor nos ha alcanzado. Escóndete en las rocas. Y —su voz se vuelve de pronto una orden mientras me mira a los ojos— si alguien consigue acercarse a ti, pelea con todo lo que tengas.

Saco el cuchillo y me sitúo rápidamente detrás, intentando ver y oír lo mismo que él, pero el bosque que nos rodea está en silencio.

Fiu.

Una flecha sale disparada de los árboles, directa al corazón de Elias. La bloquea con un giro de la cimitarra.

Otro proyectil sale volando. *Fiu,* y otra flecha, y otra. Elias las bloquea todas, hasta que un pequeño bosque de flechas rotas se esparce a sus pies.

—Puedo seguir así toda la noche —dice, y me sobresalto, porque su voz carece de cualquier emoción. Es la voz de un máscara.

—Suelta a la chica —grita alguien de entre los árboles— y lárgate.

Elias echa la mirada atrás con una ceja levantada.

—¿Es amigo tuyo?

Niego con la cabeza.

—No tengo ningún...

Una silueta sale de entre los árboles vestida de negro, encapuchada y con una flecha cargada en el arco. No puedo distinguirle la cara en la niebla espesa, pero algo en ella me resulta familiar.

—Si estás aquí por la recompensa... —empieza a decir Elias, pero el arquero lo interrumpe.

—No la quiero —le suelta—. Estoy aquí por la chica.

—Bueno, pues no puedes llevártela —dice Elias—. Puedes seguir malgastando flechas o puedes pelear. —Rápido como un látigo, Elias le da la vuelta a una de sus cimitarras y se la ofrece al hombre con una arrogancia tan insolente e insultante que pongo una mueca. Si nuestro atacante ya estaba enfadado, ahora estará furioso.

El hombre baja el arco, mirándonos durante un segundo antes de negar con la cabeza.

—Ella tenía razón —dice con voz apagada—. No te llevó a la fuerza. Fuiste por voluntad propia.

Por los cielos, ya sé quién es. Por supuesto que lo sé. Se baja la capucha y su cabello brota de ella como una llama.

Keenan.

XIII: *Elias*

Mientras intento averiguar cómo y por qué el pelirrojo del Festival de la Luna nos ha rastreado todo el camino a través de las montañas, otra silueta emerge del bosque, de cabello rubio recogido en una trenza enmarañada y la cara y el parche del ojo manchados de tierra. Ya era escuálida cuando vivía con la comandante, pero ahora parece al borde de la inanición.

—¿Izzi?

—Elias. —Me saluda con una sonrisa débil—. Estás..., mmm..., ¿delgado? —Su frente se arruga cuando analiza mi apariencia, alterada por el veneno.

Laia me pasa por el lado con un chillido que explota de su garganta. Lanza un brazo alrededor de Rojo y otro alrededor de la antigua esclava de la comandante, y los apretuja a los dos, riendo y llorando a la vez.

—¡Por los cielos, Keenan, Izzi! Estáis bien... ¡Estáis vivos!

—Vivos sí. —Izzi le lanza una mirada a Rojo—. Lo de estar bien ya es otra cosa. Tu amigo aquí marchaba a un paso endiablado.

Rojo no le responde, tiene la mirada clavada en mí.

—Elias. —Laia se percata de la mirada fulminante y se pone en pie y se aclara la garganta—. Ya conoces a Izzi, y este es Keenan, un... un amigo. —Dice «amigo» como si no estuviera segura de que fuera la descripción acertada—. Keenan, él es...

—Sé quién es —la corta Rojo, y contengo las ganas de darle un puñetazo por ello. *Noquear a su amigo ni cinco minutos después de conocerlo, Elias, no es una buena manera de mantener la paz.*

—Lo que quiero entender —prosigue Rojo— es cómo por los cielos has acabado a su lado. ¿Cómo pudiste...?

—¿Por qué no nos sentamos? —Izzi levanta la voz y se deja caer al lado del fuego. Yo me siento junto a ella, con un ojo puesto en Keenan, que se ha llevado a Laia aparte y habla con ella insistentemente. Observo sus labios; le está diciendo que se va con ella hasta Kauf.

Es una idea nefasta. Y una que voy a tener que desechar. Porque si conseguir que Laia y yo lleguemos a Kauf a salvo es casi imposible, ocultar a cuatro personas es una auténtica locura.

—Dime que tienes algo para comer, Elias —dice Izzi en un susurro—. Tal vez Keenan pueda alimentarse de su obsesión, pero yo no he comido nada decente desde hace semanas.

Le ofrezco los restos de mi liebre.

—Lo siento, no queda demasiado —le digo—. Puedo capturarte otra. —Sigo con la atención puesta en Keenan y desenvaino un poco la cimitarra mientras se altera más y más.

—No le hará daño —me asegura Izzi—. Puedes relajarte.

—¿Cómo lo sabes?

—Deberías haberlo visto cuando supo que se había ido contigo. —Izzi toma un bocado de la liebre y se estremece—. Creía que iba a asesinar a alguien... A mí, de hecho. Laia me cedió su litera en una barcaza y me dijo que Keenan me encontraría pasadas dos semanas. Pero me encontró un día después de haber salido de Serra. Tal vez tenía un pálpito, no lo sé. Al final se tranquilizó, pero creo que no ha dormido desde entonces. En una ocasión me escondió en una casa segura de una aldea y estuvo desaparecido todo el día buscando información, lo que fuera que nos pudiera guiar hasta vosotros. En lo único en lo que podía pensar era en llegar hasta ella.

O sea que está enamorado. Maravilloso. Quiero hacer más preguntas, como por ejemplo si Izzi cree que Laia siente lo mismo.

Pero me muerdo la lengua. Lo que sea que haya entre Laia y Keenan no me debe importar.

Mientras inspecciono mi mochila en busca de más comida para Izzi, Laia se sienta al lado del fuego. Keenan la sigue. Parece llevar un enfado atronador, y me lo tomo como una buena señal. Con suerte, Laia le habrá dicho que estamos bien y que puede volver a jugar a los rebeldes.

—Keenan vendrá con nosotros —dice Laia. *Maldita sea—*. E Izzi...

—También viene —tercia la chica académica—. Es lo que haría una amiga, Laia. Además, no es que tenga otro sitio al que ir.

—No sé si este es el mejor plan. —Calculo bien mis palabras, solo porque Keenan se esté exaltando no significa que yo deba actuar como un idiota—. Meter a cuatro personas en Kauf...

Keenan resopla. Para sorpresa de nadie, tiene el puño cerrado en su arco y el deseo de atravesarme el gaznate con una flecha escrito sobre el rostro.

—Laia y yo no te necesitamos. Querías liberarte del Imperio, ¿no? Pues ya lo tienes. Sal del Imperio. Lárgate.

—No puedo. —Saco mis cuchillos y empiezo a afilarlos—. Le hice una promesa a Laia.

—Un máscara que cumple sus promesas. Eso me gustaría verlo.

—Pues ponte cómodo y obsérvame. —*Calma, Elias*—. Oye una cosa, entiendo que quieras ayudar. Pero que se unan más personas solo complicará...

—No soy un niño al que tengas que cuidar, marcial —gruñe Keenan—. Te he seguido hasta aquí, ¿no es así?

Ahí tiene razón.

—¿Cómo nos has localizado? —Le hablo con un tono educado, pero actúa como si lo acabara de amenazar con degollar a los hijos que todavía no ha tenido.

—Esta no es una sala de interrogatorios marcial —me espeta—. No me puedes obligar a decir nada.

Laia suspira.

—Keenan…

—No pierdas los estribos —le digo con una sonrisa. *No seas un imbécil, Elias*—. Solo es curiosidad profesional. Si nos has seguido, alguien podría haberte seguido a ti.

—Nadie nos ha seguido —masculla Keenan entre dientes. Por los cielos, se los va a limar hasta las encías si sigue así—. Y encontrarte ha sido bastante fácil —continúa—. Los rastreadores rebeldes son tan buenos como cualquier máscara. Incluso mejores.

Se me eriza la piel. Bobadas. Un máscara puede rastrear un lince a través de los Aguijones, y esa habilidad se consigue tras décadas de entrenamiento. No he oído que ningún rebelde pueda hacer lo mismo.

—Vamos a dejar eso a un lado. —Izzi corta la tensión—. ¿Qué vamos a hacer?

—Buscamos un sitio seguro para ti —dice Keenan—. Y luego Laia y yo seguiremos hasta Kauf y sacaremos a Darin.

Mantengo la vista clavada en el fuego.

—¿Cómo vas a hacer eso? —pregunto.

—No hace falta que seas un máscara asesino para saber cómo colarte en una prisión.

—Teniendo en cuenta que no pudiste sacar a Darin de la Prisión Central cuando estaba allí —intervengo—, creo que debo discrepar. Infiltrarse en Kauf es unas cien veces más difícil, y no conoces al alcaide como yo. —Casi digo algo sobre los escalofriantes experimentos del viejo, pero me refreno. Darin está en las manos de ese monstruo y no quiero asustar a Laia.

Keenan se gira hacia ella.

—¿Cuánto sabe? ¿De mí? ¿De la rebelión?

Laia se revuelve en el sitio, incómoda.

—Lo sabe todo —dice al final—. Y no vamos a dejarlo atrás. —Su rostro se ensombrece y le devuelve la mirada a Keenan—. Elias conoce la prisión y nos puede ayudar a entrar. Ha hecho rondas de guardia allí.

—Es un maldito marcial, Laia —insiste Keenan—. Por los cielos, ¿sabes lo que nos están haciendo en este mismo instante? Reúnen a los académicos por millares. *Millares.* A algunos nos esclavizan, pero la mayoría son asesinados. A causa de una rebelión, los marciales matan a todos los académicos a los que pueden poner la mano encima.

Me siento mareado. *Claro que lo hacen.* Marcus está al cargo, y la comandante odia a los académicos. La revolución es la excusa perfecta para exterminarlos como ella siempre ha querido hacer.

Laia se pone pálida y mira a Izzi.

—Es verdad —dice Izzi con un suspiro—. Oímos que los rebeldes les dijeron a aquellos académicos que no tenían intención de pelear que abandonaran Serra. Pero muchos no lo hicieron y los marciales fueron tras ellos. Mataron a todo el mundo. Casi nos atrapan a nosotros también.

Keenan se gira hacia Laia.

—No han mostrado ninguna clemencia con los académicos, ¿y tú quieres que uno de ellos nos acompañe? Si no supiera cómo colarnos en Kauf, lo podría entender. Pero puedo hacerlo, Laia. Lo juro. No necesitamos a un máscara.

—No es un máscara —alza la voz Izzi, y oculto mi sorpresa. Teniendo en cuenta la manera como mi madre la trató, es la última persona que esperaría que me defendiera. Izzi se encoge de hombros ante la mirada incrédula de Keenan—. Al menos ya no.

Se achica un poco ante la mirada turbia que le lanza Keenan, y se enciende mi cólera.

—Solo porque no lleva su máscara —repone Keenan— no significa que haya cambiado.

—Cierto. —Busco la mirada de Rojo y respondo a la furia de sus ojos con un frío desapego, uno de los trucos más irritantes de mi madre—. Fue el máscara de mi interior el que mató a los soldados en los túneles que nos permitieron salir de la ciudad. —Me inclino hacia delante—. Y es el máscara de mi interior el que conseguirá llevar a Laia a Kauf para que podamos liberar a Darin. Ella lo sabe. Por eso me liberó en vez de escapar contigo.

Si los ojos de Rojo pudieran prender fuego, ahora mismo estaría ya en el décimo agujero de los infiernos. Una parte de mí está satisfecha. Y luego vislumbro el rostro de Laia y me siento avergonzado de inmediato. Pasa la vista entre Rojo y yo, indecisa y angustiada.

—No sirve de nada que nos peleemos —me obligo a decir—. Y, lo más importante, no es nuestra decisión. Esta no es nuestra misión, Rojo. —Me giro hacia Laia—. Dime qué quieres.

La mirada de agradecimiento que cruza su rostro casi merece el hecho de que probablemente tenga que aguantar a este idiota rebelde hasta que el veneno me mate.

—¿Todavía podemos seguir el camino del norte con la ayuda de las tribus si somos cuatro? ¿Es posible?

Miro más allá del fuego hacia sus oscuros ojos dorados, algo que he intentado evitar durante días. Cuando los veo, recuerdo por qué no la miraba: el fuego de su interior, la ferviente determinación... Me llega hasta algo muy profundo de mi ser, algo encerrado que está desesperado por ser libre. Me invade un deseo visceral por ella y me olvido de Izzi y de Keenan.

El brazo me da una punzada repentina y afilada. Un recordatorio de la tarea que tengo entre manos. Convencer a Afya de que nos oculte a Laia y a mí será bastante difícil. Pero ¿a un rebelde, a dos esclavas fugitivas y al criminal más buscado de todo el Imperio?

Diría que es imposible, pero la comandante me entrenó para que esa palabra no significara nada para mí.

—¿Estás segura de que es lo que quieres? —Escudriño sus ojos en busca de duda, miedo o incertidumbre. Pero lo único que veo es fuego. *Por los diez infiernos.*

—Estoy segura.

—Pues encontraré la manera.

* * *

Esa noche visito a la Atrapaalmas.

Me encuentro andando a su lado por un camino estrecho que atraviesa el bosque de la Antesala. Lleva puesto un vestido recto y sandalias, y parece que no le afecte lo más mínimo el aire fresco del otoño. A nuestro alrededor hay árboles nudosos y ancestrales, y unas formas translúcidas aletean entre ellos. Algunas no son más que volutas níveas, mientras que otras están más desarrolladas. Estoy seguro de ver a Tristas un momento con los rasgos desfigurados por la rabia, pero desaparece de inmediato. Las formas producen unos susurros suaves que se entremezclan en un único murmullo constante.

—¿Ya está? —le pregunto a la Atrapaalmas. Creía que tenía más tiempo—. ¿Estoy muerto?

—No. —Sus ojos ancianos se posan en mi brazo. En este mundo no hay rastro de cicatrices, está inmaculado—. El veneno avanza, pero lentamente.

—¿Por qué vuelvo a estar aquí? —No quiero que regresen los desmayos, no quiero que ella me controle—. No me puedo quedar.

—Siempre tantas preguntas contigo, Elias. —Sonríe—. Cuando dormís, los humanos llegáis a la linde de la Antesala, pero no entráis. Pero tú tienes un pie en el mundo de los vivos y otro en el de los muertos. Lo he usado para llamarte aquí. No te preocupes, Elias, no te entretendré mucho rato.

Una de las formas de los árboles flota hacia nosotros: una mujer tan desvanecida que no puedo ni ver su cara. Se asoma entre las ramas y mira debajo de los setos. Mueve la boca como si estuviera hablando consigo misma.

—¿Puedes oírla? —me pregunta la Atrapaalmas.

Intento escuchar por encima de los susurros de los demás fantasmas, pero hay demasiado ruido. Hago un gesto negativo con la cabeza y la Atrapaalmas me mira con una expresión que no sé descifrar.

—Inténtalo de nuevo.

Esta vez cierro los ojos y me concentro en la mujer, solo en la mujer.

No puedo encontrar... Dónde... No te escondas, cariño...

—Está... —Abro los ojos, y los murmullos de los demás ahogan su voz—. Está buscando algo.

—A alguien —me corrige la Atrapaalmas—. Se niega a continuar el camino. Ya han pasado décadas. Ella también le hizo daño a alguien, hace mucho tiempo. Aunque no era su intención, creo.

Un recordatorio no del todo sutil de la petición que me hizo la Atrapaalmas la última vez que la vi.

—Estoy haciendo lo que me pediste —le digo—. Me mantengo alejado de Laia.

—Muy bien, Veturius. No me gustaría nada tener que hacerte daño.

Un escalofrío me recorre la espalda.

—¿Puedes hacer eso?

—Puedo hacer grandes cosas. Tal vez deba enseñártelas antes de que te llegue el final.

Me coloca una mano en el brazo, que me arde como el fuego.

Cuando me despierto, todavía es de noche y el brazo me duele. Me arremango, esperando ver la carne cicatrizada donde tenía la quemadura.

Pero la herida, que sanó hace días, ahora está abierta y sangra.

XIV: *Helene*

DOS SEMANAS ANTES

—Estás loca —dice Faris mientras él, Dex y yo observamos los rastros en el suelo detrás del almacén. Le doy la razón a medias, pero las pistas no mienten, y estos rastros cuentan una historia de lo más interesante.

Una batalla. Un oponente grande y otro pequeño. El pequeño casi consiguió acabar con el grande hasta que el pequeño quedó inconsciente, o al menos eso es lo que yo asumo, puesto que no hay ningún cuerpo muerto por aquí. El oponente grande y un acompañante arrastraron al pequeño hasta dentro del almacén y escaparon a caballo por la puerta trasera de la muralla. El caballo tenía el lema de la Gens Veturia grabado en la herradura: *Siempre victorioso.* Vuelvo a pensar en el cuento extraño que me narró la cocinera: *La derrocaron y huyeron victoriosos.*

Incluso aunque ya han pasado unos días, los rastros siguen siendo claros. Nadie ha venido a este lugar.

—Es una trampa. —Faris levanta la antorcha para iluminar los rincones oscuros del terreno desierto—. Esa cocinera chiflada intentaba atraerte aquí para poder tenderte una emboscada.

—Es un acertijo —digo—. Y siempre he sido buena con los acertijos. —Este me ha llevado más tiempo que los demás… Han pasado días desde la visita de la cocinera—. Además, una vieja bruja contra tres máscaras no se puede considerar una emboscada.

—Se te adelantó, ¿no es así? —A Faris se le eriza el pelo, como parece hacer siempre que está agitado—. ¿Por qué te iba a ayudar? Eres una máscara y ella, una esclava fugitiva.

—No le tiene ningún aprecio a la comandante. Y —hago un gesto al suelo— está claro que la comandante esconde algo.

—Además, aquí no hay ninguna emboscada. —Dex se gira hacia una puerta en la muralla que tenemos detrás—. Pero hay *salvación teñida por las sombras.* La puerta da al este. Solo le da la sombra la mitad del día.

Señalo con la cabeza hacia el horno.

—Y esa es *la cúpula de sufrimiento que nunca duerme.* La mayoría de los académicos que trabajan ahí nacen y mueren bajo su sombra.

—Pero estos rastros… —empieza a decir Faris.

—Solo hay *dos diablesas de piel plateada* en el Imperio —lo interrumpo—. Y a una de ellas la estaba torturando Avitas Harper esa noche. —Harper, huelga decir, no estaba invitado a esta pequeña excursión.

Vuelvo a examinar los rastros. ¿Por qué no llevó refuerzos la comandante con ella? ¿Por qué no le dijo a nadie que había visto a Elias esa noche?

—Tengo que hablar con Keris y descubrir si…

—Esa es una pésima idea —dice una voz tranquila desde la oscuridad que tengo detrás.

—Lugarteniente Harper. —Saludo al espía mientras fulmino con la mirada a Dex. Él hace una mueca, su bello rostro incómodo. Se suponía que tenía que asegurarse de que Harper no nos siguiera—. Merodeando por las sombras como siempre. ¿Supongo que le contarás todo sobre esto?

—No hay necesidad. Te vas a delatar cuando le preguntes por ello. Si la comandante ha intentado ocultar lo que ocurrió aquí, debe de haber una razón. Deberíamos saber cuál es antes de revelarle que le vamos detrás.

Faris resopla y Dex pone los ojos en blanco.

Claro, idiota. Eso es lo que voy a hacer. Pero no hace falta que Harper lo sepa. De hecho, cuanto más estúpida crea que soy, tanto mejor. Puede decirle a la comandante que no supongo una amenaza para ella.

—No hables como si fueras parte del equipo, Harper. —Le doy la espalda—. Dex, revisa los informes de esa noche... Mira si hay alguien por aquí que pudiera haber visto algo. Faris, tú y Harper rastread el caballo. Probablemente sea de color negro o avellana, y por lo menos mide metro setenta. A Quin no le gustaba la variedad en sus establos.

—Rastrearemos el caballo —dice Harper—. Deja en paz a la comandante, Verdugo.

Lo ignoro, subo de un salto a la silla de mi caballo y me dirijo hacia Villa Veturia.

* * *

Todavía no es medianoche cuando llego a la mansión Veturia. Hay muchos menos soldados ahora que la última vez que estuve aquí, hace unos días. O el Emperador ha encontrado una nueva residencia o no está en la casa. *Probablemente en el burdel o fuera matando niños por diversión.*

Mientras me escoltan por los pasillos que conozco bien, pienso en los padres de Marcus. Ni él ni Zak hablaban nunca de ellos. Su padre es un herrero de un pueblo al norte de Silas y su madre es panadera. ¿Cómo se deben de sentir, ahora que uno de sus hijos ha matado al otro y al que ha sobrevivido lo han coronado Emperador?

La comandante me recibe en el estudio de Quin y me ofrece asiento. Me quedo de pie.

Intento que no se me note la mirada fulminante en tanto se sienta al escritorio de Quin. Lleva puesta una bata negra, y las espirales azules de su tatuaje, algo de lo que siempre se ha hablado en Risco Negro, sobresalen por el cuello. Siempre la he visto con uniforme, y sin él parece más pequeña.

Como si sintiera mis pensamientos, su mirada se aguza.

—Te debo un agradecimiento, Verdugo —me dice—. Le salvaste la vida a mi padre. No me habría gustado matarlo, pero no habría soltado el control de la Gens Veturia fácilmente. Sacarlo de la ciudad mantuvo su dignidad intacta y permitió un cambio de poder más fluido.

No me está agradeciendo nada. Estaba iracunda cuando supo que su padre había huido de Serra. Me está haciendo saber que sabe que fui yo la que lo ayudé. ¿Cómo lo ha descubierto? Persuadir a Quin de que no asaltara los calabozos de Risco Negro para salvar a Elias fue casi imposible, y sacarlo a escondidas de aquí delante de las narices de sus guardias fue unas de las cosas más difíciles que he hecho jamás. Fuimos extremadamente cuidadosos.

—¿Has visto a Elias Veturius desde la mañana que escapó de Risco Negro? —le pregunto. Ningún atisbo de emoción la traiciona.

—No.

—¿Has visto a la académica Laia, tu antigua esclava, desde que escapó de Risco Negro ese mismo día?

—No.

—Eres la comandante de Risco Negro y consejera del Emperador, Keris —continúo—. Pero como Verdugo de Sangre tengo un rango superior al tuyo. ¿Te das cuenta de que te podría arrastrar a una sala de interrogatorios?

—No utilices la baza de tu rango conmigo, niña —me responde la comandante con voz suave—. La única razón por la que no estás muerta ya es porque yo, y no Marcus, yo, todavía te necesito. Pero si insistes en que me interroguen —se encoge de hombros—, por supuesto que me someteré a ello.

Todavía te necesito.

—La noche que escapó Veturius, ¿lo viste en el almacén en la muralla este de la ciudad, combatiste contra él, perdiste y te dejaron inconsciente mientras él y la esclava huían a caballo?

—Te acabo de responder a esa pregunta. ¿Alguna duda más, Verdugo de Sangre? La revolución académica se ha extendido hasta Silas. Al alba, debo liderar las fuerzas que la aplasten.

Su voz es tan tranquila como siempre, pero durante un instante algo centellea en sus ojos. Un brillo de rabia profunda que desaparece tan pronto como llega. No conseguiré nada de ella ahora.

—Buena suerte en Silas, comandante. —Mientras me doy la vuelta, me habla:

—Antes de que te vayas, Verdugo de Sangre, debo presentarte mis felicitaciones —me dice con un deje de desprecio—. Marcus está acabando el papeleo ahora. El compromiso de tu hermana con el Emperador lo honra mucho. El heredero que tengan será un ilustre legítimo…

Salgo por la puerta y cruzo el patio. La cabeza me da tantas vueltas que me mareo. Oigo la voz de mi padre cuando le pregunté qué había intercambiado a cambio de mi libertad. *Nada importante, hija.* Y Livia, hace unas noches, cuando me dijo que Hannah estaba actuando de manera extraña. *Como si supiera algo que nosotras no.*

Paso como una exhalación por el lado de los guardias y me subo a mi caballo. Lo único que puedo pensar es: *Que no sea Livvy. Que no sea Livvy. Que no sea Livvy.*

Hannah es fuerte. Está resentida y enfadada. Pero Livvy… Livvy es dulce, divertida y curiosa. Marcus lo verá y la destruirá. Y, además, disfrutará haciéndolo.

Llego a casa y, antes de que mi caballo tenga la oportunidad de detenerse del todo, ya estoy deslizándome por el costado y cruzando las puertas principales a paso ligero, directa hacia un patio abarrotado de máscaras.

—Verdugo de Sangre. —Uno de ellos da un paso adelante—. Debe esperar aquí…

—Dejadla pasar.

Marcus sale caminando tranquilo por la puerta principal de mi casa flanqueado por mi padre y mi madre. *Por los cielos sangrantes, no.* La visión me parece tan errónea que quiero restregarme los ojos con lejía para eliminarla. Hannah los sigue, con la cabeza en alto. El brillo que tienen sus ojos me confunde. ¿Es ella, entonces? Si es así, ¿por qué parece tan feliz? Nunca le he ocultado el desprecio que siento por Marcus.

Cuando llegan al patio, Marcus se inclina y le besa la mano a Hannah, el epítome de un pretendiente de alta cuna y buenos modales.

Por los cielos sangrantes, apártate de ella, cerdo. Quiero gritarle, pero me muerdo la lengua. *Es el Emperador y tú eres su Verdugo de Sangre.*

Cuando se levanta, inclina la cabeza hacia mi madre.

—Ponga una fecha, *Mater* Aquilla. No espere demasiado.

—¿Vuestra familia querrá asistir, su majestad imperial? —pregunta mi madre.

—¿Por qué? —pregunta Marcus con una mueca—. ¿Es demasiado plebeya como para asistir a una boda?

—Por supuesto que no, su majestad —responde mi madre—. Solo que he oído que vuestra madre es una mujer muy devota. Supongo que querrá seguir a rajatabla el período de luto de cuatro meses que propusieron los augures.

El rostro de Marcus se ensombrece.

—Por supuesto —contesta—. Tendréis ese tiempo para demostrar que la Gens Aquilla es merecedora.

Se acerca a mí y, al ver el horror que emanan mis ojos, me dedica una sonrisa que es todavía más salvaje por el dolor que acaba de sentir al recordar a Zak.

—Mucho cuidado, Verdugo —me advierte—. El bienestar de tu hermana está en mis manos. No querrías que nada malo le pasara, ¿verdad?

—Ella… Tú… —Mientras farfullo, Marcus se aleja con sus guardias a la zaga. Cuando los esclavos han cerrado las puertas del patio, oigo la risita de Hannah.

—¿No me vas a felicitar, Verdugo de Sangre? —me dice—. Voy a ser emperatriz.

Es una idiota, pero sigue siendo mi hermana pequeña y la quiero. No puedo permitir que se casen.

—Padre —siseo entre dientes—. Debo hablar contigo.

—No deberías estar aquí, Verdugo —me contesta mi padre—. Tienes una misión que cumplir.

—¿No lo ves, padre? —Hannah se gira hacia mí—. Arruinar mi matrimonio es más importante que encontrar a ese traidor.

Mi padre parece haber envejecido diez años desde ayer.

—Las Gens han firmado los papeles del compromiso —constata—. Tenía que salvarte, Helene. Esta era la única manera.

—Padre, es un asesino, un violador…

—¿Acaso no lo son todos los máscaras, Verdugo? —Las palabras de Hannah son como un bofetón—. Ya oí cómo hablabais mal de Marcus el bastardo de tu amigo y tú. Sé a lo que me enfrento.

Se acerca a mí, y me doy cuenta de que es tan alta como yo, aunque no recuerdo desde cuándo.

—No me importa. Seré emperatriz y nuestro hijo será el heredero al trono. Y el destino de la Gens Aquilla estará asegurado para siempre. Gracias a mí. —Sus ojos brillan con triunfo—. Piensa en eso mientras le das caza a ese traidor al que llamas «amigo».

No le des un puñetazo, Helene. No lo hagas. Mi padre me agarra del brazo.

—Ven, Verdugo.

—¿Dónde está Livvy? —pregunto.

—Recluida en su habitación con… fiebre —me informa mi padre mientras nos acomodamos en su estudio, lleno de libros—. Tu madre y yo no nos queríamos arriesgar a que la escogiera a ella.

—Lo ha hecho para vengarse de mí. —Intento sentarme, pero acabo dando vueltas sin parar—. Probablemente haya sido cosa de la comandante.

—No subestimes a nuestro Emperador, Helene —dice mi padre—. Keris te quería ver muerta. Intentó persuadir a Marcus para que te ejecutara. La conoces, se niega a negociar. El Emperador vino ante mí sin que ella lo supiera. Los ilustres le han dado la espalda, utilizan la huida de Veturius y la esclava para poner en duda su legitimidad como Emperador. Sabe que necesita aliados, así que me ofreció intercambiar tu vida por la mano de Hannah... y todo el apoyo de la Gens Aquilla.

—¿Por qué no le insistimos a otra Gens? —pregunto—. Debe de haber alguien que desee el trono.

—Todos desean el trono. Las luchas internas ya han empezado. ¿A quién escogerías? La Gens Sissellia es brutal y manipulativa. La Gens Rufia vaciaría los cofres del Imperio en un par de semanas. Todos se opondrían a que gobernara cualquier otra Gens. Se despedazarían mutuamente por el anhelo del trono. Es mejor un mal Emperador que una guerra civil.

—Pero, padre, es un...

—Hija. —Mi padre levanta la voz; algo que ocurre tan pocas veces que me quedo callada—. La lealtad se la debes al Imperio. A Marcus lo escogieron los augures. Él es el Imperio. Y necesita desesperadamente una victoria. —Se inclina encima del escritorio—. Necesita a Elias. Necesita una ejecución pública. Necesita que las Gens vean que es fuerte y capaz.

»Ahora eres la Verdugo de Sangre, hija. El Imperio debe ir primero... por encima de tus deseos, amistades y anhelos. Por encima incluso de tu hermana y de tu Gens. Somos Aquilla, hija. *Leal hasta el final.* Dilo.

—Leal —susurro. *Aunque implique la destrucción de mi hermana. Aunque implique que un loco dirija el Imperio. Aunque implique que tenga que torturar y matar a mi mejor amigo*—. Hasta el final.

* * *

Cuando a la mañana siguiente llego a los barracones vacíos, ni Dex ni Harper hacen mención del compromiso matrimonial de Hannah. También son lo bastante listos como para no hacer ningún comentario sobre mi humor de perros.

—Faris está en la torre de los tambores —me dice Dex—. Ha obtenido información sobre el caballo. En cuanto a los informes que me ordenaste revisar… —Mi amigo se mueve nervioso mientras mira de soslayo a Harper con sus ojos claros.

Harper casi sonríe.

—Hay algo que no está bien en los informes. Los tambores dieron órdenes contradictorias esa noche. Las tropas marciales estaban sumidas en el caos porque los rebeldes desvelaron nuestros códigos y modificaron todos los mensajes.

Dex se queda con la boca abierta.

—¿Cómo lo has sabido?

—Me di cuenta hace una semana—dice Harper—. Pero no ha tenido importancia hasta hoy. Dos de las órdenes que se emitieron esa noche pasaron inadvertidas en el caos, Verdugo. Ambas transfirieron hombres de la parte este de la ciudad a otro sitio, y así dejaron todo ese sector sin vigilancia.

Maldigo entre dientes.

—Keris dio esas órdenes —comento—. Lo dejó escapar. Me quiere entretenida en la búsqueda de Veturius. Mientras yo no esté, podrá influir en Marcus sin interferencias. Y —miro hacia Harper— le vas a decir que lo he descubierto. ¿No es así?

—Lo supo en el momento en que entraste en la Villa Veturia para interrogarla. —Harper me clava su mirada gélida—. No te subestima, Verdugo. Y no debería hacerlo.

La puerta se abre de golpe y Faris entra con pesadez mientras se agacha para no golpearse la cabeza con el marco de la puerta. Me pasa un fragmento de papel.

—De un puesto de guardia justo al sur del Nido de Ladrones.

Semental negro, metro ochenta,
con marcas de la Gens Veturia,
encontrado en una redada rutinaria
en el campo hace cuatro días.
Sangre en la silla. Animal en estado deplorable y con

signos de una cabalgata extenuante. El tribal que lo tenía fue interrogado, pero insiste en que el caballo apareció en su campo.

—¿Qué estaba haciendo Veturius en el Nido de Ladrones? —exclamo—. ¿Por qué se dirige al este? La manera más rápida de huir del Imperio es hacia el sur.

—Podría ser un engaño —dice Dex—. Tal vez haya intercambiado el caballo fuera de la ciudad y luego se haya dirigido al sur desde allí.

—Entonces, ¿qué explicación les das a las condiciones físicas del animal y a donde lo encontraron? —tercia Faris tras negar con la cabeza.

Dejo que discutan. Un viento fresco entra por la puerta abierta de los barracones, remueve los informes encima de la mesa y trae un ligero aroma a hojas rotas, canela y arena. Un mercante tribal pasa con su carreta. Es el primer tribal al que veo en Serra desde hace días. El resto ha abandonado la ciudad, en parte a causa de la rebelión académica y en parte por la Reunión de Otoño en Nur. Ningún tribal se la perdería.

Me golpea como un rayo. La Reunión de Otoño. Todas las tribus asisten, incluida la tribu Saif. En medio de toda esa gente, animales, carros y familias, para Elias sería coser y cantar escabullirse de los espías marciales y ocultarse con su familia adoptiva.

—Dex. —Pongo fin a la discusión—. Envía un mensaje a la guarnición del Desfiladero de Atella. Necesito una legión entera lista para partir dentro de tres días. Y sillas y caballos.

Dex arquea sus cejas plateadas.

—¿A dónde vamos?

—A Nur —respondo mientras salgo por la puerta en dirección a los establos—. Se dirige a Nur.

XV: *Laia*

Elias nos propone que descansemos, pero soy incapaz de pegar ojo. Keenan está igual de agitado; más o menos una hora después de que nos tumbemos, se levanta y desaparece en el bosque. Suspiro a sabiendas de que le debo una explicación. Atrasarlo solo hará que el camino hasta Kauf sea más complicado de lo que ya se prevé. Me levanto, me estremezco del frío y me arrebujo más la capa. Elias, que está de guardia, me habla en voz baja cuando paso por su lado:

—El veneno —dice—. No se lo cuentes ni a él ni a Izzi, por favor.

—No lo haré. —Me freno, pensando en nuestro casi beso y en si debería añadir algo. Pero cuando me giro para mirarlo, está escudriñando el bosque meticulosamente con los hombros tensos.

Sigo a Keenan hacia dentro del bosque y corro para agarrarlo del brazo justo cuando voy a perderlo de vista.

—Todavía estás enfadado —le digo—. Lo siento…

Se sacude el brazo de encima y se da la vuelta. Sus ojos centellean con un fuego oscuro.

—¿Que lo sientes? Por todos los cielos, Laia, ¿te haces una idea de lo que pensé cuando no estabas en esa barcaza? Sabes lo que he perdido, y, aun así, lo hiciste…

—Tenía que hacerlo, Keenan. —No me di cuenta de que le haría daño. Creía que lo entendería—. No podía dejar que Izzi se enfrentara a la ira de la comandante. No podía permitir que Elias muriera.

—Entonces, ¿no te obligó a hacer nada de esto? Izzi dijo que era idea tuya, pero no la creí. Asumí que..., no sé..., te habría coaccionado de algún modo. Que habría usado algún truco. Ahora os encuentro a los dos juntos. Creía que tú y yo...

Se cruza de brazos, su pelo brillante le cae por encima de la cara y me aparta la mirada. *Cielos.* Debe de habernos visto a Elias y a mí al lado del fuego. ¿Cómo se lo explico? *Creía que no volvería a verte. Soy un desastre. Mi corazón es un desastre.*

—Elias es mi amigo —exclamo al final. Pero ¿acaso es verdad? Elias era mi amigo cuando salimos de Serra. Ahora desconozco lo que significa para mí.

—Estás confiando en un marcial, Laia. ¿Te das cuenta? Por los diez infiernos sangrantes, es el hijo de la comandante. El hijo de la mujer que mató a tu familia...

—Él no es así.

—Claro que es así. Todos son así. Tú y yo, Laia, podemos lograrlo sin él. Mira, no quería decírtelo con él presente porque no le tengo confianza, pero la Resistencia tiene información de Kauf. Hombres infiltrados. Puedo sacar a Darin de allí con vida.

—Kauf no es la Prisión Central, Keenan. Ni siquiera es Risco Negro. Es Kauf. Nunca nadie ha escapado de allí, así que, por favor, basta. Es mi decisión. Elijo confiar en él. Puedes venir conmigo si quieres. Sería muy afortunada de tener a alguien como tú a mi lado, pero no voy a abandonar a Elias. Es la mejor oportunidad que tengo de salvar a Darin.

Keenan parece que va a decir algo más, pero al final se limita a asentir.

—Como desees —capitula.

—Hay algo más que tengo que contarte. —Nunca le he explicado a Keenan el motivo por el que capturaron a mi hermano. Pero si los rumores sobre Darin y Teluman ya han llegado hasta el Nido, está claro que en algún punto oirá hablar sobre las habilidades de mi hermano. Es mejor que lo sepa por mí.

—Izzi y yo oímos los rumores mientras viajábamos —me dice después de que se lo haya referido—. Pero me alegra que me lo hayas contado. Estoy… contento de que confíes en mí.

Cuando me mira a los ojos, una chispa salta entre los dos, decidida y poderosa. Envuelto en la niebla, sus ojos son oscuros, muy oscuros. *Podría desaparecer en ellos.* El pensamiento salta en mi mente, descontrolado. *Y no me importaría no encontrar jamás la salida.*

—Debes de estar exhausta. —Me pone una palma en la cara, vacilante. Su tacto es cálido y, cuando retira los dedos, me siento vacía. Pienso en el beso que me dio en Serra—. Volveré pronto.

En el claro, Izzi duerme. Elias me ignora, tiene puesta una mano encima de la cimitarra que sostiene en el regazo. Si nos ha oído, no lo da a entender.

Mi saco de dormir está helado, y me meto dentro tiritando. Durante mucho rato, me quedo despierta, esperando a que Keenan vuelva. Pero los minutos pasan y no regresa.

* * *

Llegamos a la linde de la cordillera serrana a media mañana, con el sol en el cénit del cielo del este. Elias avanza en cabeza mientras descendemos por los caminos serpenteantes de las montañas hasta un sendero que lleva al pie de la montaña. Las dunas del desierto tribal se extienden más allá como un mar de oro molido en el que despunta una isla verde a unos veinte kilómetros: Nur.

Largas caravanas de carros se mueven zigzagueantes hacia la ciudad para la Reunión de Otoño. Kilómetros de desierto se vislumbran más allá del oasis, salpicados de altiplanos que se elevan al cielo como enormes centinelas de roca. Una ráfaga de viento se levanta desde el desierto hacia el pie de las montañas, cargado de los aromas de aceite, caballo y carne asada.

El aire nos golpea; el otoño ha llegado pronto a las montañas. Pero podría ser tranquilamente el pico del verano serrano, por cómo está sudando Elias. Esta mañana, me ha dicho en voz baja que ayer se le acabó el extracto de telis. Su piel dorada, de aspecto tan sano antes, ahora muestra un tono pálido preocupante.

Keenan, que le ha estado frunciendo el ceño a Elias desde el momento en que partimos, ahora se pone a su lado.

—¿Nos vas a decir cómo vamos a encontrar una caravana que nos lleve a Kauf?

Elias mira al rebelde con recelo y no responde.

—Los tribales no son precisamente famosos por aceptar extranjeros —sigue Keenan—. Aunque tu familia adoptiva es tribal, ¿verdad? Espero que no estés planeando pedir su ayuda. Los marciales los estarán vigilando.

La expresión de Elias pasa de *¿Qué quieres?* a *Lárgate.*

—No, mi intención no es ver a mi familia mientras estemos en Nur. Y por lo que respecta a cómo dirigirnos al norte, tengo una... amiga que me debe un favor.

—Una amiga —repite Keenan—. ¿Quién...?

—No te ofendas, Rojo —lo corta Elias—, pero no te conozco, así que ya me perdonarás si no confío en ti.

—Sé de qué hablas. —Keenan aprieta la mandíbula—. Solo quería proponerte que usáramos las casas seguras de la Resistencia en vez de ir a Nur. Podríamos rodear Nur y a los soldados marciales que sin duda la patrullan.

—Con la rebelión académica, a los rebeldes probablemente los estén acorralando e interrogando. A menos que seas el único combatiente que conoce esas casas seguras, serían un peligro.

Elias acelera el paso y Keenan se rezaga y toma una posición tan alejada de mí que creo que es mejor dejarlo tranquilo. Alcanzo a Izzi, y ella se inclina hacia mí.

—Han conseguido no arrancarse la cara mutuamente —dice—. Es un principio, ¿no crees?

Me trago una risotada.

—¿Cuánto tiempo crees que pasará antes de que se maten? ¿Y quién atacará primero? —pregunto.

—Dos días antes de que se declare la guerra —responde Izzi—. Apuesto a que Keenan atacará primero. Es un tipo con carácter. Pero ganará Elias, por eso de que es un máscara. Aunque —ladea la cabeza— no tiene muy buen aspecto, Laia.

Izzi siempre se da cuenta de más cosas de lo que la gente se cree. Estoy segura de que se va a percatar de que esquivo la pregunta, así que intento que mi respuesta sea sencilla.

—Deberíamos llegar a Nur esta noche. En cuanto descanse, estará bien.

Pero hacia última hora de la tarde un viento fuerte empieza a soplar desde el este, y nuestro paso aminora mientras entramos en las estribaciones. Para cuando alcanzamos las dunas que llevan hasta Nur, la luna está en lo alto del cielo y la galaxia se muestra en un destello plateado sobre nuestras cabezas. Estamos todos exhaustos de batallar contra el viento. Izzi más que caminar va renqueando y tanto Keenan como yo jadeamos por el cansancio. Incluso Elias forcejea y hace pausas tan a menudo que empiezo a preocuparme por él.

—No me gusta este viento —comenta—. Las tormentas de arena del desierto no empiezan hasta finales de otoño. Pero el tiempo desde que salimos de Serra ha sido extraño: lluvia en vez de sol y niebla en vez de cielo despejado. —Intercambiamos una mirada. Me pregunto si piensa lo mismo que yo: que parece como si hubiera algo que no quiere que lleguemos a Nur... o a Kauf o a Darin.

Las lámparas de aceite de Nur brillan como un faro solo a unos pocos kilómetros al este, y nos dirigimos directo hacia ellas. Pero tras un kilómetro aproximadamente de andar por las dunas, un zumbido grave retumba por la arena y hace que nos vibren hasta los huesos.

—Por todos los cielos, ¿qué es eso? —exclamo.

—La arena se mueve —responde Elias—. En gran cantidad. Se está formando una tormenta de arena. ¡Vamos, rápido!

La arena se arremolina sin cesar, levantándose en nubes provocadoras antes de desaparecer. Después de medio kilómetro, el viento arrecia tanto que apenas podemos distinguir las luces de Nur.

—¡Esto es una locura! —grita Keenan—. Deberíamos volver a las estribaciones y encontrar refugio para la noche.

—Elias —grito por encima del viento—, ¿cuánto nos retrasaría eso?

—Si nos esperamos, nos perderemos la Reunión. Necesitamos a esa multitud si queremos pasar desapercibidos. —*Y él necesita la telis.* No podemos predecir lo que hará la Atrapaalmas. Si Elias empieza a convulsionarse de nuevo y pierde el conocimiento, ¿quién sabe cuánto tiempo lo retendrá esa criatura en la Antesala? Unas horas si tiene suerte. Unos días si no la tiene.

Un escalofrío recorre el cuerpo de Elias, repentino y violento, y se sacude, con demasiada fuerza como para que cualquiera con ojos no se dé cuenta. Me planto a su lado de inmediato.

—Quédate conmigo, Elias —le susurro al oído—. La Atrapaalmas está intentando llamarte otra vez. No se lo permitas.

Elias aprieta los dientes y la convulsión remite. Soy muy consciente de la mirada recelosa de Izzi y de la suspicacia de Keenan.

El rebelde se acerca.

—Laia, ¿qué...?

—Seguimos adelante. —Levanto la voz para que tanto él como Izzi puedan oírme—. Un retraso ahora podría significar una diferencia de semanas si las nieves llegan pronto o los pasos del norte están cerrados.

—Toma. —Elias saca un montón de pañuelos de su mochila y me los pasa. Mientras los reparto, corta pedazos de cuerda de tres metros de largo. Otro escalofrío le cruza los hombros, y aprieta los dientes para reprimirlo. *No cedas.* Lo miro con ojos penetrantes mientras Izzi se acerca. *Ahora no es el momento.* Elias se ata a Izzi a su cuerpo y niega con la cabeza cuando está a punto de atarme a mí.

—Laia a tu otro lado. —Izzi posa la mirada en Keenan tan rápido que no estoy segura de haberla visto. Me pregunto si oyó cómo Keenan me suplicaba anoche que me fuera con él.

El cuerpo me tiembla por el esfuerzo de quedarme quieta en el sitio. El viento aúlla a nuestro alrededor, tan intenso como un coro funerario de chillidos. El sonido me hace pensar en los espectros en el desierto de Serra, y me pregunto si las criaturas místicas también merodearán por aquí.

—Mantén la cuerda tensa... —Las manos de Elias rozan las mías, y noto su piel febril—. O no sabré si nos hemos separado. —El miedo me atraviesa, pero Elias baja su rostro hacia el mío—. No tengas miedo. Crecí en este desierto. Conseguiré que lleguemos a Nur.

Nos dirigimos hacia el este con las cabezas gachas contra las arremetidas de la tormenta. El polvo tapa las estrellas y las dunas cambian bajo nuestros pies con tanta rapidez que nos tambaleamos, esforzándonos por dar cada paso. Tengo arena en los dientes, en los ojos, en la nariz... No puedo respirar.

La cuerda que me une a Elias se tensa mientras avanza. A su otro lado, Izzi encorva su cuerpo como un junco contra el viento, apretándose el pañuelo sobre la cara. Se oye un grito, y me detengo... ¿Izzi? *Solo es el viento.*

En ese momento Keenan, que creía que estaba detrás de mí, da un tirón de la cuerda a mi izquierda. Su fuerza me lanza al suelo y el cuerpo se me hunde en la arena profunda y suave. Me remuevo para ponerme de nuevo en pie, pero el viento es como un gran puño que me empuja hacia abajo.

Tiro fuerte de la cuerda que sé que me conecta con Elias. Debe de haberse dado cuenta de que me he caído. En cualquier momento, sentiré sus manos que me agarran y me sacan de la arena. Grito su nombre en la tormenta, aunque mi voz no sirve de nada contra su furia. La cuerda que nos une se tensa.

Y, de pronto, se queda terriblemente lacia, y cuando tiro de ella, no hay nada en el otro cabo.

XVI: Elias

En un primer instante, forcejeo con toda la energía que me queda contra el viento e intento tirar de Laia e Izzi.

Luego, la cuerda que me une a Laia se queda inerte. Tiro de ella y me quedo pasmado cuando llego al cabo. Ni rastro de Laia.

Doy unos pasos atrás hacia donde espero que todavía esté. Nada. *Por los diez infiernos.* He atado los nudos demasiado rápido... Uno se debe de haber deshecho. *No importa,* me aúlla la mente. *¡Encuéntrala!*

El viento chilla, y me vienen a la cabeza los efrits de arena contra los que peleé durante las pruebas. Una forma humanoide aparece delante de mí con unos ojos que brillan con una malicia desatada. Doy un paso atrás, sorprendido. ¿De dónde ha salido? Busco en mis recuerdos. *Efrit, efrit de la inmensa arena, una canción es su gran pena.* La rima antigua me viene a la mente, y la canto bien alto. *Que funcione, por favor, que funcione.* Los ojos se entrecierran, y durante un segundo creo que la rima no sirve de nada. De repente, los ojos desaparecen.

Pero Laia y Keenan todavía están ahí fuera, indefensos. Deberíamos haber esperado a que la tormenta amainara. Ese maldito rebelde tenía razón. Si Laia queda sepultada en la arena, si muere aquí solo porque yo necesito esa maldita telis...

Se ha caído justo antes de que nos separáramos. Me pongo de rodillas y hurgo en la arena con las manos. Primero toco un pedazo de tela y luego una piel caliente. El alivio me invade el cuerpo. La atraigo hacia mí y vislumbro su rostro aterrorizado bajo el pañuelo, y me rodea con los brazos.

—Te tengo —le digo, aunque creo que no puede oírme. A un lado, noto cómo Izzi me empuja, y luego veo un destello de pelo rojo: Keenan, que sigue atado a Laia y se dobla en dos mientras tose la arena que le ha llegado a los pulmones.

Vuelvo a asegurar la cuerda con manos temblorosas. En mi cabeza, oigo a Izzi que me dice que ate a Laia a mí. Los nudos estaban bien apretados y la cuerda, intacta y entera. No se debería haber deshecho.

Olvídate de eso ahora. Muévete.

En poco rato, el suelo se endurece y pasa de arena traicionera a los adoquines secos del oasis. Rozo un árbol con los hombros y una luz parpadea tenue a través de la arena. A mi lado, Izzi se desploma mientras se agarra el ojo bueno. La sostengo en volandas y sigo adelante. Su cuerpo tiembla mientras tose incontrolablemente.

Una luz se convierte en dos y luego en decenas: es una calle. Me tiemblan los brazos y casi dejo caer a Izzi. *¡Todavía no!*

La silueta enorme de un carro tribal redondeado destaca en la oscuridad, y centro mis esfuerzos en dirigirnos hacia allí. Espero por los cielos que esté vacío, más que nada porque no creo que me quede energía para dejar a nadie inconsciente ahora mismo.

Abro la puerta de un tirón, desato el nudo que me une a Izzi y la meto dentro. Keenan entra después que ella y medio levanto, medio empujo a Laia al final. Desato rápidamente la cuerda, pero mientras deshago el nudo, me doy cuenta de que la cuerda no tiene ningún cabo deshilachado. El lugar por donde se ha roto es regular.

Como si alguien la hubiera cortado.

¿Izzi? No, estaba a mi lado y no lo haría jamás. ¿Keenan? ¿Tan desesperado está por apartar a Laia de mi lado? Mi visión se nubla y meneo la cabeza. Cuando vuelvo a mirar la cuerda, está tan deshilachada como un cabo de amarre de una barca antigua.

Alucinaciones. Busca una botica, Elias. Ya.

—Ayuda a Izzi —le grito a Laia—. Lávale el ojo, la arena la ha cegado. Traeré algo de la botica que nos pueda ayudar.

Cierro de un portazo el carro y vuelvo a adentrarme en la tormenta. El cuerpo me tiembla entero. Casi puedo oír a la Atrapaalmas. *Vuelve conmigo, Elias.*

Los edificios de paredes toscas de Nur bloquean lo suficiente la arena como para que pueda distinguir los carteles de la calle. Me muevo con cuidado, vigilando por si hay soldados. Los tribales no están tan locos como para estar fuera de casa en una tormenta así, pero los marciales seguirán patrullando sin importar el tiempo que haga.

Cuando doblo una esquina, me llama la atención un cartel en una de las paredes. Cuando me acerco, suelto una maldición.

POR ORDEN DE SU MAJESTAD IMPERIAL
EL EMPERADOR MARCUS FARRAR

SE BUSCA VIVO:

ELIAS VETURIUS
ASESINO, COLABORADOR DE LA RESISTENCIA,
TRAIDOR DEL IMPERIO
RECOMPENSA: 60 000 MARCOS
VISTO POR ÚLTIMA VEZ:
VIAJANDO AL ESTE POR EL IMPERIO
EN COMPAÑÍA DE LAIA DE SERRA,
REBELDE DE LA RESISTENCIA Y ESPÍA.

Arranco el cartel, hago una bola con él y lo suelto al viento, pero acto seguido me doy cuenta de que hay otro unos metros más adelante… y otro. Doy un paso atrás. Toda la maldita pared está empapelada con ellos, igual que la pared que tengo detrás. Están por todas partes.

Consigue la telis.

Trastabillo hacia atrás como un quinto después de su primera muerte. Tardo veinte minutos en encontrar una botica y otros cinco minutos agonizantes para forzar torpemente la cerradura de la puerta. Enciendo una lámpara con manos temblorosas y doy las gracias a los cielos cuando veo que tienen los remedios puestos por orden alfabético. Cuando consigo encontrar el extracto de telis, estoy resollando como un animal muerto de sed, pero nada más tomármelo, el alivio me recorre todo el cuerpo.

Y también la lucidez. Todo me viene de golpe: la tormenta, la ceguera por la arena de Izzi, el carro donde he dejado a los demás. Y los carteles. Por los infiernos sangrantes, los carteles de «Se busca». Mi cara y la cara de Laia por todos lados. Si había decenas en una pared, ¿quién sabe cuántos más hay esparcidos por la ciudad?

Su presencia significa una cosa: el Imperio sospecha que estamos aquí. Por lo tanto, la presencia marcial en Nur será mucho mayor de lo que había previsto. *Malditos sean todos los infiernos.*

En este momento, Laia ya debe de estar histérica, pero tanto ella como los demás tendrán que esperar. Arramblo con todo el extracto de telis que hay junto a un ungüento que aliviará el dolor del ojo de Izzi. Pasados unos minutos, vuelvo a estar en las calles llenas de arena de Nur, recordando el tiempo que pasé aquí cuando era un quinto, espiando a los tribales e informando de mis descubrimientos a la guarnición marcial.

Me subo a los tejados para llegar a la guarnición y me encojo ante el azote de la tormenta. Todavía es lo suficientemente poderosa como para que la gente con cabeza se quede dentro de casa, pero ni por asomo tan violenta como cuando hemos llegado a la ciudad.

La fortificación marcial, construida con piedra negra, destaca terriblemente entre las estructuras de color arena de Nur.

Mientras me acerco, me oculto bajo un balcón que está al otro lado de la calle frente a ella.

Por las luces brillantes y los soldados que entran y salen, está claro que el edificio está abarrotado. Y no solo por auxiliares y legionarios. Durante la hora que me paso observando, al menos puedo contar doce máscaras, incluyendo uno que lleva una armadura completamente negra.

La Guardia Negra. Son los hombres de Helene, ahora que es la Verdugo de Sangre.

¿Qué está haciendo aquí?

Otro máscara con armadura negra sale de la guarnición. Es enorme, con el cabello alborotado y rubio. Es Faris. Reconocería ese remolino en cualquier parte.

Llama a un legionario que está preparando la silla de un caballo.

— ... mensajeros a todas las tribus —puedo oír—. Cualquiera que le dé cobijo morirá. Que quede bien claro, soldado.

Otro guardia negro sale. La piel de sus manos y mentón es más oscura, pero no puedo distinguir nada más desde donde estoy.

—Necesitamos acordonar a la tribu Saif —le dice a Faris—. Por si va en su busca.

Faris niega con la cabeza.

—Ese es el último lugar al que iría Eli..., Veturius. No los pondría en peligro.

Por los diez infiernos ardientes. Saben que estoy aquí. Y creo que sé cómo. Unos minutos después, mis conjeturas se confirman.

—Harper. —La voz de Helene es férrea, y me sobresalto al oírla. Sale de los barracones decidida, parece que la tormenta no la afecta. Su armadura negra reluce, su pelo rubio es como un faro en la noche. *Por supuesto.* Si alguien podía averiguar lo que haría, dónde me dirigiría, tenía que ser ella.

Me agacho un poco más, seguro de que puede notar mi presencia. Es capaz de saber, dentro de su ser, que estoy cerca.

—Asegúrate de hablar con los mensajeros. Quiero hombres diplomáticos —le dice al miembro de la Guardia Negra llamado Harper—. Deberían buscar a los jefes tribales, los zaldars o las kehannis, las contadoras de historias. Diles que no hablen con los niños; las tribus son muy protectoras con ellos. Y por los cielos, cerciórate de que a ninguno de ellos ni se le llegue a pasar por la cabeza mirar a las mujeres. No quiero una maldita guerra a la que enfrentarme solo porque algún auxiliar idiota no es capaz de tener las manos quietas. Faris, acordona la tribu Saif y asigna a alguien para que siga a Mamie Rila.

Tanto Faris como Harper se marchan para llevar a cabo las órdenes de Hel. Espero que vuelva dentro de la guarnición para protegerse del viento. En cambio, da dos pasos hacia la tormenta con una mano en la cimitarra. Tiene los párpados caídos y la boca le forma una línea enfadada.

El pecho me duele cuando miro a Helene. ¿Algún día dejaré de echarla de menos? ¿En qué debe de estar pensando? ¿Se estará acordando de cuando ella y yo estábamos aquí juntos? ¿Y por qué diablos me está persiguiendo? Debe de saber que la comandante me envenenó. Si ya estoy muerto de todas maneras, ¿de qué le sirve capturarme?

Quiero bajar hasta ella, estrecharla en un abrazo de oso y olvidarme de que somos enemigos. Quiero hablarle de la Atrapaalmas y de la Antesala y de cómo, ahora que he probado la libertad, solo deseo encontrar la manera de no perderla. Quiero decirle que echo de menos a Quin y que Demetrius, Leander y Tristas me persiguen en mis pesadillas.

Quiero. Quiero. Quiero.

Cuando he avanzado hasta la mitad del balcón hacia ella, me obligo a dar la vuelta. Entonces, salto al siguiente y me voy antes de cometer alguna estupidez. Tengo una misión, igual que Helene. Tengo que cumplir con la mía antes de que ella acabe con la suya, o Darin estará muerto.

XVII: *Laia*

Izzi se sacude mientras duerme con una respiración dificultosa e irregular. Suelta un brazo y golpea con la mano el panel decorado de madera del carro. La agarro de la muñeca y le susurro palabras tranquilizadoras. Bajo la luz tenue de las lámparas, su rostro se ve pálido como el de un cadáver.

Keenan y yo estamos sentados con las piernas cruzadas a su lado. Le he levantado la cabeza para que pueda respirar mejor y le he limpiado el ojo, pero todavía no puede abrirlo.

Suelto el aire mientras recuerdo la ferocidad de la tormenta y cómo de pequeña me he sentido bajo sus garras que me arrastraban. Creía que iba a perder el contacto con el suelo e iba a salir volando hacia la oscuridad. Era poco más que una mota de polvo contra la violencia de la tormenta.

Deberías haber esperado, Laia. Deberías haberle hecho caso a Keenan. ¿Y si la ceguera a causa de la arena es permanente? Izzi se va a quedar ciega por mi culpa.

No pierdas los nervios. Elias necesitaba la telis. Y necesitas a Elias si quieres llegar hasta Darin. Esto es una misión. Tú eres su líder. Este es el precio que hay que pagar.

¿Dónde está Elias? Hace una eternidad que se fue. Solo faltan una o dos horas para que despunte el sol. Aunque todavía hace viento, no es lo bastante peligroso como para que la gente no salga a la calle. En algún punto, los dueños del carro volverán, y no podemos seguir aquí cuando lo hagan.

—Elias está envenenado —dice Keenan en voz baja—. ¿Verdad?

Intento no mostrar ninguna emoción, pero Keenan suspira. El viento se levanta y hace traquetear las ventanas altas del carro.

—Necesitaba medicina. Por eso te dirigiste hacia el Nido de Ladrones en vez de ir directamente al norte. Por los cielos, ¿es muy grave?

—Lo es —dice Izzi con voz rasposa—. Muy grave. Nocturnia.

Me quedo mirando a Izzi, incrédula.

—¡Estás despierta! Gracias a los cielos. Pero ¿cómo sabes…?

—La cocinera se entretenía enumerándome todos los venenos que usaría con la comandante si pudiera —responde Izzi—. Empleaba bastantes detalles en la descripción de los diferentes efectos.

—Va a morir, Laia —afirma Keenan—. La nocturnia es mortífera.

—Lo sé. —*Ojalá no lo supiera*—. Él lo sabe también, por eso teníamos que entrar en Nur.

—¿Y sigues queriendo hacer esto con él? —Si las cejas de Keenan pudieran elevarse más, desaparecerían entre sus mechones—. Olvídate de que el mero hecho de estar en su presencia es un riesgo, de que su madre mató a tus padres, de que es un máscara o de que los suyos están eliminando a los nuestros de la faz de la Tierra. Está muerto, Laia. ¿Cómo sabes si ni siquiera va a vivir lo suficiente como para llegar a Kauf? Y por todos los cielos, ¿por qué quiere venir?

—Sabe que Darin podría suponer un cambio para los académicos —respondo—. Cree que el Imperio es tan o más malvado de lo que creemos nosotros.

Keenan resopla.

—Lo dudo mucho…

—Basta. —Pronuncio la palabra en un susurro. Me aclaro la garganta y busco con la mano el brazalete de mi madre. *Fuerza*—. Por favor.

Keenan vacila un instante, luego me toma las manos mientras las cierro en puños.

—Lo siento. —Por primera vez, me mira con la guardia baja—. Has pasado por un infierno y yo aquí haciéndote sentir peor. No volveré a mencionarlo. Si esto es lo que quieres, pues es lo que haremos. Estoy aquí para ti, para lo que necesites.

Se me escapa un suspiro de alivio y asiento. Resigue con el dedo la «K» de mi pecho, la marca que la comandante surcó em mi piel cuando era su esclava. Ahora no es más que una cicatriz pálida. Sus dedos suben hasta mi clavícula y luego a mi cara.

—Te he echado de menos —me dice—. ¿No es raro? Hace tres meses, ni siquiera te conocía.

Observo su poderosa mandíbula, la manera como su pelo brillante se derrama por su frente y los abultados músculos de su brazo. Suspiro al percibir su aroma, a limón y a cedro, que ahora me resulta tan familiar. ¿Cómo ha podido llegar a significar tanto para mí? Apenas nos conocemos, pero cuando lo tengo cerca me quedo bloqueada. Me inclino hacia él inconscientemente al sentir su tacto, el calor de su mano hace que me acerque a su cuerpo.

La puerta se abre, y me echo hacia atrás de golpe, con la mano en busca de la daga. Pero es Elias. Nos mira a los dos. Su piel, que tenía un aspecto enfermizo cuando nos ha dejado en el carro, vuelve a lucir su bronceado habitual.

—Tenemos un problema. —Sube al carro y desdobla una hoja de papel: un cartel de «Se busca» con unas imágenes estremecedoramente precisas de Elias y yo.

—Por los cielos, ¿cómo han podido saberlo? —pregunta Izzi—. ¿Nos han seguido?

Elias baja la mirada al suelo del carro y dibuja círculos en el polvo con la punta de la bota.

—Helene Aquilla está aquí. —Para mi sorpresa, habla con un tono neutro—. La he visto en la guarnición marcial. Debe de haber averiguado hacia dónde nos dirigíamos. Ha puesto un cordón alrededor de la tribu Saif y ha traído a cientos de soldados para que la ayuden a encontrarnos.

Me dirijo a los ojos de Keenan. *El mero hecho de estar en su presencia es un riesgo.* Tal vez venir a Nur haya sido una mala idea.

—Tenemos que ponernos en contacto con tu amiga —le digo— para que podamos irnos con las demás tribus. ¿Cómo lo hacemos?

—Iba a sugerir que esperáramos a la noche y salir disfrazados entonces, pero eso es lo que anticiparía Aquilla, así que haremos lo contrario: nos esconderemos a plena vista.

—¿Y cómo se supone que vamos a esconder a un rebelde académico, a dos antiguas esclavas y a un fugitivo a plena vista? —pregunta Keenan.

Elias rebusca en su mochila y saca un par de esposas.

—Tengo una idea —dice—, pero no te va a gustar.

* * *

—Tus ideas —le digo a Elias entre dientes mientras lo sigo por la calles agobiantes y abarrotadas de Nur— son casi tan mortíferas como las mías.

—Silencio, esclava. —Señala con la cabeza hacia un pelotón de marciales que marchan en fila hacia una calle adyacente.

Aprieto los labios, y las esposas que me pesan en los tobillos y las muñecas tintinean. Elias estaba equivocado. No es que no me guste este plan. Es que lo detesto.

Lleva puesta una camisa roja de esclavista y sostiene una cadena que va conectada a un collar de hierro alrededor de mi cuello. El pelo me cubre la cara, revuelto y enmarañado. Izzi, con el ojo todavía vendado, me sigue. Un metro de cadena me separa de ella, y confía en mis direcciones susurradas para evitar tropezar. Keenan la sigue con el rostro perlado de sudor. Sé cómo se siente: como si de verdad nos llevaran a una subasta.

Seguimos a Elias en una línea obediente con las cabezas gachas y los cuerpos derrotados, como se espera que actúen unos esclavos académicos. Los recuerdos de la comandante me invaden la mente: sus ojos claros mientras grababa su inicial en mi pecho con una meticulosidad sádica; los golpes que me daba con la misma naturalidad de quien le da unas monedas a un mendigo.

—No te pongas nerviosa. —Elias vuelve la mirada hacia mí, tal vez sintiendo cómo el pánico me invade—. Todavía tenemos que cruzar la ciudad.

Al igual que las demás decenas de esclavos que hemos visto en Nur, Elias nos guía con un desprecio confiado y nos grita de vez en cuando alguna orden. Masculla por el polvo que hay en el aire y mira a los tribales con aire superior como si fueran cucarachas.

Lleva un pañuelo que le cubre la mitad inferior del rostro, así que solo puedo verle los ojos, que casi no tienen color a la luz del sol de la mañana. Su camisa de esclavista le queda más holgada ahora que si se la hubiera puesto hace unas semanas. La batalla contra el veneno de la comandante le ha arrebatado su robustez, y ahora está formado por cantos y ángulos pronunciados. Esa definición realza su belleza, pero es como si estuviera mirando a su sombra en vez de al Elias real.

Las calles polvorientas de Nur están atestadas de personas que se dirigen de un campamento a otro. Aunque de natural caótico, puedo ver que tiene un extraño orden. Cada campamento enarbola sus propios colores tribales, con las tiendas a la izquierda, los puestos mercantes a la derecha y los carros tradicionales que forman un perímetro.

—Buf, Laia —me susurra Izzi desde detrás—. Puedo oler a los marciales. Acero, cuero y caballos. Parece que están por todas partes.

—Porque lo están —murmuro por la comisura de la boca.

Los legionarios inspeccionan tiendas y carros. Los máscaras vociferan órdenes y entran en las casas sin previo aviso.

Avanzamos lentamente, mientras Elias toma una ruta enrevesada por las calles para intentar evitar las patrullas. Noto el corazón en la garganta todo el rato.

Busco en balde académicos libres, con la esperanza de que algunos se hayan librado de la carnicería del Imperio. Pero los únicos académicos que veo llevan cadenas puestas. Las noticias de lo que está ocurriendo en el Imperio no abundan, pero al fin, entre fragmentos incomprensibles de *sadhese,* oigo a dos mercantes que hablan en serrano.

—… ni siquiera se salvan los niños. —El comerciante mercator mira por encima del hombro mientras habla—. He oído que las calles de Silas y Serra están empapadas de sangre académica.

—Los tribales serán los siguientes —dice su compañera, una mujer vestida de cuero—. Luego irán a por los marinos.

—Lo intentarán —responde el hombre—. Me encantaría ver cómo consiguen cruzar el Bosque esos cabrones de ojos claros…

Cuando los dejamos atrás, no consigo oír más de la conversación, pero me vienen arcadas. *Las calles de Silas y Serra están empapadas de sangre académica.* Por los cielos, ¿cuántos de mis antiguos vecinos y conocidos habrán muerto? ¿Cuántos de los pacientes del abuelo?

—Por eso hacemos esto. —Elias vuelve la mirada hacia mí, y me doy cuenta de que también ha oído a los mercantes—. Por eso necesitamos a tu hermano. Así que céntrate.

Mientras nos abrimos camino por un paso particularmente concurrido, una patrulla liderada por un máscara vestido con armadura negra entra en la calle a tan solo unos metros.

—Una patrulla —siseo a Izzi—. ¡Cabezas gachas! —Inmediatamente, ella y Keenan bajan la vista a los pies. Elias tensa los hombros, pero se dirige hacia delante casi como si no tuviera prisa. Le palpita la mandíbula.

El máscara es joven y su piel es del mismo color marrón dorado que la mía. Está tan en forma como Elias, pero es más bajo, con unos ojos verdes que se alinean como los de un gato y unos pómulos que sobresalen tanto como las planchas duras de su armadura.

Es la primera vez que lo veo, pero no importa. Es un máscara, y mientras me observa se me corta la respiración. El miedo me atraviesa el cuerpo y lo único que ve mi mente es a la comandante. Tan solo puedo sentir el latigazo de su fusta en mi espalda y el agarre gélido de su mano en mi cuello. No me puedo mover.

Izzi choca con mi espalda y Keenan con la suya.

—¡Sigue adelante! —exclama Izzi, histérica. La gente a nuestro alrededor se gira para mirarnos. *¿Por qué ahora, Laia? Por los cielos, tranquilízate.* Pero mi cuerpo no escucha. Las esposas, el collar alrededor, el sonido de las cadenas…, todo eso me abruma, y aunque mi mente me grita que siga adelante, mi cuerpo solo recuerda a esa mujer.

La cadena atada a mi collar se sacude y Elias me maldice con una brutalidad natural que es inequívocamente marcial. Sé que está interpretando un papel. Pero me encojo de todas maneras, reaccionando con un terror que creía haber enterrado.

Elias se gira como si fuera a golpearme y tira de mi cara hacia la suya. Desde fuera debe de dar la impresión de un esclavista que amonesta a su propiedad. Me habla con una voz suave que solo yo puedo oír.

—Mírame. —Le devuelvo la mirada. *Los ojos de la comandante.* No. Los de Elias—. No soy ella. —Me toma del mentón, y mientras que para aquellos que están observando debe de parecer un gesto amenazador, su mano es suave como una brisa—. No te haré daño. Pero no puedes dejar que el miedo te domine.

Dejo caer la cabeza y respiro hondo. El máscara nos está observando ahora completamente inmóvil. Estamos a unos pocos metros de él. Unos metros. Lo observo entre mi pelo. Pasa la mirada rápidamente por Keenan, Izzi y yo. Y luego se concentra en Elias.

Él se lo queda mirando. *Por los cielos.* Mi cuerpo amenaza con volver a quedarse paralizado, pero me obligo a moverme.

Elias asiente hacia el máscara con indiferencia, despreocupado, y sigue adelante. El máscara se queda atrás, aunque todavía noto cómo nos observa, preparado para atacar.

En ese instante, oigo el sonido de las botas que se alejan y, cuando vuelvo la mirada, se ha ido. Suelto el aire que no me había dado cuenta de que estaba aguantando. *A salvo. Estás a salvo.*

Por ahora.

Solo cuando nos acercamos a un campamento en la parte sureste de Nur Elias parece relajarse al fin.

—Cabeza gacha, Laia —susurra Elias—. Hemos llegado.

El campamento es enorme. Casas con balcones y de color arena delimitan su contorno, y en el espacio detrás de ellas se extiende una ciudad de tiendas doradas y verdes. El mercado es del tamaño de cualquier otro de Serra, o quizás incluso más grande. Todos los puestos tienen la misma tela verde esmeralda decorada con un patrón de hojas brillantes. Solo los cielos saben lo que debe de costar ese bordado. No sé qué tribu es esta, pero debe de ser poderosa.

Tribales vestidos con trajes verdes rodean el campamento y encaminan a aquellos que quieren entrar a través de una puerta improvisada entre dos carros. Ninguno de ellos se acerca hasta que entramos en el área residencial, que está llena de hombres que alimentan fuegos, mujeres que preparan comida y niños que se persiguen entre sí y también a las gallinas. Elias se aproxima a la tienda más grande y se enoja cuando dos guardias nos detienen.

—Los esclavistas comercian por la noche —dice uno de ellos en un serrano con marcado acento extranjero—. Vuelve más tarde.

—Afya Ara-Nur me está esperando —gruñe Elias, y al oír el nombre me sobresalto y me acuerdo de aquel momento de hace semanas y de la mujer bajita de ojos oscuros en la tienda de

Spiro; la misma mujer que bailó con tanta gracia con Elias en la noche del Festival de la Luna. ¿Es en quien confía para que nos lleve al norte? Recuerdo lo que dijo Spiro: *Una de las mujeres más peligrosas del Imperio.*

—No acepta visitas de los esclavistas durante el día. —El otro tribal parece algo más simpático—. Solo por la noche.

—Si no me dejas pasar para que la vea —dice Elias—, estaré encantado de informar a los máscaras de que la tribu Nur se desentiende de los acuerdos de comercio.

Los hombres tribales intercambian una mirada incómoda y uno desaparece dentro de la tienda. Quiero advertirle a Elias sobre Afya, sobre lo que dijo Spiro, pero el otro guardia nos observa con tanta atención que no puedo hacerlo sin que me vea.

Al cabo de solo un minuto, el tribal nos hace señas para que entremos en la tienda. Elias se gira hacia mí, como si me estuviera ajustando las esposas, pero en realidad me deja la llave en la palma de la mano. Se apresura a pasar por las cortinas de la tienda como si fuera dueño del campamento. Izzi, Keenan y yo nos afanamos a seguirlo.

El suelo del interior de la tienda está cubierto de alfombras tejidas a mano. Una decena de lámparas coloridas proyectan sombras geométricas sobre cojines enfundados de seda. Afya Ara-Nur, delicada y de piel oscura, con trenzas negras y rojas que le caen por encima de los hombros, está sentada a un escritorio tallado toscamente. Es voluminoso y parece fuera de lugar en medio de la riqueza deslumbrante que lo rodea. Con los dedos, desplaza las cuentas de un ábaco y apunta con tinta los resultados en un libro que tiene delante. Un chico de mirada aburrida que debe de tener la edad de Izzi y con la misma belleza pura de Afya está sentado a su lado.

—Solo te he permitido entrar a ti, esclavista —dice Afya sin mirarnos—, para poder decirte en persona que si vuelves a poner un pie en nuestro campamento yo misma te sacaré las tripas.

—Me ofendes, Afya —contesta Elias mientras algo pequeño vuela desde su mano hasta el regazo de Afya—. No eres para nada tan agradable como la primera vez que nos vimos. —La voz de Elias es suave, sugerente, y mi rostro se enciende.

Afya recoge la moneda. Se queda con la boca abierta cuando Elias se quita el pañuelo de la cara.

—Gibran… —le dice al chico, pero Elias, rápido como una llama, desenvaina las cimitarras que lleva cruzadas a la espalda, se adelanta y coloca una espada en el cuello de ambos, con los ojos calmados y escalofriantemente inexpresivos.

—Me debes un favor, Afya Ara-Nur —tercia—. He venido aquí para cobrármelo.

El chico, Gibran, mira indeciso a Afya.

—Deja que Gibran se siente fuera. —Afya usa un tono razonable, incluso afable, pero sus manos se cierran en puños encima del escritorio—. No tiene nada que ver con esto.

—Necesitamos a un testigo de tu tribu cuando me garantizas un favor —insiste Elias—. Gibran lo hará muy bien. —Afya abre la boca, pero no dice nada, atónita, y Elias prosigue—. Estás atada por el honor a escuchar mi demanda, Afya Ara-Nur. Y atada por el honor a cumplirla.

—Que le den al honor…

—Increíble —la interrumpe Elias—. ¿Cómo se sentiría vuestro consejo de sabios sobre este asunto? La única zaldara de las tierras tribales, la más joven que se haya escogido, descartando su honor como el grano podrido. —Señala con la cabeza hacia el tatuaje geométrico que se asoma por la manga de Afya, un símbolo de su rango, sin duda—. Media hora en una taberna esta mañana me ha contado todo lo que tenía que saber de la tribu Nur, Afya. Tu posición no está segura. —Afya aprieta los labios en una fina línea. Elias ha dado en el clavo.

—Los sabios entenderían que es por el bien de la tribu.

—No —repone Elias—. Dirían que no estás preparada para liderar si cometes errores de juicio que amenacen a la tribu. Errores como darle una moneda de favor a un marcial.

—¡Ese favor era para el futuro Emperador! —La ira de Afya hace que se ponga en pie. Elias le aprieta la espada un poco más en el cuello. La tribal no parece darse cuenta—. No a un traidor fugitivo que, por lo visto, se ha convertido en un esclavista.

—No son esclavos.

Saco la llave y abro las esposas, y luego hago lo propio con las de Izzi y Keenan, para secundar lo que ha dicho Elias.

—Son compañeros —añade—. Son parte de mi favor.

—No va a acceder —me susurra Keenan entre dientes—. Nos va a delatar a los malditos marciales.

Nunca me he sentido tan expuesta. Afya podría gritar una palabra y en cuestión de unos minutos nos rodearían los soldados.

A mi lado, Izzi se tensa, aunque le agarro la mano y se la aprieto.

—Tenemos que confiar en Elias —susurro, intentando darle ánimos tanto a ella como a mí misma—. Sabe lo que hace. —Aun así, busco el contacto de mi daga escondida bajo la capa. Si al final Afya nos traiciona, no caeré sin presentar batalla.

—Afya. —Gibran traga saliva, nervioso, mientras mira a la espada que tiene en el cuello—. ¿Tal vez deberíamos escucharlo?

—Tal vez —masculla Afya entre dientes— deberías mantener la boca cerrada, no hablar de cosas que no entiendes y limitarte a seducir a las hijas de los zaldars. —Se gira hacia Elias—. Baja las espadas y dime qué quieres… y por qué. Sin explicación por tu parte no hay favor por la mía. No me importa con qué me amenaces.

Elias ignora la primera orden.

—Quiero que tú personalmente nos escoltes a mis compañeros y a mí fuera de Nur y hasta la prisión de Kauf a salvo, antes de que lleguen las nieves del invierno. Y que, una vez allí, nos ayudes a liberar al hermano de Laia, Darin, de la prisión.

Por los cielos, ¿qué dice? Hace apenas unos días, le dijo a Keenan que no necesitábamos a nadie más, ¿y ahora está intentando que Afya nos acompañe? Aunque consiguiéramos llegar a la prisión de una pieza, nos traicionaría en el momento de llegar y desapareceríamos en Kauf para siempre.

—Eso son como trescientos favores en uno, bastardo.

—Una moneda de favor supone cumplir cualquier cosa que se pueda pedir de una vez.

—Ya sé lo que esa maldita moneda de favor es. —Afya tamborilea con los dedos en el escritorio y se gira hacia mí, como si se percatara de mi presencia por vez primera—. La amiguita de Spiro Teluman —dice—. Sé quién es tu hermano, chica. Spiro me lo dijo; y a muchos otros también, por cómo se han extendido los rumores. Todo el mundo susurra sobre el académico que conoce los secretos de la forja sérrica.

—¿Spiro empezó los rumores?

Afya suspira y habla lentamente, como si estuviera tratando con un niño pequeño e irritante.

—Spiro quería que el Imperio creyera que tu hermano les había pasado sus conocimientos a otros académicos. Hasta que los marciales consigan obtener nombres de Darin, lo mantendrán con vida. Además, Spiro siempre fue propenso a los estúpidos cuentos heroicos. Es probable que tenga la esperanza de que esto cause revuelo entre los académicos, que les insufle un poco de agallas.

—Incluso tu aliado nos está ayudando —dice Elias—. Razón de más para que hagas lo mismo.

—Mi aliado ha desaparecido —constata Afya—. Hace semanas que nadie sabe nada de él. Estoy segura de que los marciales lo capturaron y no tengo ninguna intención de compartir ese mismo destino. —Levanta la barbilla hacia Elias—. ¿Y si rechazo tu propuesta?

—No has llegado hasta la posición que tienes rompiendo promesas. —Elias baja las cimitarras—. Concédeme el favor, Afya. Resistirte es una pérdida de tiempo.

—No puedo tomar esta decisión yo sola —aclara Afya—. Tengo que hablar con algunos miembros de mi tribu. Necesitaríamos que algunos más nos acompañaran, por las apariencias.

—En ese caso, tu hermano se queda aquí —dice Elias—. Igual que la moneda.

Gibran abre la boca para protestar, pero Afya se limita a negar con la cabeza.

—Tráeles comida y algo de beber, hermano. —Afya respira hondo—. Y prepárales un baño. No les quites los ojos de encima. —Pasa por nuestro lado y sale por las cortinas de la tienda, les dice algo en *sadhese* a los guardias de fuera y nos quedamos a la espera.

XVIII: *Elias*

Unas horas después, cuando los últimos rayos de luz dan paso a la noche, Afya por fin cruza las cortinas de la tienda. Gibran, con los pies encima del escritorio de su hermana mientras coquetea descaradamente tanto con Izzi como con Laia, da un salto cuando entra, como un soldado asustado por la reprobación de un superior.

Afya mira a Izzi y Laia, ahora con la piel limpia y enfundadas en holgados vestidos tribales de color verde. Están sentadas juntas en una esquina, Izzi con la cabeza apoyada en el hombro de Laia mientras cuchichean. La chica rubia ya no lleva el vendaje, pero pestañea con cuidado y tiene el ojo todavía rojo por la irritación causada por la tormenta. Keenan y yo llevamos puestos los pantalones oscuros y las camisetas sin mangas con capucha habituales en las tierras tribales, y Afya asiente con aprobación.

—Al menos ya no parecéis bárbaros, ni oléis como tales. ¿Os han dado comida? ¿Y bebida?

—Nos han proporcionado todo lo que necesitábamos, gracias —respondo. Todo menos lo que más necesitamos, claro, que es su compromiso de que no nos va a entregar a los marciales. *Eres su huésped, Elias. No la provoques*—. Bueno —me corrijo—, casi todo.

La sonrisa de Afya es un destello de luz, cegador como el sol que se refleja en un carro tribal cubierto de oro.

—Te concedo el favor, Elias Veturius —dice Afya—. Os acompañaré sin incidentes hasta la prisión de Kauf antes de las nieves del invierno y, una vez allí, os ayudaré a intentar sacar al hermano de Laia, Darin, de la prisión de la manera que necesites.

La miro con recelo.

—Pero…

—Pero. —Afya endurece el semblante—. No voy a poner esa carga solo en mi tribu. Entra —ordena en *sadhese,* y otra figura pasa por las cortinas de la tienda. Es una mujer de piel oscura y rolliza, con grandes mofletes y ojos oscuros de pestañas largas.

Cuando habla, lo hace cantando.

—Nos despedimos, pero no era cierto, pues cuando pienso en tu nombre…

Conozco muy bien el poema. Me lo cantaban a veces cuando era pequeño y no podía dormir.

— … *estás conmigo en mis recuerdos* —continúo—, *hasta que te vuelva a ver.*

La mujer extiende los brazos y abre las manos en una proposición indecisa.

—Ilyaas —susurra—. Mi niño. Ha pasado tanto tiempo.

Durante los primeros seis años de mi vida, después de que Keris Veturia me abandonara en la tienda de Mamie Rila, la kehanni me crio como su propio hijo. Mi madre adoptiva tiene exactamente el mismo aspecto que la última vez que la vi, hace seis años y medio, cuando era un quinto. Aunque es más bajita que yo, su abrazo es como una manta cálida, y me dejo envolver, vuelvo a ser un niño que se siente seguro en sus brazos.

Y de pronto me doy cuenta de lo que significa su presencia aquí. Y lo que ha hecho Afya. Suelto a Mamie y me dirijo hacia la tribal con la furia que me crece por momentos al ver la mirada engreída que tiene en la cara.

—¡¿Cómo te atreves a meter a la tribu Saif en esto?!

—¿Cómo te atreves tú a poner en peligro a la tribu Nur imponiéndome el favor que te debo?

—Eres una contrabandista. Conseguir que lleguemos al norte no pone en peligro a tu tribu, al menos no si vas con cuidado.

—Eres un fugitivo del Imperio. Si sorprenden a mi tribu ayudándote, los marciales nos destruirán. —Afya ha perdido la sonrisa, y es la mujer astuta que me reconoció en el Festival de la Luna, la líder tenaz que ha llevado a una tribu olvidada hasta la gloria con una asombrosa rapidez—. Me pones en una situación imposible, Elias Veturius. Te estoy devolviendo el favor. Además, mientras que tal vez pueda llevaros a salvo hasta el norte, no puedo sacaros de la ciudad con un cordón marcial a su alrededor. La kehanni Rila se ha ofrecido a ayudar.

Claro que se ha ofrecido. Mamie haría cualquier cosa por mí si pensara que estoy en peligro. Pero no voy a permitir que nadie que me importa salga herido por mi culpa.

Me doy cuenta de que tengo la cara a unos centímetros de la de Afya. Observo sus ojos oscuros y férreos, y noto mi piel caliente por la rabia. Cuando noto la mano de Mamie en el brazo, doy un paso atrás.

—La tribu Saif no nos va a ayudar. —Me giro hacia Mamie—. Porque eso sería una estupidez y demasiado peligroso.

—Afya-jan. —Mamie emplea el término *sadhese* para el afecto—. Me gustaría hablar a solas con el impertinente de mi hijo. ¿Por qué no preparas a nuestros demás invitados?

Afya le hace a Mamie una media inclinación de respeto, consciente al menos de la importancia que tiene mi madre adoptiva entre los suyos, antes de hacerles un gesto a Gibran, Izzi, Laia y Keenan para que salgan de la tienda. Laia se gira para mirarme con el ceño fruncido, antes de desaparecer con Afya.

Cuando vuelvo la vista a Mamie Rila, está mirando a Laia y sonriendo.

—Buenas caderas —dice Mamie—. Tendrás muchos hijos. Pero ¿te hace reír? —Mamie mueve las cejas—. Conozco a muchas chicas de la tribu que…

—Mamie. —No me cabe ninguna duda de que intenta distraerme—. No deberías estar aquí. Tienes que volver a los carros lo antes que puedas. ¿Te han seguido? Si te...

—Chitón. —Mamie hace un gesto para que me calle y se sienta en uno de los divanes de Afya, y luego da unos golpecitos al asiento de su lado. Cuando ve que no me acerco, las ventanas de su nariz se abren—. Puede que seas más grande de lo que eras, Ilyaas, pero sigues siendo mi hijo, y cuando te digo que te sientes, te sientas.

»Por todos los cielos, chico. —Me pellizca el brazo cuando le hago caso—. ¿Qué has estado comiendo? ¿Hierba? —Hace un gesto negativo con la cabeza y emplea un tono serio—. ¿Qué te ha pasado en Serra estas últimas semanas, cariño? Las cosas que he oído...

He encerrado lo ocurrido durante las pruebas en algún lugar recóndito de mi ser. No he hablado de ello desde la noche que pasé con Laia en mis aposentos en Risco Negro.

—No importa... —empiezo a decir.

—Has cambiado, Ilyaas. Sí que importa.

Su rostro rollizo está lleno de amor. Se llenaría de terror si supiera lo que hice. Eso le haría mucho más daño que el que le podrían hacer los marciales.

—Siempre tan atemorizado por la oscuridad interior. —Mamie me toma las manos—. ¿No lo ves? Mientras pelees contra la oscuridad, te mantendrás en la luz.

No es tan sencillo, quiero gritar. *No soy el niño que era. Soy algo distinto. Algo que te repugnaría.*

—¿Crees que no sé lo que te enseñaron en esa escuela? —me pregunta Mamie—. Me debes de tener por una necia. Cuéntame. Libérate de esa carga.

—No quiero hacerte daño. No quiero que nadie más sufra por mi culpa.

—Los niños nacen para romper el corazón de sus madres, mi pequeño. Cuéntamelo.

La mente me ordena que me quede callado, pero el corazón grita para que lo escuchen. Al fin y al cabo, me lo está preguntando. Quiere saberlo y yo quiero contárselo. Quiero que sepa quién soy.

Así que hablo.

* * *

Cuando termino, Mamie se queda callada. Lo único que no le he contado es la verdadera naturaleza del veneno de la comandante.

—Qué ilusa fui —susurra Mamie— al creer que cuando tu madre te abandonó para que murieras te librarías de la maldad de los marciales.

Pero mi madre no me abandonó para que muriera, ¿verdad? Supe la verdad de boca de la comandante la noche antes de que me fueran a ejecutar: No me abandonó a los buitres. Keris Veturia me sostuvo, me alimentó y luego me llevó hasta la tienda de Mamie después de nacer. Fue el último y único gesto de amabilidad de mi madre hacia mí.

Casi se lo cuento también a Mamie, pero la tristeza que se dibuja en su rostro me detiene. No supondría ninguna diferencia a estas alturas.

—Ay, mi niño. —Mamie suspira, y estoy seguro de haberle causado más arrugas en el rostro—. Mi Elias...

—Ilyaas —le digo—. Para ti soy Ilyaas.

Ella niega con la cabeza.

—Ilyaas es el chico que eras —repone—. Elias es el hombre en el que te has convertido. Dime: ¿por qué tienes que ayudar a esa chica? ¿Por qué no la dejas ir con el rebelde mientras tú te quedas aquí con tu familia? ¿Crees que no somos capaces de protegerte de los marciales? Ninguno de nuestra tribu se atrevería a traicionarte. Eres mi hijo, y tu tío es el zaldar.

—¿Has oído los rumores de un académico que puede forjar acero sérrico? —Mamie asiente con cautela—. Esas historias son ciertas. El académico es el hermano de Laia. Si puedo sacarlo de Kauf, piensa en lo que podría significar para los académicos...

Para Marinn, para las tribus. Por los diez infiernos, por fin podríais plantarle cara al Imperio...

La cortina de la tienda se abre de golpe y entra Afya seguida de Laia, que va bien oculta debajo de una capucha.

—Perdóname, kehanni —dice—, pero tenemos que movernos. Alguien les ha dicho a los marciales que has entrado en el campamento y quieren hablar contigo. Lo más probable es que te intercepten a la salida. No sé si...

—Me harán unas preguntas y me soltarán. —Mamie Rila se pone en pie y se sacude la ropa con la cabeza en alto—. No voy a permitir un retraso. —Se acerca a Afya hasta que solo las separan unos centímetros. Afya se balancea ligeramente sobre los talones—. Afya Ara-Nur —dice Mamie en voz baja—. Mantendrás tu juramento. La tribu Saif ha prometido cumplir su parte para ayudarte, pero si traicionas a mi hijo por la recompensa, o si lo hace cualquiera de los tuyos, lo consideraremos como un acto de guerra, y maldeciremos la sangre de siete de vuestras generaciones antes de que expire nuestra venganza.

Afya abre los ojos ante el alcance de la amenaza, pero se limita a asentir. Mamie se gira hacia mí, se pone de puntillas y me da un beso en la frente. ¿La volveré a ver? ¿Volveré a sentir la calidez de sus manos, a hallar en el perdón de sus ojos un consuelo que no merezco? *Sí.*

Aunque no tendré mucho que ver si al intentar ayudarme desata la ira de los marciales.

—No lo hagas, Mamie —le suplico—. Lo que sea que estás planeando, no lo hagas. Piensa en Shan y en la tribu Saif. Eres su kehanni, no te pueden perder. No quiero...

—Estuviste con nosotros durante seis años, Elias —me interrumpe—. Jugamos contigo, te tuvimos en brazos, observamos tus primeros pasos y oímos tus primeras palabras. Te queríamos. Y nos fuiste arrebatado. Te hicieron daño. Te hicieron sufrir. Te obligaron a matar. No me importa cuál es tu sangre. Eras un chico de las tribus y te llevaron consigo. Y no hicimos nada.

La tribu Saif debe hacerlo, yo debo hacerlo. He esperado catorce años para hacerlo. Ni tú ni nadie me lo va a impedir.

Mamie se va bien erguida, y mientras sale, Afya señala con la cabeza hacia la parte trasera de la tienda.

—Moveos —nos indica—. Y ocultad bien vuestro rostro, incluso a la tribu. Solo Mamie, Gibran y yo sabemos quiénes sois, y así debe ser hasta que salgamos de la ciudad. Laia y tú os quedaréis conmigo. Gibran ya se ha llevado a Keenan y a Izzi.

—¿A dónde? —le pregunto—. ¿A dónde vamos?

—Al escenario de las contadoras de cuentos, Veturius. —Afya me mira con una ceja arqueada—. La kehanni te va a salvar con una historia.

XIX: *Helene*

La ciudad de Nur se asemeja a un maldito barril de pólvora. Es como si cada soldado marcial que he soltado en las calles fuera una carga explosiva que está esperando que la enciendan.

A pesar de las amenazas de azotarlos públicamente y degradarlos de rango que les he transmitido a mis hombres, ya ha habido una decena de altercados con los tribales. Y más están por venir, sin lugar a duda.

La objeción de los tribales a nuestra presencia es ridícula. Bien contentos estaban cuando el Imperio los ayudó a combatir contra las fragatas bárbaras de piratas por toda la costa. Pero van a una ciudad tribal en busca de un criminal y es como si hubiéramos desatado una horda de genios.

Paseo por el balcón del último piso de la guarnición marcial, situado en la parte oriental de la ciudad, mirando abajo, hacia el bullicioso mercado. Elias podría estar en cualquier parte, joder.

Si es que está aquí.

La posibilidad de que me haya equivocado, de que Elias se haya escabullido hacia el sur mientras yo he estado malgastando el tiempo en Nur, me da una extraña sensación de alivio. Si no está aquí, no puedo atraparlo ni matarlo.

Está aquí y debes encontrarlo.

Pero desde que llegué a la guarnición del Desfiladero de Atella, todo ha ido mal. El puesto no disponía del personal suficiente.

He tenido que rascar soldados de la reserva de los puestos de guardia de alrededor con el fin de reunir una fuerza lo suficientemente grande como para poder inspeccionar Nur. Cuando llegué al oasis, me encontré con que las fuerzas de aquí también eran escasas y no tenían ninguna información sobre a dónde habían destinado al resto de los hombres.

Con todo, tengo a mil hombres, la mayoría auxiliares, y una decena de máscaras. Apenas basta para buscar en una ciudad abarrotada con hasta cien mil personas. Es lo único que puedo hacer para mantener un cordón alrededor del oasis y que ningún carro se vaya sin inspección.

—Verdugo de Sangre. —La cabeza rubia de Faris aparece por la escalera que lleva a la guarnición—. La tenemos. Está en una celda.

Suprimo mi temor mientras Faris y yo bajamos por unas escaleras estrechas hasta los calabozos. La última vez que vi a Mamie Rila, yo era una chica desgarbada sin máscara de catorce años. Elias y yo nos quedamos con la tribu Saif durante dos semanas en nuestra ruta de vuelta hacia Risco Negro después de terminar los años como quintos. Y aunque siendo una quinto básicamente era una espía marcial, Mamie siempre me trató con amabilidad.

Y estoy a punto de devolvérselo con un interrogatorio.

—Entró en el campamento de Nur hace tres horas —informa Faris—. Dex la interceptó cuando salía. El quinto que se le asignó para que la siguiera dice que ha visitado una decena de tribus hoy.

—Reúne información sobre esas tribus —le ordeno a Faris—. Tamaños, alianzas, rutas de comercio…, todo.

—Harper está hablando en este momento con nuestros quintos espías.

Harper. Me pregunto qué pensaría Elias del Norteño. *Escalofriante como los diez infiernos,* me imagino que diría. *No muy parlanchín.* Puedo oír la voz de mi amigo en la cabeza: ese barítono que me conozco tan bien y que me emocionaba y me calmaba a la vez. Ojalá Elias y yo estuviéramos juntos, en busca de algún espía marino o de un asesino bárbaro.

Su nombre es Veturius, me recuerdo por milésima vez. *Y es un traidor.*

En el calabozo, Dex espera de espaldas a la celda con la mandíbula apretada. Puesto que él también pasó tiempo con la tribu Saif cuando era un quinto, me sorprende ver la tensión de su cuerpo.

—Ten cuidado con ella —masculla entre dientes—. Trama algo.

Dentro de la celda, Mamie está sentada en el duro y solitario catre como si fuera un trono, con la espalda recta, el mentón levantado y el vestido sostenido con la mano de dedos largos para que no toque el suelo.

Se levanta cuando entro, pero le hago un movimiento con la mano para que se siente.

—Helene, cariño...

—Te dirigirás a la comandante como Verdugo de Sangre, kehanni —dice Dex con voz tranquila mientras me dirige una mirada penetrante.

—Kehanni —intervengo—. ¿Conoces el paradero de Elias Veturius?

Me mira de arriba abajo, y su decepción es evidente. Esta es la mujer que me dio hierbas para frenar mi ciclo lunar y que no fuera un infierno lidiar con él en Risco Negro. La mujer que me dijo, sin un ápice de ironía, que el día que me casara sacrificaría cien cabras en mi honor y narraría un cuento de kehanni sobre mi vida.

—Tengo entendido que lo estabas buscando —me responde—. He visto a tus niños espías, pero no me lo podía creer.

—Responde a la pregunta.

—¿Cómo puedes dar caza a un chico que era tu compañero más cercano hasta hace apenas unas semanas? Es tu amigo, Hel, Verdugo de Sangre. Tu hermano escudo.

—Es un fugitivo y un criminal. —Me llevo las manos tras la espalda y entrelazo los dedos, dándole vueltas al anillo de

Verdugo de Sangre una y otra vez—. Y se enfrentará a la justicia, como los demás criminales. ¿Lo estás ocultando?

—No. —Cuando le sostengo la mirada, aspira fuerte por la nariz, claramente enojada—. Has tomado sal y agua en mi mesa, Verdugo de Sangre. —Los músculos de su mano están rígidos mientras se aferra al borde de la litera—. No te insultaría con una mentira.

—Pero sí esconderías la verdad. Hay una diferencia.

—Aun en el caso de que lo estuviera ocultando, ¿qué puedes hacer al respecto? ¿Pelear contra toda la tribu Saif? Tendrías que matar hasta al último de nosotros.

—Un hombre no vale la vida de toda una tribu.

—Pero ¿sí valía todo un Imperio? —Mamie se inclina hacia delante y me mira con sus ojos oscuros punzantes. Las trenzas le caen por encima de la cara—. ¿Valía tu libertad?

Por los cielos sangrantes, ¿cómo puedes saber que intercambié mi libertad por la vida de Elias?

La respuesta planea por mis labios, pero se echa atrás cuando mi entrenamiento entra en juego. *Los debiluchos intentan llenar el silencio. Un máscara lo usa en su beneficio.* Me cruzo de brazos, esperando que siga hablando.

—Diste mucho por Elias. —Mamie abre las fosas nasales y se levanta, más bajita que yo por unos centímetros, pero imponente con su rabia—. ¿Por qué no debería dar yo mi vida por la suya? Es mi hijo. ¿Qué derecho tienes tú sobre él?

Solo catorce años de amistad y un corazón pisoteado.

Pero eso no importa. Porque en su enfado Mamie me ha dado lo que necesito.

¿Cómo es posible que sepa lo que di a cambio de Elias? Aunque haya oído historias sobre las pruebas, no puede saber lo que sacrifiqué por él.

No a menos que él mismo se lo haya contado.

Y eso significa que lo ha visto.

—Dex, llévala arriba. —Le hago una señal por detrás de la espalda de Mamie. *No la pierdas de vista.* Dex asiente y se la lleva.

Lo sigo y me encuentro con Harper y Faris, que me están esperando en los barracones de la Guardia Negra de la guarnición.

—Eso no ha sido un interrogatorio —gruñe Faris—. Ha sido una maldita merienda. ¿Qué has podido sacar, por los infiernos, de esa conversación?

—Se supone que tenías que estar reuniendo quintos, Faris, no escuchando a hurtadillas.

—Harper es una mala influencia. —Faris señala con la cabeza al hombre de pelo oscuro, que se encoge de hombros ante mi mirada.

—Elias está aquí —digo—. A Mamie se le ha escapado algo.

—El comentario sobre tu libertad —murmura Harper. Su afirmación me enerva; odio cómo siempre parece dar en el clavo.

—La Reunión ya casi ha acabado. Las tribus empezarán a abandonar la ciudad después del amanecer. Si la tribu Saif lo va a sacar de aquí, lo harán en ese momento. Y tiene que salir, no se va a arriesgar a quedarse y a que lo localicen, al menos no con una recompensa tan alta sobre su cabeza.

Alguien llama a la puerta. Faris la abre y aparece un quinto vestido con ropa tribal y la piel cubierta de arena.

—Quinto Melius para informar, señora —saluda sin demora—. El lugarteniente Dex Atrius me ha enviado, Verdugo de Sangre. La kehanni interrogada se dirige al escenario de los cuentacuentos en el borde este de la ciudad. El resto de la tribu Saif también se dirige hacia allí. El lugarteniente Atrius me dijo que viniera de inmediato… y que trajera refuerzos.

—El cuento de despedida. —Faris agarra mis cimitarras de la pared y me las pasa—. Es el último evento antes de que las tribus se vayan.

—Y miles salen para escucharlo —dice Harper—. Un buen lugar para ocultar a un fugitivo.

—Faris, refuerza el cordón. —Salimos a las calles atestadas fuera de la guarnición—. Llama a todos los pelotones de patrulla.

Nadie sale de Nur sin pasar por una inspección marcial. Harper, conmigo.

Nos dirigimos al este, siguiendo a la multitud que se encamina hacia el escenario de los cuentacuentos. Nuestra presencia entre los tribales no pasa desapercibida, y menos con las miradas reacias a las que estoy acostumbrada. Mientras avanzamos, oigo más de un insulto mascullado. Harper y yo intercambiamos una mirada y hace señales a los pelotones que nos encontramos, hasta que tenemos a un par de docenas de tropas de auxiliares a nuestras espaldas.

—Dime, Verdugo de Sangre —toma la palabra Harper cuando nos estamos acercando al escenario—. ¿De verdad crees que puedes con él?

—He derrotado a Veturius en combate cientos de veces...

—No me refiero a que puedas derribarlo. Me refiero a que, llegado el momento, ¿serás capaz de encadenarlo y llevarlo hasta el Emperador, consciente de lo que le ocurrirá?

No. Cielos ardientes y sangrantes, no. Me he formulado la misma pregunta cientos de veces. *¿Haré lo necesario para el Imperio? ¿Haré lo necesario para mi gente?* No puedo recriminarle a Harper que me haga la pregunta, pero mi respuesta sale como un gruñido igualmente.

—Supongo que ya lo descubriremos, ¿no crees?

Más adelante, el teatro de los cuentacuentos se sitúa al fondo de un profundo estadio con gradas, iluminado por cientos de lámparas de aceite. Un paso se abre detrás del escenario y, más allá, una vasta extensión de terreno llena de los carros de aquellos que se irán directamente después del cuento de despedida.

El aire está cargado de expectación, una sensación de espera que me tiene aferrada con tanta fuerza a la empuñadura de mi cimitarra que tengo los nudillos blancos. ¿Qué está pasando?

Para cuando Harper y yo llegamos, miles de personas ya llenan el teatro. Veo al instante por qué Dex necesitaba refuerzos. El estadio tiene más de dos docenas de entradas y los tribales entran y salen a voluntad. Despliego en cada entrada a los auxiliares a los que he reunido. Unos segundos después, Dex me encuentra. El sudor le empapa la cara y la sangre mancha la piel morena de sus antebrazos.

—Mamie está tramando algo —asegura—. Todas las tribus a las que ha visitado están aquí. Los auxiliares que traje conmigo ya se han visto envueltos en una decena de peleas.

—Verdugo de Sangre. —Harper señala el escenario, que está rodeado por cincuenta hombres de la tribu Saif armados hasta los dientes—. Mira.

Los guerreros de la tribu Saif se mueven para dejar pasar a una figura orgullosa. Es Mamie Rila. Sube al escenario y el público pide silencio. Cuando levanta las manos, cualquier susurro restante remite; ni siquiera los niños hablan. Puedo oír cómo el viento sopla desde el desierto.

La presencia de la comandante solía producir un silencio similar. Mamie, sin embargo, parece provocarlo por el respeto en vez de por el miedo.

—Bienvenidos, hermanos y hermanas. —La voz de Mamie se eleva por las gradas del estadio. Le doy las gracias para mis adentros al centurión de lengua de Risco Negro, que se pasó seis años enseñándonos *sadhese*.

La kehanni se gira hacia el desierto oscuro que tiene detrás.

—El sol pronto se elevará en un nuevo día, y debemos decirnos adiós. Pero os ofrezco un cuento para que os lo llevéis en las arenas de vuestro próximo viaje. Un cuento que se ha mantenido encerrado y sellado. Un cuento del que todos vosotros formaréis parte. Un cuento que todavía se está narrando.

»Dejadme que os hable de Ilyaas An-Saif, mi hijo, que los malditos marciales arrebataron a la tribu Saif.

Harper, Dex y yo no pasamos desapercibidos. Tampoco los marciales que vigilan las salidas. Siseos y ululatos emergen de la multitud, todos dirigidos a nosotros. Algunos de los auxiliares hacen ademán de desenvainar las armas, pero Dex los detiene con un gesto. Tres máscaras y dos pelotones de auxiliares contra veinte mil tribales no es una pelea. Es una sentencia de muerte.

—¿Qué está haciendo? —pregunta Dex en voz baja—. ¿Por qué explica la historia de Elias?

—Era un bebé tranquilo de ojos grises —prosigue Mamie en *sadhese*—, al que abandonaron para que muriera en el calor sofocante del desierto tribal. Qué burla, ver a un niño, tan bonito y fuerte, abandonado por su depravada madre y expuesto a los elementos. Lo proclamé como mío, hermanos y hermanas, y lo hice con mucho orgullo, pues vino a mí en un momento de gran necesidad, cuando mi alma buscaba su sentido y no encontraba ninguno. En los ojos de ese niño encontré consuelo y en su risa, alegría. Pero no estaba destinado a durar.

Ya veo cómo la magia kehanni de Mamie empieza a funcionar en la muchedumbre. Cuenta la historia de un niño querido por la tribu, un niño de la tribu, como si la sangre marcial de Elias fuera fortuita. Cuenta la narración de su juventud y de la noche que se lo llevaron.

Durante un momento, yo también me siento cautivada. Mi curiosidad se transforma en recelo cuando Mamie pasa a las pruebas. Habla sobre los augures y sus predicciones, y sobre la violencia que el Imperio ejerció sobre la mente y el cuerpo de Elias. El público escucha, sus emociones se elevan y se desploman con las de Mamie: sorpresa, empatía, repugnancia, terror.

Ira.

Y es entonces cuando al fin entiendo lo que está haciendo Mamie Rila.

Está incitando una revuelta.

XX: *Laia*

La voz poderosa de Mamie retruena por todo el estadio, hipnotizando a todos los que la oyen. Aunque no puedo entender el *sadhese,* los movimientos de su cuerpo y sus manos, junto con la manera como empalidece el rostro de Elias, me dice que el cuento versa sobre él.

Hemos encontrado asientos a media altura de las gradas del teatro de los cuentacuentos. Estoy sentada entre Elias y Afya rodeada de una multitud de hombres y mujeres de la tribu Nur. Keenan e Izzi esperan con Giran a unos diez metros más o menos. Sorprendo a Keenan alargando el cuello, intentando asegurarse de que estoy bien, y lo saludo. Sus ojos oscuros se desvían hacia Elias y luego vuelven a centrarse en mí antes de que Izzi le susurre algo y desvíe la mirada.

Con las ropas verdes y doradas que Afya nos ha dado a todos, no se nos puede distinguir a la distancia del resto de los miembros de la tribu. Me cubro un poco más con la capucha, agradecida por el viento que se levanta. Casi todo el mundo tiene puesta la capucha o alguna tela sobre la cara para protegerse de la arena sofocante.

No podemos llevaros directamente a los carros, ha dicho Afya mientras nos uníamos a su tribu camino del teatro. *Hay soldados patrullando el área donde están aparcados y detienen a todo el mundo, así que Mamie va a crear una pequeña distracción.*

Cuando la historia de Mamie da un giro inesperado, la multitud contiene el aliento y Elias tiene un aspecto dolido. Que cuenten tu vida delante de tanta gente debe ser lo bastante extraño, pero ¿una historia con tanto sufrimiento y tanta muerte? Lo tomo de la mano y se tensa como si fuera a apartarse, pero se acaba relajando.

—No escuches —le digo—. Mírame.

Con recelo, levanta la vista. La intensidad de su mirada clara hace que el corazón me dé un vuelco, pero no permito que se percate de ello. Hay una soledad en él que me duele. Se está muriendo y lo sabe. Tal vez la vida no llegue a ser más solitaria que eso.

Ahora mismo, lo único que quiero es que esa soledad desaparezca, aunque solo sea durante un momento. Así que hago lo que solía hacer Darin cuando quería animarme, y pongo una mueca absurda.

Elias me observa sorprendido antes de esbozar una sonrisa que le ilumina el rostro, y entonces hace su propia mueca ridícula. Suelto una risita y estoy a punto de retarlo cuando descubro que Keenan nos está mirando con los ojos entrecerrados por la furia reprimida.

Elias sigue mi vista.

—Creo que no le caigo bien.

—No le cae bien nadie al principio —le digo—. Cuando me conoció, me amenazó con matarme y meterme en una cripta.

—Qué encantador.

—Cambió. Bastante, de hecho. Creía que sería imposible, pero… —Me encojo cuando Afya me da un codazo.

—Está empezando.

La sonrisa de Elias se desvanece y los tribales a nuestro alrededor empiezan a susurrar. Miro a los marciales apostados en la salida del teatro más cercana. La mayoría tiene las manos en las armas y observan a la multitud con incredulidad, como si se fueran a levantar y devorarlos.

Los gestos de Mamie se hacen más expresivos y violentos. El público se enfurece y parece expandirse, empujando contra las paredes del teatro. La tensión tiñe el aire, se esparce, como una llama invisible que transforma a todo aquel que entra en contacto con ella. En unos segundos, los susurros se convierten en murmullos irados.

Afya sonríe.

Mamie apunta a la multitud y la convicción que emana de su voz hace que se me erice el vello de los brazos.

—*Kisaneh kithiya ke jeehani deka?*

Elias se inclina hacia mí y me habla en voz baja a la oreja.

—¿Quién ha sufrido la tiranía del Imperio? —traduce.

—*Hama!*

—Nosotros.

—*Kisaneh bichaya ke gima baza?*

—¿Quién ha visto cómo arrancaban a los niños de los brazos de sus padres?

—*Hama!*

Unas cuantas filas más abajo, un hombre se levanta y señala a un grupo de marciales que no había visto. Uno de ellos tiene la piel pálida y una corona de trenzas rubias: Helene Aquilla. El hombre les grita algo.

—*Charra! Herrisada!*

En la otra punta del estadio, una mujer tribal se levanta y grita las mismas palabras. Otra mujer se pone en pie en la base del teatro. Pronto se le une una voz grave a unos metros de donde estamos.

De repente, todas las bocas presentes pronuncian las dos palabras, y la multitud pasa de estar hechizada a mostrarse violenta igual de rápido que prende una llama en una antorcha embadurnada de aceite.

—*Charra! Herrisada!*

—Ladrones —traduce Elias con voz inexpresiva—. Monstruos.

La tribu Nur se pone en pie a nuestro alrededor y acusa a los marciales de maltratos, levantando sus voces para unirse a las miles de los demás tribales que hacen lo mismo.

Pienso en los marciales que avanzaban rápidamente ayer por el mercado tribal. Y al fin entiendo que esta rabia explosiva no es solo por Elias. Ha estado presente en Nur todo este tiempo, Mamie se ha limitado a azuzarla.

Siempre creí que los tribales eran aliados de los marciales, aunque a regañadientes. Tal vez estaba equivocada.

—Quedaos a mi lado ahora. —Afya se levanta y examina con la vista todas las entradas. La seguimos, esforzándonos por oír su voz por encima del griterío.

—Cuando se derrame la primera sangre, nos dirigiremos a la salida más cercana. Los carros de Nur nos esperan en el aparcamiento. Una docena más de tribus partirán a la vez, y eso debería incitar al resto de las tribus a hacer lo mismo.

—¿Cómo vamos a saber cuándo...?

Un aullido que me hiela la sangre rasga el aire. Me pongo de puntillas y veo que, en una de las salidas que está por debajo de nosotros, un soldado marcial ha atacado a un tribal que se ha acercado demasiado. La sangre del tribal empapa la arena del teatro, y se vuelve a oír el grito, que viene de una mujer mayor que se arrodilla a su lado con el cuerpo estremeciéndose.

Afya no pierde tiempo. Como si fuera uno solo, la tribu Nur se apresura hacia la salida más cercana. De repente, no puedo respirar. La muchedumbre se apiña; adelantándose, empujando, yendo en demasiadas direcciones. Pierdo de vista a Afya y me giro hacia Elias. Me agarra de la mano y me acerca a él, pero hay demasiada gente y nos separan. Localizo un hueco en la multitud e intento abrirme paso a codazos hacia él, pero no puedo penetrar la masa de cuerpos que me rodea.

Hazte pequeña. Diminuta. Desaparece. Si desapareces, podrás respirar. Se me eriza la piel y vuelvo a empujar hacia delante. Los tribales que aparto miran alrededor, extrañamente sorprendidos. Soy capaz de apartarlos con facilidad.

—¡Elias, vamos!

—¿Laia? —Se gira mirando al gentío y empujando en dirección contraria.

—¡Aquí, Elias!

Se dirige hacia mí pero no parece poder verme y se lleva las manos la cabeza. Por los cielos… ¿otra vez el veneno? Rebusca en su bolsillo y da un trago de la telis.

Empujo a los tribales hasta que consigo llegar a su lado.

—Elias, estoy aquí. —Lo agarro del brazo, y casi da un salto del susto.

Menea la cabeza como hacía al principio de estar envenenado y me mira.

—Claro que estás aquí —dice—. ¿Afya… dónde está Afya? —Ataja por la multitud, intentando alcanzar a la mujer tribal que ya no localizo.

—Por los cielos, ¿qué estáis haciendo? —Afya aparece a nuestro lado y me agarra del brazo—. Os he estado buscando por todos lados. ¡Quedaos cerca de mí! ¡Tenemos que salir de aquí!

La sigo, pero Elias presta atención a algo que está más cerca del escenario, y se detiene de golpe mientras observa a la masa que se desplaza.

—¡Afya! —grita—. ¿Dónde está la carava de Nur?

—En la parte norte del aparcamiento —responde—. A un par de caravanas de la tribu Saif.

—Laia, ¿puedes quedarte con Afya?

—Claro, pero…

—Me ha visto. —Me suelta la mano y mientras se abre paso por la muchedumbre, la corona rubia plateada de Aquilla destella al sol unos cuantos metros más allá.

—La distraeré —dice Elias—. Id a la caravana. Os veré allí.

—Elias, joder…

Pero ya se ha ido.

XXI: Elias

Cuando mis ojos se encuentran con los de Helene —cuando veo la sorpresa que le cruza el rostro plateado al reconocerme— no pienso ni me cuestiono qué hacer. Me limito a moverme, dejo a Laia en los brazos de Afya y me adentro en la multitud, alejándome de ellas en dirección a Hel. Tengo que atraer su atención y desviarla de Afya y la tribu Nur. Si la identifica como la tribu que nos ha acogido a Laia y a mí, ni un millar de revueltas la detendrán de darnos caza.

La distraeré y entonces desapareceré entre la gente. Pienso en su expresión cuando estábamos en mi habitación en Risco Negro; cómo peleaba por ocultar su dolor mientras me miraba a los ojos. *Después le perteneceré a él. Recuérdalo, Elias. Después, seremos enemigos.*

El caos provocado por la revuelta es ensordecedor, pero en medio de toda esa cacofonía, puedo entrever un orden extraño y escondido. A pesar de todos los gritos, chillidos y aullidos, no veo ningún niño abandonado, ningún cuerpo pisoteado, nada olvidado en el suelo por las prisas; ninguna de las marcas distintivos de un caos verdadero.

Mamie y Afya tienen esta revuelta planeada al dedillo.

En la distancia, suenan los tambores de la guarnición marcial pidiendo refuerzos. Hel debe de haber enviado un mensaje a la torre de los tambores. Pero si quiere que los soldados estén aquí para sofocar la rebelión, entonces no puede mantener el cordón alrededor de la ciudad.

Ahora entiendo que ese era precisamente el plan de Afya y Mamie.

Cuando alcen el cerco alrededor de los carros, Afya podrá sacarnos ocultos y seguros de la ciudad. Nuestra caravana será una de los cientos que abandonen Nur.

Helene ha llegado hasta el teatro cerca del escenario y ya ha avanzado la mitad del camino hacia mi dirección. Pero está sola, una isla con armadura y cara plateada en medio de un mar agitado de rabia humana. Dex ha desaparecido y el otro máscara que entró en el anfiteatro con ella, Harper, se esfuma por una de las salidas.

El hecho de estar sola no detiene a Helene. Se dirige hacia mí con una determinación que conozco tan bien como mi propia piel. Empuja hacia delante, su cuerpo reúne una fuerza inexorable que la impulsa a través de los tribales como un tiburón hacia su presa ensangrentada. Pero la multitud se cierne. Las manos se aferran a su capa y su cuello. Alguien le pone la mano en el hombro, y ella pivota, la agarra y la rompe en lo que tarda en exhalar. Casi puedo oír su lógica: *Es más rápido seguir adelante que pelear contra todos ellos.*

Le obstaculizan los movimientos, la frenan, la detienen. Solo entonces oigo el chirrido de sus cimitarras que desenvaina de las fundas. Es la Verdugo de Sangre ahora, una soldado de semblante adusto del Imperio, y sus espadas se abren camino con salpicones de sangre.

Miro por encima del hombro y vislumbro a Laia y a Afya que empujan una de las puertas y salen del anfiteatro. Cuando devuelvo la mirada a Helene, sus cimitarras vuelan, aunque no lo bastante rápido. Varios tribales atacan, docenas, demasiados como para que pueda enfrentarse a todos a la vez. La multitud se convierte en una fuerza viva que no les teme a sus espadas. Veo el momento en el que se da cuenta; el momento en el que acepta que por más rápida que sea, hay demasiados como para combatirlos a todos.

Me mira a los ojos con una creciente furia y entonces cae, arrastrada por los que la rodean.

Una vez más, mi cuerpo se mueve antes de que mi mente sepa lo que estoy haciendo. Le quito la capa a una mujer —ni siquiera se da cuenta de su ausencia— y me abro camino a base de músculos. Mi único pensamiento es llegar a Helene, sacarla de ahí, evitar que la apalicen o la pisoteen hasta la muerte. *¿Por qué, Elias? Es tu enemiga ahora.*

Ese pensamiento me repugna. Era mi mejor amiga, no puedo deshacerme de eso tan fácilmente.

Me agacho y avanzo por entre vestidos, piernas y armas y cubro a Helene con la capa. Uso un brazo para rodearle la cintura, y el otro para cortar las correas de sus cimitarras y la funda de los cuchillos arrojadizos. Sus armas caen al suelo y cuando tose, la sangre salpica su armadura. Soporto su peso mientras sus piernas pelean por recobrar su fuerza. Pasamos por un cerco de tribales, luego otro, hasta que nos alejamos rápidamente del lugar donde los amotinados todavía claman su sangre.

Déjala, Elias. Déjala en un lugar tranquilo y vete. La distracción ha terminado. Se acabó.

Pero si la suelto ahora y la ataca cualquier tribal mientras apenas puede andar, de nada habrá servido que la haya sacado de ahí.

Sigo caminando, sosteniéndola derecha hasta que puede tenerse en pie. Tose y tiembla, y sé que todos sus instintos le están ordenando que respire hondo para calmar su pulso, para sobrevivir. Y tal vez ese sea el motivo por el que no se resiste hasta que cruzamos una de las puertas del anfiteatro y nos adentramos en un callejón polvoriento.

Al fin me empuja y se quita la capa de un tirón. Un centenar de emociones le cruzan el rostro mientras deja caer la capa al suelo, cosas que nadie más aparte de mí podría ver o saber de ella. Eso solo elimina los días, semanas y kilómetros que nos dividen. Le tiemblan las manos, y me fijo en el anillo que lleva puesto en el dedo.

—Verdugo de Sangre.

—No. —Niega con la cabeza—. No me llames así. Todo el mundo me llama así. Pero tú no. —Me mira de arriba abajo—. Tienes… un aspecto horrible.

—Han sido unas semanas complicadas. —Veo las cicatrices en sus manos y brazos y los moratones apenas perceptibles en su cara. *Antes de enviarla a la Guardia Negra para que la interrogaran,* había dicho la comandante.

Y ha sobrevivido, pienso para mis adentros. *Ahora sal de aquí, antes de que ella te mate.*

Doy un paso atrás, pero alarga el brazo y su fría mano me agarra de la muñeca como una tenaza. Busco su mirada clara, confundida por el embrollo de emociones a las que se está enfrentando. *¡Vete, Elias!*

Me zafo de su agarre con un tirón y cuando lo hago, las puertas de sus ojos, abiertas hace solo un momento, se cierran de golpe. Se queda inexpresiva y dirige las manos a la espalda en busca de sus armas; no están, puesto que la he liberado de ellas. Veo que flexiona las rodillas, preparándose para abalanzarse sobre mí.

—Quedas detenido —salta y la esquivo—, por orden del…

—No me vas a detener. —Le rodeo la cintura con un brazo e intento empujarla unos metros.

—Y una mierda que no. —Me clava el codo en el estómago, me doblo por la mitad y ella se aparta lejos de mi alcance. Su rodilla sale disparada hacia mi frente.

La bloqueo, la empujo y la dejo aturdida de un codazo en la cara.

—Te acabo de salvar la vida, Hel.

—Habría salido de allí sin tu… buf… —La embisto y se queda sin aire cuando golpea la pared con la espalda. Le retengo las piernas entre mis muslos para evitar que me haga daño y pongo una hoja en su cuello antes de que me pueda dejar inconsciente con un golpe de cabeza.

—¡Maldito! —Intenta retorcerse para liberarse y aprieto un poco más la hoja. Sus ojos bajan hacia mi boca y tiene la respiración entrecortada y acelerada. Desvía la mirada con un escalofrío.

—Te estaban destrozando —le digo—. Te habrían pisoteado.

—Eso no cambia nada. Tengo órdenes de Marcus de llevarte a Antium para una ejecución pública.

Ahora me toca a mí resoplar.

—¿Por los diez infiernos, por qué no lo has asesinado ya? Le harías un favor al mundo.

—Oh, no me toques las narices —me suelta—. No espero que lo entiendas.

Un ruido sordo retumba por las calles aledañas al callejón; los pasos rítmicos de los soldados marciales que se acercan. Los refuerzos para sofocar la rebelión.

Helene utiliza mi momento de distracción para intentar escaparse de mi agarre. No puedo sujetarla durante mucho tiempo más. No si quiero salir de aquí sin que me persiga media legión de marciales. *Maldita sea.*

—Tengo que irme —le digo al oído—. Pero no quiero hacerte daño. Estoy tan harto de hacerle daño a la gente. —Noto el aleteo suave de sus pestañas en mi mejilla y el movimiento de su respiración contra mi pecho.

—Elias —susurra mi nombre en una palabra llena de deseo.

Me aparto. Sus ojos, azules como el humo hace un segundo, ahora se oscurecen en un violeta de tormenta. *Quererte es lo peor que me ha ocurrido.* Me dijo esas palabras hace semanas. Ser testimonio de la devastación que la asola y saber que, una vez más, yo soy la causa hace que me odie a mí mismo.

—Voy a soltarte —le digo—. Si intentas reducirme, que así sea. Pero antes de hacerlo, te quiero decir algo, porque ambos sabemos que no me queda mucho tiempo en este mundo, y me odiaría si no llegara a decírtelo. —La confusión le cruza el rostro y continúo de inmediato antes de que pueda empezar a hacer preguntas—. Te echo de menos. —Espero que oiga lo que le estoy diciendo en realidad. *Te quiero. Lo siento. Ojalá pudiera arreglarlo.* —Siempre te echaré de menos. Incluso cuando me convierta en fantasma.

La suelto y doy un paso atrás. Luego otro. Le doy la espalda y el corazón se me encoge cuando oigo el sonido ahogado que emite, y salgo del callejón.

Los únicos pasos que retumban mientras me voy son los míos.

* * *

En el aparcamiento de los carros se ha desatado el pandemonio; los tribales arrojan a los niños y sus bienes en los carros, los animales se encabritan y las mujeres gritan. Una nube densa de polvo se eleva en el aire, el resultado de cientos de caravanas que se desplazan hacia el desierto a la vez.

—¡Gracias a los cielos! —Laia me localiza justo cuando aparezco al lado del carro alto de Afya—. Elias, ¿por qué...?

—Idiota. —Afya me agarra por la parte de atrás del cuello y me lanza dentro del carro al lado de Laia con una fuerza remarcable, si tenemos en cuenta que le saco más de un palmo de altura—. ¿En qué estabas pensando?

—No podíamos arriesgarnos a que Aquilla me viera rodeado de miembros de la tribu Nur. Es una máscara, Afya. Habría descubierto quiénes sois y tu tribu habría estado en peligro.

—Sigues siendo un idiota. —Afya me mira—. Mantén la cabeza gacha y estate quieto.

Va rápida hasta el banco del conductor y agarra las riendas. Unos segundos después, los cuatro caballos que tiran del carro inician la marcha y me giro hacia Laia.

—¿Izzi y Keenan?

—Con Gibran. —Señala con la cabeza hacia un carro verde brillante que está a unos diez metros. Reconozco el contorno afilado del hermano pequeño de Afya en las riendas.

—¿Estás bien? —le pregunto. Laia tiene las mejillas sonrojadas y los nudillos de la mano blancos sobre la empuñadura de su daga.

—Aliviada de que hayas vuelto —responde—. ¿Has... has hablado con ella? ¿Con Aquilla?

Estoy a punto de responderle cuando algo me viene a la mente.

—La tribu Saif. —Escaneo la zona llena de arena donde están aparcados los carros—. ¿Sabes si consiguieron salir? ¿Pudo escapar Mamie Rila de los soldados?

—No lo he visto. —Se gira hacia Afya—. ¿Tú has...?

La mujer tribal se inquieta y veo su mirada de alarma. Al otro lado del aparcamiento, veo carros envueltos en telas verdes y plateadas que me conozco tan bien como mi propia cara. Son los colores de la tribu Saif. Son sus carros.

Rodeados de marciales.

Sacan a rastras a los miembros de la tribu de los carros y los obligan a arrodillarse. Reconozco a mi familia: el tío Akbi y la tía Hira. Malditos infiernos, también Shan, mi hermanastro.

—Afya, tengo que hacer algo. Es mi tribu. —Alcanzo mis armas y me acerco a la puerta abierta entre el carro y el asiento del conductor. *Salta. Corre. Atácalos por la espalda. Encárgate de los más fuertes primero...*

—Detente. —Afya me inmoviliza con un agarre férreo—. No puedes salvarlos. Al menos no sin delatarte.

—Por los cielos, Elias. —dice Laia con el rostro afligido—. Antorchas.

Uno de los carros, el precioso carro kehanni en el que crecí que tiene un mural decorado, es pasto de las llamas. Mamie tardó meses en pintar los pavos reales, los peces y los dragones de hielo que lo adornaban. Yo solía sostener los tarros de pintura y limpiar los pinceles. Borrado del mapa con tal facilidad. Uno a uno, los demás carros pasan por la antorcha hasta que el campamento entero no es nada más que una humareda negra en el cielo.

—La mayoría escaparon —dice Afya en voz baja—. La caravana de la tribu Saif está formada por casi un millar de personas, ciento cincuenta carros. De todos esos, solo atraparon doce.

Incluso aunque consiguieras llegar hasta ellos, Elias, hay al menos cien soldados.

—Auxiliares —digo entre dientes—. Fáciles de derrotar. Si pudiera darles espadas a mis tíos y a Shan…

—La tribu Saif planeó esto, Elias. —Afya se niega a aflojar. En ese momento la odio—. Si los soldados ven que procedes de los carros de Nur, toda mi tribu estará condenada. Todo lo que hemos planeado Mamie y yo durante los dos últimos días, cada favor que me pidió para sacarte de aquí será en vano. Utilizaste tu favor, Elias, y este es el precio.

Vuelvo la vista atrás. Mi familia tribal está reunida con las cabezas agachadas. Derrotados.

Excepto una, que pelea empujando a los auxiliares que la tienen agarrada por los brazos, sin miedo y desafiante. Mamie Rila.

Con impotencia veo cómo forcejea y un legionario la golpea con la empuñadura de su cimitarra en la sien. La última imagen que tengo de ella antes de desaparecer de mi vista son sus manos que tantean el aire buscando algo para agarrarse mientras se cae sobre la arena.

XXII: *Laia*

El alivio por escapar de Nur no sirve para mitigar la culpa que siento por lo que le ha pasado a la tribu de Elias. Ni siquiera intento hablar con él. ¿Qué le podría decir? Lo que yo siento no debe de ser nada en comparación. Está en silencio en la parte trasera del carro de Afya, mirando al desierto en dirección a Nur, como si pudiera usar su fuerza de voluntad para cambiar lo que le ha ocurrido a su familia.

Lo dejo a solas. Pocas personas quieren que las vean cuando sienten dolor, y perder a alguien querido es el peor dolor de todos.

Además, la culpa que siente casi me tiene bloqueada. Una y otra vez, vuelvo a ver cómo la figura orgullosa de Mamie cae como un saco de grano despojado de su contenido. Sé que debería compartir con Elias lo que le ha pasado a su madre, pero me parece cruel hacerlo.

Para cuando cae la noche, Nur solo es un conjunto de luces en la inmensa oscuridad del desierto que tenemos detrás. Las lámparas parecen alumbrar menos esta noche.

Aunque hemos huido en una caravana de más de doscientos carros, Afya ha dividido su tribu una decena de veces desde entonces. Para cuando la luna se eleva, hemos rebajado el número a cinco carros y solo nos acompañan cuatro miembros de su tribu, incluyendo a Gibran.

—No quería venir. —Afya supervisa a su hermano, colocado en el banco de su carro a unos diez metros de distancia. Está decorado por mil espejitos que reflejan la luz de la luna, como una galaxia andante—. Pero no puedo confiar en que no se meta en problemas, o meta en problemas a la tribu Nur. Es un necio.

—Ya me doy cuenta —murmuro. Gibran ha convencido a Izzi para que se sentase a su lado y he podido ver cómo le regalaba destellos de su tímida sonrisa durante toda la tarde.

Vuelvo la vista atrás a través de la ventana que da al interior del carro de Afya. Las paredes barnizadas de dentro brillan por la luz tenue de las lámparas. Elias está sentado en uno de los bancos cubiertos de terciopelo y mira por la ventana trasera.

—Hablando de necios —dice Afya—, ¿qué tenéis el pelirrojo y tú?

Por los cielos. A la tribal no se le escapa ni una. Debo tenerlo presente. Keenan ha cabalgado con Riz, un miembro silencioso de cabello plateado de la tribu de Afya, desde nuestra última parada para abrevar a los caballos. El rebelde y yo apenas hemos tenido oportunidad de hablar antes de que Afya le ordenara que ayudase a Riz con el carro de provisiones.

—No sé qué hay entre nosotros. —No me fío de contarle a Afya la verdad pero sospecho que podría oler una mentira a kilómetros de distancia—. Me besó una vez. En un cobertizo. Justo antes de que saliera corriendo a empezar la revolución académica.

—Debió de ser un buen beso —musita Afya—. ¿Y Elias? Siempre lo estás mirando.

—Yo no…

—No te culpo —continúa Afya como si no hubiera dicho nada, mientras dirige la vista a Elias con una mirada valorativa—. Esos pómulos… cielos. —Mi piel se calienta, y me cruzo de brazos con el ceño fruncido.

—Ah. —Afya esboza su sonrisa lobuna—. ¿Con que somos posesivas, eh?

—No tengo nada con lo que ser posesiva. —Un viento helado sopla del norte y me arrebujo contra mi fino vestido tribal—. Me ha dejado bien claro que es mi guía y nada más.

—Sus ojos dicen lo contrario —comenta Afya—. Pero ¿quién soy yo para meterme entre un marcial y su nobleza perdida?

La tribal levanta la mano y silba, ordenando a la caravana que se detenga en un gran altiplano. Hay un conjunto de árboles en la base y puedo ver el brillo de un arroyo y oír el crujido de las garras de un animal mientras corretea para huir.

—Gibran, Izzi —grita Afya a través del campamento—. Preparad un fuego. Keenan —el pelirrojo baja del carro de Riz—, ayuda a Riz y a Vana con los animales. Riz dice algo en *sadhese* a su hija, Vana. Esta es delgada como un junco, con piel morena como su padre y tiene tatuajes trenzados que la señalan como una joven viuda. El último miembro de la tribu de Afya es Zehr, un hombre joven más o menos de la edad de Darin. Afya le ladra una orden en *sadhese* y él se pone a cumplirla sin dudarlo.

—Chica —me doy cuenta de que Afya me está hablando a mí—, pídele a Riz una cabra y dile a Elias que la sacrifique. Comerciaré con la carne mañana. Y habla con él, sácalo de la depresión en la que se ha metido.

—Deberíamos dejarlo en paz.

—Si vas a arrastrar a la tribu Nur en este desacertado intento de salvar a tu hermano, entonces Elias tiene que idear un plan infalible para lograrlo. Nos quedan dos meses antes de que lleguemos a Kauf, que debería ser tiempo de sobra. Pero no puede hacerlo si está deprimido, así que arréglalo.

Como si fuera tan fácil.

Unos minutos después, Riz me señala una cabra que tiene una pata lastimada y se la llevo a Elias. Acarrea al animal hasta los árboles, fuera de la vista del resto de la caravana.

No necesita ayuda, pero lo sigo de todas maneras con una lámpara. La cabra me suelta balidos lastimeros.

—Siempre he odiado sacrificar animales. —Elias afila un cuchillo en una piedra—. Es como si supieran lo que se les viene encima.

—La abuela solía hacer los sacrificios en casa —le digo—. Algunos de los pacientes del abuelo pagaban con gallinas. Tenía este dicho: *Gracias por darme tu vida, para que yo pueda seguir con la mía.*

—Bonito razonamiento. —Elias se arrodilla—. Aunque no hace más fácil verlo morir.

—Pero está coja… ¿lo ves? —Alumbro con la lámpara la pata trasera herida de la cabra—. Riz me ha dicho que tendría que dejarla atrás y moriría de sed antes. —Me encojo de hombros—. Si va a morir de todos modos, al menos que sea útil.

Elias atraviesa con el cuchillo el cuello del animal y este patalea. La sangre se derrama por la arena. Desvío la mirada, pensando en el tribal Shikaat y su sangre caliente y pegajosa. El olor que desprendía… pungente, como las forjas de Serra.

—Puedes irte. —Elias usa su voz de máscara. Es más fría que el viento que nos azota las espaldas.

Me retiro rápidamente, dándole vueltas a lo que ha dicho. *No hace más fácil verlo morir.* La culpa me invade de nuevo. Creo que no hablaba de la cabra.

Intento distraerme buscando a Keenan, que se ha presentado voluntario para hacer la cena.

—¿Todo bien? —me pregunta cuando aparezco a su lado. Mira brevemente en dirección a Elias.

Asiento, y Keenan abre la boca como si fuera a decir algo, pero tal vez nota que prefiero no hablar, así que se limita a pasarme un cuenco lleno de masa.

—¿Lo puedes amasar, por favor? —me pide—. Se me da fatal hacer pan llano.

Agradecida por tener un tarea, me pongo a ello, cómoda por su simplicidad, por el alivio de tener únicamente que estirar discos de masa y cocerlos en una sartén de hierro colado. Keenan canturrea mientras añade chiles y lentejas en una olla, un sonido tan inesperado que sonrío la primera vez que lo oigo. Es tan calmante como uno de los tónicos del abuelo, y pasado un rato, me habla sobre la Gran Biblioteca de Adisa, que siempre he querido visitar, y sobre los mercados de cometas de Ayo que ocupan varias manzanas. El tiempo pasa raudo, y siento como si se aligerara un poco el peso que me oprime el corazón.

Para cuando Elias acaba de sacrificar la cabra, le estoy dando la vuelta a los últimos panes calientes y esponjosos y los meto en una cesta. Keenan reparte cuencos generosos de estofado picante de lentejas. El primer bocado me provoca un suspiro. La abuela siempre hacía estofado y pan llano en las noches frías de otoño. Solo con su olor parece que mi tristeza se aleje.

—Está delicioso, Keenan. —Izzi extiende su cuenco para repetir antes de girarse hacia mí—. La cocinera solía prepararlo siempre. Me pregunto... —Hace un gesto negativo con la cabeza y se queda callada un momento—. Ojalá hubiera venido —dice al final mi amiga—. La echo de menos. Sé que te debe de parecer extraño, teniendo en cuenta cómo actuó.

—No creas —respondo—. Os queríais. Estuviste con ella durante años y cuidó de ti.

—Cierto —dice Izzi en voz baja—. Su voz era el único sonido en el carro fantasma que nos llevó de Antium a Serra después de que la comandante nos comprara. La cocinera me daba sus raciones y me arrimaba a ella las noches gélidas. —Izzi suspira—. Espero volver a verla. Me fui con tantas prisas, Laia. Jamás le dije...

—La volveremos a ver —le digo. Es lo que necesita oír Izzi. Y quién sabe, tal vez así sea—. Y por cierto —le aprieto la mano—, la cocinera sabe lo que sea que no le hayas dicho. En su interior, seguro que lo sabe.

Keenan nos trae unas tazas de té, y tomo un sorbo, cerrando los ojos cuando inhalo el aroma dulce a cardamomo. Al otro lado del fuego, Afya se lleva su taza a los labios y de repente escupe el té.

—Por los cielos ardientes, académico. ¿Has malgastado todo mi bote de miel en esto? Derrama el líquido al suelo con repulsión, pero yo rodeo mi taza con los dedos y tomo otro sorbo largo.

—El té bien hecho es dulce como para ahogar a un oso —repone Keenan—. Todo el mundo lo sabe.

Suelto una risita y le sonrío.

—Mi hermano solía decir eso cuando me lo preparaba a mí. —Cuando pienso en Darin, el antiguo Darin, mi sonrisa se desvanece. ¿Quién es mi hermano ahora? ¿Cuándo pasó de ser el chico que me preparaba té demasiado dulce al hombre con unos secretos demasiado importantes como para compartirlos con su hermana pequeña?

Keenan se acomoda a mi lado. El viento aúlla desde el norte, importunando las llamas de nuestro fuego. Me acerco más al combatiente, saboreando su calor.

—¿Estás bien? —Keenan inclina la cabeza hacia mí. Me toma un mechón de pelo de la cara y lo pone detrás de la oreja. Sus dedos se quedan en mi nuca y se me corta la respiración—. Después de…

Desvío la mirada, fría otra vez, y busco con la mano mi brazalete.

—¿Ha valido la pena, Keenan? Por los cielos, la madre de Elias, su hermano, decenas de miembros de su tribu. —Suspiro—. ¿Acaso servirá de algo? ¿Y si no podemos salvar a Darin? O si… —*Está muerto.*

—Vale la pena morir por la familia, o matar por ella. Luchar por ellos es lo que nos mantiene en movimiento cuando todo lo demás se ha perdido. —Señala con la cabeza a mi brazalete. Hay una nostalgia triste en su rostro—. Lo tocas cuando necesitas fuerza, porque eso es lo que nos da la familia.

Dejo caer la mano del brazalete.

—A veces ni me doy cuenta de que lo hago —le digo—. Es absurdo.

—Es como te aferras a ellos. No tiene nada de absurdo. —Inclina el cuello hacia atrás y mira la luna—. No tengo nada de mi familia. Ojalá tuviera algo.

—Hay días en los que no me acuerdo de la cara de Lis —le digo—. Solo que tenía el pelo claro como mi madre.

—También tenía el temperamento de tu madre. —Keenan sonríe—. Lis tenía cuatro años más que yo. Cielos, qué mandona era. Me enredaba para que acabara haciendo sus tareas siempre...

La noche de repente es menos solitaria con los recuerdos de mi hermana fallecida hace ya tanto tiempo, que bailotean a mi alrededor. A mi otro lado, Izzi y Gibran se acurrucan una contra el otro y mi amiga suelta una risita alegre por algo que le dice el chico tribal. Riz y Vana toman sus ouds. Al rasgueo de las cuerdas pronto se le une la voz de Zehr. La canción es en *sadhese,* pero creo que deben de estar recordando a aquellos que querían y han perdido, porque tras solo unas pocas notas, se me forma un nudo en la garganta.

Sin pensarlo, busco en la oscuridad a Elias. Está sentado un poco apartado del fuego, con la capa bien arrebujada a su alrededor. Tiene la atención fija en mí.

Afya se aclara la garganta intencionadamente y entonces hace un gesto con la cabeza hacia Elias. *Habla con él.*

Vuelvo a mirarlo y siento la misma emoción embriagadora que experimento cuando veo sus ojos.

—Regreso ahora mismo—le digo a Keenan. Dejo la taza y me aprieto bien la capa. Cuando lo hago, Elias se levanta con un movimiento fluido y se aleja del fuego. Desaparece tan rápido que ni siquiera veo en qué dirección ha ido en la oscuridad del círculo de carros. Su mensaje es muy claro: *Déjame en paz.*

Me detengo, sintiéndome como una estúpida. Un momento después, Izzi aparece a mi lado.

—Habla con él —me dice—. Lo necesita. Solo que no lo sabe. Y tú también lo necesitas.

—Está enfadado —susurro.

Mi amiga me toma la mano y la aprieta.

—Está dolido —dice—. Y eso es algo que tú comprendes.

Camino hasta dejar atrás los carros, observando el desierto hasta que localizo el brillo de uno de sus brazaletes cerca de la base del altiplano. Cuando todavía estoy a unos metros de él, oigo cómo suspira y se gira hacia mí. Su cara, inexpresiva con una sombra de cordialidad superficial, está iluminada por la luna.

Acaba con esto ya, Laia.

—Lo siento —le digo—. Por lo que ha ocurrido. Yo... yo no sé si es justo intercambiar el sufrimiento de la tribu Saif por la vida de Darin. Sobre todo cuando ni siquiera tenemos la certeza de que Darin siga vivo. —Tenía planeado decir unas cuantas palabras de compasión tímidas y escogidas con cuidado, pero ahora que he empezado a hablar, no puedo parar—. Gracias por lo que ha sacrificado tu familia. Lo único que quiero es que nada así se vuelva a repetir. Pero... no puedo garantizarlo, y eso me hace sentir mal, porque yo sé lo que es perder a la familia. De todos modos, lo siento...

Cielos. Ahora me estoy yendo por las ramas.

Respiro hondo. Las palabras de repente me parecen triviales e inútiles, así que doy un paso adelante y tomo las manos de Elias, recordando al abuelo. *El contacto cura, Laia.* Lo agarro con fuerza, intentando poner todo lo que siento en ese roce. *Espero que tu tribu esté bien. Espero que sobrevivan a los marciales. Lo siento mucho, de verdad. No es suficiente, pero es todo lo que tengo.*

Tras unos instantes, Elias suelta una exhalación y apoya su frente contra la mía.

—Dime lo que me dijiste aquella noche en mi habitación en Risco Negro —murmura—. Lo que tu abuela solía decirte.

—Mientras haya vida —puedo oír la voz cálida de la abuela mientras lo digo—, hay esperanza.

Elias levanta la cabeza y me mira, la frialdad de sus ojos deja paso a ese fuego puro e inextinguible. Me olvido de respirar.

—No lo olvides —me dice—. Nunca.

Asiento. Los minutos pasan y ninguno de los dos se aparta; encontramos consuelo en el frescor de la noche y la compañía silenciosa de las estrellas.

XXIII: *Elias*

Entro en la Antesala cuando me quedo dormido. Mi respiración produce un vaho por delante de mi cara y me encuentro tumbado de espaldas sobre una capa gruesa de hojas caídas. Me quedo mirando el entramado de ramas que tengo encima, con hojas de un rojo vibrante de otoño, incluso en la luz tenue.

—Como la sangre. —Reconozco la voz de Tristas de inmediato y me pongo en pie y lo veo apoyado contra uno de los árboles, mirándome. No lo he visto desde la primera vez que entré en la Antesala hace semanas. Tenía la esperanza de que hubiera seguido su viaje.

»Como mi sangre. —Levanta la vista hacia las copas de los árboles con una sonrisa amarga en el rostro—. Ya sabes. La sangre que derramé cuando Dex me apuñaló.

—Lo siento, Tristas. —Podría ser tranquilamente una oveja ingenua que bala las palabras. Pero la rabia de sus ojos es tan innatural que diría lo que fuera por apaciguarlos.

—Aelia está mejorando —dice Tristas—. Chica traidora. Creía que estaría de luto al menos unos meses. Y sin embargo, voy a visitarla y me encuentro con que ha vuelto a comer. Comer. —Pasea arriba y abajo y su rostro se ensombrece en una versión más lúgubre y violenta del Tristas que conocía. Exhala entre dientes.

Por los diez infiernos. Se parece tan poco al Tristas cuando estaba vivo que me pregunto si está poseído. ¿Puede un fantasma estar poseído? ¿No son los fantasmas los que normalmente poseen?

Durante un momento, estoy enfadado con él. *Estás muerto, pero Aelia no.* Pero ese sentimiento me dura poco. Tristas no volverá a ver a su prometida nunca más. Nunca sostendrá a sus hijos ni se reirá con sus amigos. Todo lo que le queda ahora son recuerdos y amargor.

—Aelia te quiere. —Cuando Tristas se gira hacia mí con el rostro desfigurado por la rabia, levanto las manos—. Y tú la quieres. ¿De verdad deseas que se muera de hambre? ¿Te gustaría verla aquí, a sabiendas de que fue tu muerte la que lo provocó?

La ferocidad de sus ojos disminuye. Pienso en el antiguo Tristas, el que estaba vivo. Ese es el Tristas al que me tengo que dirigir, pero no tengo la oportunidad. Como si supiera lo que quiero hacer, se da la vuelta y desaparece por entre los árboles.

—Puedes apaciguar a los muertos. —La Atrapaalmas me habla por encima y levanto la vista para verla sentada sobre uno de los árboles, acurrucada como un niño en una de las enormes ramas retorcidas. Un círculo de hojas rojas le rodea la cabeza como si fuera una corona, y sus ojos negros tienen un brillo sombrío.

—Ha huido —le digo—. Yo no lo calificaría de apaciguador.

—Te ha hablado. —La Atrapaalmas se deja caer al suelo, el manto de hojas amortigua el ruido del aterrizaje—. La mayoría de los espíritus odia a los vivos.

—¿Por qué sigues trayéndome aquí? —Bajo la mirada hacia ella—. ¿Solo es para divertirte?

La Atrapaalmas frunce el ceño.

—No he sido yo la que te ha invocado esta vez, Elias —me dice—. Has venido tú solo. Tu muerte se acerca rápido, tal vez tu mente busca entender mejor lo que está por venir.

—Todavía me queda tiempo —contesto—. Cuatro... tal vez cinco meses, si tengo suerte.

La Atrapaalmas me mira con lástima.

—No puedo ver el futuro igual que algunos pueden. —Curva los labios, y me imagino que está hablando de los augures—.

Pero mi poder no es insignificante. Busqué tu destino en las estrellas la noche que te traje aquí por primera vez, Elias. No vivirás más allá de la *Rathana.*

La *Rathana,* La Noche, empezó como una celebración tribal pero se ha extendido por todo el Imperio. Para los marciales, es un día de juerga. Para las tribus, es un día para honrar a los ancestros.

—Para eso quedan dos meses. —Tengo la boca seca, e incluso aquí, en el mundo de los espíritus donde me siento embotado, el pavor me atenaza—. Justo habremos llegado a Kauf para entonces... si tenemos suerte.

La Atrapaalmas se encoge de hombros.

—Desconozco las pequeñas tempestades de tu mundo humano. Si tan consternado estás por tu destino, aprovecha al máximo el tiempo que te queda. Vete. —Chasquea los dedos, y noto ese tirón de la nuca, como si me arrastrara un enorme gancho por un túnel.

Me despierto al lado de las tenues brasas del fuego, donde me acosté para pasar la noche. Riz se pasea por fuera del círculo de carros. Todos los demás duermen: Gibran y Keenan al lado del fuego, como yo, Laia e Izzi en el carro de Gibran.

Dos meses. ¿Cómo voy a llegar a Kauf y liberar a Darin en tan poco tiempo? Podría instar a Afya a que fuera más rápido, pero eso solo nos serviría para llegar allí unos días antes de lo planeado, como mucho.

Cambian el turno de guardia y Keenan toma el lugar de Riz. Mis ojos se posan en una caja refrigerada que cuelga de la base del carro de Afya, donde me ha dicho que metiera la cabra que he matado antes.

Si va a morir de todos modos, al menos que sea útil. Las palabras de Laia.

Lo mismo se me puede aplicar a mí, razono.

Kauf está a más de mil kilómetros de distancia. En carro, nos llevará dos meses, por supuesto. Los mensajeros del Imperio, por su lado, hacen ese viaje normalmente en dos semanas.

No tendré acceso a caballos descansados cada veinte kilómetros, a diferencia de los mensajeros. No puedo usar los caminos principales y tendré que esconderme o pelear en cualquier momento, además de cazar o robar todo lo que quiera consumir.

Incluso sabiendo esto, si me dirijo solo a Kauf, puedo llegar en la mitad del tiempo que tardaría con los carros. No quiero dejar atrás a Laia, añoraré su voz y su cara, cada día. Lo sé, pero si puedo llegar a la prisión en un mes, tendré suficiente tiempo antes de la *Rathana* para liberar a Darin. El extracto de telis mantendrá los desmayos a raya hasta que los carros se acerquen a la prisión. Volveré a ver a Laia.

Me levanto, enrollo mi saco de dormir y me dirijo al carro de Afya. Cuando llamo a la puerta trasera, solo tarda un momento en responder, a pesar de que es noche cerrada.

Sostiene una lámpara en alto y levanta las cejas cuando me ve.

—Normalmente prefiero conocer un poco más a mis visitantes nocturnos antes de invitarlos a mi carro, Elias —me dice—. Pero por ti...

—No estoy aquí para eso —respondo—. Necesito un caballo, algo de pergamino y tu discreción.

—¿Huyendo cuando todavía puedes? —Me hace un gesto para que entre—. Me alegra que hayas recobrado el juicio.

—Voy a sacar a Darin yo solo. —Subo al carro y bajo la voz—. Será más rápido y seguro para todos de esta manera.

—Necio. ¿Cómo te vas a colar en el norte sin mis carros? ¿Acaso te has olvidado de que eres el criminal más buscado de todo el Imperio?

—Soy un máscara, Afya. Me las apañaré. —Entrecierro los ojos mientras miro a la tribal—. Tu promesa conmigo todavía sigue vigente. Los llevarás a Kauf.

—Pero ¿lo sacarás de allí tú solo? ¿No necesitarás la ayuda de la tribu Nur?

—No —respondo—. Hay una cueva en las colinas al sur de la prisión. Está a más o menos un día de escalada de la puerta principal. Te dibujaré un mapa. Llévalos allí a salvo. Si todo va bien, Darin estará esperando allí cuando lleguéis dentro de dos meses. Si no...

—No los voy a abandonar en las montañas, Elias —dice Afya enfurecida por la ofensa—. Han tomado agua y sal en mi mesa, por los cielos. Me dirige una mirada evaluadora, y no me gustan sus ojos afilados, como si pudiera cortar y sacar el verdadero motivo de por qué hago esto.

—¿Y ese cambio de opinión?

—Laia quería que lo hiciéramos juntos, así que nunca planteé hacerlo solo. —Esta parte, al menos, es verdad y dejo que Afya lo vea en mi cara—. Necesito que le des a Laia algo de mi parte. Presentará batalla si se lo digo.

—No lo dudo. —Afya me pasa pergamino y una pluma—. Y no solo porque quiera hacerlo ella misma, aunque ambos os empecinéis en decirlo.

Decido no obcecarme con ese comentario particular. Unos minutos después, he acabado de escribir la carta y he dibujado un mapa detallado de la prisión y de la cueva donde planeo resguardar a Darin.

—¿Estás seguro de esto? —Afya se cruza de brazos mientras se pone de pie—. No deberías desaparecer sin más, Elias. Deberías preguntarle a Laia lo que quiere. Es su hermano, al fin y al cabo. —Entrecierra los ojos—. ¿No tendrás planeado dejar a la chica tirada, verdad? Odiaría que el hombre al que le he hecho mi promesa fuera alguien sin honor.

—Nunca haría eso.

—Entonces llévate a Trera, el alazán de Riz. Es algo terco, pero rápido y sigiloso como el viento del norte. E intenta no fallar, Elias. No tengo ningún deseo de tener que colarme en esa prisión.

En silencio, me dirijo de su carro al de Riz y le susurro a Trera en tonos calmantes para que esté tranquilo. Agarro pan llano, fruta, nueces y queso del carro de Vana y guio al caballo lejos del campamento.

—¿Entonces intentas sacarlo de allí tú solo?

Keenan se materializa en la oscuridad como un maldito espectro y doy un salto. No lo he oído, ni siquiera he notado su presencia.

—No hace falta que me des explicaciones. —Veo que mantiene la distancia—. Sé lo que es hacer cosas que no quieres hacer por un bien mayor.

En la superficie, sus palabras casi son empáticas, pero sus ojos son tan inexpresivos como piedras pulidas, y el vello de la nuca se me eriza desagradablemente, como si al segundo que me dé la vuelta me fuera a apuñalar por la espalda.

—Buena suerte. —Me extiende la mano, la encajo con recelo mientras mi otra mano se dirige a mis cuchillos casi de manera inconsciente.

Keenan lo ve, y su media sonrisa no le llega a los ojos. Me suelta la mano rápidamente y desaparece de nuevo en la oscuridad. Me sacudo la inquietud que me envuelve. *Simplemente no le caes bien, Elias.*

Levanto la vista al cielo. Las estrellas siguen resplandeciendo, pero el alba se acerca, y tengo que estar bien lejos antes de eso. Pero ¿qué pasa con Laia? ¿De verdad me voy a ir dejándole solo una nota de despedida?

Sigiloso como un gato, me dirijo al carro de Gibran y abro la puerta trasera. Izzi ronca en un banco con las manos entrelazadas debajo de la mejilla. Laia está aovillada en el otro, con una mano en el brazalete, dormida profundamente.

—Eres mi templo —murmuro mientras me arrodillo a su lado—. Eres mi sacerdote. Eres mi plegaria. Eres mi liberación. —El abuelo me pondría mala cara por mancillar de esa manera su mantra. Pero me gusta más así.

Salgo y me acerco a Trera que me espera en la linde del campamento. Cuando me subo a la silla, resopla.

—¿Listo para volar, chico? —Mueve las orejas y lo tomo como una afirmación. Sin volver la vista al campamento, me dirijo hacia el norte.

XXIV: *Helene*

Ha escapado. Ha escapado. Ha escapado.

Dibujo un surco en el suelo de piedra de la habitación principal de la guarnición de las vueltas que doy, intentando bloquear el sonido chirriante que hace Faris mientras afila sus cimitarras, el murmullo suave de Dex que le da órdenes a un grupo de legionarios y el tamborileo de los dedos de Harper en su armadura mientras me observa.

Tiene que haber algún modo de localizar a Elias. *Piensa.* Solo es un hombre, y yo tengo la fuerza de todo el Imperio a mi disposición. *Despliega más soldados, llama a más máscaras. Los miembros de la Guardia Negra; eres su comandante. Envíalos tras las tribus que Mamie visitó.*

No será suficiente. Miles de carros salieron en desbandada de la ciudad mientras yo sofocaba una revuelta guionizada después de dejar que Elias se alejara de mí. Podría estar en cualquiera de esos carros.

Cierro los ojos, con el anhelo irrefrenable de romper algo. *Eres una idiota, Helene Aquilla.* Mamie Rila tocó una melodía, y yo eché los brazos al cielo y empecé a bailar como una marioneta absurda. Ella quería que estuviera en el teatro de los cuentacuentos. Quería que supiera que Elias estaba allí, para que viera la revuelta, para que llamara a los refuerzos, para debilitar el cordón. Fui demasiado estúpida como para darme cuenta de ello hasta que fue demasiado tarde.

Al menos Harper mantuvo la cabeza fría. Ordenó a dos pelotones de soldados asignados a sofocar el motín que rodearan los carros de la tribu Saif. Los prisioneros que hizo, incluyendo a Mamie Rila, son la única esperanza que tenemos de encontrar a Elias.

Lo tenía. Maldita sea. Lo tenía. Y entonces lo dejé escapar, porque no quiero que muera. Porque es mi amigo y lo quiero.

Porque soy una maldita necia.

Todas esas veces que estuve despierta de noche, diciéndome que cuando llegara el momento, tendría que ser fuerte. Tendría que apresarlo. Fueron en vano cuando lo tuve cara a cara. Cuando oí su voz y noté sus manos en mi piel.

Tenía un aspecto tan distinto, todo músculo y tendones, como si una de sus cimitarras de Teluman hubiese cobrado vida. Pero el mayor cambio eran sus ojos: las sombras y la tristeza que emanaban, como si supiera algo que no soportara contarme. Esa mirada me carcome. Más que haber fracasado en atraparlo y matarlo cuando tuve la oportunidad. Me da miedo.

Ambos sabemos que no me queda mucho en este mundo. ¿Qué quería decir con eso? Desde que lo curé en la segunda prueba, he sentido una conexión con Elias, un sentimiento de protección en el que intento no pensar. Ha nacido de la magia curativa, de eso estoy segura. Cuando Elias me tocó, esa conexión me dijo que mi amigo no está bien.

No te olvides de nosotros, me dijo en Serra. Cierro los ojos y me permito un momento para imaginar un mundo distinto. En ese mundo, Elias es un chico tribal y yo soy la hija de un jurista. Nos encontramos en un mercado, y nuestro amor no está contaminado por Risco Negro o por todas las demás cosas que odia de sí mismo. Me aferro a ese mundo durante un segundo.

Entonces lo suelto. Elias y yo hemos acabado. Ahora, solo queda la muerte.

—Harper —lo llamo. Dex despide a los legionarios y vuelve su atención hacia mí y Faris enfunda sus cimitarras—. ¿A cuántos miembros de la tribu Saif hemos capturado?

—Veintiséis hombres, quince mujeres y doce niños, Verdugo de Sangre.

—Ejecútalos —dice Dex—. De inmediato. Tenemos que demostrar lo que ocurre cuando ocultas a un fugitivo del Imperio.

—No puedes matarlos. —Faris fulmina con la mirada a Dex—. Son la única familia que ha tenido Elias...

—Esas personas son cómplices de ayudar a un enemigo del Imperio —suelta Dex—. Tenemos órdenes...

—No tenemos que ejecutarlos —interviene Harper—. Podemos usarlos de otra manera.

Capto la idea de Harper.

—Deberíamos interrogarlos. Tenemos a Mamie Rila, ¿verdad?

—Inconsciente —responde Harper—. El auxiliar que la capturó mostró demasiado entusiasmo con la empuñadura de la espada. Debería volver en sí dentro de uno o dos días.

—Sabrá quién ha sacado a Veturius de aquí —digo—. Y a dónde se dirige.

Los miro a los tres. Harper tiene órdenes de quedarse a mi lado, así que no puede permanecer en Nur para interrogar a Mamie y su familia. Pero Dex puede que aniquile a nuestros prisioneros. Y más tribales muertos es lo último que necesita el Imperio mientras la revolución académica se sigue propagando.

—Faris, te encargarás de los interrogatorios. Quiero saber cómo consiguió salir Elias y a dónde se dirige.

—¿Qué hago con los niños? —pregunta Faris—. Seguramente podemos soltarlos, no sabrán nada.

Sé lo que la comandante le diría a Faris. *La clemencia es una debilidad. Ofrécela a tus enemigos y puede que acabes cayendo sobre tu propia espada.*

Los niños serán un poderoso incentivo para que los tribales nos cuenten la verdad. Lo sé. Aun así, la idea de usarlos, hacerles daño, me incomoda. Me viene la imagen de la casa derruida de Serra que me enseñó Cain. Los rebeldes académicos que quemaron esa casa no mostraron ninguna clemencia por los niños marciales que vivían allí.

¿Acaso son muy distintos estos niños tribales? Al final, todavía son niños, no han pedido formar parte de esto.

Capto la mirada de Faris.

—Los tribales ya están preocupados y no tenemos hombres suficientes para sofocar otra rebelión. Soltaremos a los niños...

—¿Estás loca? —Dex lanza una mirada asesina primero a Faris y luego a mí—. No los dejes ir. Amenázalos con meterlos en carros fantasma y venderlos como esclavos a menos que consigas alguna maldita respuesta.

—Lugarteniente Atrius. —Hablo con voz inexpresiva cuando me dirijo a Dex—. No requiero tu presencia aquí. Ve y divide a los hombres que quedan en tres grupos. Uno irá contigo a buscar en el este, por si Veturius se dirige a las Tierras Libres. Otro conmigo al sur, y el que queda para asegurar la ciudad.

A Dex le palpita la mandíbula, la ira porque lo despachen en conflicto con una vida entera de obedecer órdenes de un oficial superior. Faris suspira, y Harper observa el intercambio con interés. Al final, Dex se va cerrando de un portazo.

—Los tribales les tienen a sus hijos una estima por encima de todo lo demás —le digo a Faris—. Aprovéchate de eso, pero no les hagas daño. Mantén a Mamie y a Shan con vida. Si no conseguimos atrapar a Elias, tal vez podamos usarlos para atraerlo. Si te enteras de cualquier cosa, mándame un mensaje con los tambores.

Cuando salgo de los barracones para ensillar mi caballo, encuentro a Dex reclinado contra la pared del establo. Antes de que pueda arremeter contra mí, me adelanto.

—¿Qué demonios ha sido esa actitud? —le pregunto—. ¿No tengo suficiente con tener a uno de los espías de la comandante cuestionando cada paso que doy? ¿Te debo tener a ti fastidiándome también?

—Informa de todo lo que haces —dice Dex—. Pero no te cuestiona, incluso cuando debería. No estás centrada, deberías haber previsto esa revuelta.

—Tú tampoco la previste. —Incluso a mis oídos sueno como una niña repelente.

—Yo no soy el Verdugo de Sangre, tú lo eres. —Eleva la voz y toma aire para tranquilizarse—. Lo echas de menos —La tirantez en su voz desaparece—. Yo también lo echo de menos. Los echo de menos a todos. Tristas, Demetrius, Leander. Pero ya no están, y Elias ha huido. Todo cuanto nos queda, Verdugo, es el Imperio. Y le debemos al Imperio capturar a ese traidor y ejecutarlo.

—Eso ya lo sé...

—¿De veras? ¿Entonces por qué desapareciste durante un cuarto de hora en medio del motín? ¿Dónde estabas?

Me lo quedo mirando el tiempo suficiente como para asegurarme de que no me tiembla la voz. Lo suficiente como para que Dex empiece a pensar que tal vez se haya pasado de la raya.

—Empieza tu búsqueda —le digo calmada—. No dejes ni un solo carro sin inspeccionar. Si lo encuentras, tráemelo.

Nos interrumpe el sonido de unos pasos detrás de nosotros: Harper, que sostiene dos rollos con los sellos rotos.

—De tu padre y tu hermana. —No se disculpa por el hecho de que claramente ha leído las misivas.

Verdugo de Sangre:

Estamos bien en Antium, aunque el frío del otoño no se lleva bien con tu madre y hermanas. Trabajo para afianzar las alianzas del Emperador pero me hallo frustrado. La Gens Sisellia y la Gens Rufia han propuesto sus candidatos para el trono. Intentan persuadir a otras Gens para que los apoyen. Las luchas internas han dejado cincuenta muertos en la capital, y esto acaba de empezar. Salvajes y bárbaros han intensificado sus ataques y los generales en el frente necesitan desesperadamente más hombres.

Al menos la comandante ha reducido el fuego de la revolución académica. Cuando hubo terminado, según me cuentan, las aguas del río Rei corrían rojas con sangre académica. Sigue la limpieza en las tierras al norte de Silas. Sus victorias dan buena reputación al Emperador, pero todavía más a su propia Gens.

Espero recibir noticias sobre tu éxito buscando al traidor Veturius pronto.

Leal hasta el final,

Pater Aquillus

P.D. Tu madre me pide que te recuerde que tienes que comer.

La nota de Livvy es más corta.

Mi querida Hel:

Me siento sola en Antium, contigo tan lejos. Hannah también lo siente, aunque jamás lo admitiría. Su Majestad la visita casi cada día. También pregunta por mi bienestar, puesto que todavía estoy en aislamiento con fiebre. Una vez, incluso intentó evitar a los guardias para hacerme una visita. Somos afortunadas de que nuestra hermana se vaya a casar con un hombre tan solícito con nuestra familia.

Nuestros tíos y nuestro padre intentan desesperadamente que no se rompan las antiguas alianzas, pero los ilustres no le temen a Su Majestad como deberían. Desearía que padre se tornara hacia los plebeyos en busca de ayuda. Creo que la mayoría de los partidarios de Su Majestad pueden encontrarse entre ellos.

Padre me insta a que me afane, de otro modo te escribiría más. Ten cuidado, hermana.

Con amor,

Livia Aquilla

Me tiemblan las manos mientras vuelvo a enrollar el pergamino. Ojalá hubiera recibido esos mensajes hace días. Tal vez me habría dado cuenta del precio que suponía el fracaso y habría tomado a Elias en custodia.

Ahora, lo que padre temía ha empezado. Las Gens se vuelven unas contra otras, Hannah está muy cerca de casarse con la serpiente y Marcus está intentando llegar a Livia; no lo habría mencionado si no pensara que es algo significativo.

Arrugo las cartas. El mensaje de padre es alto y claro. *Encuentra a Elias. Dale a Marcus una victoria.*

Ayúdanos.

—Lugarteniente Harper, diles a los hombres que nos vamos en cinco minutos. Dex…

Puedo ver por la manera tensa con la que se da la vuelta que sigue enfadado. Tiene derecho a estarlo.

—Te encargarás de los interrogatorios —le digo—. Faris rastreará el desierto al este en tu lugar, avísalo. Consígueme respuestas, Dex. Mantén a Mamie y a Shan con vida por si los necesitamos como cebo. Por lo demás, haz lo que debas. Incluso… en lo que concierne a los niños.

Dex asiente y aplasto la sensación repugnante que me sube por el estómago mientras digo las palabras. Soy la Verdugo de Sangre. Ha llegado el momento de que demuestre mi fuerza.

* * *

—¿Nada? —Los tres líderes de pelotón se encogen ante mi mirada escrutiñadora. Uno de ellos pisa con fuerza la arena, nervioso como un semental encerrado. Detrás de él, otros soldados de nuestro campamento, situado a algunos kilómetros al norte de Nur, miran con disimulo—. Hemos rastreado este maldito desierto durante seis días, ¿y todavía no tenemos nada?

Harper, el único de nosotros cinco que no entrecierra los ojos por el azote del viento del desierto, se aclara la garganta.

—El desierto es inmenso, Verdugo de Sangre —dice—. Necesitamos más hombres.

Tiene razón. Tenemos que registrar miles de carros y solo dispongo de trescientos hombres para hacerlo. He mandado mensajes al Desfiladero de Atella y también a las guarniciones de Taib y Sadh para solicitar refuerzos, pero ninguna puede prescindir de soldados.

Los mechones sueltos de mi pelo me azotan la cara mientras ando arriba y abajo delante de mis soldados. Quiero volver a enviar a los hombres una vez más antes de que caiga la noche para registrar cualquier carro que podamos encontrar, pero están demasiado cansados.

—Hay una guarnición a medio día a galope al norte de Gentrium —le digo—. Si nos apresuráramos, llegaríamos antes del anochecer. Allí nos podrán proporcionar refuerzos.

Se acerca la noche cuando nos acercamos a la guarnición que se eleva en la cima de una colina a medio kilómetro al norte. El puesto de avanzada es uno de los más grandes del área y cubre las tierras boscosas del interior del Imperio y el desierto tribal.

—Verdugo de Sangre. —Avitas dirige una mano a su arco y frena su caballo cuando avista la guarnición—. ¿Hueles eso?

Un viento del oeste arrastra a nuestras narices un hedor de algo familiar y agridulce. Muerte. Llevo la mano a la cimitarra. ¿Un ataque en la guarnición? ¿Rebeldes académicos? ¿O una incursión de bárbaros, que se han infiltrado en el Imperio y han pasado desapercibidos a causa del caos que impera en todos lados?

Ordeno a los hombres que avancen, mi cuerpo está preparado y mi sangre agitada, anhelando el combate. Tal vez debería haber enviado una patrulla primero, pero la guarnición necesita nuestra ayuda, no hay tiempo para un reconocimiento.

Llegamos a lo alto de la colina y detengo a mis hombres. El camino que lleva a la guarnición está plagado de cadáveres y moribundos. Son académicos, no marciales.

Más adelante, al lado de la puerta de la guarnición, veo una fila de seis académicos arrodillados. Ante ellos se pasea una silueta pequeña, que reconozco al instante, incluso a esa distancia.

Keris Veturia.

Azuzo el caballo para que avance. Por los infiernos sangrantes, ¿por qué se ha desplazado la comandante hasta aquí? ¿Acaso la revolución se ha extendido hasta tan lejos?

Mis hombres y yo seguimos el camino con cuidado por entre los montones caóticos de cuerpos. Algunos visten de negro como combatientes de la Resistencia, pero la mayoría no.

Tanta muerte, todo por una revolución que estaba destinada a fracasar antes incluso de empezar. Mientras contemplo los cuerpos mi ira aumenta. ¿Acaso los rebeldes académicos no sabían lo que acontecería cuando se amotinaran? ¿No tuvieron en cuenta el terror y la muerte que el Imperio les echaría encima?

Bajo del caballo ante la puerta de la guarnición, a unos metros de donde la comandante está observando a sus prisioneros. Keris Veturia, con la armadura salpicada de sangre, me ignora. Sus hombres, que flanquean a los prisioneros académicos, obran de igual modo.

Mientras me preparo para reprenderlos, Keris atraviesa con su cimitarra a la primera prisionera académica, una mujer que suelta un gemido ahogado antes de caer al suelo.

Me obligo a no apartar la mirada.

—Verdugo de Sangre. —La comandante se gira y me saluda. De inmediato, sus hombres hacen lo mismo. Habla con voz suave, pero como siempre, consigue reírse de mi título manteniendo la expresión de su rostro sin sentimiento alguno. Mira a Harper y le asiente sucintamente en reconocimiento. Entonces se dirige a mí.

—¿No deberías estar peinando las tierras al sur en busca de Veturius?

—¿No deberías estar tú persiguiendo rebeldes académicos por la ribera del río Rei?

—La revolución en el río Rei ha sido aplastada —comenta

la comandante—. Mis hombres y yo hemos estado purgando la tierras imperiales de la amenaza académica.

Echo un vistazo a los prisioneros que tiemblan de terror delante de ella. Tres tienen el doble de años que mi padre. Dos son niños.

—Estos civiles no me parece que sean combatientes rebeldes.

—Esa manera de pensar, Verdugo, es lo que anima a que haya rebeliones en primer lugar. Estos civiles ocultaron a rebeldes de la Resistencia. Cuando se los trajo a la guarnición para interrogarlos, tanto ellos como los rebeldes intentaron escapar. Sin duda alguna los animaron a actuar los rumores de una derrota de los marciales en Nur.

Me suben los colores cuando oigo el comentario afilado y busco una respuesta pero no hallo ninguna. *Tu fracaso ha debilitado al Imperio.* Las palabras quedan en el aire y son ciertas. La comandante curva los labios y dirige la mirada por encima de mi hombro hacia mis hombres.

—Un grupito harapiento. —Observa—. Los hombres cansados conllevan misiones fracasadas, Verdugo de Sangre. ¿No aprendiste esa lección en Risco Negro?

—He tenido que dividir mis fuerzas para cubrir más terreno. —Aunque intento mantener la voz tan inexpresiva como la suya, sé que sueno como una cadete malhumorada que defiende una estrategia de batalla quebradiza ante un centurión.

—Tantos hombres para buscar a un traidor —dice—. Aun así sin resultados. Se podría decir que en realidad no deseas encontrar a Veturius.

—Se podría decir que te equivocas —mascullo entre dientes.

—Eso espero —repone con un deje de burla que hace que se me sonrojen las mejillas de la rabia. Se vuelve hacia los prisioneros. El siguiente es uno de los niños, un chico de pelo oscuro con la nariz salpicada de pecas. El penetrante olor a orina impregna el aire, y la comandante baja la vista hacia el muchacho y ladea la cabeza.

—¿Asustado, pequeño? —Su voz parece casi amable. Su

falsedad casi me da arcadas. El chico tiembla mientras observa la tierra empapada de sangre que tiene delante.

—Detente. —Doy un paso adelante. *Por los cielos sangrantes, ¿qué estás haciendo, Helene?* La comandante me mira con un poco de curiosidad.

—Como Verdugo de Sangre, ordeno…

Una de las cimitarras de la comandante silba en el aire y decapita al chico. Al mismo tiempo, desenfunda la otra cimitarra y le atraviesa el corazón al segundo niño. Unos cuchillos aparecen en sus manos y los arroja uno a uno hacia los cuellos de los últimos tres prisioneros.

En cuestión de dos alientos, los ha ejecutado a todos.

—¿Decías, Verdugo de Sangre? —Se gira hacia mí. En el exterior, se muestra paciente y atenta. No hay atisbo de la locura que sé que se agita en su interior. Examino a sus hombres: son más de cien y observan el altercado con frío interés. Si la cuestiono ahora, quién sabe qué hará. Atacarme, probablemente. O intentar masacrar a mis hombres. Lo que está claro es que no admitirá que la censure.

—Entierra los cuerpos. —Suprimo mis emociones y dejo la voz inexpresiva—. No quiero que el agua de la guarnición se contamine por los cadáveres.

La comandante asiente sin alterar el rostro. Siempre la máscara perfecta.

—Por supuesto, Verdugo.

Ordeno a mis hombres que entren en la guarnición, me retiro a los barracones de la Guardia Negra y me desplomo en una de las literas duras que hay en las paredes. Estoy llena de mugre tras una semana de viaje. Debería darme un baño, comer y descansar.

Sin embargo, me paso observando el techo durante un par de horas. Sigo pensando en la comandante. El insulto que me ha dedicado estaba claro, y mi incapacidad de responder ha demostrado mi debilidad. Pero aunque estoy molesta por eso, estoy más alterada por lo que les ha hecho a los prisioneros. Lo que les ha hecho a los niños.

¿En esto se ha convertido el Imperio? ¿O es que siempre fue así? Pregunta una voz interior.

—Te he traído comida.

Me incorporo de golpe y me golpeo la cabeza con la litera de arriba y maldigo. Harper deja su mochila en el suelo y asiente hacia un plato de arroz dorado humeante y carne picada especiada encima de una mesa al lado de la puerta. Tiene un aspecto delicioso, pero sé que en este momento todo lo que pruebe me sabrá a ceniza.

—La comandante se fue hace una hora más o menos —dice Harper—. Se dirige al norte.

Harper se quita la armadura y la coloca con cuidado al lado de la puerta antes de rebuscar en el armario por ropa limpia. Me da la espalda y se cambia. Cuando se quita la camisa, se oculta en las sombras para que no pueda verlo. Esbozo una sonrisa ante su modestia.

—La comida no va a bajar por tu garganta sola, Verdugo.

Miro el plato con suspicacia y Harper suspira, camina descalzo lentamente hasta la mesa y prueba la comida antes de pasarme el plato.

—Come —me ordena—. Tu madre te lo pidió. ¿Qué imagen daría si la Verdugo de Sangre del Imperio cayera muerta por inanición en medio de una batalla?

A regañadientes, tomo el plato y me obligo a masticar unos cuantos bocados.

—El antiguo Verdugo de Sangre tenía catadores. —Harper se sienta en una litera enfrente de mí y echa los hombros hacia atrás—. Normalmente algún soldado auxiliar de familia plebeya desconocida.

—¿Intentaron asesinar al Verdugo?

Harper me mira como si fuera una novata especialmente ingenua.

—Claro. El Emperador escuchaba todo lo que le decía y era primo directo del alcaide de Kauf. Pocos secretos del Imperio se le escapaban.

Aprieto los labios para reprimir un escalofrío. Recuerdo al alcaide de cuando era una quinto. Recuerdo cómo obtenía la información sobre sus secretos: a través de experimentos retorcidos y juegos de mente.

Harper me mira con ojos atentos que brillan como el jade claro de las Tierras del Sur.

—¿Me vas a contar algo?

Me trago lo que tengo en la boca a medio masticar. Esa placidez en su tono; he aprendido lo que significa. Está a punto de atacar.

—¿Por qué lo dejaste marchar?

Por los cielos sangrantes.

—¿A quién dejé marchar?

—Reconozco cuando intentas engañarme, Verdugo —dice Harper—. Cinco días en una sala de interrogatorio contigo, ¿recuerdas? —Se inclina hacia delante en la litera y ladea la cabeza un poco, como si fuera un pájaro curioso. No me engaña; sus ojos arden con intensidad.

»Tenías a Veturius en Nur y lo dejaste ir. ¿Es porque lo quieres? ¿Acaso no es un máscara como cualquier otro?

—¡Cómo te atreves! —Arrojo el plato al suelo y me pongo de pie. Harper me agarra del brazo, y no me suelta cuando intento zafarme de él.

—Por favor —suplica—. No quiero hacerte daño, lo juro. Yo también he amado, Verdugo.

Un dolor antiguo centellea y desaparece en sus ojos. No veo ninguna mentira, solo curiosidad.

Me sacudo su brazo y me vuelvo a sentar sin dejar de observarlo. Miro fuera de la ventana de los barracones hacia la vasta extensión de colinas cubiertas de vegetación. La luna apenas ilumina la habitación y la oscuridad que nos envuelve me es cómoda.

—Veturius es un máscara como el resto de nosotros, sí —respondo—. Atrevido, valiente, fuerte, rápido. Pero todo eso no tenía importancia para él. —El anillo de Verdugo de Sangre me pesa en el dedo y le doy vueltas. Nunca había hablado de Elias con nadie. ¿Con quién hablaría? Mis compañeros de Risco Negro se habrían burlado de mí y mis hermanas no lo habrían entendido.

Me doy cuenta de que quiero hablar de él. Lo ansío.

—Elias ve la gente como debería ser —le digo—. No como es. Se ríe de sí mismo. Lo da todo de sí… en todo lo que hace.

—Como en la primera prueba. —El recuerdo me da un escalofrío—. Los augures jugaron con nuestras mentes, pero Elias no vaciló. Miró a la muerte directamente a la cara y no consideró en ningún momento dejarme atrás. No dejó de apoyarme. Es todo aquello que yo no puedo ser. Es bueno. Nunca habría permitido que la comandante matara a esos prisioneros. Sobre todo no a los niños.

—La comandante sirve al Imperio.

Niego con la cabeza.

—Lo que hizo no sirve al Imperio —repongo—. Al menos no al Imperio por el que yo peleo.

Harper me dedica una mirada fija que me incomoda. Me pregunto durante un instante si no habré dicho demasiado. Pero entonces me doy cuenta de que no me importa lo que piense. No es mi amigo, y si informa de lo que acabo de decir a Marcus o a la comandante no supondrá ningún cambio.

—¡Verdugo de Sangre! —El grito hace que demos un salto los dos, y un segundo después, la puerta se abre de golpe para revelar a un mensajero auxiliar jadeante y cubierto de suciedad del camino—. El Emperador ordena que salgas hacia Antium. Ahora.

Por los cielos sangrantes. Nunca capturaré a Elias si me desvío a Antium.

—Estoy en medio de una misión, soldado —le digo—. Y no estoy dispuesta a dejarla a medias. ¿Qué es tan importante?

—La guerra, Verdugo de Sangre. Las Gens ilustres se han declarado la guerra mutuamente.

SEGUNDA PARTE

EL NORTE

XXV: *Elias*

Durante dos semanas, las horas pasan en un borrón de cabalgar por la noche, robar y merodear. Los soldados marciales infestan toda la extensión del Imperio como saltamontes, avanzando rápidamente por cada aldea y granja, cada puente y choza, intentando encontrarme.

Pero estoy solo y soy un máscara. Cabalgo con rapidez y Trera, nacido y criado en el desierto, se merienda los kilómetros.

Después de dos semanas, alcanzamos el ramal este del río Taius, que brilla como la muesca de una cimitarra de plata bajo la luna llena. La noche está tranquila y brillante, sin una pizca de viento, y conduzco a Trera por la ribera hasta que encuentro un lugar por el que cruzar.

Frena el paso mientras chapotea por el agua poco profunda, y cuando sus cascos hacen contacto con la orilla norte, sacude la cabeza salvajemente y levanta el hocico.

—Ey, ey, chico. —Me dejo caer al agua y tiro de las riendas hacia delante para sacarlo de la ribera. Relincha y menea la cabeza.

—¿Te han mordido? Vamos a ver.

Saco una manta de una de las alforjas y le froto las patas con cuidado, esperando que se inquiete cuando le roce la mordedura, pero simplemente me deja que lo frote antes de darse la vuelta hacia el sur.

—Es por aquí. —Intento guiarlo hacia el norte, pero no parece estar de acuerdo. Extraño. Hasta ahora nos hemos llevado bien. Es mucho más inteligente que cualquiera de los caballos del abuelo, y también tiene más resistencia.

—No te preocupes, chico. No hay nada que temer.

—¿Estás seguro de eso, Elias Veturius?

—¡Diez infiernos sangrantes! —No me creo que sea la Atrapaalmas hasta que la veo sentada sobre una roca a unos metros de distancia—. No estoy muerto —digo rápidamente, como un niño que niega una fechoría.

—Por supuesto. —La Atrapaalmas se pone en pie y se echa el pelo negro hacia atrás con sus ojos oscuros fijos en mí. En parte quiero tocarla para ver si de verdad es real—. Sin embargo, estás en mi territorio ahora. —La Atrapaalmas señala al este con la cabeza, hacia una línea gruesa oscura en el horizonte. El Bosque del Crepúsculo.

—¿Eso es la Antesala? —Nunca relacioné los árboles sofocantes de la guarida de la Atrapaalmas con algo de mi mundo.

—¿Nunca te preguntaste dónde era?

—Básicamente me pasé el rato buscando la manera de salir. —Intento sacar a Trera del río de nuevo, pero no se mueve—. ¿Qué quieres, Atrapaalmas?

Acaricia a Trera entre las orejas y el animal se relaja. Me toma las riendas y lo guía en dirección al norte con tal facilidad que parece que haya sido ella la que ha estado cabalgando con el caballo durante las últimas dos semanas. Le dirijo una mirada sombría al animal. *Traidor.*

—¿Quién dice que quiera algo, Elias? —me dice la Atrapaalmas—. Solo te estoy dando la bienvenida a mis tierras.

—Claro. —Menudo montón de mierda—. No tienes que preocuparte por que me quede, tengo un lugar al que ir.

—Ah. —Oigo la sonrisa en su voz—. Eso puede ser un problema. Verás, cuando te acercas tanto a mi reino, incomodas a los espíritus, Elias. Por ello tienes que pagar un precio.

Y decía que me daba la bienvenida.

—¿Qué precio?

—Te lo mostraré. Si no tardas mucho, te ayudaré a cruzar esas tierras más rápido que a caballo.

Me monto encima de Trera a regañadientes y le ofrezco una mano, aunque la idea de que su cuerpo sobrenatural esté tan cerca del mío hace que la sangre se me hiele. Pero me ignora y echa a correr, sus pies vuelan y sigue la velocidad del galope de Trera con facilidad. Un viento sopla desde el oeste; lo atrapa como si fuera una cometa y su cuerpo flota en él como una pelusa. Los árboles del Bosque del Ocaso se elevan como una pared ante nosotros, aunque aparecen demasiado repentinamente como para que sea algo natural.

Las misiones como quinto nunca me llevaron tan cerca del Bosque. Los centuriones nos advirtieron de que mantuviéramos siempre una distancia prudente de su límite. Puesto que todos aquellos que hacían caso omiso tendían a desaparecer, es una de las pocas normas que ningún quinto era tan estúpido como para desobedecer.

—Deja el caballo —me ordena la Atrapaalmas—. Me aseguraré de que lo cuiden bien.

Nada más poner un pie en el Bosque empiezo a oír los susurros. Y ahora que no tengo los sentidos embotados por la inconsciencia, puedo entender las palabras con más claridad. El rojo de las hojas es más vívido y el aroma dulce de la savia más penetrante.

—Elias. —La voz de la Atrapaalmas amortigua los murmullos de los fantasmas, y señala hacia un espacio entre los árboles donde un espíritu se pasea. Tristas.

—¿Por qué sigue aquí?

—No me escucha —responde la Atrapaalmas—. Tal vez te haga caso a ti.

—Está muerto por mi culpa.

—Exacto. El odio lo ancla aquí. No me importan los fantasmas que quieren quedarse, Elias, siempre y cuando no molesten a los demás espíritus. Tienes que hablar con él y ayudarlo a cruzar al otro lado.

—¿Y si no puedo?

—Te quedarás aquí hasta que puedas —responde la Atrapaalmas encogiéndose de hombros.

—Tengo que llegar a Kauf.

—Entonces será mejor que empieces ya —me dice la Atrapaalmas y me da la espalda.

* * *

Tristas se niega a hablar conmigo. Primero intenta atacarme, pero a diferencia de cuando estaba inconsciente, sus puños me atraviesan el cuerpo. Cuando se da cuenta de que no puede hacerme daño, se va corriendo entre maldiciones. Intento seguirlo mientras grito su nombre. Para cuando el sol empieza a ponerse, tengo la voz ronca.

La Atrapaalmas aparece a mi lado cuando el Bosque se envuelve de oscuridad. Me pregunto si habrá estado observando mi ineptitud.

—Ven —me dice secamente—. Si no comes, te debilitarás y volverás a fracasar.

Caminamos siguiendo un riachuelo hasta una cabaña en la que hay muebles de madera clara y alfombras tejidas a mano. Unas lámparas tribales de todos los tipos y colores iluminan el espacio y un cuenco lleno de guiso humea encima de la mesa.

—Acogedor —le digo—. ¿Vives aquí?

La Atrapaalmas se da la vuelta para irse, pero me interpongo en su camino y colisiona conmigo. Espero que el frío me atraviese, como cuando toqué a los espíritus, pero está caliente, casi febril.

La Atrapaalmas da un paso atrás y arqueo las cejas.

—¿Eres un ser vivo?

—No soy humana.

—Eso ya lo sé —le digo fríamente—. Pero no eres un espíritu tampoco. Y tienes necesidades, obviamente. —Miro alrededor de la casa: la cama en una esquina y la olla de guiso que burbujea en el fuego—. Comida y cobijo.

Me lanza una mirada asesina y me rodea con una rapidez sobrenatural. Me recuerda a la criatura de las catacumbas de Serra.

—¿Eres un efrit?

Cuando llega a la puerta, suelto un suspiro de exasperación.

—¿Acaso hay algo malo en hablarme? —le pregunto—. Debes de sentirte sola aquí, teniendo a los espíritus como única compañía.

Espero que se encare conmigo o que huya, pero su mano se queda congelada en la maneta de la puerta. Me hago a un lado y hago un gesto hacia la mesa.

—Siéntate, por favor.

Vuelve hacia el centro de la habitación con sus ojos negros recelosos. Veo un destello de curiosidad en las profundidades de esa mirada opaca. Me pregunto cuánto hace que no habla con alguien que aun esté vivo.

—No soy un efrit —me dice tras acomodarse frente a mí—. Esos son criaturas más débiles, nacidas de los elementos primarios. Arena o sombra. Barro, viento o agua.

—¿Entonces tú qué eres? —le pregunto—. O… —examino su engañosa forma humana si no fuera por esos ojos atemporales— ¿qué eras?

—En el pasado fui una chica. —La Atrapaalmas baja la mirada hacia el patrón con puntos que proyecta sobre sus manos una de las lámparas tribales. Cuando habla, parece pensativa.

—Una chica estúpida que hizo algo estúpido. Pero eso llevó a otro hecho estúpido. Lo estúpido se convirtió en desastroso, lo desastroso se convirtió en asesino y lo asesino en condena. —Suspira—. Y ahora aquí estoy, atada a este lugar y pagando por mis crímenes al tener que escoltar a los fantasmas de un reino al siguiente.

—Menudo castigo.

—Fue un crimen serio. Pero tú ya sabes sobre crímenes y arrepentimiento. —Se pone en pie, de nuevo con semblante severo—. Duerme donde quieras, no te molestaré. Pero recuerda, si quieres tener tu propia oportunidad para arrepentirte, debes encontrar la manera de ayudar a Tristas.

Los días se entremezclan; el tiempo es distinto aquí. Noto a Tristas pero no lo veo. Mientras pasan los días, me adentro más en el Bosque en mis intentos cada vez más desesperados por encontrarlo. Al fin, descubro una parte del Bosque que tiene aspecto de no haber recibido la luz del sol desde hace años. Un río fluye cerca, y veo un brillante punto rojo virulento más adelante. *¿Fuego?*

El brillo se intensifica, y considero llamar a la Atrapaalmas. Pero no huelo humo, y cuando me acerco me doy cuenta de que no es un fuego lo que he visto sino una arboleda enorme, interconectada de un modo sobrenatural. Los troncos retorcidos brillan como si los estuvieran consumiendo por dentro las llamas de los infiernos.

Ayúdanos, Shaeva. Una voces gritan desde dentro de los árboles, su sonido chirriante y estridente. *No nos abandones.*

Una figura está arrodillada a los pies del árbol más alto, con la palma de la mano apoyada en el tronco ardiente: la Atrapaalmas.

El fuego de los árboles fluye hacia sus manos y se extiende por su cuello y estómago. En lo que suelto un aliento, su cuerpo se incendia con unas llamas sin humo de color rojo y negro que la consumen. Suelto un grito y me lanzo hacia ella, pero cuando las llamas la han consumido, estas mueren y la Atrapaalmas está ilesa. Los árboles todavía brillan, pero su fuego está débil, contenido.

La Atrapaalmas se desploma y la sostengo en brazos. Pesa tan poco como una niña.

—No deberías haber visto eso —me susurra mientras la llevo en volandas lejos de la arboleda—. No pensaba que te adentrarías tanto en el Bosque.

—¿Esa era la puerta a los infiernos? ¿Ahí es donde van los espíritus malignos?

La Atrapaalmas niega con la cabeza.

—Buenos o malvados, Elias, los espíritus siguen adelante, aunque sí es un tipo de infierno. Al menos para aquellos que están atrapados dentro.

Se desploma en una silla de la cabaña con el rostro macilento. Le rodeo los hombros con una manta, aliviado de que no proteste.

—Me dijiste que los efrits están formados por los elementos primitivos. —Me siento enfrente de ella—. ¿Hay elementos de más rango?

—Solo uno —susurra la Atrapaalmas. Me habla con tan poca hostilidad que parece otra criatura—. El fuego.

—Eres un genio. —Se me ocurre de repente, aunque apenas puedo saber por qué—. ¿No es así? Creía que un rey académico había engañado a las otras criaturas místicas para que traicionaran y destruyeran a tu rey hace mucho.

—No destruyeron a los genios —responde la Atrapaalmas—. Solo los atraparon. Y no fueron las criaturas místicas las que nos traicionaron. Fue una chica genio joven y orgullosa.

—¿Tú?

Se quita la manta.

—Me equivoqué al traerte aquí —me dice—. No debería haberme valido de tus desmayos para hablar contigo. Perdóname.

—Entonces llévame a Kauf. —Me aprovecho de su disculpa. Necesito salir de aquí—. Por favor, ya debería haber llegado.

La Atrapaalmas me dedica una mirada gélida. *Mierda, me va a dejar aquí. Solo los cielos saben durante cuánto tiempo.* Pero entonces, para mi alivio, asiente.

—Por la mañana. —Cojea hasta la puerta y desestima mi asistencia con un gesto del brazo cuando intento ayudarla.

—Espera. Atrapaalmas. Shaeva.

Su cuerpo se pone rígido cuando oye su nombre.

—¿Por qué me trajiste aquí? No me digas que es solo por Tristas, porque eso no tiene ningún sentido. Es tu trabajo dar consuelo a las almas, no el mío.

—Necesitaba que ayudaras a tu amigo. —Puedo notar la mentira en su voz—. Eso es todo.

Con eso, desaparece por la puerta y maldigo. No estoy más cerca de entenderla ahora que la primera vez que la conocí. Pero Kauf y Darin aguardan. Lo único que puedo hacer es tomar mi libertad e irme.

Como me ha prometido, Shaeva me deja en Kauf por la mañana, a pesar de lo imposible que pueda ser. Salimos de la cabaña y caminamos a ritmo de paseo, y unos minutos después, los árboles empiezan a escasear. Un cuarto de hora más tarde, nos encontramos en las profundas sombras de la cordillera de Nevennes y nuestras pisadas crujen sobre una capa de nieve fresca.

—Este es mi reino, Elias —dice Shaeva ante la pregunta que tengo en la mente. Se muestra mucho menos recelosa ahora, como si haber pronunciado su nombre hubiese desbloqueado una cortesía largo tiempo olvidada—. Puedo viajar a dónde y cómo desee mientras esté dentro de sus límites. —Señala con la cabeza hacia un claro entre los árboles más adelante—. Kauf está allí. Si quieres tener éxito, Elias, debes apresurarte. La *Rathana* tendrá lugar en apenas dos semanas.

Caminamos hasta una cresta empinada desde la que se ve la larga cinta negra que es el río Ocaso. Pero apenas me doy cuenta. En cuanto salgo de los árboles no quiero más que dar marcha atrás y perderme entre ellos.

Lo primero que me golpea es el olor; es como me imagino que deben de oler los infiernos. Luego la desesperación, que se transmite por el viento cargado de gritos de hombres y mujeres que solo viven en tormento y sufrimiento y que me pone los pelos de punta. Los gritos son tan distintos a los susurros de los muertos que me pregunto cómo pueden existir en el mismo mundo.

Levanto la vista hacia la monstruosidad construida en hierro frío y roja estigia tallada que emerge de la montaña en el borde norte del valle. La prisión de Kauf.

—No vayas, Elias —susurra Shaeva—. Si te vieras atrapado entre esas paredes, tu destino sería de lo más oscuro.

—Mi destino es oscuro de todos modos. —Me llevo las manos a la espalda y aflojo mis cimitarras de sus fundas, confortándome con su peso—. Al menos de esta manera no será en balde.

XXVI: *Helene*

Durante las tres semanas que tardamos Harper y yo en llegar a Antium, el otoño se asienta en la capital y las calles se cubren de un manto rojo y dorado bordeado de helada. El olor a calabaza y canela impregna el aire y el humo denso de la quema de madera se eleva en girones al cielo.

Pero bajo el follaje brillante y detrás de las puertas macizas de roble, se cuece una rebelión ilustre.

—Verdugo de Sangre. —Harper emerge de la guarnición marcial emplazada en una elevación justo a la salida de la ciudad—. La escolta de la Guardia Negra viene de camino desde los barracones —me informa—. El sargento de la guarnición dice que la calles son peligrosas… especialmente para ti.

—Más razón para entrar rápido. —Estrujo con la mano los más de doce mensajes que tengo en el bolsillo, todos de mi padre, y cada uno más urgente que el anterior—. No nos podemos permitir esperar.

—Tampoco nos podemos permitir perder la principal encargada de hacer cumplir la ley a las puertas de una posible guerra civil —dice Harper con su franqueza habitual—. El Imperio primero, Verdugo de Sangre.

—Querrás decir la comandante primero.

Se forma una ínfima grieta en la fachada serena de Avitas, pero reprime la emoción que sea que acecha dentro.

—El Imperio primero, Verdugo de Sangre. Siempre. Esperaremos.

No discuto. Unas semanas de viaje con él, cabalgando hacia Antium como si los espectros nos pisaran los talones, me ha conferido un nuevo respeto por las habilidades como máscara de Harper. En Risco Negro, ninguno se cruzó en el camino del otro. Empezó cuatro años antes que yo: era un quinto cuando yo era una novata, un cadete cuando yo era una quinto y un calavera cuando yo era cadete. En todo ese tiempo no debió de destacar nunca entre los demás, porque jamás lo oí nombrar.

Pero ahora veo el motivo por el que la comandante lo hizo su aliado. Como ella, tiene un control de acero sobre sus emociones.

Unos cascos retumban más allá de la guarnición y me subo al instante en mi silla. Unos segundos después, una compañía de soldados aparece, los verdugos con el pico abierto de sus pecheras los señalan como mis hombres.

Cuando me ven, la mayoría me saluda diligentemente. Otros parecen más reticentes.

Yergo la espalda y les echo una mirada amenazadora. Estos son mis hombres y su obediencia debe ser inmediata.

—Lugarteniente Harper. —Uno de los hombres, el capitán y oficial al mando de esta compañía, adelanta el caballo—. Verdugo de Sangre.

El hecho de que se haya dirigido a Harper antes que a mí ya es una ofensa lo bastante grave. La mirada de desdén que tiene en la cara cuando me examina de arriba abajo hace que mi puño se muera de ganas de conectar con su mandíbula.

—Tu nombre, soldado —exijo.

—Capitán Gallus Sergius.

«Capitán Gallus Sergius, señora», quiero añadir.

Lo conozco. Tiene un hijo en Risco Negro dos años menor que yo. El chico era buen luchador, aunque un bocazas.

—Capitán, ¿por qué me estás mirando como si acabara de seducir a tu mujer? —le pregunto.

El capitán echa el mentón atrás y me mira con desprecio.

—¿Cómo te atreves...?

Le suelto un bofetón. Escupe sangre y los ojos le hacen chiribitas, pero se muerde la lengua. Los hombres de su compañía se mueven incómodos y unos susurros que huelen a motín recorren el grupo.

—La próxima vez que hables fuera de lugar —le digo— haré que te azoten. Formad filas, vamos tarde.

Mientras el resto de la Guardia Negra se coloca en formación, creando un escudo contra un ataque, Harper conduce su caballo al lado del mío. Examino las caras que me rodean de soslayo. Son máscaras y para colmo guardias negros. Lo mejor de lo mejor. Sus expresiones son neutras e inexpresivas, aunque puedo notar la rabia que se cuece debajo de la superficie. No me he ganado su respeto.

Mantengo una mano en la cimitarra de mi cintura mientras nos acercamos al palacio del Emperador, una monstruosidad construida en piedra caliza que limita con el borde norte de la ciudad. Por detrás de él se eleva la cordillera de Nevennes. Las aspilleras y las torres de guardia custodian los muros almenados. Las banderas de color rojo y dorado de la Gens Taia han sido reemplazadas por el estandarte de Marcus: una almádena sobre un campo negro.

Varios marciales que cruzaban la calle se han detenido para vernos pasar. Se asoman por debajo de sombreros gruesos y peludos y bufandas tejidas, con la curiosidad y el miedo entremezclados en el rostro cuando me miran: la nueva Verdugo de Sangre.

—Pequeña cantante...

Me sobresalto y mi caballo menea la cabeza irritado. Avitas, que cabalga a mi lado, me lanza una mirada, pero lo ignoro y examino la multitud. Un destello blanco capta mi atención. Entre medio de unos vagabundos y niños callejeros reunidos alrededor de un fuego prendido en un cubo, veo la curva de una mandíbula chamuscada cubierta por un pelo níveo para ocultarla.

Sus ojos oscuros se cruzan con los míos. Entonces desaparece por las calles.

¿Qué diantres hace la cocinera en Antium?

Nunca he visto a los académicos como enemigos, exactamente. Un enemigo es alguien a quien temes. Alguien que podría destruirte. Pero los académicos nunca destruirán a los marciales. No saben leer ni pelear. No dominan la forja. Son una clase de esclavos... una clase inferior.

Pero la cocinera es diferente. Ella es algo más.

Me veo obligada a apartar a la vieja harpía de mi mente cuando llegamos a la puerta del palacio y veo quién nos está esperando. La comandante. De algún modo me ha ganado en la carrera para llegar aquí antes que yo. Por su ademán calmado y apariencia pulida, puedo conjeturar que como mínimo lleva un día aquí.

Todos los hombres de la Guardia Negra saludan cuando la ven, mostrándole al instante más respeto a ella que el que me han dedicado a mí.

—Verdugo de Sangre. —Las palabras se pasean por su lengua—. El viaje te ha hecho mella. Te ofrecería la oportunidad de descansar, pero el Emperador ha insistido en que te lleve ante él de inmediato.

—No necesito descansar, Keris —repongo—. Creía que todavía estarías persiguiendo académicos por toda la extensión del Imperio.

—El Emperador requería mis consejos —dice la comandante—. Y por supuesto no me podía negar. Pero ten por seguro que no estoy desocupada mientras estoy aquí. Están limpiando las prisiones de Antium de la plaga académica mientras hablamos, y mis hombres están llevando a cabo purgas en el sur. Ven, Verdugo. El Emperador aguarda. —Echa un vistazo a mis hombres—. Tu escolta no será necesaria.

Su insulto es obvio: *¿Para qué necesitas una escolta, Verdugo de Sangre? ¿Tienes miedo?* Abro la boca para responder, pero me muerdo la lengua. Probablemente es lo que quiere que haga para que me pueda ridiculizar todavía más.

Espero que Keris me guíe hasta la sala del trono llena de cortesanos. De hecho, tenía la esperanza de ver a mi padre aquí. Pero en vez de eso, el Emperador Marcus nos espera en un salón alargado atestado de asientos afelpados y lámparas que cuelgan bajas del techo. Veo por qué ha escogido este lugar nada más entrar. No hay ventanas.

—Joder, ya era hora. —Su boca se retuerce en una mueca de disgusto cuando entro—. Por los infiernos, ¿no te podrías haber dado un baño antes de presentarte?

No si con ello consigo que te mantengas apartado de mí.

—La guerra civil importa más que mi higiene, su majestad imperial. ¿Cómo puedo serle de ayuda?

—¿Quieres decir aparte de atrapar al fugitivo más buscado del Imperio? —El sarcasmo de Marcus se ve socavado por el odio que desprenden sus ojos color pis.

—Me faltó poco para atraparlo —respondo—. Pero pediste que volviera. Sugiero que me digas lo que necesitas para que pueda reemprender la búsqueda.

Veo su golpe venir y aun así me quedo sin aliento cuando me alcanza la mandíbula. La sangre me llena rápidamente la boca. Me obligo a tragármela.

—No me cabrees. —La saliva de Marcus aterriza en mi cara—. Tú eres mi Verdugo de Sangre. La espada que ejecuta mi voluntad. —Agarra un fragmento de pergamino y lo estampa en la mesa que tenemos al lado.

—Diez Gens —dice—. Todas ilustres. Cuatro se han compinchado con la Gens Rufia. Proponen a un candidato ilustre para reemplazarme como Emperador. Las otras cinco ofrecen a sus propios *Pater* como candidatos al trono. Todas han enviado asesinos a por mí. Quiero una ejecución pública y sus cabezas clavadas en picas delante del palacio antes de mañana a primera hora. ¿Me has entendido?

—Tienes pruebas de…

—No necesita pruebas —me corta la comandante que merodea en silencio cerca de la puerta al lado de Harper—. Esas

Gens han atacado a la casa imperial, igual que la Gens Veturia. Abogan abiertamente por la expulsión del Emperador. Son unos traidores.

—¿Tú también quebrantarás tu promesa? —me pregunta Marcus—. ¿Debería despeñarte por la Roca Cardium y avergonzar tu nombre durante cinco generaciones, Verdugo? Tengo oído que la Roca está sedienta de sangre de traidores. Pues mientras más bebe, más fuerte se hace el Imperio.

La Roca Cardium es un risco cerca del palacio con un pozo de huesos en su base. Se usa solo para ejecutar a un tipo de criminales: los traidores al trono.

Me pongo a examinar la lista de los nombres. Algunas de esas Gens son tan poderosas como la Gens Aquilla. Otras incluso más.

—Su majestad, tal vez podamos intentar negociar…

Marcus acorta el espacio que nos separa. Aunque mi boca todavía sangra por su último ataque, mantengo la posición. No voy a permitir que me acobarde. Me obligo a mirarlo a los ojos, solo para reprimir un escalofrío cuando veo lo que hay detrás: un tipo de locura controlada, una ira que necesita solo la más pequeña chispa para prender en una conflagración.

—Tu padre intentó negociar. —Marcus me empuja hasta que toco la pared con la espalda. La comandante observa aburrida y Harper desvía la mirada—. Su cháchara incesante solo sirvió para darles a las Gens traidoras más tiempo para encontrar aliados, para intentar más asesinatos. No me hables de negociar. No sobreviví al infierno de Risco Negro para negociar. No pasé por esas malditas pruebas para poder negociar. No maté…

Se queda callado de golpe. Una pena poderosa e inesperada baña su cuerpo, como si otra persona intentara salir de las profundidades de su interior. El estómago me da un vuelco de miedo. Tal vez esto sea lo más aterrador que he visto de Marcus hasta ahora. Porque lo hace parecer un ser humano.

—Voy a mantener el trono, Verdugo de Sangre —me dice con voz tranquila—. He tenido que sacrificar demasiadas cosas como para no hacerlo. Mantén tu promesa, y traeré orden al Imperio. Traicióname, y observa cómo arde.

El Imperio debe ir primero... por encima de tus deseos, amistades y anhelos. Mi padre me habló con tanta insistencia la última vez que lo vi que sé lo que me diría ahora. *Somos Aquilla, hija. Leal hasta el final.*

Debo llevar a cabo la voluntad de Marcus. Debo detener esta guerra civil, o el Imperio sucumbirá bajo el peso de la avaricia de los ilustres.

Inclino la cabeza ante Marcus.

—Consideradlo hecho, su majestad.

XXVII: *Laia*

Laia:

La Atrapaalmas me dice que no voy a llegar con tiempo suficiente para liberar a Darin de Kauf si me quedo en la caravana de Afya. Iré el doble de rápido si sigo por mi cuenta, y para cuando lleguéis a Kauf ya habré encontrado la manera de sacar a Darin. Nosotros, o al menos él, os esperará en la cueva que le he dicho a Afya.

En el caso de que las cosas no salgan como están previstas, utiliza el mapa de Kauf que dibujé e idea tu propio plan con el tiempo que te queda. Si yo fracaso, tú debes triunfar, por tu hermano y por tu gente.

Pase lo que pase, recuerda lo que me dijiste: Hay esperanza en la vida.

Espero volver a verte.

—EV

Siete frases.

Siete malditas frases tras semanas de viajar juntos, de salvarnos mutuamente, de pelear y sobrevivir. Siete frases y entonces desaparece como el humo llevado por el viento del norte.

Incluso ahora, cuatro semanas después de su marcha, mi rabia destella y la furia me empaña la mirada. No es solo que Elias no se despidiera, es que ni siquiera me dio la oportunidad de oponerme a su decisión.

En su lugar dejó una nota. Una patética notita.

Me doy cuenta de que tengo la mandíbula tensa y los nudillos de la mano blancos de apretar fuerte el arco que sostengo. Keenan suspira a mi lado con los brazos cruzados mientras se apoya contra un árbol en el claro en el que hemos parado. A estas alturas ya me conoce. Sabe en qué estoy pensando que me está haciendo enfadar tanto.

—Concéntrate, Laia.

Intento alejar a Elias de mi mente y hago lo que me pide Keenan. Visualizo mi objetivo: un cubo viejo que cuelga de un arce de hojas carmesíes, y suelto la flecha.

Fallo.

Más allá del claro, los carros tribales crujen por el viento que aúlla a su alrededor, un sonido escalofriante que me hiela la sangre. *Ya estamos en pleno otoño y el invierno llegará pronto.* El invierno significa nieve. La nieve significa que los pasos de montaña estarán bloqueados. Y los pasos bloqueados significan no llegar a Kauf, Darin o Elias hasta la primavera.

—Deja de preocuparte. —Keenan tira de mi brazo tenso mientras vuelvo a levantar el arco. Emana un calor que repele el aire gélido. Su contacto con mi brazo me manda un hormigueo hasta el cuello, y estoy segura de que él se da cuenta. Aclara la garganta y su mano fuerte sostiene la mía—. Mantén los hombros atrás.

—No deberíamos habernos detenido tan pronto. —Me arden los músculos, pero al menos no he soltado el arco después de diez minutos, como hice las primeras veces. Estamos justo después del círculo de carros, aprovechando al máximo los últimos resquicios de luz antes de que el sol se hunda en el bosque en el oeste.

—Ni siquiera es de noche todavía —añado—. Podríamos haber cruzado el río. —Miro al oeste, pasado el bosque, hacia una torre de base cuadrada: una guarnición marcial—. Me gustaría que el río nos separara de ellos. —Bajo el arco—. Voy a hablar con Afya…

—Yo no lo haría. —Izzi saca la lengua por la comisura del labio mientras tensa su propio arco a unos metros de mí—. No está de humor. —El objetivo de Izzi es una bota vieja colocada encima de una rama baja. Ha progresado lo suficiente como para utilizar flechas de verdad. Yo todavía estoy usando palos romos para no matar a nadie que tenga la mala suerte de cruzarse en mi camino por accidente.

—No le gusta estar tan cerca del corazón del Imperio. O estar a la vista del Bosque —explica Gibran, apoltronado sobre un tocón cerca de Izzi. Señala con la cabeza hacia el noreste, donde se extienden unos montes bajos cubiertos de verde, plagados de árboles centenarios. El Bosque del Ocaso es el centinela de la frontera oeste con Marinn, uno tan efectivo que en los quinientos años de expansión marcial ni siquiera el Imperio ha sido capaz de penetrar en él.

—Ya verás —sigue Gibran—. Cuando crucemos el ramal este al norte de aquí, estará incluso más cascarrabias de lo habitual. Es muy supersticiosa, mi hermana.

—¿Le tienes miedo al Bosque, Gibran? —Izzi examina los árboles en la distancia con curiosidad—. ¿Alguna vez te has acercado a él?

—Una vez —dice Gibran y su perenne buen humor se desvanece—. Lo único que recuerdo es querer salir de allí.

—¡Gibran! ¡Izzi! —llama Afya desde la otra punta del campamento—. ¡Leña para el fuego!

Gibran suelta un gruñido de exasperación y echa la cabeza hacia atrás. Como él e Izzi son los más jóvenes de la caravana, Afya les asigna a ellos, y a menudo también a mí, las tareas más pesadas: recoger leña, lavar los platos, hacer la colada.

—Ya nos podría poner unas malditas esposas de esclavo —refunfuña Gibran. Entonces una mirada pícara le cruza el rostro.

—Acierta ese disparo —Gibran le lanza su sonrisa resplandeciente a Izzi, y ella se sonroja—, y me encargaré de la leña durante una semana. Si fallas, te tocará a ti.

Izzi prepara el arco, apunta, y tira la bota de la rama con facilidad. Gibran maldice.

—No te comportes como un niño —le dice Izzi—. Te haré compañía igual mientras tú haces todo el trabajo. —Izzi se cuelga el arco a la espalda y le ofrece una mano a Gibran. A pesar de toda su bravuconería, se la agarra, alarga el contacto un poco más de lo necesario y sus ojos se quedan prendados de ella mientras camina por delante de él. Oculto una sonrisa, pensando en lo que Izzi me dijo hace unas noches antes de quedarnos dormidas: *Está bien sentirse admirada, Laia, por alguien que no te quiere hacer daño. Está bien que alguien piense que eres preciosa.*

Pasan por el lado de Afya, que les dice que se apresuren. Aprieto la mandíbula y desvío la mirada de la mujer tribal. Una sensación de impotencia me invade. Quiero decirle que deberíamos continuar, pero sé que no me hará caso. Quiero decirle que se equivocó al dejar partir a Elias y por ni siquiera molestarse en despertarme hasta que él no estuvo bien lejos, pero le dará lo mismo. Y quiero enfurecerme con ella por negarse a dejar que Keenan o yo tomáramos un caballo para perseguir a Elias, pero se limitará a poner los ojos en blanco y me volverá a decir lo mismo que cuando supe que Elias se había ido: *Mi tarea es llevarte a salvo hasta Kauf, y que salgas a la carrera tras él interfiere con eso.*

Debo admitir que ha llevado a cabo esa tarea con un ingenio remarcable. Aquí en el corazón del Imperio, el campo está abarrotado de soldados marciales. Han rebuscado la caravana de Afya decenas de veces y solo su destreza como contrabandista nos ha mantenido con vida.

Bajo el arco, he perdido la concentración.

—¿Me ayudas a empezar a preparar la cena? —Keenan me dedica una sonrisa triste. Conoce muy bien la mirada que tengo en el rostro. Ha sufrido pacientemente mi frustración desde que Elias se fue, y ha descubierto que la única cura es distraerme—. Me toca cocinar a mí —dice. Me pongo a andar a su lado, tan absorta que no me doy cuenta de que Izzi viene corriendo hacia nosotros hasta que grita.

—Venid, rápido —nos ordena—. Académicos... una familia... huyen del Imperio.

Keenan y yo seguimos a Izzi hasta el campamento y nos encontramos a Afya que habla rápidamente en *sadhese* con Riz y Vana. Un pequeño grupo de académicos nerviosos los observan. Llevan la ropa hecha jirones y los rostros manchados de suciedad y lágrimas. Dos mujeres de ojos oscuros que se ve que son hermanas esperan juntas. Una de ellas tiene el brazo puesto alrededor de una niña de unos seis años. El hombre que las acompaña lleva a cuestas a un niño de no más de dos.

Afya se aleja de Riz y Vana, los dos con el ceño fruncido y una expresión similar. Zehr se mantiene apartado, pero tampoco parece estar muy contento.

—No podemos ayudaros —le dice Afya a los académicos—. No voy a atraer la ira de los marciales sobre mi tribu.

—Están matando a todo el mundo —dice una de las mujeres—. No hay supervivientes, señorita. Incluso matan a los prisioneros académicos, los masacran en sus celdas...

Es como si me tragara la tierra.

—¿Qué? —Avanzo apartando de un empujón a Keenan y a Afya—. ¿Qué has dicho de los académicos prisioneros?

—Los marciales los están masacrando. —La mujer se gira hacia mí—. A todos ellos. Desde Serra hasta Silas y nuestra ciudad, Estium, a ochenta kilómetros al este de aquí. Hemos oído que la siguiente es Antium y después vendrá Kauf. Esa mujer, esa máscara a la que llaman la comandante, los está matando a todos.

XXVIII: *Helene*

—¿Qué vas a hacer con el capitán Sergius? —me pregunta Harper mientras nos dirigimos hacia los barracones de la Guardia Negra de Antium—. Algunas de las Gens de la lista de Marcus están aliadas con la Gens Sergia. Tiene muchos seguidores dentro de la Guardia Negra.

—Nada que unos cuantos latigazos no pueda solucionar.

—No puedes azotarlos a todos. ¿Qué harás si hay un disentimiento generalizado?

—Pueden doblegarse a mi voluntad, Harper, o puedo romperlos. No es complicado.

—No seas estúpida, Verdugo. —El enfado en su voz me sorprende, y cuando lo miro, sus ojos verdes centellean—. Son doscientos y nosotros solo dos. Si se amotinan en masa, estamos muertos. ¿Por qué, si no, no les ordena Marcus que acaben con sus enemigos? Sabe que puede que no tenga el control total de la Guardia Negra. No se puede arriesgar a que lo desafíen directamente. Pero sí se puede arriesgar a que te desafíen a ti. Debe de haber sido idea de la comandante. Si fracasas, entonces morirás. Que es exactamente lo que ella quiere.

—Y lo que quieres tú también.

—¿Para qué te iba a contar nada de esto si quisiera verte muerta?

—Por los cielos sangrantes, no lo sé, Harper. ¿Qué motivo hay detrás de todo lo que haces? Nunca tienes sentido. Nunca. —Arrugo la frente irritada—. No tengo tiempo para esto. Tengo que averiguar cómo voy a llegar hasta los *paters* de diez de las Gens más bien vigiladas del Imperio.

Harper está a punto de responder, pero hemos llegado a los barracones: un edificio de planta cuadrada enorme construido al lado de un campo de entrenamiento. La mayoría de los hombres de dentro juegan a los dados o a las cartas acompañados de copas de cerveza. Aprieto los dientes contrariada. Hace pocas semanas de la muerte del antiguo Verdugo de Sangre y la disciplina ya se ha ido a los infiernos.

Mientras cruzo el campo, algunos de los hombres me miran con curiosidad. Otros me hacen un repaso tan descarado que me entran ganas de arrancarles los ojos. La mayoría simplemente parecen enfadados.

—Sacamos a Sergius —digo en voz baja—, y a sus aliados más cercanos.

—La fuerza no funcionará —murmura Harper—. Necesitas ser más lista que ellos. Necesitas secretos.

—Los secretos son el método de hacer negocios de las serpientes.

—Y las serpientes sobreviven —repone Harper—. El antiguo Verdugo de Sangre comerciaba con los secretos... por eso era tan valioso para la Gens Taia.

—Yo no conozco ningún secreto, Harper. —Pero mientras pronuncio las palabras, me doy cuenta de que no son ciertas. Sergius, por ejemplo. Su hijo se fue de la lengua en demasiadas cosas y los rumores en Risco Negro se propagan rápido. Si algo de lo que el joven Sergius dijo es verdad...

—Puedo encargarme de los aliados —dice Harper—. Conseguiré la ayuda de otros plebeyos de la guardia, pero tenemos que movernos rápido.

—Tú encárgate de eso —le digo—. Yo hablaré con Sergius.

Encuentro al capitán con los pies en alto en la cantina de los barracones con sus amigotes reunidos a su alrededor.

—Sergius. —No hago ningún comentario por el hecho de que no se pone de pie—. Debo solicitar tu opinión sobre algo.

En privado. —Me doy la vuelta y me dirijo hacia los aposentos del Verdugo de Sangre, furiosa cuando no me sigue de inmediato.

—Capitán —empiezo a decir cuando por fin entra en mis aposentos, pero me interrumpe.

—Señorita Aquilla —me dice, y casi me ahogo con mi propia saliva. No se me han dirigido como señorita Aquilla desde que tenía seis años—. Antes de que me pidas consejo o favores —continúa—, déjame explicarte algo. Nunca tendrás el control de la Guardia Negra. Como mucho, serás una representante bonita. Así que no importa qué órdenes sean las que ese perro plebeyo que tenemos por Emperador te haya dado...

—¿Cómo está tu mujer? —No tenía planeado ser tan directa, pero si va a actuar como un perro, entonces tendré que bajarme a su nivel hasta que pueda atarlo con una correa.

—Mi mujer sabe el lugar que le corresponde—dice Sergius con recelo.

—No como tú —respondo—, que te acuestas con su hermana. Y su prima. ¿Cuántos bastardos tienes por ahí dando vueltas? ¿Seis? ¿Siete?

—Si estás intentando hacerme chantaje —me lanza una mirada de desprecio que se ve que usa a menudo—, no te va a funcionar. Mi mujer está al corriente de mis amantes y mis bastardos. Ella sonríe y hace su trabajo. Tú deberías hacer lo mismo: ponerte un vestido, casarte por el bien de tu Gens y fabricar herederos. De hecho, tengo un hijo...

Sí, cretino. Conozco a tu hijo. El cadete Sergius odia a su padre. *Ojalá alguien se lo dijera,* dijo un día el chico sobre su madre. *Se lo podría decir al abuelo, echaría de casa de una patada al imbécil de mi padre.*

—Tal vez tu mujer lo sepa. —Le sonrío a Sergius—. O tal vez hayas mantenido tus devaneos en secreto y descubrirlo la devastaría. Tal vez se lo cuente a su padre, que irado por tal insulto, le ofrecería cobijo y retiraría el dinero que financia tu quebradiza hacienda ilustre. Sería difícil que pudieras seguir siendo el *pater* de la Gens Sergia sin dinero, ¿verdad, lugarteniente Sergius?

—¡Es capitán Sergius!

—Te acabo de degradar.

Sergius primero se pone blanco, luego de un tono morado muy poco común. Cuando la conmoción se retira de su rostro, la reemplaza una ira desatada que me parece bastante satisfactoria.

Yergue la espalda, saluda y por fin me habla en un tono adecuado para dirigirse a un oficial superior.

—Verdugo de Sangre —dice—, ¿cómo puedo servirle?

Una vez que Sergius ladra mis órdenes a sus lamebotas, el resto de la Guardia Negra forma filas, aunque a regañadientes. Una hora después de haber entrado en los aposentos de la Verdugo de Sangre, me hallo en la sala de guerra de la Guardia Negra, planeando el ataque.

—Cinco equipos con treinta hombres cada uno. —Señalo a cinco Gens de la lista—. Quiero a los *paters*, a las *maters* y a los niños mayores de trece años encadenados y esperando en la Roca Cardium al alba. Los niños menores serán vigilados por guardias armados. Entrad y salid en silencio y no arméis alboroto.

—¿Y las otras cinco Gens? —pregunta el lugarteniente Sergius—. ¿La Gens Rufia y sus aliados?

Conozco al *pater* Rufius. Es el típico ilustre con los típicos prejuicios. Y antes era amigo de mi padre. Según sus misivas, el *pater* Rufius ha intentado atraer a la Gens Aquilla hacia su coalición traicionera una decena de veces ya.

—Déjamelos a mí.

* * *

El vestido que llevo puesto es blanco, dorado y absolutamente incómodo —probablemente porque no me he vestido con uno desde que tenía cuatro años y me obligaron a asistir a una boda—. Me debería haber puesto uno antes, lo cual habría valido la pena solo por la expresión de Hannah, como si se hubiera tragado una serpiente viva.

—Estás preciosa —susurra Livvy mientras entramos en fila al comedor—. Vas a pescar a esos idiotas por sorpresa. Pero solo —me lanza una mirada de advertencia, con sus ojos azules muy abiertos— si te controlas. El *pater* Rufius es inteligente, aunque sea repugnante. Tendrá sospechas.

—Pellízcame si ves que hago alguna estupidez. —Al fin presto atención a la habitación y me quedo con la boca abierta. Mi madre se ha superado: ha preparado la mesa con porcelana blanca como la nieve y unos jarrones altos y transparentes llenos de rosas de invierno. Unas velas color crema bañan la habitación de un resplandor acogedor, y un zorzal canta dulcemente desde una jaula en la esquina.

Hannah nos sigue a Livvy y a mí hacia la habitación. Su vestido es parecido al mío, y lleva el pelo recogido en un montón de rizos níveos. Porta una pequeña diadema de oro encima; un guiño para nada sutil de sus nupcias cercanas.

—Esto no va a funcionar —dice—. No entiendo por qué simplemente no reúnes a tus guardias, te cuelas en las casas de los traidores y los matas a todos. ¿No es eso para lo que sirves?

—No quería mancharme de sangre el vestido —respondo secamente.

Para mi asombro, Hanna esboza una sonrisa y rápidamente se lleva la mano a la cara para ocultarla.

El corazón se me ensancha, y me sorprendo al ver que le estoy devolviendo la sonrisa, igual que cuando compartíamos un chiste cuando éramos niñas. Pero un segundo después frunce el ceño.

—Solo los cielos saben lo que dirá todo el mundo cuando se enteren de que los hemos invitado solo para tenderles una trampa.

Se aparta de mí y mi temperamento salta. ¿Acaso se cree que quiero hacer esto?

—No puedes casarte con Marcus y pretender evitar mancharte las manos de sangre, hermana —le digo entre dientes—. Así que podrías irte acostumbrando.

—Ya basta. —Livvy nos mira a las dos mientras, fuera del comedor, la puerta principal se abre y mi padre saluda a nuestros invitados—. Recordad quién es el enemigo.

Unos segundos después, mi padre entra, seguido de un grupo de hombres ilustres, cada uno flanqueado por una decena de guardaespaldas. Examinan cada rincón, desde las ventanas a la mesa y las cortinas antes de permitir que los *paters* entren.

El cabeza de la Gens Rufia lidera el grupo, sus ropas amarillas y moradas se le pegan a la panza. Un hombre corpulento, venido a menos tras dejar el ejército, pero todavía tan astuto como una hiena. Cuando me ve, dirige la mano hacia la espada que lleva en la cintura; una espada que dudo que recuerde cómo se usa, a juzgar por sus brazos flácidos.

—*Pater* Aquillus —rebuzna—. ¿Qué significa esto?

Mi padre me mira con expresión sorprendida. Le sale tan natural que durante un segundo me engaña incluso a mí.

—Es mi hija mayor —dice mi padre—. Helene Aquilla. —Utiliza mi nombre a propósito—. Aunque supongo que ahora debemos llamarla Verdugo de Sangre, ¿verdad, cielo? —Me da unos golpecitos en la mejilla con aire condescendiente—. Creí que le iría bien aprender un poco con nuestras charlas.

—Es la Verdugo de Sangre del Emperador. —El *pater* Rufius no quita la mano de encima de su espada—. ¿Acaso es una emboscada, Aquillus? ¿Para eso hemos venido?

—Es cierto que es la Verdugo de Sangre del Emperador —responde mi padre—. Y como tal, nos es útil, aunque no tenga la menor idea de cómo usar su posición. Le enseñaremos, claro. Ven, Rufius, hace años que nos conocemos. Ordena a tus hombres que examinen el lugar si te quedas más tranquilo. Si ves algo alarmante, tanto tú como los demás os podéis ir.

Le dedico una sonrisa radiante al *pater* Rufius y modulo mi voz para que sea cálida y encantadora, como he visto que hace

Livvy cuando utiliza sus encantos con alguien para obtener información.

—Quédese, *pater* —le digo—. Deseo honorar el nuevo título que me ha sido concedido, y solo podré hacerlo observando cómo lo hacen los hombres experimentados como usted.

—De Risco Negro no salen cobardicas, chica. —Sigue con un agarre férreo en su espada—. ¿A qué estás jugando?

Miro a mi padre como si estuviera desconcertada.

—A nada, señor —respondo—. Soy una hija de la Gens Aquilla, por encima de todo. En cuanto a Risco Negro, hay... maneras de sobrevivir allí, si se es una mujer.

Incluso aunque la sorpresa impregna sus ojos, una mirada con una mezcla de lascivia e interés le cruza el rostro y hace que se me erice la piel, pero me mantengo impasible. *Adelante, subnormal. Subestímame.*

Suelta un gruñido y se sienta. Los otros cuatro *paters*, los aliados de Rufius, lo imitan de inmediato, y mi madre entra poco después, seguida por un catador y una hilera de esclavos que cargan con bandejas de comida suculenta.

Mi madre me sienta enfrente de Rufius, como le he pedido. Dejo que mi risa esté bien presente durante toda la cena, jugueteo con el pelo, finjo estar aburrida durante las partes clave de la conversación y comparto unas risitas con Livvy. Cuando miro a Hannah, veo que está charlando con otro de los *paters* y lo tiene completamente distraído.

Cuando la comida se acaba, mi padre se levanta.

—Retirémonos a mi despacho, caballeros —dice—. Hel, querida, trae el vino.

Mi padre no se espera a mi respuesta mientras guía a los hombres fuera seguidos de sus guardaespaldas.

—Id a vuestra habitación, las dos —le susurro a Livvy y a Hannah—. Quedaos allí hasta que padre venga a buscaros, no importa lo que oigáis.

Cuando me acerco al despacho unos minutos más tarde con una bandeja con vino y vasos, los numerosos guardaespaldas de los *paters* están desplegados fuera. El espacio es demasiado pequeño como para que quepan dentro. Les sonrío a los dos hombres que flanquean la puerta y me devuelven la sonrisa. *Idiotas.*

Después de entrar en la habitación, mi padre cierra la puerta tras de mí y me pone una mano en el hombro.

—Helene es una buena chica, leal a su Gens. —Me incorpora a la conversación sin levantar sospechas—. Hará lo que le pidamos… y eso nos acercará al Emperador.

Mientras discuten una posible alianza, llevo la bandeja alrededor de la mesa y paso por al lado de la ventana, donde me detengo un momento imperceptible: un señal para la Guardia Negra que espera en el terreno. Sirvo el vino lentamente. Mi padre toma un sorbo sin prisas de cada uno de los vasos antes de que los entregue a los *paters.*

Le paso el último vaso al *pater* Rufius. Sus ojos de gorrino se fijan en los míos y me roza la palma con el dedo deliberadamente. Me resulta bastante sencillo ocultar mi repulsión, especialmente cuando oigo un leve sonido sordo fuera del despacho.

No los mates, Helene, me tengo que recordar. *Los necesitas vivos para la ejecución pública.*

Retiro la mano lentamente de la del *pater* Rufius mientras le dedico una pequeña sonrisa secreta solo para él.

Entonces saco mis cimitarras de debajo de mi vestido.

* * *

Para cuando despunta el alba, la Guardia Negra tiene rodeados a los traidores ilustres y sus familias. Los pregoneros de la ciudad han anunciado las ejecuciones inminentes en la Roca Cardium. Miles de personas atestan la plaza que se extiende alrededor del pozo de los huesos en la base de la Roca. Se ha instado a los ilustres y mercatores de la multitud a que griten su desaprobación a los traidores, no vaya a ser que acaben igual que ellos. Los plebeyos no necesitan ningún incentivo.

La cumbre de la Roca desciende en tres gradas. Los cortesanos ilustres, incluida mi familia, están en la grada más cercana. Los líderes de las Gens menos poderosas observan desde la grada superior.

Cerca del filo del risco, Marcus supervisa la multitud. Lleva puesta la armadura completa de gala con una diadema de acero sobre la cabeza. La comandante está a su lado, murmurándole algo al oído. Marcus asiente y, mientras el sol se eleva, se dirige a los reunidos y sus palabras son transmitidas por los pregoneros.

—Diez Gens ilustres escogieron desafiar a vuestro Emperador elegido por los augures —grita—. Diez *paters* ilustres creyeron estar por encima de los santos adivinos que nos han guiado durante siglos. Estos *paters* suponen una vergüenza para su Gens por sus acciones de traición. Son traidores del Imperio, solo hay un castigo para los traidores.

Asiente, y Harper y yo, que estamos a cada lado del *pater* Rufius que está amordazado y se retuerce, lo obligamos a ponerse en pie. Sin dilación, Marcus agarra a Rufius por sus ropas estridentes y lo lanza por el filo del risco.

El sonido de su cuerpo cuando golpea el pozo de debajo se pierde entre los vítores de la muchedumbre.

Los diez *paters* restantes le siguen rápido, y cuando no son más que una masa de huesos rotos y cráneos destrozados en la base del risco, Marcus se gira hacia sus herederos: de rodillas, encadenados y formando una fila para que los pueda ver todo Antium. Las banderas de sus Gens ondean detrás de ellos.

—Vais a jurar vuestra lealtad —les dice—, por las vidas de vuestras esposas, hijos e hijas. O juro por los cielos que mi Verdugo de Sangre masacrará vuestras Gens una a una, sean ilustres o no.

Se atropellan unos a otros para jurar. Claro que lo hacen, con los gritos de sus *paters* muertos retumbando en sus cabezas. Con cada juramento que se proclama, el gentío vitorea de nuevo.

Cuando acaban, Marcus se vuelve a girar hacia las masas.

—Soy vuestro Emperador —su voz retruena por la plaza—. Presagiado por los augures. Tendré orden. Tendré lealtad. Aquellos que me desafíen lo pagarán con la vida.

La multitud vuelve a gritar y, casi perdido entre la cacofonía, el nuevo *pater* de la Gens Rufia habla con otro de los *paters* a su lado.

—¿Y qué pasa con Elias Veturius? —dice entre dientes—. El Emperador arroja a los mejores hombres del país a su muerte, mientras ese bastardo lo elude.

La concurrencia no oye las palabras, pero Marcus sí. La serpiente se gira hacia el nuevo *pater* lentamente, y el hombre se encoge con la mirada asustada puesta en el borde del risco.

—Un apunte interesante, *pater* Rufius —dice Marcus—. A lo que respondo: Elias Veturius será ejecutado públicamente durante la *Rathana*. Mi Verdugo de Sangre tiene a sus hombres acorralándolo. ¿Verdad, Verdugo?

¿La *Rathana?* Solo quedan unas semanas.

—Yo…

—Espero —interviene la comandante— que no importunes a su majestad con más excusas. No nos gustaría saber que tu lealtad es tan sospechosa como la de esos traidores que acabamos de ejecutar.

—¿Cómo te atreves…?

—Te di una misión —interrumpe Marcus—. No lo has conseguido. La Roca Cardium tiene sed de sangre de traidores. Si no la saciamos con la sangre de Elias Veturius, tal vez podamos hacerlo con la sangre de la Gens Aquilla. Un traidor es un traidor, al fin y al cabo.

—No puedes matarme —respondo—. Cain dijo que si lo hacías acarrearías tu propia ruina.

—No eres el único miembro de la Gens Aquilla.

Mi familia. Mientras el peso de sus palabras me cala hondo, los ojos de Marcus se iluminan con esa alegría triste que parece sentir solo cuando consigue acorralar a alguien entre la espada y la pared.

—Estás prometido con Hannah. —*Apela a su anhelo de poder,* pienso frenéticamente. *Hazle ver que eso le hará más daño a él que a ti, Helene*—. La Gens Aquilla es el único aliado que tienes.

—Tiene a la Gens Veturia —dice la comandante.

—Y puedo pensar en... oh... —Marcus desvía la mirada hacia los nuevos *paters* ilustres a unos metros de distancia— otras diez Gens que me apoyarán sin reparos. Gracias por el regalo, dicho sea de paso. Y en cuanto a tu hermana —se encoge de hombros—, puedo encontrar otra zorra de alta cuna con la que casarme. No es que haya pocas.

—Tu trono no está lo suficientemente seguro...

Su voz se convierte en un siseo.

—Te atreves a desafiarme nombrando el trono y mis aliados... ¿aquí, delante de la corte? Nunca asumas que sabes más que yo, Verdugo de Sangre. Nunca. Nada me cabrea más.

Los pies se me convierten en plomo ante su mirada artera. Da un paso hacia mí, su malicia es como un veneno que debilita mi habilidad para moverme, mucho menos para pensar.

—Ah. —Me levanta el mentón y examina mi cara—. Pánico, miedo y desesperación. Prefiero verte así, Verdugo de Sangre. —Me muerde el labio de repente y mantiene los ojos abiertos mientras experimento el dolor y saboreo mi propia sangre.

—Ahora, Verdugo —me susurra en la boca—, ve a cazar.

XXIX: *Laia*

Esa mujer, esa máscara a la que llaman la comandante, los está matando a todos.

Todos los académicos. Todos los prisioneros académicos.

—Por los cielos, Keenan —exclamo. El rebelde lo entiende de inmediato igual que yo—. Darin.

—Los marciales se dirigen al norte —susurra Keenan. Los académicos no lo oyen, tienen toda su atención fijada en Afya, que todavía tiene que decidir sus destinos—. Es muy probable que no hayan llegado a Kauf aún. La comandante es metódica, si va del sur hacia el norte, no va a cambiar de planes ahora. Todavía tiene que cruzar Antium antes de llegar a Kauf.

—Afya —llama Zehr desde la otra punta del campamento con un catalejo en la mano—, vienen marciales. No puedo discernir cuántos, pero están cerca.

Afya maldice, y el hombre académico se agarra a ella.

—Por favor. Al menos llévate a los niños. —Tiene la mandíbula tensa, pero los ojos empañados—. Ayan tiene dos años y Sena seis. Los marciales los pasarán por el acero igual. Mantenlos a salvo y mis hermanas y yo huiremos, atraeremos a los soldados hacia otro lado.

—Afya. —Izzi mira a la mujer tribal horrorizada—. No puedes negarles…

El hombre se gira hacia nosotros.

—Por favor, señorita —me dice—. Me llamo Miladh. Soy un fabricante de cuerda. No soy nadie. No me importa mi bienestar, pero mi niño... es listo, muy listo...

Gibran aparece detrás de nosotros y agarra a Izzi de la mano.

—Rápido —le urge—. Métete en el carro. Los marciales los estaban persiguiendo a ellos, pero matan a todo académico que ven. Tenemos que esconderte.

—Afya, por favor. —Izzi mira a los niños, pero Gibran tira de ella hacia su carro con los ojos llenos de terror.

—Laia —dice Keenan—, deberíamos escondernos...

—Tienes que acogerlos. —Me giro hacia Afya—. A todos. He estado dentro de tus compartimentos de contrabandista, tienes suficiente espacio para ellos. —Me giro hacia Miladh—. ¿Los marciales han visto tu rostro o el de tu familia? ¿Os buscan a vosotros en concreto?

—No —responde Miladh—. Huimos con muchos otros y nos separamos hace apenas unas horas.

—Afya, debes de tener esposas de esclavo en algún lado —le digo—. ¿Por qué no hacemos lo mismo que en Nur...?

—Ni pensarlo. —A Afya le sale la voz como un silbido y sus ojos negros son como dos dagas—. Ya estoy poniendo a mi tribu en riesgo con vosotros. Ahora cállate y ve a tu sitio en el carro.

—Laia —dice Keenan—, vamos...

—Zaldara —dice Zehr con voz apremiante—. Una docena de hombres, llegarán en dos minutos. Los acompaña un máscara.

—Por los cielos sangrantes. —Afya me agarra del brazo y me empuja hacia su carro—. Métete. En. Ese. Carro —masculla—. Ahora.

—Escóndelos. —Me abalanzo hacia delante y Miladh me coloca a su hijo en los brazos—. O no me voy a ninguna parte. Me quedaré aquí hasta que lleguen los marciales, descubrirán quién soy y tú morirás por dar cobijo a un fugitivo.

—Mentirosa —sisea Afya—. No pondrías en riesgo el preciado cuello de tu hermano.

Doy un paso adelante, planto la nariz a unos centímetros de la suya y me niego a ceder. Pienso en mi madre. Pienso en la abuela. Pienso en Darin. Pienso en todos los académicos que han muerto por las espadas de los marciales.

—Ponme a prueba.

Afya me mantiene la mirada durante un instante antes de decir algo entre un rugido y un grito.

—Si morimos por esto —dice Afya— que no te sorprenda que te persiga por los infiernos hasta que me lo pagues. Vana —llama a su prima—, llévate a las mujeres y a la chica. Utiliza el carro de Riz y el carro de las alfombras. —Se gira hacia Miladh—. Tú vas con Laia.

—¿Estás segura? —dice Keenan mientras me agarra del hombro.

—No podemos dejarlos morir —respondo—. Ve... antes de que lleguen los marciales. —Sale corriendo hacia su escondrijo en el carro de Zehr y, unos segundos después, Miladh, Ayan y yo estamos dentro del carro de Afya. Aparto una alfombra que oculta una trampilla en el suelo. Está reforzada con acero y pesa como un elefante. Miladh gruñe mientras me ayuda a levantarla.

Se abre y revela un espacio poco profundo y ancho lleno de ghas y pólvora ígnea. Es el compartimento falso de Afya. Durante las últimas semanas, muchos de los marciales que han inspeccionado la caravana lo han encontrado y, satisfechos por haber descubierto su alijo ilegal, no han querido rebuscar más.

Tiro de una palanca oculta y oigo un clic. El compartimento se desliza horizontalmente y revela un espacio debajo del primero. Es lo suficientemente grande como para que quepan tres personas. Me dejo caer a un lado, Miladh al otro y Ayan, con los ojos como platos, se queda entre los dos.

Afya aparece en la puerta del carro. Su rostro todavía está furibundo, y recoloca el compartimento trampa sobre nosotros sin mediar palabra. La puerta de la trampilla emite un ruido sordo por encima. Oímos el crujido de la alfombra cuando la alisa y luego sus pasos se alejan.

A través de los listones del compartimento, oímos a los caballos resoplar y el tintineo del metal. Me llega olor a brea y puedo oír con claridad el tono entrecortado de un marcial, aunque no puedo distinguir lo que está diciendo. Una sombra pasa por encima del compartimento y me obligo a no moverme, a no emitir ningún sonido. No es la primera redada que nos hacen. Ha habido ocasiones en las que he esperado aquí dentro durante media hora, incluso una vez durante casi medio día.

Tranquila, Laia. Cálmate. A mi lado, Ayan se mueve pero está callado, tal vez nota el peligro que acecha fuera del compartimento.

—… un grupo de académicos rebeldes, huían en esta dirección —dice una voz neutra. El máscara—. ¿Los has visto?

—He visto uno o dos esclavos —responde Afya—, pero ningún rebelde.

—Vamos a registrar el carro de todas maneras, tribal. ¿Dónde está tu zaldar?

—Yo soy la zaldara.

El máscara se queda callado.

—Interesante —dice de una manera que hace que me estremezca. Prácticamente puedo imaginarme cómo a Riz se le eriza el vello de la nuca—. Tal vez tú y yo podamos hablar de ello después, tribal.

—Tal vez. —La voz de Afya es como un ronroneo, tan suave que no habría captado la fina línea de rabia oculta debajo de su superficie si no me hubiera pasado las últimas semanas tan cerca de ella.

—Empezad por el de color verde. —La voz del máscara retrocede. Giro la cabeza, cierro un ojo y aprieto el otro contra el espacio que hay entre los listones. Apenas puedo ver el carro decorado con espejos incrustados de Gibran y el carro de provisiones a su lado donde se oculta Keenan.

Creía que el rebelde se querría esconder conmigo, pero la primera vez que vinieron los marciales, dio un vistazo al compartimento de Afya y negó con la cabeza.

Si nos quedamos separados, entonces aunque los marciales descubran a uno de nosotros, los demás todavía podrán permanecer ocultos.

De golpe, un caballo resopla cerca de nosotros y un soldado baja de él. Capto un destello de una cara plateada e intento no quedarme sin aliento. A mi lado, Miladh aferra a su hijo por el pecho con una mano.

Las escaleras al pie del carro de Afya bajan, y el paso sonoro de las botas de los soldados retumba por encima de nosotros. El ruido se detiene.

No significa nada. Puede que no vea las juntas en el suelo. La trampilla está diseñada con tanta pericia que incluso el compartimento falso es casi imposible de detectar.

Los soldados se mueven por todo el carro. El máscara sale, pero no me puedo relajar, pues unos segundos después está dando vueltas a su alrededor.

—Zaldara —llama a Afya—. Tu carro tiene una construcción un tanto extraña. —Casi parece estar divirtiéndose—. Desde fuera, la base del carro se eleva del suelo poco más de dos palmos, pero dentro es bastante más alto.

—A los tribales nos gusta que nuestros carros sean sólidos, mi señor —dice Afya—. De otro modo se rompen ante el primer bache del camino.

—Auxiliar —llama el máscara a otro soldado—. Ven aquí. Zaldara, tú también. Oímos el golpeteo de las botas que suben las escaleras de Afya, seguidos de unos pasos más livianos.

Respira, Laia. Respira. Todo va a ir bien. Ya hemos pasado por esto.

—Retira la alfombra, Zaldara.

La alfombra se mueve. Un segundo después, oigo el clic delatador de la trampilla.

Cielos, no.

—¿Con que te gustan los carros sólidos, eh? —dice el máscara—. No tan sólidos, por lo que veo.

—Tal vez podamos hablarlo —dice Afya con suavidad—. Estaría encantada de ofreceros un pequeño obsequio si simplemente pasamos por alto...

—No soy un recaudador de impuestos del Imperio al que puedas sobornar con un poco de ghas, mujer. —El máscara ha dejado de lado su tono jocoso—. Esta sustancia es ilegal y será confiscada y destruida, al igual que la pólvora ígnea. Soldado, retira la mercancía de contrabando.

Muy bien, lo has encontrado. Ahora lárgate.

Los soldados retiran el ghas bloque a bloque. Esto también ha pasado antes, aunque hasta ahora, Afya ha conseguido disuadir a los marciales de registrar más a fondo con unos pocos bloques de ghas. Sin embargo, este máscara no se mueve hasta que el compartimento está completamente vacío.

—Bueno —dice Afya cuando el soldado auxiliar ha acabado—. ¿Contento?

—Para nada —dice el máscara. Un segundo después, Afya maldice. Oigo un fuerte sonido, alguien que contiene el aire y que me parece que es Afya ahogando un grito.

Desaparece, Laia, pienso para mis adentros. *Eres invisible. Te has ido. Pequeña. Más pequeña que un rasguño. Más pequeña que el polvo. Nadie puede verte. Nadie sabe que estás aquí.* El cuerpo me hormiguea, como si me estuviera recorriendo la piel demasiada sangre a la vez.

Un momento después, la segunda parte del compartimento se desliza. Afya está desplomada a un lado de la cabina con una mano en el cuello en el que ya se está formando un moratón. El máscara está a unos centímetros de mí, y mientras levanto la vista hacia su cara, descubro que estoy paralizada por el miedo.

Espero que me reconozca, pero solo tiene ojos para Miladh y Ayan. El niño estalla en llanto al ver al monstruo que tiene delante. Se aferra a su padre con uñas y dientes, que intenta tranquilizarlo desesperadamente.

—Basura académica —dice el máscara—. Ni siquiera se saben esconder como es debido. Levántate, rata. Y haz callar a tu mocoso.

Miladh dirige la vista hacia donde estoy yo, y abre mucho los ojos. Rápidamente, desvía la mirada, sin decir nada. Me ignora. Todos me ignoran, como si no estuviera ahí. Como si no pudieran verme.

Igual que el día que te acercaste sigilosamente a la comandante en Serra o cuando te escondiste del tribal en el Nido de Ladrones. O cuando Elias te perdió en la multitud en Nur. Deseas desaparecer y lo haces.

Imposible. Creo que debe de ser algún extraño truco del máscara, pero sale del carro mientras empuja a Afya, Miladh y Ayan, y me dejan sola. Bajo la vista y se me corta el aliento. Puedo ver mi propio cuerpo, pero también puedo ver las vetas de la madera a través de él. Vacilante, dirijo una mano a los bordes del compartimento de contrabando, esperando que mi mano pase a través, igual que hacen las manos de los fantasmas en las historias. Pero mi cuerpo sigue igual de sólido que siempre; simplemente es más translúcido a mi vista, e invisible para los demás.

¿Cómo? ¿Cómo? ¿Cómo? ¿Acaso el efrit en Serra me hizo esto? Debo encontrar la respuesta a estas preguntas, pero será más tarde. Ahora mismo, agarro la cimitarra de Darin, mi daga y mi mochila, y salgo de hurtadillas del carro. Me quedo en las sombras, pero podría caminar tranquilamente por delante de las antorchas, porque nadie me ve. Zehr, Riz, Vana y Gibran están arrodillados en el suelo con las manos atadas a la espalda.

—Buscad en los vagones —gruñe el máscara—. Si hemos atrapado a dos de esa escoria académica aquí, tiene que haber más.

Un momento después, uno de los soldados se acerca.

—Señor —dice—. No hay nadie más.

—Entonces no has buscado lo suficiente. —El máscara agarra una de las antorchas y prende el carro de Gibran en llamas. *¡Izzi!*

—¡No! —grita Gibran, intentando liberarse de sus ataduras—. ¡No!

Un instante después, Izzi sale trastabillando del carro, tosiendo por el humo. El máscara sonríe.

—¿Lo ves? —les dice a sus compañeros—. Son como ratas. Lo único que necesitas es ahuyentarlos con humo. Quemad los carros. A donde se dirigen estos, no los van a necesitar.

Cielos. Tengo que hacer algo. Cuento los marciales, hay una docena. El máscara, seis legionarios y cinco auxiliares. Unos segundos después de que prendan los fuegos, las hermanas de Miladh salen de sus escondrijos, con Sena en brazos. La chica es incapaz de apartar su mirada aterrada del máscara.

—¡He encontrado otro! —grita uno de los auxiliares desde la otra punta del campamento, y, para mi horror, saca a Keenan a rastras.

El máscara observa a Keenan con una sonrisa.

—Mira ese pelo. Tengo algunos amigos a los que les gustan los pelirrojos, chico. Una pena que mis órdenes sean matar a todos los académicos. Me habría llevado una buena cantidad de oro por ti.

Keenan aprieta la mandíbula mientras me busca en el claro. Cuando no me localiza, se relaja y no se resiste mientras lo atan.

Los han encontrado a todos. Los carros arden. En unos instantes, ejecutarán a todos los académicos y lo más probable es que arrastren a Afya y su tribu a la prisión.

No tengo ningún plan, pero me muevo igualmente mientras busco con la mano la cimitarra de Darin. ¿Es visible? No puede ser. La ropa que llevo puesta no se ve ni tampoco mi mochila. Me dirijo hacia Keenan.

—No te muevas —le susurro al oído. Keenan deja de respirar durante un segundo, pero no hace nada más que sacudirse un poco—. Voy a cortar las ataduras de tus manos primero —le digo—. Luego los pies y te voy a dar una cimitarra.

No tengo ninguna señal de que Keenan me haya oído. Mientras sierro el cuero que le ata las manos, uno de los legionarios se acerca al máscara.

—Los carros son un montón de cenizas —dice—. Tenemos a seis tribales, cinco académicos adultos y dos niños.

—Bien —dice el máscara— Los... Aah...

La sangre chorrea del cuello del máscara cuando Keenan se pone en pie de un salto y lanza una estocada con la cimitarra de Darin hacia arriba y a través del cuello del marcial. Debería ser un ataque mortal, pero a fin de cuentas es un máscara, y se aparta rápidamente. Se aprieta la herida con la mano, con las facciones contraídas en una mueca de rabia.

Corro hacia Afya y corto sus cuerdas. Zehr es la siguiente. Para cuando llego hasta Riz, Vana y los académicos, el caos se ha adueñado del claro. Keenan forcejea con el máscara, que intenta someterlo en el suelo. Zehr baila alrededor de las espadas de tres legionarios, disparando flechas tan rápido que ni siquiera lo veo sacar el arco. Cuando oigo un grito, giro en redondo y veo a Vana que se aferra el brazo ensangrentado mientras su padre pelea contra dos auxiliares con un garrote.

—¡Izzi! ¡Atrás! —Gibran empuja a mi amiga detrás de él mientras blande una espada contra otro de los legionarios.

—¡Matadlos! —ruge el máscara a sus hombres—. ¡Matadlos a todos!

Miladh empuja a Ayan hacia una de sus hermanas y recoge un fragmento de madera ardiente que sobresale de uno de los carros. Lo agita hacia un auxiliar que se acerca, que da un salto hacia atrás precavido. A su otro lado, un soldado auxiliar se acerca a los académicos con la cimitarra en ristre pero doy un salto adelante. Clavo mi daga en la parte baja de la espalda del soldado y la empujo hacia arriba, como me enseñó Keenan. El hombre cae entre convulsiones al suelo.

Una de las hermanas de Miladh se enfrenta al otro auxiliar, y cuando el soldado está distraído, Miladh le da un golpe con la tea y le prende la ropa. El soldado grita y gira sobre sí mismo en el suelo como un loco, intentando apagar el fuego.

—Tú… has desaparecido —Miladh tartamudea mientras me mira, pero no tengo tiempo para dar explicaciones. Me arrodillo y le quito las dagas al auxiliar. Le lanzo una a Miladh y otra a su hermana—. Escondeos —les grito—. ¡En el bosque! ¡Llevaos a los niños!

Una de las hermanas se va, pero la otra se queda al lado de Miladh y los dos atacan a un legionario que los acosa.

En la otra punta del campamento, Keenan sigue peleando contra el máscara, ayudado sin duda por la sangre que mana de su grueso cuello. La cimitarra corta de Afya centellea poderosa a la luz de las llamas mientras derriba a un auxiliar y se gira inmediatamente para enfrentarse a un legionario. Zehr se ha encargado de dos de sus atacantes y pelea contra el último con ferocidad. El último legionario acorrala a Izzi y a Gibran.

Mi amiga tiene un arco en la mano, y lo carga, apunta al legionario que pelea con Zehr y lanza una flecha directa al cuello del marcial.

A unos metros de distancia, Riz y Vana siguen peleando contra los auxiliares. Riz tiene la frente arrugada mientras intenta defenderse de uno de los soldados. El hombre le da un puñetazo en el estómago. El tribal de pelo plateado se dobla en dos y, para mi horror, una espada lo atraviesa por la espalda un momento después.

—¡Padre! —grita Vana—. ¡Cielos, padre!

—¿Riz? —Gibran manda al suelo a uno de los legionarios de un puñetazo y se abalanza hacia su primo.

—¡Gibran! —grito. El legionario que lo ha estado acorralando da un salto adelante. Gibran levanta la espada, pero se rompe.

Entonces veo un destello de acero y un crujido espeluznante.

El rostro de Gibran empalidece mientras Izzi trastabilla hacia atrás y una cantidad imposible de sangre brota de su pecho.

No está muerta. Puede sobrevivir a esto. Es fuerte. Corro hacia ellos con la boca abierta en un grito enfurecido mientras el legionario que acaba de apuñalar a Izzi se lanza a por Gibran.

El cuello del chico tribal presenta un blanco para un ataque mortal, y todo lo que ocupa mi mente mientras avanzo lo más rápido que puedo es que si muere, le romperá el corazón a Izzi, otra vez. Se merece algo mejor.

—¡Gib! —El grito de terror de Afya me eriza el vello y retumba en mis oídos mientras mi daga emite un sonido metálico al interceptar la cimitarra del legionario a unos centímetros del cuello de Gibran. Utilizo un estallido de fuerza repentino propiciado por la adrenalina y echo el soldado hacia atrás. Se desequilibra unos segundos antes de agarrarme del cuello y desarmarme de un manotazo. Le doy patadas con la intención de asestarle un rodillazo en la entrepierna, pero me estampa contra el suelo. Veo las estrellas y luego un fogonazo rojo. De repente me salpica la cara un chorro de sangre caliente y el legionario cae encima de mí, muerto.

—¡Laia! —Keenan me quita al hombre de encima y me pone en pie. Detrás de él, el máscara está muerto, igual que los demás marciales.

Vana solloza al lado de su padre caído y Afya está con ella. Ayan se aferra a Miladh, mientras Sena sacude a su madre para intentar despertarla, pero está muerta. Zehr cojea hasta los académicos mientras la sangre le corre por una decena de cortes.

—Laia —dice Keenan con voz ahogada y me doy la vuelta. *No. No, Izzi.* Quiero cerrar los ojos y huir corriendo de lo que veo. Pero mis pasos me llevan hacia delante y me dejo caer al lado de Izzi, acunada en los brazos de Gibran.

El ojo de mi amiga está abierto y me busca con la mirada. Me obligo a desviar la vista de la profunda herida que tiene en el pecho. *Maldito Imperio. Lo quemaré hasta los cimientos por esto. Lo destruiré.*

Rebusco en mi mochila. *Solo harán falta unos puntos, ungüento de avellano embrujado y té, algún tipo de té.* Pero mientras revuelvo las botellas sé que no hay vial ni extracto lo suficientemente potente como para contrarrestar esto. Le quedan unos instantes de vida como mucho.

Le tomo la mano, pequeña y fría. Intento decir su nombre, pero me he quedado sin voz. Gibran solloza y le suplica que no se vaya.

Keenan está a mi lado, y siento que me apoya las manos en los hombros y aprieta.

—L-Laia… —Una burbuja de sangre se forma en la comisura de la boca de Izzi y explota.

—Iz. —Recupero la voz—. Quédate conmigo. No me dejes. Ni se te ocurra. Piensa en todas las cosas que tienes que contarle a la cocinera.

—Laia —susurra—. Tengo miedo…

—Izzi. —La zarandeo con cuidado para no hacerle daño—. ¡Izzi!

Su cálido ojo marrón se encuentra con el mío, y durante un momento creo que se va a poner bien. Hay tanta vida ahí, tanta Izzi. Durante un solo latido, me mira, mira hacia mi interior, como si pudiera verme el alma.

Y entonces se va.

XXX: *Elias*

Las perreras a las afueras de Kauf apestan a heces de chucho y pelaje rancio. Ni siquiera el pañuelo que llevo envuelto en la cara puede enmascararlo y el hedor me da arcadas.

Desde donde estoy avanzando sigilosamente pegado a la pared sur del edificio, la cacofonía de los perros es ensordecedora. Pero cuando me asomo a la entrada, el quinto que está de guardia está dormido profundamente al lado de un fuego, como ha estado las últimas tres mañanas.

Abro lentamente la puerta de la perrera y me quedo pegado a la pared, envuelto en las sombras previas al amanecer. Tres días de planificación, de esperar y observar, me han llevado a este momento. Si todo va bien, mañana a esta hora habré sacado a Darin de Kauf.

Primero las perreras.

El encargado de las perreras visita sus dominios una vez al día en la segunda campana. Tres quintos se relevan los turnos de guardia, pero solo hay uno apostado cada vez. Cada pocas horas, un soldado auxiliar sale de la prisión para limpiar las jaulas, dar de comer y ejercitar a los animales y encargarse de las reparaciones de los trineos y las riendas.

Me detengo al lado de una jaula al final de la lúgubre estructura, donde tres perros me ladran como si fuera el mismísimo Portador de la Noche. Desgarro fácilmente las perneras de mi uniforme y la espalda de mi capa que ya están muy desgastadas.

Mantengo la respiración y utilizo un palo para embarrar mi otra pernera con excrementos.

Me pongo la capucha de la capa.

—¡Eh! —grito, con la esperanza de que las sombras sean lo bastante profundas como para ocultar mis ropas, que claramente no son un uniforme de Kauf. El quinto se despierta de golpe y se gira con ojos desorbitados. Me ve y farfulla una excusa, evitando mirarme por respeto y miedo. No le dejo seguir con el balbuceo.

—Estás dormido en el maldito trabajo —le grito. A los auxiliares, más en concreto a los de origen plebeyo, los desprecia todo el mundo en Kauf. La mayoría tienden a ser especialmente desagradables con los quintos y los prisioneros, las únicas personas a las que pueden maltratar—. Debería delatarte al encargado de la perrera.

—Señor, por favor...

—Deja de gimotear, ya he tenido bastante con los animales. Una de las perras me atacó cuando intentaba sacarla. Me ha desgarrado la ropa. Tráeme otro uniforme. Y una capa y botas, las mías están cubiertas de mierda. Te doblo en tamaño, así que asegúrate de que me queden bien. Y ni se te ocurra decírselo al encargado, lo último que necesito es que ese cabrón me recorte las raciones.

—¡Sí, señor, ahora mismo, señor!

Sale disparado de la perrera, tan asustado de que pueda delatarlo por haberse quedado dormido estando de servicio que no me mira dos veces. Cuando me aseguro de que se ha ido, alimento a los perros y limpio las jaulas. Un auxiliar que aparece más pronto de lo habitual es extraño pero nada por lo que alarmarse, teniendo en cuenta la falta de organización del encargado de la perrera. Pero un auxiliar que aparece y no lleva a cabo las tareas que le han asignado haría saltar las campanas de alarma.

Cuando el quinto vuelve, estoy como vine al mundo, y le ordeno que me deje el uniforme y espere fuera. Lanzo mis ropas antiguas y los zapatos al fuego, le suelto otro grito al chico por si acaso y me dirijo al norte, hacia Kauf.

Media prisión se halla en las sombras que proyecta la montaña que hay detrás de ella. La otra mitad emerge de la roca como un tumor maligno. Un camino ancho serpentea hasta la enorme puerta de entrada como un riachuelo de sangre negra que discurre al lado del río Ocaso.

Los muros de la prisión, el doble de altos que los de Risco Negro, casi parecen estar ornamentados, con frisos, columnas y gárgolas talladas en la roca gris clara. Arqueros auxiliares patrullan las murallas almenadas y los legionarios se encargan de cuatro torres de vigilancia, lo cual hace que sea difícil colarse en la prisión e imposible salir de ella.

A menos que seas un máscara que lleva semanas planeándolo.

Por encima, unos lazos de luz ondeantes iluminan el cielo frío en tonos verdes y lilas. Los Bailarines del Norte, los llaman —los espíritus de los muertos que batallan por toda la eternidad en los cielos— según la sabiduría popular marcial.

Me pregunto qué diría Shaeva al respecto. *Tal vez se lo puedas preguntar dentro de un par de semanas, cuando estés muerto.* Rebusco en el bolsillo mi alijo de telis: me queda para dos semanas. Lo suficiente hasta que llegue la *Rathana.*

Aparte de la telis, llevo también una ganzúa y los cuchillos arrojadizos colgados a través del pecho. El resto de mis pertenencias, incluyendo mis cimitarras de Teluman, están escondidas en la cueva donde tengo planeado dejar a Darin. El sitio es más pequeño de lo que recordaba, medio derruido y cubierto de escombros por los aludes de barro. Pero ningún depredador se ha adueñado de él, y es lo suficientemente grande como para poder acampar dentro. Darin y yo deberíamos poder pasar desapercibidos allí hasta que llegue Laia.

Me concentro en la verja levadiza de Kauf, que chirría. Los carros con provisiones serpentean por el camino que lleva a la prisión y cargan con la comida para el invierno antes de que los pasos queden cerrados por la nieve. Pero como el sol todavía no está en lo alto y el cambio de guardia es inminente, las entregas son un caos y el sargento de guardia no presta atención a quien entra y sale por las perreras.

Me acerco a la caravana desde el camino principal y me uno sigilosamente a los demás guardias de la puerta que registran los carros en busca de contrabando.

Mientras me asomo a una de las cajas de calabazas, una porra me golpea el brazo.

—Ya he revisado esa, inútil —me dice una voz por detrás, y me giro para ver a un legionario de aspecto hosco con barba.

—Lo siento, señor —me disculpo y me dirijo rápidamente hacia el siguiente carro. *No me sigas. No me preguntes el nombre. No me preguntes el número de pelotón.*

—¿Cómo te llamas, soldado? No te había visto antes...

BUM-bum-BUM-BUM-bum.

Por primera vez, me emociono al oír los tambores, que señalan el cambio de guardia. El legionario se gira, distraído durante un momento, y me dirijo a paso raudo hacia la multitud de auxiliares que se encaminan hacia la prisión. Cuando echo la vista atrás, el legionario se ha desplazado hasta el siguiente carro.

Por demasiado poco, Elias.

Me quedo algo rezagado del pelotón de auxiliares, con la capucha subida y el pañuelo apretado. Si los soldados se dan cuenta de que hay uno más entre ellos, soy hombre muerto.

Intento aliviar la tensión de mi cuerpo y mantener mi paso estable y cansado. *Eres uno de ellos, Elias. Molido hasta los huesos tras un turno en el cementerio, preparado para un poco de grog y dormir.* Cruzo el patio cubierto de nieve de la prisión, que mide como dos veces el campo de entrenamiento de Risco Negro. Las antorchas, de fuego azul y brea, iluminan cada esquina. Sé que el interior de la prisión está iluminado de manera similar; el alcaide emplea dos docenas de auxiliares cuyo único trabajo es asegurarse de que esas antorchas nunca se apaguen. Ningún prisionero de Kauf puede contar nunca con las sombras como aliadas.

Aunque me arriesgo a que me señalen los hombres con los que voy, me abro camino hasta el centro del grupo mientras nos acercamos a la entrada principal de la prisión y a los dos máscaras que la flanquean.

Los máscaras observan a los hombres mientras entran, y mis dedos se desplazan hacia mis armas. Me fuerzo a escuchar las conversaciones en voz baja de los auxiliares.

—… dobles turnos porque la mitad del pelotón del pozo se intoxicó con la comida…

—… llegaron nuevos prisioneros ayer, una docena…

—… no veo por qué se han molestado en procesarlos. El capitán me dijo que la comandante está en camino. El nuevo Emperador ha ordenado matar hasta el último académico que haya aquí…

Me tenso al oír las palabras e intento controlar la furia que me invade todos los poros. Sabía que la comandante estaba rastreando los terrenos del Imperio en busca de académicos para matarlos. No me había percatado de que tenía la intención de exterminarlos por completo.

Hay más de mil académicos en esta prisión, y todos morirán bajo su mando. *Diez infiernos.* Desearía poder liberarlos. Asaltar las fosas, matar a los guardias e incitar a la rebelión.

No te hagas ilusiones. Ahora mismo, lo mejor que puedo hacer por los académicos es sacar a Darin de aquí. Sus conocimientos al menos le darán a su gente la oportunidad de contraatacar.

Eso si el alcaide no ha acabado con su cuerpo o su mente. Darin es joven, fuerte y por descontado inteligente: el tipo concreto de prisionero con el que el alcaide disfruta experimentar.

Paso a la prisión, los máscaras me ignoran y me dirijo con los demás guardias hacia el pasillo principal. El edificio está organizado en una enorme rotonda y seis pasillos largos hacen de radios. Marciales, tribales, marinos y aquellos de más allá de las fronteras del Imperio ocupan dos bloques de la prisión en el lado este. Los académicos ocupan dos bloques en el oeste. Los últimos dos bloques albergan los barracones, la cantina, las cocinas y los almacenes.

En el centro de la rotonda hay un par de escaleras. Una lleva al despacho del alcaide y las habitaciones de los máscaras. Otra lleva hacia abajo, abajo, abajo, a las celdas de interrogación. Me estremezco y aparto de mi mente el recuerdo infame de ese pequeño infierno.

Los auxiliares de mi alrededor se bajan las capuchas y se quitan los pañuelos, así que me rezago. La barba desaliñada que he dejado crecer las últimas semanas es un disfraz adecuado siempre y cuando nadie me mire de cerca. Pero estos hombres sabrán que no estaba de servicio con ellos en la puerta.

Muévete, Elias. Encuentra a Darin.

El hermano de Laia es un prisionero de gran valor. El alcaide habrá oído los rumores que Spiro Teluman propagó sobre la destreza con la forja del chico. Querrá mantenerlo aislado del resto de residentes de Kauf. Darin no estará en las fosas de los académicos ni en ninguno de los demás bloques de la prisión. Los prisioneros no se quedan más de un día en las celdas de interrogatorio; si están más, salen en un ataúd. Lo cual me deja únicamente el aislamiento solitario.

Me muevo rápidamente por entre los demás guardias que se dirigen hacia sus varios destinos. Mientras paso por el lado de la entrada a las fosas de los académicos, me alcanza una ráfaga hedionda. En la mayor parte de Kauf hace tanto frío que puedes ver el vaho que forma tu aliento. Pero para mantener las fosas calientes como el infierno, el alcaide utiliza calderas enormes. La ropa se desintegra en cuestión de semanas en las fosas, las llagas supuran y las heridas se pudren. Los prisioneros más débiles mueren unos días después de llegar aquí.

Cuando era un quinto destinado aquí, le pregunté a un máscara por qué el alcaide no dejaba que el frío matara a los prisioneros. *Porque el calor los hace sufrir más,* fue su respuesta.

Oigo los indicios de ese sufrimiento en los aullidos que retumban por la prisión como un coro demoníaco. Intento apartarlos de mi pensamiento, pero se inmiscuyen en mi mente de todas maneras.

Largaos, maldita sea.

Mientras me acerco a la rotonda principal de Kauf, un repunte de actividad me llama la atención: soldados que se apartan rápidamente de la escalera central. Una figura esbelta vestida de negro desciende por los escalones, su cara enmascarada brilla.

Maldita sea. El alcaide. El único hombre en la prisión que me podría reconocer nada más verme. Se jacta de recordar los detalles de todo y de cada persona. Maldigo en voz baja. Han pasado quince minutos desde la sexta campana, y siempre entra a las celdas de interrogación a esta hora. Debería haberme acordado.

El anciano está a unos metros de mí, hablando con un máscara que tiene al lado. Lleva en la mano de dedos largos y finos una caja: instrumentos para sus experimentos. Me trago la repugnancia que me sube por la garganta y sigo caminando. Ahora paso por las escaleras, a meros metros de él.

Detrás de mí, un grito desgarra el aire. Dos legionarios pasan por mi lado, escoltando a un prisionero de las fosas.

El académico lleva puesto un taparrabos mugriento, y su cuerpo macilento está cubierto de moratones. Cuando ve la puerta de hierro que lleva al bloque de interrogación, sus gritos se vuelven frenéticos y creo que se va a romper un brazo intentando escapar. Me vuelvo a sentir como un quinto, escuchando la miseria de los prisioneros, incapaz de hacer nada que no sea enfurecerme con un odio inútil.

Uno de los legionarios, harto de los aullidos del hombre, levanta un puño para dejarlo inconsciente de un golpe.

—No —dice el alcaide desde las escaleras con su voz espeluznante y atiplada—. *Los gritos son la canción más pura del alma* —cita—. *Los lamentos bárbaros nos recuerdan a las bestias más primitivas, a la violencia atroz de la tierra.* —El alcaide se calla un momento—. Es de Tiberius Antonius, filósofo de Taius Décimo. Dejad que el prisionero cante para que sus compañeros lo oigan.

Los legionarios arrastran al hombre a través de la puerta de hierro. El alcaide hace ademán de seguirlos pero se detiene. Ya casi he cruzado la rotonda y estoy cerca del pasillo que conduce al aislamiento solitario. El alcaide se gira, escanea los cinco pasillos que abarcan su vista y se fija en el que estoy a punto de entrar. El corazón casi se me sale del pecho.

Sigue andando. Intenta parecer un cascarrabias. No te ha visto desde hace seis años. Llevas barba. No te va a reconocer.

Esperar que la mirada del anciano se vaya es como esperar a que el hacha del verdugo caiga. Pero después de unos segundos interminables, al fin se da la vuelta. La puerta de las celdas de interrogatorio se cierra tras él y puedo volver a respirar.

El pasillo por el que avanzo está más vacío que la rotonda, y las escaleras de piedra que llevan al aislamiento solitario están todavía más desiertas. Un legionario monta guardia en la puerta de entrada del bloque, una de las tres que conducen a las celdas de la prisión.

Saludo, y el hombre me responde con un gruñido, sin molestarse a levantar la vista del cuchillo que está afilando.

—Señor, estoy aquí para encargarme del traslado de un prisionero…

Levanta la cabeza justo a tiempo para que sus ojos se abran de sorpresa al ver el puño que vuela hacia su sien. Lo sujeto antes de que caiga, le quito las llaves y la chaqueta del uniforme y lo coloco en el suelo. Unos minutos después, lo he amordazado, atado y metido en un armario auxiliar cercano.

Con suerte, nadie lo abrirá.

Los traslados del día están apuntados en un papel clavado en la pared al lado de la puerta y lo examino rápidamente. Entonces abro la primera puerta, la segunda y la última, y me hallo en un pasillo largo, frío y húmedo iluminado por una única antorcha de fuego azul.

El legionario aburrido que custodia la entrada levanta la vista de su escritorio sorprendido.

—¿Dónde está el cabo Libran? —pregunta.

—Ocupado con algo que le ha revuelto el estómago —respondo—. Soy nuevo. Vine en una fragata ayer. —Con disimulo, bajo la vista hacia su placa. Cabo Cultar. Un plebeyo. Le ofrezco la mano—. Corporal Scribor —le digo. Cuando oye un nombre plebeyo, Cultar se relaja.

—Deberías volver a tu puesto —me dice. Cuando ve que vacilo, me dedica una sonrisa cómplice—. No sé cómo sería en tu antigua destinación, pero aquí el alcaide no permite que los hombres toquen a los prisioneros aislados. Si quieres pasar un buen rato, tendrás que esperarte hasta que te asignen las fosas.

Me trago el asco.

—El alcaide me dijo que le llevara a un prisionero en la séptima campana, pero no está en la hoja de traslados. ¿Sabes algo de eso? Un chico académico. Rubio, ojos azules. —Me refreno de dar más detalles.

Cada paso a su debido momento, Elias.

Cultar toma su propia hoja de traslados.

—Aquí no hay nada.

Dejo que un atisbo de irritación tiña mi voz.

—¿Estás seguro? El alcaide insistió. El chico es de gran valor. Toda la provincia habla de él, dicen que puede forjar acero sérrico.

—Ah, él.

Relajo las facciones en una apariencia de aburrimiento. *Por los infiernos sangrantes.* Cultar sabe quién es Darin, lo que significa que el chico está en aislamiento.

—¿Por qué demonios iba a preguntar por él el alcaide? —Cultar se rasca la cabeza—. El chico ya hace semanas que está muerto.

Mi euforia se desvanece.

—¿Muerto? —Cultar me mira con desconfianza y fijo desinterés—. ¿Cómo murió?

—Bajó a las celdas de interrogatorio y nunca salió de allí. Le está bien merecido, maldita rata creída. Se negó a dar su número durante el recuento. Siempre se tenía que presentar por su sucio nombre académico. Darin. Como si estuviera orgulloso de ello.

Me inclino hacia el escritorio de Cultar. Sus palabras me calan lentamente. Darin no puede estar muerto. No puede ser. ¿Qué le voy a decir a Laia?

Deberías haber llegado antes, Elias. Deberías haber encontrado la manera. La magnitud de mi fracaso es abrumadora, y aunque Risco Negro me entrenó para no mostrar ningún tipo de emoción, lo olvido todo en este momento.

—Esos malditos académicos lloraron su muerte durante semanas cuando se enteraron —dice Cultar, completamente ajeno, y se ríe para sí mismo—. Su gran salvador, muerto…

—Orgulloso, lo has llamado. —Agarro del cuello al legionario y tiro de él hacia mí—. Y mírate a ti, aquí abajo haciendo un trabajo que cualquier quinto estúpido podría hacer, vociferando sobre cosas de las que no tienes ni puta idea. —Le doy un cabezazo fuerte y lo empujo, mi rabia y mi frustración explotan en mi cuerpo y me enturbian el juicio. Se desploma hacia atrás, golpea la pared con un sonido sordo y pone los ojos en blanco. Se desliza hasta el suelo y le doy una última patada. No se va a despertar pronto. Si es que despierta.

Sal de aquí, Elias. Encuentra a Laia. Cuéntale lo que ha ocurrido. Todavía enfurecido por la noticia de la muerte de Darin, arrastro a Cultar hasta una de las celdas vacías, lo lanzo dentro y cierro con llave.

Pero cuando me acerco a la puerta de salida del bloque, el cerrojo traquetea.

Maneta. Llave en la cerradura. La cerradura gira. Escóndete. Mi mente me grita las palabras. *¡Escóndete!*

Pero no hay otro sitio en el que ocultarse aparte de detrás del escritorio de Cultar. Me agacho y me enrosco sobre el cuerpo, con el corazón desbocado y los cuchillos preparados.

Espero que sea un esclavo académico que viene para traer la comida. O un quinto que viene a transmitir una orden. Alguien a quien pueda silenciar. El sudor me perla la frente mientras se abre la puerta y oigo unos pasos livianos sobre la piedra.

—Elias. —Me quedo completamente inmóvil al oír la voz del alcaide. *No, maldita sea. No*—. Sal de ahí. Te he estado esperando.

XXXI: *Helene*

Mi familia o Elias.

Mi familia. O Elias.

Avitas me sigue mientras me alejo de la Roca Cardium. Noto el cuerpo entumecido por la incredulidad. No me doy cuenta de que me sigue como un perrito faldero hasta que he hecho la mitad del camino hasta la puerta norte de Antium.

—Déjame. —Le hago un movimiento con la mano—. No te necesito.

—Tengo la orden de...

Giro sobre los talones y le coloco un cuchillo en el cuello. Levanta las manos lentamente, pero sin la cautela que mostraría si creyera que de verdad pudiera matarlo. Algo en ese gesto hace que me enfurezca todavía más.

—No me importa. Necesito estar sola, así que aléjate de mí, o voy a hacer que tu cuerpo tenga que salir en busca de una nueva cabeza.

—Con todo el respeto, Verdugo, dime a dónde vas y cuándo vas a volver. Si algo ocurre...

—Entonces tu señora estará complacida —le digo mientras me alejo de él—. Déjame en paz, Harper. Es una orden.

Unos minutos más tarde salgo de Antium. *No hay suficientes hombres vigilando la puerta norte.* Es un pensamiento errático fruto de un intento desesperado de mi mente para no volver a pensar en lo que me acaba de decir Marcus. *Debería hablar con el capitán de la guardia de la ciudad sobre este asunto.*

Cuando levanto la vista, me doy cuenta de a dónde me estoy dirigiendo. Mi cuerpo lo ha sabido antes que mi mente. Antium está construido bajo la sombra del monte Videnns, donde los augures merodean en su guarida de piedra. El camino hacia sus cuevas está bien delimitado; los peregrinos parten antes del alba a diario y suben hasta lo alto del Nevennes para rendir homenaje a esos videntes de ojos rojos. Solía pensar que entendía el motivo. Solía pensar que la frustración de Elias con los augures era una muestra de cinismo. Incluso de blasfemia. *Embaucadores y conspiradores,* solía decir. *Charlatanes de las cuevas.* Tal vez todo este tiempo estaba en lo cierto.

Adelanto a los pocos peregrinos que escalan la montaña, alimentada por una rabia y algo más que no me tomo la molestia de identificar. Algo que sentí por última vez cuando le juré lealtad a Marcus.

Helene, eres una necia. Me doy cuenta ahora de que una parte de mí tenía la esperanza de que Elias escapara, sin tener en cuenta las consecuencias que eso tendría dentro del Imperio. Menuda debilidad. Detesto esa parte de mí.

Ahora no puedo tener esa esperanza. Mi familia es mi sangre, mi gente, mi Gens. Y aun así, pasé once meses cada año apartada de ellos. No estaban conmigo cuando maté a alguien por primera vez, ni a mi lado cuando anduve por los pasillos mortíferos y malditos de Risco Negro.

El camino sube serpenteando doscientos metros antes de acabar en una cuenca adoquinada. Los peregrinos se juntan a lo hondo al lado de una cueva casi imperceptible.

Muchos se acercan a la cueva, pero una fuerza desconocida los detiene a unos metros de la entrada.

Intentad detenerme, les grito a los augures en mi mente. *Veréis lo que ocurre.* Mi ira me impulsa a pasar por el lado de los peregrinos e ir directa a la entrada de la cueva. Una augur me espera en la oscuridad con las manos cruzadas.

—Verdugo de Sangre. —Sus ojos rojos brillan debajo de la capucha, y me tengo que esforzar por oírla—. Ven.

La sigo hacia un pasillo iluminado por lámparas de fuego azul. Su brillo tiñe las estalactitas rutilantes que tenemos encima de un impresionante tono cobalto.

El pasillo desemboca en una cueva alta de forma cuadrada. Una piscina grande de agua tranquila se sitúa en el centro, iluminada por una apertura en la piedra de la cueva justo encima. Una figura solitaria está al lado de la piscina, mirando hacia sus profundidades.

Mi acompañante se detiene.

—Te está esperando. —Señala con la cabeza hacia la figura—. *Cain.* —Controla tu ira, Verdugo de Sangre. Sentimos tu rabia en la sangre del mismo modo que tú sientes la mordedura del metal en la piel.

Me dirijo hacia Cain a grandes zancadas con la mano aferrada a la cimitarra. *Te destrozaré con mi ira. Arrasaré contigo.* Me freno en seco delante de él con una maldición infame en los labios. Entonces veo de golpe sus ojos serenos y me estremezco. Las fuerzas me abandonan.

—Dime que estará bien. —Sé que sueno como una niña. Pero no lo puedo evitar—. Como dijiste en aquel momento. Dime que si me mantengo fiel a mi juramento, él no morirá.

—No puedo hacer eso, Verdugo de Sangre.

—Me dijiste que si me mantenía fiel a mi corazón, serviría bien al Imperio. Me dijiste que tuviera fe. ¿Cómo pretendes que tenga fe si va a morir? Tengo que matarlo… o mi familia está perdida. Tengo que escoger. ¿Lo… tú… lo entiendes…?

—Verdugo de Sangre —dice Cain—. ¿Cómo se hace un máscara?

Una pregunta para una pregunta. Mi padre hacía lo mismo cuando discutíamos sobre filosofía. Siempre me sacaba de mis casillas.

—Un máscara se hace con entrenamiento y disciplina.

—No. ¿Cómo se hace un máscara?

Cain da vueltas a mi alrededor con las manos en la toga, observándome por debajo de su pesada capucha negra.

—Con la rigurosa instrucción de Risco Negro.

Cain niega con la cabeza y da un paso hacia mí. Las rocas bajo mis pies tiemblan.

—No, Verdugo. ¿Cómo se hace un máscara?

Mi ira estalla y tiro de ella hacia atrás igual que haría con las riendas de un caballo impaciente.

—No entiendo qué quieres —respondo—. Nos hacen a través del dolor. El sufrimiento. A través del tormento, la sangre y las lágrimas.

Cain suspira.

—Es una pregunta trampa, Aquilla. Un máscara no se hace. Se rehace. Primero, es destruido. Despojado de todo hasta llegar al niño tembloroso que vive en su interior. No importa lo fuerte que se crea que es. Risco Negro lo reduce, lo humilla y lo pisotea.

»Pero si sobrevive, entonces renace. Se levanta del mundo sombrío de la derrota y la desesperación para que se pueda convertir en algo tan aterrador como aquello que lo destruyó a él. Para que pueda conocer la oscuridad y usarla como su cimitarra y escudo en su misión de servir al Imperio.

Cain levanta una mano hacia mi cara como un padre que acaricia a su recién nacido, noto sus dedos apergaminados fríos en mi piel.

—Eres una máscara, sí —susurra—, pero no estás finalizada aún. Eres mi obra maestra, Helene Aquilla, pero justo acabo de empezar. Si sobrevives, serás una fuerza a la que se deberá tener en cuenta en este mundo. Pero primero tengo que deshacerte. Primero, te tengo que romper.

—¿Tendré que matarlo, entonces? —¿Qué otra cosa podría significar esto? La manera más eficaz de romperme es con Elias. Siempre ha sido la mejor manera de romperme—. Las pruebas, el juramento que te hice. No sirvió de nada.

—Hay más cosas en esta vida que el amor, Helene Aquilla. Está el deber. El Imperio. La familia. La Gens. Los hombres a los que lideras. Las promesas que haces. Tu padre lo sabe. Tú también lo sabrás, antes del final.

Sus ojos despuntan una tristeza incomprensible cuando me levanta la barbilla.

—La mayoría de las personas —dice Cain— no son nada más que destellos en la gran oscuridad del tiempo. Pero tú, Helene Aquilla, no eres una chispa que prenda rápido. Eres una antorcha en las tinieblas, si te atreves a arder.

—Solo dime…

—Buscas certezas —afirma el augur—. No te puedo ofrecer ninguna. Romper tu lealtad tendrá sus consecuencias, como las tendrá mantenerla. Solo tú puedes considerar el coste de cada una.

—¿Qué pasará? —No sé por qué lo pregunto. Es inútil—. Ves el futuro, Cain. Dímelo. Será mejor que lo sepa.

—Piensas que saberlo lo hará más llevadero, Verdugo de Sangre —responde—. Pero saberlo lo hace peor. —Una tristeza que tiene milenios de antigüedad le pesa encima, tan incontenible que tengo que desviar la mirada. Oigo su voz susurrada, distante, y su cuerpo se desvanece—. Saberlo es una maldición.

Lo observo hasta que ha desaparecido. Mi corazón es un abismo inescrutable, despojado de todo menos de la advertencia de Cain y de un miedo abrumador.

Pero primero tengo que deshacerte.

Matar a Elias me destruirá. Noto esa verdad en los huesos. Matando a Elias es como me desharé.

XXXII: *Laia*

Afya no me ha dado tiempo para despedirme ni llorar. Le quito el parche a Izzi, le cubro la cara con una capa y huimos. Al menos he podido escapar con mi mochila y la cimitarra de Darin. Todos los demás solo llevan lo puesto y los bienes guardados en las alforjas de los caballos.

A los animales también hace rato que los dejamos atrás, despojados de cualquier tipo de sello y enviados al galope hacia el oeste cuando llegamos al río Taius. Las únicas palabras de despedida de Afya hacia las bestias han sido unos murmullos iracundos sobre su coste.

La barca que ha robado de un embarcadero de un pescador la dejaremos atrás pronto también. A través de la puerta hundida de una choza cubierta de moho en la que nos hemos refugiado, puedo ver a Keenan en la ribera del río mientras hunde la barca.

Un trueno resuena. Una gota de aguanieve cae por el agujero del techo de la choza y aterriza sobre mi nariz. Todavía quedan horas hasta el amanecer.

Miro a Afya, que sostiene una lámpara que emite una luz tenue en el suelo mientras dibuja un mapa en la tierra y habla en voz baja con Vana.

— ... y dile que le pido este favor. —La zaldara le pasa a Vana una moneda de favor—. Tiene que llevarte a Aish y transportar a estos académicos hasta las Tierras Libres.

Uno de los académicos, Miladh, se acerca a Afya y mantiene la compostura ante su ira abrasadora.

—Lo siento —dice—. Si un día puedo recompensarte por lo que has hecho, así lo haré, multiplicado por cien.

—Sigue con vida. —Afya suaviza los ojos, solo un ápice, y señala a los niños con la cabeza—. Protégelos. Ayuda a los que puedas. Ese es el único pago que espero recibir.

Cuando Afya no puede oírme, me acerco a Miladh, que está intentando fabricar un cabestrillo con una tira de tela. Mientras le enseño cómo atar la tela, me mira con una curiosidad nerviosa. Se debe de estar preguntando por lo que vio en el carro de Afya.

—No sé cómo desaparecí —le digo al final—. Esa fue la primera vez que me di cuenta de que lo había hecho.

—Es un buen truco para una chica académica —dice Miladh. Mira a Afya y a Gibran, que hablan en voz baja al otro lado de la choza—. En la barca, el chico dijo algo de salvar a un académico que conoce los secretos del acero sérrico.

Raspo el suelo con la bota.

—Mi hermano —respondo.

—No es la primera vez que lo oigo mencionar. —Miladh mete a su hijo en el cabestrillo—. Pero es la primera vez que tengo motivos para tener esperanza. Sálvalo, Laia de Serra. Nuestra gente lo necesita. Y a ti también.

Miro al niño pequeño que tiene en brazos. Ayan. Unas pequeñas medialunas oscuras se curvan debajo de sus pestañas. Me busca con la mirada y le toco la mejilla, suave y redonda. Debería ser inocente, pero ha visto cosas que ningún niño debería presenciar. ¿Qué clase de persona será cuando crezca? ¿Qué efecto tendrá toda esta violencia en él? ¿Sobrevivirá? *Que no sea otro niño olvidado con un nombre olvidado,* suplico. *Que no sea otro académico perdido.*

Vana llama y junto a Zehr, guía a Miladh, su hermana y los niños, que se pierden en la noche. Ayan se contorsiona para mirarme. Me obligo a sonreírle; el abuelo siempre decía que nunca puedes sonreírle lo suficiente a un bebé. Lo último que veo antes de que se adentren en la oscuridad son sus ojos muy oscuros que me observan.

Me giro hacia Afya, que está hablando con su hermano. Por la expresión que tiene en el rostro, interrumpirlos conllevaría un puñetazo en la cara.

Antes de decidir qué hacer, Keenan entra en la choza. El aguanieve cae sin parar ahora, y tiene el pelo rojo aplastado, casi negro en la oscuridad.

Se detiene cuando ve que tengo el parche en la mano. Entonces da dos pasos y tira de mí hacia su pecho sin vacilar, y me envuelve con sus brazos. Esta es la primera vez que tenemos un momento para ni siquiera mirarnos desde que escapamos de los marciales. Pero me siento paralizada mientras me sostiene cerca, incapaz de relajarme con su contacto o permitir que su calor aparte el frío que se instaló en mis huesos desde el momento en que vi el pecho de Izzi desgarrado.

—La acabamos de dejar ahí —le digo con la cara apoyada en su hombro—. La hemos dejado para... —*Para que se pudra. Para que los carroñeros le dejen los huesos limpios o la lancen en alguna tumba sin nombre.* Las palabras son demasiado horribles como para pronunciarlas.

—Lo sé. —A Keenan se le rompe la voz y su rostro está blanco como el yeso—. Cielos, lo sé...

—¡No me puedes obligar, joder!

Giro la cabeza de golpe hacia la otra punta de la choza, donde Afya parece que está a punto de aplastar la lámpara que tiene en la mano. Gibran, por su lado, parece tener más del carácter de su hermana de lo que le conviene a Afya.

—Es tu deber, idiota. Alguien tiene que tomar el control de la tribu si no regreso, y no pienso permitir que sea uno de los inútiles de nuestros primos.

—Deberías haberlo pensado antes de traerme. —Gibran y Afya se hablan nariz con nariz—. Si el hermano de Laia puede fabricar el acero que derrota a los marciales, entonces lo tenemos que salvar, se lo debemos a Riz y a Izzi.

—Hemos lidiado con la crueldad de los marciales antes…

—No así —responde él—. Nos han insultado y robado, cierto. Pero nunca nos han masacrado. Han estado matando a los académicos y eso los ha hecho atrevidos. Nosotros somos los siguientes. ¿De dónde piensas que van a sacar los esclavos si acaban con todos los académicos?

Afya abre las ventanas de la nariz.

—En ese caso —dice ella—, pelea contra ellos desde las tierras tribales. No podrás hacerlo desde la prisión de Kauf.

—Escuchad —interrumpo—, no creo…

La tribal gira en redondo, como si el sonido de mi voz hubiera desencadenado una explosión que lleva gestándose durante horas.

—Tú —sisea—. Tú eres el motivo por el que estamos en este entuerto. Nosotros sangramos mientras tú… tú desapareces. —Hace una mueca llena de furia—. Te metiste en el compartimento de contrabando y cuando el máscara lo abrió, no estabas. No sabía que estaba transportando a una bruja…

—Afya. —La voz de Keenan está cargada de advertencia. No ha dicho nada de mi invisibilidad. No ha habido tiempo hasta ahora.

—No sabía que podía hacerlo —le confieso—. Fue la primera vez. Estaba desesperada, tal vez por eso funcionó.

—Vaya, muy conveniente para ti —dice Afya—. Pero el resto de nosotros no tenemos ningún tipo de magia negra.

—Entonces tenéis que iros. —Sostengo una mano en alto cuando intenta protestar—. Keenan conoce casas seguras en las que podemos resguardarnos. Lo sugirió antes, pero no le hice caso. —Cielos, ojalá lo hubiera hecho—. Él y yo podemos llegar a Kauf solos. Sin carros, nos podremos mover más rápido.

—Los carros os protegieron —dice Afya—. Hice una promesa…

—A un hombre que se fue hace mucho. —La voz gélida de Keenan me recuerda a la primera vez que lo conocí—. Puedo llevarla a Kauf a salvo. No necesitamos tu ayuda.

Afya se yergue cuan larga es.

—Como académico y rebelde, no entiendes el significado del honor.

—¿Qué honor hay en una muerte inútil? —le pregunto—. Darin odiaría saber que tantos han muerto por salvarlo. No puedo ordenarte que te alejes, lo único que puedo hacer es pedírtelo. —Me giro hacia Gibran—. Creo que los marciales se tornarán contra los tribales al final. Juro que si Darin y yo llegamos a Marinn, esparciré tus palabras.

—Izzi estaba dispuesta a morir por esto.

—Ella... Ella no tenía a dónde ir. —La cruda realidad de la soledad de mi amiga en este mundo me golpea. Me trago la pena—. No debería haberla traído. Fue decisión mía y me equivoqué. —Decirlo hace que me sienta vacía por dentro—. Y no voy a tomar esa decisión de nuevo. Por favor, marchaos. Todavía podéis atrapar a Vana.

—No me gusta esto. —La tribal le dedica una mirada de desconfianza a Keenan que me sorprende—. No me gusta para nada.

Keenan entrecierra los ojos.

—Menos te gustará estar muerta.

—Mi honor exige que te acompañe, chica. —Afya apaga la lámpara. La choza parece estar más oscura de lo que debería—. Pero mi honor también exige que no pase por alto cuando una mujer toma una decisión que concierne a su propio destino. Los cielos saben que pocas pueden hacerlo en este maldito mundo. —Se detiene—. Cuando veas a Elias, le dices eso de mi parte.

Esa es toda la despedida que recibo. Gibran sale disparado de la choza y Afya pone los ojos en blanco y lo sigue.

Keenan y yo nos quedamos solos, el aguanieve golpea el suelo a un ritmo continuo a nuestro alrededor. Cuando lo miro a los ojos, un pensamiento salta en mi cabeza: *Esto está bien. Así es como debería ser. Así es como debería haber sido desde el principio.*

—Hay una casa segura a unos diez kilómetros de aquí. —Keenan me toca la mano para sacarme de mi ensimismamiento—. Si vamos rápido, podemos llegar antes del amanecer.

Una parte de mí quiere preguntarle si hemos tomado la decisión correcta. Después de tantos errores, busco con anhelo la confirmación de que no lo he arruinado todo una vez más.

Dirá que sí, por supuesto. Me reconfortará y me dirá que esta es la mejor manera. Pero hacer lo correcto ahora no elimina los errores que ya he cometido.

Así que no pregunto nada. Me limito a asentir y lo sigo mientras marca el camino. Porque después de todo lo que ha ocurrido, no merezco que me reconforten.

TERCERA PARTE

LA PRISIÓN OSCURA

XXXIII: *Elias*

La sombra fina como una aguja del alcaide cae sobre mí. Su rostro largo y triangular y sus dedos finos me hacen pensar en una mantis. Tengo un blanco claro, pero los cuchillos no se van de mis manos. Todos los pensamientos asesinos desaparecen de mi mente cuando veo lo que está sujetando.

Es un niño académico, de nueve o diez años. Desnutrido, mugriento y tan callado como un cadáver. Las esposas en sus muñecas lo marcan no como un prisionero sino como un esclavo. El alcaide clava una espada en su cuello. Un riachuelo de sangre corre por el cuello del niño hasta la ropa sucia.

Seis máscaras acompañan al alcaide dentro del bloque. Cada uno lleva el distintivo de la Gens Sisellia, su familia. Todos tienen una flecha cargada apuntando a mi corazón.

Pero entonces el anciano acaricia el pelo lacio del niño que le llega hasta el hombro, con una ternura escalofriante.

—*Ninguna estrella más hermosa que el chico de ojos brillantes; por él donaría hasta mi vida.* —El alcaide pronuncia la cita en un tenor claro que pega con su apariencia inmaculada—. Es pequeño —el alcaide señala al niño—, pero de una resiliencia asombrosa, por lo que he descubierto. Puedo hacer que sangre durante horas si quieres.

Dejo caer el cuchillo.

—Fascinante —el alcaide respira hondo—. Ves, Drusius, cómo las pupilas de Veturius se ensanchan, cómo se le acelera el pulso, cómo, incluso cuando se enfrenta a una muerte segura, sus ojos van de un lado a otro, buscando una salida... Solo la presencia del niño le retiene la mano.

—Sí, alcaide —responde uno de los máscaras, que supongo que debe de ser Drusius, con un marcado desinterés.

—Elias —sigue el alcaide—. Drusius y los demás te despojarán de tus armas. Te sugiero que no te resistas, no me gustaría tener que hacerle daño al niño. Es uno de mi especímenes favoritos.

Diez infiernos. Los máscaras me rodean y en unos segundos me quitan las armas, las botas, la ganzúa, la telis y la mayoría de mi ropa. No me opongo. Si quiero salir de este lugar, tengo que conservar mis fuerzas.

Y voy a salir. El hecho de que el alcaide no me haya matado indica que necesita algo de mí. Me mantendrá con vida hasta que lo obtenga.

El alcaide observa mientras los máscaras me esposan y me empujan hacia una pared, con las pupilas como agujeritos sobre el azul de sus ojos.

—Tu puntualidad me complace, Elias. —El anciano sigue sosteniendo el cuchillo relajadamente en la mano, a un centímetro de distancia del cuello del chico—. Una característica noble y que respeto. Aunque debo confesar que no sé por qué estás aquí. Un joven sabio estaría ya bien adentrado en las Tierras del Sur a estas alturas. —Me mira expectante.

—¿No estarás esperando que te lo diga, verdad?

El chico gimotea, y veo cómo el alcaide clava lentamente el cuchillo en el lado de su cuello. Pero entonces el anciano sonríe, dejando a la vista unos dientes pequeños y amarillos y suelta al muchacho.

—Claro que no —responde—. De hecho, esperaba que no. Tengo la sensación de que mentirías hasta que te convencieras incluso a ti mismo, y la mentira me aburre. Prefiero arrancarte la verdad. No he tenido a un máscara como sujeto desde hace bastante tiempo. Me temo que mi investigación está bastante desactualizada.

Se me eriza la piel. *Donde hay vida,* oigo a Laia en mi cabeza, *hay esperanza.* Puede que experimente conmigo, que me use. Pero mientras siga vivo, todavía tengo la oportunidad de salir de aquí.

—Has dicho que me estabas esperando.

—Por supuesto. Un pajarito me informó de tu llegada.

—La comandante —le digo. Maldita. Es la única que puede haber conjeturado a dónde me dirigía. Pero ¿por qué se lo contaría al alcaide? Lo odia.

El alcaide vuelve a sonreír.

—Tal vez.

—¿Dónde lo ponemos, alcaide? —pregunta Drusius—. No irá con el resto, supongo.

—Claro que no —responde el anciano—. La recompensa sería una tentación para que los guardias de menos rango lo delataran, y me gustaría tener la oportunidad de estudiarlo antes.

—Libera una celda —vocifera Drusius a uno de los otros máscaras, señalando con la cabeza la hilera de celdas solitarias que tenemos detrás. Pero el alcaide niega con la cabeza.

—No. Tengo otro lugar en mente para nuestro nuevo prisionero. Nunca he estudiado los efectos a largo plazo de ese lugar en un sujeto. Particularmente en uno que demuestra tal —baja la vista hacia el chico académico— empatía.

Se me hiela la sangre. Sé exactamente de qué parte de la prisión está hablando. Esos pasillos largos y oscuros donde el aire está viciado con el olor de la muerte. Los gemidos y susurros, los arañazos en la pared, la manera como no puedes hacer nada incluso cuando oyes personas que piden a gritos que alguien las ayude…

—Siempre odiaste ir allí —murmura el alcaide—. Me acuerdo. Me acuerdo de tu cara esa vez que me trajiste un mensaje del Emperador. Estaba en medio de un experimento. Te pusiste blanco como la barriga de un pez, y cuando volviste corriendo al pasillo, oí cómo vomitabas en un orinal.

Diez infiernos sangrantes.

—Sí. —El alcaide asiente con expresión complacida—. Sí, creo que el bloque de interrogación te sentará muy bien.

XXXIV: *Helene*

Avitas me está esperando cuando regreso a los barracones de la Guardia Negra. Se acerca la medianoche y mi mente se desploma del cansancio. El Norteño no hace ningún comentario sobre mi aspecto macilento, aunque estoy segura de que puede leer la devastación en mis ojos.

—Un mensaje urgente para ti, Verdugo. —Sus mejillas cetrinas me dicen que no ha dormido. No me gusta que se haya mantenido despierto hasta mi regreso. *Es un espía. Eso es lo que hacen los espías.* Me pasa un sobre cuyo lacrado está impoluto. O bien está mejorando como espía o por una vez no la ha abierto.

—¿Nuevas órdenes de la comandante? —le pregunto—, ¿ganarte mi confianza no abriendo mi correo?

Avitas aprieta los labios mientras abro la carta.

—Llegó al ocaso con un mensajero. Dijo que salió de Nur hace seis días.

Verdugo de Sangre:

Mamie se niega a ceder a pesar de varias muertes de hombres tribales. He aislado a su hijo, ella cree que está muerto. Se le escapó solo una cosa. Creo que Elias se dirigió al norte, no al sur ni al este, y creo que la chica está con él.

Las tribus saben sobre los interrogatorios y se han rebelado dos veces como respuesta. Necesito media legión como mínimo. He mandado la solicitud a cada guarnición en un radio de ciento cincuenta kilómetros, pero todas están faltas de personal.

El deber primero, hasta la muerte,

Lugarteniente Dex Atrius.

—¿Al norte? —Le paso la carta a Avitas, que la lee entera—. ¿Por qué se dirigiría Veturius al norte?

—¿Por su abuelo?

—Las tierras de la Gens Veturia están al oeste de Antium. Si se hubiera dirigido directamente al norte desde Serra, habría llegado allí más rápido. Si se dirigiera hacia las Tierras Libres, habría tomado un barco desde Navium.

Maldita sea, Elias, ¿por qué no te has limitado a salir del maldito Imperio? Si hubiera usado su entrenamiento para alejarse de aquí lo más rápido posible, nunca habría podido seguirle el rastro, y no tendría que haber tomado ninguna decisión.

Y tu familia moriría. Por los cielos sangrantes, ¿qué me pasa? Él decidió esto.

¿Qué hizo que fuera tan perverso? Deseaba ser libre. Deseaba dejar de matar.

—No intentes descifrarlo ahora. —Avitas me sigue hasta mi habitación y deja el mensaje de Dex encima del escritorio—. Necesitas comer y dormir. Nos pondremos con ello por la mañana.

Cuelgo mis armas y me acerco a la ventana. Las estrellas están ocultas y el cielo negro con tonos purpúreos es una promesa de una nevada.

—Debería ir con mis padres. —Oyeron lo que dijo Marcus, todo el mundo en la cima de esa maldita roca lo hizo, y no hay un montón mayor de cotillas que los ilustres. Toda la ciudad debe de saber ya la amenaza que hizo Marcus a mi familia.

—Tu padre ha venido. —Avitas se detiene en la puerta, su rostro enmascarado incómodo de repente. Refreno una mueca—. Sugirió que mantuvieras las distancias por ahora. Se ve que tu hermana Hannah está… molesta.

—Quieres decir que quiere beberse mi sangre. —Cierro los ojos. Pobre Hannah. Su futuro está en las manos de la persona en la que menos confía. Mi madre intentará tranquilizarla, y también Livia. Mi padre intentará convencerla, luego obligarla y al final le ordenará que detenga su histeria. Pero todos se preguntarán lo mismo: ¿Escogeré a mi familia y al Imperio? ¿O escogeré a Elias?

Dirijo mi atención a la misión. Al norte, ha dicho Dex. *Y la chica todavía está con él.* ¿Por qué la llevaría hacia el interior del Imperio? Incluso si tuviera alguna razón importante para tener que quedarse en territorio marcial, ¿por qué pondría a la chica en riesgo?

Es como si no estuviera tomando las decisiones. Pero ¿quién si no? ¿La chica? ¿Por qué se lo iba a permitir? ¿Qué puede saber ella de escapar del Imperio?

—Verdugo de Sangre. —Me sobresalto. Me había olvidado de que Avitas estaba en la habitación, es demasiado silencioso—. ¿Puedo traerte algo de comer? Tienes que comer. Les he pedido a los esclavos de la cocina que mantuvieran algo caliente para ti.

Comida... comer... esclavos... la cocinera.

La cocinera.

La chica... Laia, había dicho la anciana. *No la toques.*

Debían haberse tomado afecto cuando eran esclavas. Tal vez la cocinera sepa algo. Después de todo, descubrió cómo Laia y Elias escaparon de Serra.

Lo único que tengo que hacer es encontrarla.

Pero si empiezo a buscar, inevitablemente alguien se irá de la lengua y dirá que la Verdugo de Sangre está buscando a una mujer de pelo blanco con cicatrices en la cara. La comandante se enterará, y ese será el fin para la cocinera. No es que me importe el destino de esa vieja harpía. Pero si sabe algo sobre Laia, la necesito con vida.

—Avitas, ¿tiene la Guardia Negra contactos entre los parias de Antium?

—¿El mercado negro? Por supuesto...

Niego con la cabeza.

—Los que pasan desapercibidos en la ciudad. Huérfanos, mendigos, vagabundos.

Avitas frunce el ceño.

—La mayoría son académicos, y la comandante los ha estado juntando para esclavizarlos o ejecutarlos. Pero conozco a unas cuantas personas. ¿En qué estás pensando?

—Necesito que se esparza un mensaje —digo con cautela. Avitas no sabe que la cocinera me ayudó; iría derecho a la comandante con esa información—. La cantante busca comida —digo al final.

—La cantante busca comida —repite Avitas—. ¿Y... ya está?

La cocinera parece estar un poco loca, pero tengo la esperanza de que lo entienda.

—Ya está. Hazlo llegar a tantas personas como puedas, y rápido —le ordeno. Avitas me mira inquisitivamente.

—¿No te acabo de decir que quiero que se haga rápido?

Un esbozo de una mueca en su rostro. Entonces desparece.

Una vez que se ha ido, recojo el mensaje de Dex. Harper no lo ha leído. Pero ¿por qué? Nunca he sentido malicia en él, es verdad. Nunca he sentido nada en absoluto. Y desde que salimos de las tierras tribales, ha estado... no simpático, exactamente, pero un poco menos opaco. Me pregunto a qué juego estará jugando ahora.

Archivo el mensaje de Dex y me dejo caer en mi catre con las botas todavía puestas. No puedo dormir. A Avitas le llevará horas hacer llegar el mensaje y más horas para que la cocinera pueda oírlo, si es que lo oye. Soy consciente de ello, aun así salto a cada sonido, esperando que la anciana se materialice de repente como un espectro. Al final, me arrastro hasta mi escritorio, donde examino los archivos del antiguo Verdugo de Sangre: información que había reunido sobre los hombres de más alto rango del Imperio.

Muchos de los informes son directos. Otros no tanto. Por ejemplo, no sabía que la Gens Cassia había ocultado un asesinato de un sirviente plebeyo en sus terrenos. O que la *mater* de la Gens Aurelia tenía cuatro amantes, todos *paters* de notorias casas ilustres.

El antiguo Verdugo guardaba archivos sobre los hombres de la Guardia Negra también, y cuando localizo el archivo de Avitas, mis dedos se mueven antes de que me lo pueda pensar dos veces. Es tan austero como él, solo figura un fragmento de pergamino dentro.

Avitas Harper: Plebeyo.
Padre: Centurión de combate Arius Harper (plebeyo). Muerto en servicio, edad veintiocho. Avitas cuatro años en el momento de la muerte.
Se quedó con la madre, Renatia Harper (plebeya), en Jeilum hasta la selección para Risco Negro.

Jeilum es una ciudad al oeste de aquí, en las profundidades de la tundra de Nevennes. Tan aislada como los diez infiernos.

Madre: Renatia Harper. Muerta edad treinta y dos. Avitas diez años en el momento de la muerte. Por consiguiente pasó los permisos escolares con los abuelos paternos.

Empleó cuatro años bajo la tutela del comandante de Risco Negro Horatio Laurentius. El resto del entrenamiento de Risco Negro a cargo de la comandante Keris Veturia.

Mostró un gran potencial como novato. Desempeño medio bajo la tutela de la comandante Keris Veturia. Múltiples fuentes confirman el interés de Veturia por Harper desde una edad temprana.

Le doy la vuelta a la hoja, pero no hay nada más.

Unas horas después, justo antes del alba, me despierto de golpe; me he quedado dormida en mi escritorio. Examino la habitación en busca del sonido que me ha molestado con una daga en la mano.

Una figura encapuchada se agazapa en la ventana, sus ojos brillantes profundos como zafiros. Echo atrás los hombros y levanto la espada. Su boca chamuscada se retuerce en una sonrisa repugnante.

—Esa ventana está a diez metros del suelo y la he cerrado con llave —digo. Un máscara podría cruzarla, sin duda. Pero ¿una abuela académica?

Ignora la pregunta que no he formulado.

—Ya deberías haberlo encontrado a estas alturas —me dice—. A no ser que no quieras encontrarlo.

—Es un maldito máscara —repongo—. Está entrenado para camuflar su propio aroma y que no lo sigan. Necesito que me cuentes más sobre la chica.

—Olvida a la chica —gruñe la cocinera y se deja caer pesadamente en mi habitación—. Encuéntralo a él. Deberías haberlo hecho hace semanas, para que pudieras estar de vuelta aquí y echarle un ojo a ella. ¿O eres demasiado estúpida como para ver que esa perra de Risco Negro está planeando algo? Es algo grande esta vez, chica. Más grande que cuando fue tras Taius.

—¿La comandante? —resoplo—. ¿Fue a por el Emperador?

—¿No me digas que crees que los de la Resistencia pensaron en eso ellos solos?

—¿Trabajan con ella?

—No saben que es ella, ¿no crees? —La mofa en la voz de la cocinera corta con la misma precisión que cualquier cimitarra—. Dime por qué quieres saber sobre la chica.

—Elias no está tomando decisiones racionales, y lo único en lo que puedo pensar es que ella…

—No quieres saber más de ella —la cocinera parece estar casi aliviada—, solo quieres saber a dónde se dirige.

—Sí, pero…

—Puedo decirte a dónde se dirige. A cambio de un precio.

Levanto la espada.

—Qué te parece este intercambio: tú me lo dices, y yo no te abro en canal.

La cocinera suelta un ladrido intenso que me hace pensar que le está dando algún tipo de ataque, hasta que me doy cuenta de que es su manera de reírse.

—Alguien se te adelantó. —Se levanta la camisa. Su piel, desfigurada por un tormento de hace mucho tiempo, está marcada por una herida enorme y putrefacta. El olor que desprende me golpea como si fuera un puñetazo y me dan arcadas.

—Por los infiernos sangrantes.

—¿Huele como tal, no crees? Me lo hizo un antiguo amigo... justo antes de que lo matara. Nunca me ocupé de ella. Cúrame, pequeña cantante, y te diré lo que quieres saber.

—¿Cuándo ocurrió?

—¿Quieres atrapar a Elias antes de que tumben a tu hermana, o quieres una historia para dormir? Afánate. Ya casi ha salido el sol.

—No he curado a nadie desde Laia —le digo—. No sé cómo...

—Entonces estoy perdiendo el tiempo. —Se acerca un paso a la ventana y se encarama a ella con un gruñido.

Doy un paso adelante y la agarro del hombro. Lentamente, vuelve a bajar.

—Todas tus armas encima del escritorio —le ordeno—. Y no te atrevas a ocultar nada, porque te cachearé.

Hace lo que le pido, y cuando me he asegurado de que no tiene ninguna sorpresa desagradable oculta, le intento tomar la mano. La aparta en seguida.

—Tengo que tocarte, maldita harpía loca —le suelto—. De lo contrario no funcionará.

Curva el labio en una mueca y me ofrece la mano a regañadientes. Para mi sorpresa, está temblando.

—No dolerá demasiado. —Mi voz es más amable de lo que esperaba. Por los cielos sangrantes, ¿por qué la estoy consolando? Es una asesina y una chantajista. Le agarro la mano con brusquedad y cierro los ojos.

El miedo me hace un nudo en el estómago. Quiero que esto funcione, y a la vez no quiero que funcione. Es el mismo sentimiento que tuve cuando curé a Laia. Ahora que he visto la herida y que la cocinera me ha pedido ayuda, siento que tengo que arreglarlo, como un tic que no puedo controlar. La falta de control y la manera como mi cuerpo ansía hacerlo me asusta. No soy yo. No es nada para lo que me haya entrenado o haya querido nunca.

Si quieres encontrar a Elias, hazlo.

Un sonido oculta todos los demás, alguien que tararea. Soy yo. No sé cuándo ha empezado. Miro a los ojos de la cocinera y me sumerjo en esa oscuridad azul. Tengo que entenderla hasta lo más profundo de su ser si quiero rehacer sus huesos, piel y carne.

Elias parecía hecho de plata, una oleada de adrenalina bajo un amanecer frío y claro. Laia fue diferente. Ella me hizo pensar en tristeza y una dulzura verde y dorada.

Pero la cocinera… su interior culebrea como anguilas. Me aparto de ellas. En algún lugar detrás de esa agitada oscuridad, vislumbro lo que ella fue una vez, y me dirijo hacia allí. Pero al hacerlo, mi tarareo de repente es discordante. Esta bondad en su interior es un recuerdo. Ahora las anguilas toman su corazón, retorciéndose con un sentimiento de venganza loco.

Cambio la melodía para agarrar esta verdad en su interior. Una puerta se abre dentro de ella. La cruzo y camino por un pasillo largo que me resulta extrañamente familiar. El suelo me absorbe los pies, y cuando miro hacia abajo, espero ver los tentáculos de un calamar enrollados en mis piernas.

Pero solo hay oscuridad.

No puedo soportar cantar la verdad de la cocinera en voz alta, así que grito las palabras en mi cabeza mientras la miro a los ojos. Tiene mérito que no me desvíe la mirada. Cuando empiezo a curarla, cuando he capturado su esencia y su cuerpo empieza a cerrarse de nuevo y a sanar, ni siquiera se mueve.

Un dolor se me propaga por el costado. La sangre me empapa la ropa por la zona de la cintura. Lo ignoro hasta que me quedo sin aire, cuando me obligo finalmente a liberarme de la cocinera.

Siento la herida que le he arrebatado. Es mucho más pequeña que la de la anciana, pero aun así duele como mil demonios.

La herida de la cocinera está un poco ensangrentada y en carne viva, pero la única señal de infección es el hedor a muerte que permanece.

—Cuídatela —le digo sin aire—. Si puedes colarte en mi habitación, puedes robar hierbas para hacerte un ungüento.

Baja la mirada hasta la herida y la levanta hacia mí.

—La chica tiene un hermano relacionado con la… la… la Resistencia —tartamudea un momento y entonces continúa—. Los marciales lo enviaron a Kauf hace meses. Está intentando liberarlo. Tu chico la está ayudando.

No es mi chico es lo primero que pienso.

Está completamente loco es lo segundo.

Un marcial, marino o tribal al que lo envíen a Kauf puede acabar saliendo, escarmentado, purgado y probablemente sin ganas de volver a desafiar al Imperio. Pero los académicos la única manera que tienen de salir tiene que ver con un agujero en el suelo.

—Si me estás engañando…

Trepa hasta la ventana, esta vez con la misma vitalidad que vi en Serra.

—Recuerda: persigue a la chica y lo lamentarás.

—¿Qué significa ella para ti? —le pregunto. He visto algo dentro de la cocinera mientras la curaba: un aura, una sombra, una música antigua que me ha hecho pensar en Laia. Frunzo el ceño, intentando recordar. Es como desenterrar un recuerdo de hace una década.

—No significa nada para mí. —La cocinera escupe las palabras como si solo pensar en Laia le causara repugnancia—. Solo una chiquilla estúpida en una misión suicida.

Cuando me la quedo mirando confusa, niega con la cabeza.

—No te me quedes mirando con la boca abierta como una vaca sorprendida —dice—. Ve a salvar a tu familia, chica estúpida.

XXXV: *Laia*

—Frena. —Keenan, resollando mientras corre a mi lado, me agarra la mano. El contacto con su piel es un chute de calor bienvenido en la noche gélida.

—Con el frío, no te das cuenta de lo que te estás presionando. Te puedes desmayar si no tienes cuidado. Y hay demasiada luz, Laia, alguien podría vernos.

Casi hemos llegado a nuestro destino: una casa segura situada en una extensión de tierra de cultivo al norte de donde dejamos a Afya hace una semana. Hay más patrullas aquí que en el sur, todas persiguen a los fugitivos académicos que huyen de los ataques despiadados de la comandante en las ciudades al norte y al oeste de aquí. La mayoría de las patrullas, sin embargo, cazan académicos durante el día.

El conocimiento del terreno de Keenan nos ha permitido viajar de noche y avanzar a buen paso, especialmente porque hemos podido robar caballos más de una vez. Tenemos Kauf a tan solo quinientos kilómetros. Pero quinientos kilómetros pueden convertirse en cinco mil si el maldito tiempo no coopera. Le doy una patada a la fina capa de nieve del suelo.

Agarro la mano de Keenan y tiro de él hacia delante.

—Tenemos que llegar a esa casa segura esta noche si queremos alcanzar el paso de montaña mañana.

—No vamos a llegar a ningún sitio si estamos muertos —dice Keenan. La helada perla sus largas pestañas y tiene manchas en la cara de color azul purpúreo. Todo nuestro equipo para el frío se quemó en el carro de Afya. Tengo la capa que me dio Elias hace semanas, pero está diseñada para el invierno de Serra, no para este frío penetrante que se mete bajo la piel y se aferra como una lamprea.

—Si te agotas hasta caer enferma —dice Keenan—, una única noche de descanso no lo solucionará. Además, no estamos siendo cautelosos. Esa última patrulla estaba a unos metros, casi topamos con ellos.

—Mala suerte. —Ya estoy andando—. No hemos tenido problemas desde entonces. Espero que esta casa tenga una lámpara. Tenemos que echar un vistazo al mapa que nos dio Elias y hallar la manera de llegar a esa cueva si las tormentas arrecian.

La nieve se arremolina en montones gruesos y cerca oímos el canto de un gallo. La mansión del terrateniente se puede ver a unos cincuenta metros, pero nos desviamos de ella y nos dirigimos a un edificio anexo cerca de los aposentos de los esclavos. En la distancia, dos figuras agachadas caminan hacia un granero con cubos en la mano. El sitio estará abarrotado de esclavos y muy pronto llegarán sus vigilantes. Tenemos que escondernos.

Rodeamos un granero bajo y alcanzamos al fin la puerta de la bodega. El cerrojo está agarrotado por el frío y Keenan gruñe mientras intenta abrirlo haciendo palanca.

—Rápido. —Me agacho a su lado. El humo se eleva desde la casucha de los esclavos a unos diez metros y una puerta cruje. Una mujer académica con la cabeza cubierta sale de ella.

Una vez más, Keenan clava su daga en el cerrojo.

—Esta maldita cosa no... ah. —Se relaja, el cerrojo por fin se ha soltado.

El sonido retumba, y la mujer académica se gira en redondo. Keenan y yo nos quedamos paralizados, es imposible que no nos haya visto. Pero se limita a hacernos movimientos con el brazo para que nos metamos en la bodega.

—Rápido —sisea—. ¡Antes de que los vigilantes se levanten!

Nos metemos en el interior poco iluminado de la bodega, nuestras respiraciones forman nubes de vaho. Keenan bloquea la puerta mientras yo inspecciono el espacio. Tiene unos tres metros de ancho por metro y medio de largo, y está repleto de barriles y estantes con botellas de vino.

Una lámpara cuelga de una cadena en el techo, y bajo ella, una mesa rebosa de fruta, con una hogaza de pan envuelta en papel y una sopera metálica.

—El hombre que gestiona esta granja es un mercator —explica Keenan—. De madre académica y padre marcial. Era el único heredero, así que lo hicieron pasar como si fuera de ascendencia únicamente marcial. Pero debía de ser más cercano a su madre, porque el año pasado, cuando su padre murió, empezó a ayudar a los esclavos fugitivos. —Keenan señala la comida—. Parece ser que sigue haciéndolo.

Saco el mapa de Elias de mi mochila, lo desenrollo con cuidado y me acomodo en el suelo. El estómago me gruñe de hambre, pero lo ignoro. Las casas seguras normalmente tienen poco espacio para moverse, mucho menos la suficiente luz como para ver bien. Keenan y yo pasamos cada hora del día durmiendo o corriendo. Esta es una ocasión insólita para hablar sobre lo que vamos a hacer.

—Cuéntame más sobre Kauf. —Las manos me tiemblan del frío y apenas puedo notar el pergamino entre los dedos—. Elias dibujó un esbozo aproximado, pero si fracasa y tenemos que entrar nosotros, no será...

—No has pronunciado su nombre desde que murió. —Keenan corta el torrente de palabras que se escapa de mi boca—. ¿Te has dado cuenta?

Las manos me tiemblan con más violencia. Me fuerzo para estabilizarlas mientras se sienta en frente de mí.

—Solo hablas de la siguiente casa segura. Sobre cómo saldremos del Imperio. Sobre Kauf. Pero no hablas de ella ni de lo que ocurrió. No hablas sobre este poder extraño que tienes...

—Poder. —Quiero echarme a reír—. Un poder que ni siquiera puedo aprovechar. —Aunque los cielos saben que lo he intentado. Cada momento libre, he intentado hacerme invisible a voluntad y he sentido que me iba a volver loca de tanto pensar en la palabra *desaparece*. Cada vez, he fracasado.

—Tal vez si hablaras de ello te ayudaría —sugiere Keenan—. O si comieras más de uno o dos bocados. O durmieras más de unas pocas horas.

—No tengo hambre y no puedo dormir.

Su mirada se posa en mis dedos temblorosos.

—Por los cielos, mírate. —Aparta el pergamino y me envuelve las manos con las suyas. Su calor me llena un vacío que tengo dentro. Suspiro, queriendo caerme en ese calor, dejar que me envuelva para que pueda olvidar lo que está por venir, aunque sea durante unos pocos minutos.

Pero eso es egoísta. Y estúpido, sin tenemos en cuenta que en cualquier momento nos pueden atrapar los soldados marciales. Intento apartar las manos, pero como si Keenan supiera lo que estoy pensando, tira de mí hacia él y aprieta mis dedos contra el calor de su estómago y nos echa una capa por encima de los dos. Bajo el tejido áspero de su camisa puedo notar los bultos de sus músculos, fuertes y suaves. Tiene la cabeza inclinada mientras mira nuestras manos y su pelo rojo le oculta los ojos. Trago saliva y aparto la mirada de él. Hemos estado viajado juntos durante semanas, pero nunca nos hemos sentado así de cerca antes.

—Cuéntame algo de ella —susurra—. Algo bueno.

—No sabía nada. —La voz se me rompe y me aclaro la garganta—. ¿La conocí durante semanas? ¿Meses? Y nunca le pregunté algo importante sobre su familia o cómo era su vida cuando era pequeña o… o lo que quería o tenía esperanzas de que ocurriera. Porque creía que teníamos tiempo.

Una lágrima se desliza por mi cara, y libero una mano y la seco.

—No quiero hablar de esto —le digo—. Deberíamos…

—No se merece que pretendas como que no existió —dice Keenan. Levanto la mirada, estupefacta, esperando verlo enfadado, pero sus ojos oscuros son compasivos. De algún modo es todavía peor—. Sé que duele. De todas las personas, yo lo sé. Pero el dolor es la manera de saber que la querías.

—Le encantaban las historias —susurro—. Solía fijar su ojo en mí, y podía ver cuando las contaba que se perdía en lo que fuera que estuviera diciendo. Que podía verlo todo en su cabeza. Y después, a veces días más tarde, me hacía preguntas sobre ellas, como si todo ese tiempo hubiera estado viviendo en esos mundos.

—Después de salir de Serra —dice Keenan—, habíamos estado caminando... de hecho, corriendo, durante horas. Cuando al fin nos detuvimos y nos acomodamos en nuestros sacos para pasar la noche, levantó la vista y dijo: *Las estrellas son tan distintas cuando eres libre.* —Keenan niega con la cabeza—. Después de estar todo el día corriendo, de apenas haber comido nada y de estar tan cansada que no podía dar ni un paso más, se quedó dormida sonriéndole al cielo.

—Ojalá no la recordara —susurro—. Ojalá no la quisiera.

Keenan respira hondo con la vista todavía fija en nuestras manos. La bodega ya no está helada, caldeada por el calor de nuestros cuerpos y el sol que azota la puerta por arriba.

—Sé lo que es perder a tus seres queridos. Me obligué a no sentir nada en absoluto durante tanto tiempo que no fue hasta que te conocí que... —Me aprieta las manos pero no me mira y yo tampoco consigo mirarlo. Algo feroz prende entre nosotros, algo que tal vez ha estado ardiendo en silencio durante mucho tiempo.

—No te aísles de los que se preocupan por ti porque piensas que les harás daño... o te lo harán a ti. ¿Qué sentido tiene ser humana si no te permites sentir nada?

Sus manos trazan una línea por las mías, moviéndose como una llama lenta hasta mi cintura. Muy lentamente, tira de mí hacia él. El vacío que tengo en mi interior, la culpa, el fracaso y el pozo de dolor, se desvanecen ante el ansia de deseo que palpita suavemente en mi cuerpo y me inclina hacia delante. Mientras me deslizo sobre su regazo, sus manos me agarran más fuerte de la cintura y hacen que me recorra un fuego por la espalda. Lleva las manos a mi pelo y caen al suelo los alfileres que lo sujetan. Su corazón late contra mi pecho y respira contra mi boca, nuestros labios separados por escasos milímetros.

Lo miro hipnotizada. Por un segundo, algo oscuro le cruza el rostro, una sombra desconocida pero tal vez no inesperada. Keenan siempre ha tenido una oscuridad que lo acompaña. Noto una chispa de inquietud en el estómago, rápida como el aleteo de un colibrí. La olvido un momento después cuando cierra los ojos y acorta la distancia que nos separa.

Sus labios son tiernos contra los míos, sus manos no tanto mientras me acarician la espalda. Las mías están igual de hambrientas, revoloteando por los músculos de sus brazos y sus hombros. Cuando aprieto las piernas alrededor de su cintura, sus labios bajan a mi mandíbula y sus dientes mordisquean mi cuello. Me quedo sin aliento cuando tira de mi camisa para trazar un camino lento y tortuoso de calor por mi hombro desnudo.

—Keenan… —digo entre jadeos. El frío de la bodega no puede hacer nada contra el fuego que hay entre nosotros. Le quito la camisa y dejo que la visión de su piel, cobriza bajo la luz de la lámpara, me absorba. Resigo con un dedo las pecas que salpican sus hombros, y bajo hacia los músculos fuertes y delineados de su pecho y estómago, antes de dejarlo caer sobre su cadera. Me agarra la mano y con los ojos busca mi rostro.

—Laia. —La palabra cambia por completo cuando la pronuncia con esa voz, ya no es un nombre sino una súplica, una plegaria—. Si quieres que pare…

Si quieres mantenerte alejada… si quieres recordar tu dolor…

Keenan. Keenan. Keenan. Mi mente está llena de él. Me ha guiado, ha peleado por mí y se ha quedado a mi lado. Y al hacerlo, su indiferencia ha dado paso a un amor potente y tácito que siento cada vez que me mira. Silencio la voz en mi interior y lo tomo de la mano. Cada pensamiento se aparta mientras la calma me sobrecoge, una paz que no he sentido desde hace meses. Sin apartar la vista de él, guío sus dedos hacia los botones de mi camisa, desabrochando uno, luego otro, e inclinándome hacia delante mientras lo hago.

—No —le susurro al oído—. No quiero que pares.

XXXVI: Elias

Los susurros y gemidos incesantes que me llegan de las celdas de mi alrededor me perforan la cabeza como gusanos carnívoros. Después de estar unos pocos minutos en el bloque de interrogación, no me puedo quitar las manos de las orejas, y pienso en la opción de arrancármelas de cuajo.

La luz de las antorchas del pasillo del bloque se filtra por las tres rendijas situadas en la parte alta de la puerta. Tengo la suficiente luz como para ver que el suelo de piedra frío de mi celda está despojado de cualquier cosa que pueda usar para abrir los cerrojos de mis esposas. Examino las cadenas con la esperanza de encontrar algún eslabón dañado, pero están hechas de acero sérrico.

Diez infiernos. Los desmayos volverán dentro de medio día como mucho. Cuando ocurra, mi habilidad para pensar o moverme se verá seriamente mermada.

Un lamento torturado emerge de una de las celdas cercanas, seguido por el farfullar de algún pobre condenado que apenas puede formular palabras.

Al menos pondré en práctica el entrenamiento contra los interrogatorios de la comandante. Está bien saber que todo ese sufrimiento que me infligió no fue para nada.

Después de un rato, oigo que alguien forcejea con la puerta y el cerrojo se abre. *¿El alcaide?* Me tenso, pero solo es el chico académico que el alcaide usó contra mí. El niño sostiene una taza de agua en una mano y un cuenco lleno de pan duro y cecina cubierta de moho en la otra. Una manta remendada cuelga de su hombro.

—Gracias. —Me trago el agua de un sorbo. El chico mira hacia abajo mientras coloca la comida y la manta en el suelo a mi alcance. Cojea, un novedad desde la última vez que lo vi.

—Espera —le digo. Se detiene pero no me mira—. ¿Te ha castigado más el alcaide después de...? *—después de usarte para controlarme.*

El académico está como una estatua. Se limita a quedarse de pie, como si esperara que le dijera algo que no fuera obvio.

O tal vez, pienso, *está esperando a que deje de parlotear lo suficiente como para responder.* Aunque quiero preguntarle el nombre, me obligo a no hablar. Cuento hasta diez. Quince. Treinta. Pasa un minuto.

—No tienes miedo —susurra al final—. ¿Por qué no tienes miedo?

—El miedo le da poder —respondo—. Es como alimentar una lámpara con aceite. Hace que brille con más intensidad. Hace que tenga más fuerza.

Me pregunto si Darin habrá tenido miedo antes de morir. Solo espero que fuera algo rápido.

—Me hace daño. —Los nudillos del chico están blancos mientras hinca las manos en las piernas. Se me encoge el corazón. Conozco bien cómo lastima a la gente el alcaide, y cómo daña a los académicos en particular. Sus experimentos sobre el dolor solo son una parte. Los niños académicos se encargan de las tareas más arduas de la prisión: limpiar las habitaciones y a los prisioneros después de las sesiones de tortura, enterrar los cuerpos con las manos desnudas, vaciar los cubos que sirven de orinal. La mayoría de los niños son esclavos de mirada mortecina que desean la muerte antes de cumplir los diez años.

No me puedo ni imaginar por lo que habrá pasado este muchacho. Lo que habrá visto.

Otro grito desalmado retumba desde la misma celda que antes. Tanto el chico como yo damos un salto. Nuestros ojos se cruzan en una inquietud compartida, y creo que va a hablar. Pero la puerta de la celda se vuelve a abrir y la sombra repugnante del alcaide cae sobre él. El chico se apresura hacia la puerta, escabulléndose como un ratón que intenta escapar de un gato que lo ha visto, antes de desaparecer por entre las antorchas parpadeantes del bloque.

El alcaide no se digna ni a mirarlo. Viene con las manos vacías, o al menos eso parece. Estoy seguro de que tiene algún aparato de tortura escondido fuera de la vista.

Por ahora, cierra la puerta y saca una pequeña botella de cerámica: el extracto de telis. Reúno todo mi aplomo para no abalanzarme a por ella.

—Ya era hora. —Ignoro la botella—. Creía que habrías perdido el interés en mí.

—Ah, Elias. —El alcaide chasquea la lengua—. Trabajaste aquí, ya conoces mis métodos. *El sufrimiento verdadero reside tanto en la expectación del dolor como en el dolor en sí.*

—¿Eso quién lo dijo? —resoplo—. ¿Tú?

—Oprian Dominicus. —Se pasea arriba y abajo fuera de mi alcance—. Fue el alcaide de esta prisión durante el reinado de Taius Cuarto. Era una lectura obligatoria en Risco Negro en mis tiempos.

El alcaide sostiene en alto el extracto de telis.

—¿Por qué no empezamos por esto? —Ante mi silencio, suspira—. ¿Por qué acarreabas esto, Elias?

Utiliza las verdades que quieren tus interrogadores, la voz de la comandante sisea en mi oído. *Pero úsalas con moderación.*

—Una mala herida. —Me toco la cicatriz del brazo—. El limpiador de sangre es lo único que encontré para tratarla.

—Tu índice derecho se mueve casi imperceptiblemente cuando mientes —me informa el alcaide—. Vamos, intenta dejar de hacerlo. No serás capaz. *El cuerpo no miente, aunque sí lo haga la mente.*

—Estoy diciendo la verdad. —O una versión de ella.

El alcaide se encoge de hombros y tira de una palanca al lado de la puerta. Un mecanismo en la pared que tengo detrás chirría y las cadenas que atan mis manos y mis pies tiran de mí hasta que me incrusto contra la pared, y mi cuerpo estirado y tenso queda en forma de X.

—¿Sabías que con solo unas tenazas se pueden romper todos los huesos de la mano humana si se aplica la presión de la manera adecuada? —dice el alcaide.

Le lleva cuatro horas, diez uñas dañadas, y los cielos saben cuántos huesos rotos al alcaide para sonsacarme la verdad sobre la telis. Aunque sé que podría durar más, al final le dejo obtener la información. Será mejor que me considere débil.

—Es muy extraño —dice cuando le confieso que la comandante me envenenó—. Pero ¡ah! —La comprensión le ilumina el rostro—. Keris quería quitar de en medio a la pequeña Verdugo para poder susurrar lo que quisiera a quien quisiera sin interrupciones. Pero no se quería arriesgar a dejarte con vida. Muy lista. Demasiado arriesgado para mi gusto, pero... —Se encoge de hombros.

Retuerzo la expresión en una mueca de dolor para que no pueda ver mi sorpresa. Me he preguntado durante semanas por qué la comandante me envenenó en vez de matarme directamente. Al final pensé que simplemente quería que sufriera.

El alcaide abre la puerta de la celda y tira de la palanca para aflojar mis cadenas. Caigo al suelo agradecido con un golpe sordo. Unos segundos después, entra el chico académico.

—Limpia al prisionero —le dice el alcaide al niño—. No quiero que agarre ninguna infección. —El anciano ladea la cabeza—. Esta vez, Elias, te dejo jugar con tus reglas, me han parecido fascinantes. Este síndrome de invisibilidad que pareces tener: ¿cuánto me llevará romperlo? ¿En qué circunstancias? ¿Requerirá más dolor físico, o me veré obligado a escarbar en las debilidades de tu mente? Hay tanto por descubrir. Estoy ansioso por verlo.

Se va y el chico se acerca, agachado por el peso de un jarrón de barro y una caja de tarros que tintinean. Sus ojos se dirigen a mi mano y se abren despavoridos. Se agacha a mi lado, y sus dedos son livianos como una mariposa mientras me aplica varios ungüentos para limpiar las heridas.

—Es verdad lo que dicen entonces —susurra—. Los máscaras no sienten dolor.

—Sentimos dolor —respondo—. Solo que estamos entrenados para soportarlo.

—Pero él… ha estado contigo durante horas. —El niño arruga la frente. Me recuerda a un estornino perdido, solo en la oscuridad, buscando algo familiar, algo que tenga sentido—. Yo siempre lloro. —Empapa una tela en agua y limpia la sangre de mis manos—. Incluso cuando intento evitarlo.

Maldito seas, Sisellius. Pienso en Darin, sufriendo aquí abajo, atormentado como este chico, como yo. ¿Qué clase de horror desató el alcaide sobre el hermano de Laia antes de que muriera al fin? Mis manos arden en deseos de empuñar una cimitarra para que le pueda separar la cabeza de insecto que tiene del cuerpo.

—Eres joven —digo con voz ronca—. Yo también lloraba cuando tenía tu edad. —Le ofrezco mi mano buena para encajársela—. Me llamo Elias, por cierto.

Su mano aunque es pequeña es fuerte. Me suelta rápidamente.

—El alcaide dice que los nombres tienen poder. —Los ojos del chico se dirigen a los míos—. Todos los niños nos llamamos «esclavos», porque todos somos lo mismo. Aunque mi amiga Abeja… se puso nombre.

—No te voy a llamar «esclavo» —le digo—. ¿Quieres… quieres tu propio nombre? En las tierras tribales, las familias a veces no les dan nombre a sus hijos hasta años después de que nazcan. ¿O tal vez ya tienes uno?

—No tengo nombre.

Me reclino en la pared, reprimiendo una mueca mientras el chico me entablilla la mano.

—Eres listo. Rápido. ¿Qué te parece Tas? En *sadhese* significa «rápido».

—Tas. —Prueba cómo suena el nombre. Hay un esbozo de sonrisa en su rostro—. Tas. —Asiente—. Y tú… tú no eres solo Elias. Eres Elias Veturius. Los guardias hablan de ti cuando creen que nadie puede oírlos. Dicen que antes eras un máscara.

—Me quité la máscara.

Tas quiere hacerme una pregunta; puedo ver cómo intenta formularla. Pero lo que sea, se lo traga cuando llegan voces de fuera de la celda y entra Drusius.

El niño se levanta de inmediato y recoge sus cosas, aunque no lo suficientemente rápido.

—Espabila, mugriento. —Drusius acorta la distancia hasta el chico en dos pasos y le azota una patada en el estómago. El chico gime. Drusius suelta una risotada y lo vuelve a patear.

Un rugido me llena la mente, como el agua que choca contra una presa. Pienso en los centuriones de Risco Negro, sus palizas diarias despreocupadas que nos carcomían cuando éramos novatos. Pienso en los calaveras que nos aterrorizaban, que nunca nos veían como humanos, solo como víctimas del sadismo que les habían inculcado, poco a poco, año tras año, como el zumo de uva que se va transformando lentamente en vino.

Y de repente, me abalanzo sobre Drusius, que para su desgracia se ha acercado demasiado. Gruño como un animal salvaje.

—Es un niño. —Uso mi mano derecha para darle un puñetazo en la mandíbula al máscara, y cae al suelo. La rabia de mi interior se libera, y ni siquiera noto las cadenas mientras no paro de darle golpes. *Es un niño al que tratas como si fuera basura, y crees que no lo siente, pero no es así. Y lo sentirá hasta que muera, todo porque estás demasiado enfermo como para ser consciente de lo que haces.*

Alguien me retiene las manos a la espalda. Las botas resuenan y dos máscaras entran raudos en la celda. Oigo el silbido de una porra y la esquivo, pero un puñetazo en el estómago me deja sin aliento, y sé que en cualquier momento me dejarán sin conocimiento.

—Ya basta. —El tono inmutable del alcaide se abre paso por el caos. De inmediato, los máscaras se retiran de encima de mí. Drusius gruñe y se pone en pie. Me cuesta respirar, y fulmino con la mirada al alcaide, cargada de todo el odio que siento por él y por el Imperio.

—El pobre muchacho vengándose por su juventud perdida. Patético, Elias. —El alcaide niega con la cabeza, decepcionado—. ¿No entiendes lo irracionales que son esos pensamientos? ¿Lo inútiles que resultan? Ahora debo castigar al chico, por supuesto. Drusius —dice secamente—, trae un pergamino y una pluma. Yo llevaré al niño a la celda de al lado y tú apuntarás las respuestas de Veturius.

Drusius se limpia la sangre de la boca y sus ojos de chacal brillan.

—Será un placer, señor.

El alcaide agarra al niño académico, a Tas, que se encoge en una esquina, y lo lanza fuera de la celda. El chico aterriza con un golpe sordo espeluznante.

—¡Eres un monstruo! —le grito al viejo.

—La naturaleza se deshace de los que son inferiores —repone el alcaide—. De nuevo Dominicus. Un gran hombre. Tal vez sea bueno que no viviera lo suficiente como para ver cómo a veces a los débiles se les permite vivir para que lloriqueen y gimoteen. No soy un monstruo, Elias, soy un ayudante de la naturaleza. Una especie de jardinero. Y tengo mucha maña con las cizallas.

Forcejeo con las cadenas, aunque sé que no servirá de nada.

—¡Te mandaré al infierno!

Pero el alcaide ya se ha ido. Drusius ocupa su lugar, con una mirada malvada. Apunta cada una de mis expresiones mientras más allá de la puerta cerrada Tas grita.

XXXVII: *Laia*

La emoción que siento en el interior de mi cuerpo cuando me despierto en la bodega de la casa segura no puede ser de arrepentimiento. Pero tampoco es de felicidad. Ojalá pudiera entenderlo. Sé que me va a estar carcomiendo hasta que lo haga, y con tantos kilómetros todavía por recorrer, no me puedo permitir perder la concentración. Las distracciones conducen a errores, y de esos ya he cometido suficientes.

Aunque no quiero creer que lo que ha ocurrido entre Keenan y yo haya sido uno de esos fallos. Ha sido embriagador. Apasionante. Y lleno de una emoción muy profunda que no esperaba. *Amor. Lo amo.*

¿No?

Cuando Keenan me da la espalda, me trago el brebaje de hierbas que me enseñó el abuelo; uno que ralentiza el ciclo lunar de una chica para que no se quede embarazada.

Miro a Keenan que se cambia en silencio la ropa por una que abrigue más, preparándose para la siguiente parte de nuestro viaje. Nota mi mirada y viene hasta donde me estoy atando las botas. Con un gesto tímido que no le pega para nada, me acaricia la mejilla y una sonrisa insegura le ilumina el rostro.

¿Somos unos necios? Quiero preguntar. *¿Por buscar consuelo en medio de toda esta locura?* No consigo que me salgan las palabras. Y no hay nadie más a quien preguntar.

Un deseo de hablar con mi hermano me atraviesa, y me muerdo el labio con furia para mantener las lágrimas a raya. Estoy segura de que Darin tenía amoríos antes de empezar como aprendiz de Spiro. Sabría si esta inquietud, esta confusión es normal.

—¿Qué te preocupa? —Keenan me pone en pie, aferrándome fuerte las manos—. Desearías que no hubiéramos...

—No —respondo rápido—. Es solo... con todo lo que está pasando, ¿estuvo... mal?

—¿Encontrar una hora o dos de alegría en estos tiempos aciagos? —responde Keenan—. Eso no está mal. ¿Para qué vivimos si no es para disfrutar de los momentos de alegría? ¿Para qué luchamos si no?

—Quiero creer eso —respondo—, pero me siento muy culpable. —Después de semanas de mantener mis emociones cerradas a cal y canto, han explotado—. Tú y yo estamos aquí, vivos, e Izzi está muerta, Darin en la cárcel y Elias se está muriendo...

Keenan me rodea con un brazo y coloca mi cabeza bajo su mentón. Su calor y su aroma a cedro y limón me tranquilizan de inmediato.

—Dame tu culpabilidad. Yo te la guardo, ¿de acuerdo? Porque no deberías sentirte así. —Se retira un poco y me levanta la cara—. Intenta olvidarte de la ansiedad durante un instante.

¡No es tan sencillo!

—Esta mañana mismo, me has preguntado qué sentido tenía ser humana si no me permitía experimentar las cosas.

—Me refería a la atracción. Al deseo. —Sus mejillas se sonrojan un poco y desvía la mirada—. No a la culpa y el miedo. Eso deberías intentar olvidarlo. Yo podría ayudarte a olvidar... —Ladea la cabeza y un fogonazo me recorre el cuerpo—. Pero deberíamos ponernos en marcha.

Esbozo una media sonrisa y me suelta. Miro alrededor en busca de la cimitarra de Darin, y para cuando me la ciño, vuelvo a fruncir el ceño. No necesito una distracción. Necesito descubrir qué diablos está ocurriendo en mi propia cabeza.

Tus emociones te hacen humana, me dijo Elias hace semanas en la cordillera serrana. *Incluso las que son desagradables tienen un motivo. No las reprimas. Si las ignoras, solo se harán más fuertes y ruidosas.*

—Keenan. —Empezamos a subir por las escaleras de la bodega y Keenan se dispone a abrir la cerradura—. No me arrepiento de lo que ha pasado, pero no puedo librarme de la culpa a voluntad.

—¿Por qué no? —Se gira hacia mí—. Escucha…

Los dos damos un salto cuando la puerta de la bodega se abre con un chirrido violento. Keenan saca, carga y apunta con su arco en un solo movimiento.

—Esperad —dice una voz. La figura levanta una lámpara. Es un académico joven de pelo rizado, que maldice cuando nos ve.

—Sabía que había visto a alguien aquí abajo —dice—. Tenéis que iros. El patrón dice que hay una patrulla marcial de camino y están matando a todos los académicos libres que encuentran…

No oímos el resto. Keenan me agarra la mano y me arrastra por la escaleras hacia la noche.

—Por aquí. —Señala hacia la línea de árboles que hay al este, más allá de los aposentos de los esclavos, y empiezo a correr tras él con el pulso desbocado.

Pasamos por el bosque y giramos hacia el norte de nuevo, atravesando largos campos inactivos. Cuando Keenan localiza un establo, me deja sola y desaparece. Un perro ladra, pero el sonido se detiene de golpe. Unos minutos después, Keenan vuelve tirando de un caballo.

Estoy a punto de preguntarle sobre el perro, pero me quedo callada ante su rostro lúgubre.

—Hay un camino que atraviesa ese bosque más adelante —dice—. No parece estar muy transitado y la nieve cae con suficiente fuerza como para que nuestro rastro se cubra en una hora o dos.

Tira de mí y me coloca delante de él, y cuando mantengo el cuerpo apartado, suspira.

—No sé qué me pasa —susurro—. Me siento como... como si no pudiera encontrar un equilibrio.

—Has estado cargando con mucho peso durante demasiado tiempo. Hasta ahora, Laia, tú has sido la que ha guiado, la que ha tomado las decisiones difíciles... y tal vez no estabas preparada para ello. No hay por qué avergonzarse por eso, y destriparé a cualquiera que me diga lo contrario. Lo has hecho lo mejor que has podido. Pero ahora déjalo ir. Déjame que lleve ese peso por ti. Déjame ayudarte y confía en que haré lo adecuado. ¿Acaso te he guiado mal hasta ahora?

Niego con la cabeza. El desasosiego regresa. *Deberías creer en ti misma mucho más, Laia,* me dice una voz interior. *No todas las decisiones que has tomado han sido desacertadas.*

Pero las que importaban, las que afectaban directamente a vidas ajenas, esas fueron nefastas. Su peso es devastador.

—Cierra los ojos —dice Keenan—. Ahora descansa. Haré que lleguemos a Kauf. Sacaremos a Darin y todo irá bien.

* * *

Pasadas tres noches después de salir de la bodega de la casa segura, nos topamos con una fosa común a medio tapar de académicos. Hombres. Mujeres. Niños. Todos lanzados dentro sin cuidado, como si fueran vísceras. Delante de nosotros, los picos cubiertos de nieve de la cordillera de Nevennes bloquean la mitad del cielo. Qué cruel parece su belleza. ¿Acaso no saben el mal que ha tenido lugar en su sombra?

Keenan me obliga a avanzar rápido e incluso seguimos en movimiento cuando el sol está en lo alto del cielo. Cuando hace rato que hemos dejado atrás la fosa y estamos atravesando un peñasco cubierto de bosque, vislumbro algo en el oeste, en los montes bajos que se extienden entre nosotros y Antium. Parecen ser tiendas, hombres y fuegos. Cientos de ellos.

—Por los cielos. —Le pido a Keenan que se detenga—. ¿Ves eso? ¿Eso no son los Montes Argentes? Parece como si un maldito ejército estuviera apostado allí.

—Vamos. —Keenan tira de mí hacia delante, la preocupación impulsa su impaciencia y enciende la mía—. Tenemos que buscar escondrijo hasta la noche.

Pero la noche solo trae más horrores. Cuando llevamos unas horas de camino, nos cruzamos tan de repente con un grupo de soldados que se me escapa el aire y casi delato nuestra posición.

Keenan vuelve a tirar de mí con un siseo. Los soldados custodian cuatro carros fantasma, que se llaman así porque cuando desapareces dentro, te pueden dar por muerto. Los laterales altos y negros de los carros me impiden ver cuántos académicos hay dentro, aunque unas manos se aferran a la barras de la ventana trasera, algunas grandes y otras demasiado pequeñas. Suben más prisioneros al último carro mientras observamos. Pienso en la fosa que hemos pasado antes. Sé lo que les pasará a estas personas. Keenan intenta tirar de mí para seguir avanzando, pero soy incapaz de moverme.

—¡Laia!

—No podemos dejarlos aquí.

—Hay una docena de soldados y cuatro máscaras vigilando esos carros —dice Keenan—. Nos masacrarían.

—¿Y si desaparezco? —Vuelvo la vista a los carros. No puedo dejar de pensar en esas manos—. Como hice en el campamento tribal. Podría...

—Pero no puedes. No desde... —Keenan alarga una mano y me aprieta el hombro con compasión. *No desde que murió Izzi.*

Cuando oigo un grito, me giro hacia los carros. Un chico académico le araña la cara al máscara que lo lleva a rastras.

—¡No podéis seguir haciéndonos esto! —El chico grita mientras el máscara lo lanza dentro del carro—. ¡No somos animales! ¡Un día, nos defenderemos!

—¿Con qué? — El máscara suelta una risita— ¿Con palos y piedras?

—Ahora sabemos vuestros secretos. —El chico se lanza contra los barrotes—. No podéis detenerlo. Uno de vuestros propios herreros se ha vuelto contra vosotros, y lo sabemos.

La sonrisa burlona se rompe en la cara del máscara, y casi parece estar pensativo.

—Ah, sí —dice en voz baja—. La gran esperanza de las ratas. El académico que robó el secreto del acero sérrico. Está muerto, muchacho.

Suelto un grito ahogado y Keenan me coloca una mano en la boca, sujetándome mientras me agito, susurrando que no puedo hacer ruido, que nuestras vidas dependen de ello.

—Murió en prisión —dice el máscara—. Después de extraer hasta el último detalle de información útil de su miserable y débil mente. Sois animales, chico. Y ni eso.

—Miente —susurra Keenan, tirando de mí con fuerza hacia los árboles—. Lo está haciendo para atormentar a ese chico. No hay ninguna posibilidad de que ese máscara sepa si Darin está muerto.

—¿Y si no miente? —pregunto—. ¿Y si Darin está muerto? Ya has oído los rumores. Se propagan cada vez más. Tal vez si lo matan, el Imperio crea que es posible acallarlos. Tal vez...

—No importa —me corta Keenan—. Mientras tengamos la esperanza de que pueda estar vivo, tenemos que intentarlo. ¿Me oyes? Debemos seguir. Vamos. Nos queda mucho camino por cubrir.

* * *

Casi una semana después de salir de la bodega de la casa segura, Keenan vuelve a paso lento al campamento situado debajo de las ramas retorcidas sin hojas de un roble.

—La comandante ha llegado hasta Delphinium —me informa—. Ha masacrado a todos los académicos libres.

—¿Qué ha hecho con los esclavos? ¿Y los prisioneros?

—A los esclavos no les han hecho nada; sin duda sus amos se quejaron por la pérdida de propiedad. —Pone una expresión de repugnancia mientras lo dice—. Vació la prisión y celebró una ejecución masiva en la plaza de la ciudad.

Cielos. Siento como si la oscuridad de la noche fuera más profunda y silenciosa de algún modo, como si la Parca se paseara por estos árboles y todas las formas de vida lo supieran menos nosotros.

—Pronto no quedarán académicos.

—Laia —me dice Keenan—. Su siguiente destino es Kauf.

Levanto la cabeza de golpe.

—Cielos, ¿Y si Elias no ha sacado a Darin? Si la comandante empieza a asesinar a los académicos que hay allí…

—Elias se fue hace seis semanas —repone Keenan—. Y parecía estar jodidamente seguro de sí mismo. Tal vez ya haya liberado a Darin. Puede que ya nos estén esperando en la cueva.

Keenan busca en su mochila abultada. Saca una hogaza de pan todavía humeante y medio pollo. Solo los cielos saben lo que habrá hecho para conseguirlos. Aun así, soy incapaz de comer.

—¿Alguna vez piensas en esas personas en los carros? —susurro—. ¿A veces te preguntas lo que les habrá ocurrido? ¿Te… te importan?

—Me uní a la Resistencia, ¿no? Pero no me puedo obcecar, Laia. No sirve de nada.

Pero no es obcecarse, pienso. *Es recordar. Y recordar no es nada.*

Hace una semana, habría dicho las palabras en voz alta. Pero desde que Keenan me quitó el yugo del liderato, me he sentido más débil. Empequeñecida. Como si me hiciera más diminuta cada día que pasa.

Debería estarle agradecida. A pesar del terreno infestado de marciales, Keenan ha evitado todas las patrullas y grupos de exploración, cada puesto de avanzada y torre de vigilancia.

—Te debes de estar helando. —Sus palabras son suaves, pero me sacan de mis pensamientos. Miro hacia abajo sorprendida. Todavía llevo puesta la gruesa capa negra que Elias me dio hace una vida en Serra.

Me arrebujo en ella.

—Estoy bien.

El rebelde hurga en su mochila y al final saca una pesada capa de invierno forrada de piel. Se inclina hacia delante y me desabrocha con suavidad la capa y la deja caer. Entonces me cubre los hombros con la otra y la ciñe.

No lo hace con mala fe. Lo sé. Aunque me he mantenido distante de él durante los últimos días, ha estado atento como siempre.

Pero una parte de mí quiere quitarse la nueva capa de inmediato y volver a ponerse la de Elias. Sé que estoy actuando como una idiota, pero de alguna manera la capa de Elias me hacía sentir bien. Tal vez porque más que recordarme a él, me recordaba quién era yo cuando él estaba cerca. Más valiente. Más fuerte. Con defectos, sin duda, pero sin miedo.

Echo de menos a esa chica. A esa Laia. Esa versión de mí misma que ardía con su mayor intensidad cuando Elias Veturius estaba cerca.

La Laia que cometía errores. La Laia cuyos errores nos condujeron a muertes innecesarias.

¿Cómo me podría olvidar? Agradezco a Keenan en voz baja y meto la antigua capa en mi mochila. Entonces me ajusto un poco más la nueva y me digo que es más cálida.

XXXVIII: *Elias*

El silencio de la noche en la prisión de Kauf es escalofriante. Pues no es un silencio de sueño, sino de muerte, de hombres que se rinden, que dejan que sus vidas se les escapen, de permitir al fin que el dolor los arrase hasta que se desvanecen en la nada. Al alba, los niños de Kauf arrastrarán los cuerpos de los que no han sobrevivido a la noche.

En la calma, me sorprendo pensando en Darin. Siempre fue un fantasma para mí, una figura a la que nos hemos esforzado en llegar durante tanto tiempo que, aunque nunca lo conocí, me siento atado a él. Ahora que está muerto, su ausencia es palpable, como un miembro fantasma. Cuando recuerdo que se ha ido, la desazón me inunda de nuevo.

Las muñecas me sangran por las esposas y no puedo sentir los hombros; he tenido los brazos estirados toda la noche. Pero el dolor es como una quemadura que no llega a prender en llamas. He estado en situaciones peores. Con todo, cuando la oscuridad de un desmayo cae sobre mí como un velo, me supone un alivio.

Pero no dura demasiado, porque cuando me despierto en la Antesala mis oídos se llenan de susurros aterrados de los espíritus, cientos, miles de ellos, demasiados.

La Atrapaalmas me ofrece una mano con el rostro demacrado.

—Te dije lo que ocurriría en ese lugar. —Mis heridas no son perceptibles aquí, pero hace una mueca cuando me observa, como si pudiera verlas de todos modos—. ¿Por qué no me hiciste caso? Mírate.

—No esperaba que me atraparan. —Los espíritus revolotean a nuestro alrededor, como los restos de un navío que flotan tras un vendaval—. Shaeva, ¿qué demonios está ocurriendo?

—No deberías estar aquí. —Sus palabras no son hostiles, como habrían sido hace unas semanas, aunque sí firmes—. Creía que no te volvería a ver hasta tu muerte. Vuelve, Elias.

Noto el tirón familiar en el estómago pero me resisto.

—¿Los espíritus están inquietos?

—Más de lo habitual. —Se deja caer al suelo—. Hay demasiados, la mayoría académicos. —Tardo un instante en comprenderlo, y cuando lo hago, me siento mareado. Los susurros que oigo, miles y miles, son de académicos asesinados a mano de los marciales.

—Muchos pasan al otro lado sin mi ayuda, pero algunos están tan angustiados que sus lamentos molestan al genio. —Shaeva se lleva una mano a la cabeza—. Nunca me he sentido tan vieja, Elias. Tan desamparada. En los mil años que llevo siendo Atrapaalmas, he visto la guerra antes. Vi la caída de los académicos y el consiguiente ascenso de los marciales. Pero nunca había visto algo así. Mira. —Apunta al cielo, visible por entre las copas de los árboles del Bosque.

—El Arquero y la Doncella Escudera se desvanecen. —Señala a las constelaciones—. El Verdugo y el Traidor resplandecen. Las estrellas siempre lo saben, Elias. En los últimos tiempos, solo susurran sobre la oscuridad que se cierne.

Las sombras se reúnen, Elias, y no podemos detenerlas. Cain me dijo esas palabras, y más cosas de mal agüero, hace apenas unos meses en Risco Negro.

—¿Qué oscuridad?

—El Portador de la Noche —susurra Shaeva. El miedo la invade, y la criatura fuerte e inmune a la que me había acostumbrado se desvanece y deja en su lugar a un niño asustado.

En la distancia, los árboles brillan con un tono rojizo. La arboleda de los genios.

—Busca la manera de liberar a sus hermanos —dice Shaeva—. Está buscando los fragmentos desperdigados del arma que los encerró aquí hace tanto tiempo. Cada día está más cerca. Lo... lo noto, pero no lo puedo ver. Solo puedo sentir su malicia, como la sombra gélida de un vendaval en Nevennes.

—¿Por qué le tienes miedo? —le pregunto—. ¿Acaso no sois genios los dos?

—Su poder es cien veces superior al mío —responde—. Algunos genios pueden desplazarse con el viento o desaparecer. Otros pueden manipular las mentes, los cuerpos o el clima. Pero el Portador de la Noche... posee todos esos poderes y más. Era nuestro maestro, nuestro padre, nuestro líder, nuestro rey. Pero... —Desvía la mirada—. Yo lo traicioné. Traicioné a nuestro pueblo. Cuando lo supo... cielos, en todos los siglos que hace que estoy viva, nunca he conocido un miedo como ese.

—¿Qué pasó? —le pregunto con suavidad—. ¿Cómo lo traicionaste...?

Un rugido corta el aire desde la arboleda. *Sshhhaeva...*

—Elias —me dice angustiada—. Yo...

¡Shaeva! El grito es como un latigazo y Shaeva da un salto.

—Los has ofendido. ¡Ve!

Me aparto de ella, y los espíritus se empujan y se arremolinan a mi alrededor. Uno se separa del grupo, pequeño y de ojos grandes; su parche todavía forma parte de ella, incluso en la muerte.

—¿Izzi? —digo, horrorizado—. ¿Qué...?

—¡Fuera! —Shaeva me empuja, y me devuelve de nuevo a una conciencia ardiente y dolorosa.

Las cadenas están sueltas, y estoy hecho un ovillo en el suelo, dolorido y tiritando. Noto unos toquecitos en los brazos, y un par de ojos oscuros y grandes me miran, muy abiertos y preocupados. El chico académico.

—¿Tas?

—El alcaide ordenó a los soldados que aflojaran las cadenas para que te pueda limpiar las heridas, Elias —susurra Tas—. Debes dejar de convulsionarte.

Me incorporo con cuidado. Izzi. Era ella, estoy seguro. Pero no puede estar muerta. ¿Qué le pasó a la caravana? ¿A Laia? A Afya? Por primera vez, quiero que me venga otro desmayo. Quiero respuestas.

—¿Pesadillas, Elias? —pregunta Tas con voz suave, y ante mi gesto afirmativo frunce el ceño.

—Siempre.

—Yo también tengo sueños malos. —Su mirada se cruza un instante con la mía antes de apartarla.

No lo dudo. La comandante me viene a la mente, su imagen de pie fuera de la celda de la cárcel hace unos meses, justo antes de que me llevaran para decapitarme. Me despertó en medio de una pesadilla. *Yo también las tengo,* me confesó.

Y ahora, tras kilómetros y meses desde ese día, descubro que a un niño académico condenado a la prisión de Kauf le pasa lo mismo. Es tan perturbador que los tres estemos conectados por esa única experiencia: los monstruos que reptan hacia nuestras cabezas. Toda la oscuridad y maldad que los demás nos infligieron, todas las cosas que no podíamos controlar porque éramos demasiado jóvenes como para detenerlas; todo eso se ha quedado con nosotros durante el transcurso de los años, esperando la oportunidad de que toquemos fondo. Entonces se abalanzan, como gules sobre una víctima moribunda.

Tengo la certeza de que la comandante está consumida por la oscuridad. Sean cuales fueren sus pesadillas, ella se ha convertido en algo mil veces peor.

—No permitas que el miedo te paralice, Tas —le digo—. Serás tan fuerte como cualquier máscara mientras no permitas que te controle. Mientras pelees.

Oigo el grito familiar que viene del pasillo, el mismo que he estado oyendo desde que me lanzaron a esta celda. Empieza como un gemido antes de desintegrarse en sollozos.

—Es joven. —Tas señala con la cabeza en dirección al prisionero atormentado—. El alcaide pasa mucho tiempo con él.

Pobre desgraciado. No es de sorprender que hable como un loco la mitad el tiempo.

Tas vierte alcohol sobre mis uñas heridas y arden como los infiernos. Contengo un gruñido.

—Los soldados —dice Tas—. Tienen un nombre para el prisionero.

—¿El gritón? —mascullo entre dientes.

—El artista.

Dirijo la mirada a Tas de golpe y me olvido del dolor.

—¿Por qué? —pregunto en voz baja— ¿Por qué lo llaman así?

—Nunca había visto nada igual. —Tas aparta la vista, perturbado—. Incluso aunque usa su sangre como tinta, los dibujos que hace en las paredes… son tan reales que creo… creo que pueden cobrar vida.

Por los infiernos sangrantes y ardientes. No puede ser. El legionario en el bloque de aislamiento dijo que estaba muerto. Y me lo creí, como el necio que soy. Me permití olvidarme de Darin.

—¿Por qué me cuentas esto? —Una suspicacia horrible y repentina me arrebata. ¿Será Tas un espía?— ¿Lo sabe el alcaide? ¿Te ha incitado él?

Tas niega con la cabeza rápidamente.

—No… por favor, escucha. —Echa un ojo a mi puño, que de pronto veo que tengo apretado. Me da asco que este niño pueda pensar que lo podría golpear, y relajo la mano.

—Incluso aquí, los soldados hablan de la búsqueda del mayor traidor del Imperio. Y hablan de la chica con la que viajas: Laia de Serra. Y… y el artista… a veces habla en sus sueños.

—¿Qué dice?

—Su nombre —susurra Tas—. Laia. Grita su nombre… y le dice que huya.

XXXIX: *Helene*

Las voces que arrastra el viento me envuelven y la inquietud me atraviesa hasta los huesos. La prisión de Kauf, todavía a tres kilómetros, revela su presencia a través del dolor de sus residentes.

—Ya era hora, joder. —Faris, que estaba esperando en el puesto de avanzada de suministros fuera del valle, sale de dentro de la edificación. Se arrebuja en su capa forrada de piel y aprieta los dientes contra el viento gélido—. Llevo aquí tres días, Verdugo.

—Había una inundación en los Montes Argentes. —Un viaje que debía durar una semana nos ha llevado más de quince días. La *Rathana* ocurrirá dentro de poco más de una semana. *No me queda tiempo.* Espero que la confianza que he depositado en la cocinera valga la pena.

—Los soldados de la guarnición de allí insistieron en que lo esquiváramos —le explico a Faris—. Un retraso de cojones.

Faris agarra las riendas de mi caballo mientras me bajo.

—Qué extraño —me dice—. Los Montes estaban bloqueados también por la cara este, pero me dijeron que era a causa de un alud de barro.

—Barro derivado de la inundación, seguramente. Vamos a comer, abastecernos y empezar a buscar el rastro de Veturius.

Una ráfaga de aire caliente del hogar que crepita nos golpea cuando entramos en el puesto, y me agencio un asiento al lado del fuego mientras Faris habla en voz baja con los cuatro auxiliares que rondan por la sala. Como si fueran uno solo, asienten vigorosamente a lo que sea que les esté diciendo y lanzan miradas nerviosas en mi dirección. Dos desaparecen en la cocina y los otros se encargan de los caballos.

—¿Qué les has dicho? —le pregunto a Faris.

—Que purgarías a sus familias si le contaban a alguien sobre nuestra presencia. —Faris me sonríe—. Supongo que no quieres que el alcaide sepa que estamos aquí.

—Bien pensado. —Espero que no necesitemos la ayuda del alcaide para localizar a Elias. Me estremezco al pensar lo que pediría a cambio—. Tenemos que rastrear el área —digo—. Si Elias está aquí, tal vez no haya entrado aún.

La respiración de Faris se acelera un instante y luego vuelve a la normalidad. Lo miro, y de golpe parece estar enormemente interesado en su comida.

—¿Qué pasa?

—Nada. —Faris responde demasiado rápido y masculla una maldición cuando se percata de que me he dado cuenta. Deja el plato sobre la mesa.

—Odio esto —dice—. Y no importa si se entera el espía de la comandante. —Le dedica a Avitas una mirada sombría—. Odio que estemos como perros buscando una presa, con Marcus blandiendo su látigo sobre nuestras espaldas. Elias me salvó la vida durante las pruebas. Y la de Dex también. Sabía lo que se sentía... después de... —Faris me dedica una mirada acusatoria—. Nunca has mencionado la tercera prueba.

Puesto que Avitas observa cada uno de mis movimientos, lo más sensato sería dar un discurso sobre la lealtad al Imperio en este momento.

Pero estoy demasiado cansada. Y en el fondo demasiado harta de todo.

—Yo también lo odio. —Bajo la mirada hacia el plato a medio acabar, pero mi apetito se ha esfumado—. Por los cielos sangrantes, lo odio todo. Pero esto no va sobre Marcus. Va sobre la supervivencia del Imperio. Si no te puedes forzar a ayudar, entonces recoge tus cosas y vuelve a Antium. Te puedo asignar a otra misión.

Faris desvía la mirada con la mandíbula apretada.

—Me quedo.

Suelto un suspiro lento.

—En ese caso —vuelvo a agarrar el tenedor—, tal vez me puedas decir por qué has puesto mala cara cuando he dicho que deberíamos rastrear la zona en busca de Elias.

—Joder, Hel. —Se queja Faris.

—A los dos os destinaron a Kauf a la vez, lugarteniente Candelan —dice Avitas a Faris—. A diferencia de ti, Verdugo.

Es verdad; Elias y yo acabamos en Kauf en momentos distintos cuando éramos quintos.

—¿Iba a algún sitio cuando la prisión era demasiado insoportable? —Avitas habla con una intensidad que he visto pocas veces—. ¿Algún lugar donde… escapar?

—Una cueva —responde Faris tras unos segundos—. Lo seguí un día cuando salimos de Kauf. Pensé… cielos, no sé qué pensé. Probablemente algo estúpido: que había encontrado una reserva oculta de cerveza en el bosque. Pero se limitó a quedarse sentado dentro mirando las paredes. Creo… creo que estaba intentando olvidar la prisión.

Un vacío insondable se abre en mi interior cuando Faris dice eso. Claro que Elias encontró un lugar así. No habría sido capaz de soportar Kauf sin eso. Es algo tan característico de él que quiero reír y romper algo al mismo tiempo.

Ahora no. No cuando estás tan cerca.

—Llévanos allí.

* * *

Al principio, creo que la cueva es otro camino sin salida. Parece haber estado abandonada durante años, pero aun así encendemos las antorchas y rebuscamos en todos los rincones. Justo cuando estoy a punto de dar la orden de irnos, vislumbro un destello de algo que brilla en el fondo de una grieta en la pared. Cuando voy a sacarlo, casi se me cae al suelo.

—Por los diez infiernos. —Faris me quita las fundas atadas—. Las cimitarras de Elias.

—Está aquí. —Ignoro el pavor que me contrae el estómago; *¡Vas a tener que matarlo!* Y hago ver que es el subidón de adrenalina de la cacería—. Y no hace mucho. Las arañas han dejado huella en todo lo demás. —Sostengo en alto la antorcha para iluminar las telarañas de la grieta.

Miro alrededor en busca de rastros de la chica. Nada.

—Si está aquí, Laia debería estar también.

—Y —añade Avitas—, si ha dejado todo esto aquí, debía pensar que no estaría fuera durante mucho tiempo.

—Te quedas a vigilar —le digo a Faris—. Recuerda, es Veturius de quien hablamos. Mantén la distancia y no te enfrentes a él. Tengo que ir a la prisión. —Me giro hacia Avitas—. ¿Supongo que insistirás en venir conmigo?

—Conozco al alcaide mejor que tú —dice—. No es un movimiento audaz irrumpir en la prisión. Hay demasiados espías de la comandante dentro; si sabe que estamos aquí, intentará sabotearte.

Arqueo las cejas.

—¿Quieres decir que no sabe que estoy aquí? Daba por hecho que se lo habías dicho.

Avitas se queda callado, y mientras el silencio se alarga, Faris se mueve incómodo a mi lado. Puedo ver una grieta prácticamente imperceptible en la fachada fría de Harper.

—Ya no soy su espía —dice al final—. Si lo fuera, ya estarías muerta a estas alturas. Porque estás demasiado cerca de capturar a Elias, y sus órdenes eran que tenía que matarte sigilosamente cuando llegara este momento y que lo hiciera parecer un accidente.

Faris desenvaina su cimitarra.

—Rata traicionera...

Levanto una mano para detenerlo y asiento hacia Avitas para que prosiga.

Saca un sobre de papel fino de su ropa.

—Nocturnia —dice—. Ilegal en el Imperio. Solo los cielos saben de dónde la sacó Keris. Una dosis baja te mata lentamente. Un poco más y tu corazón expira. La comandante tenía planeado decir que la presión de la misión había sido demasiado para ti.

—Cree que soy así de fácil de matar.

—De hecho, no. —La luz de la antorcha sumerge el rostro enmascarado de Avitas en las sombras, y durante un segundo, me recuerda a alguien que no consigo identificar—. Me he pasado semanas intentando hallar el modo de hacerlo sin que nadie se diera cuenta.

—¿Y?

—Decidí que no lo haría. Nada más tomar la decisión, empecé a desinformarla sobre lo que estábamos haciendo y a dónde nos dirigíamos.

—¿Y ese cambio de parecer? Debías saber lo que conllevaba la misión.

—Yo solicité la misión. —Guarda la nocturnia—. Le dije que necesitaba a alguien cerca de ti si quería eliminarte sin levantar sospechas.

Faris no guarda su cimitarra. Está inclinado hacia delante, su cuerpo voluminoso parece ocupar la mitad de la cueva.

—Por los infiernos sangrantes, ¿por qué solicitaste esta misión? ¿Tienes algo en contra de Elias?

Avitas niega con la cabeza.

—Tenía… una pregunta que responder. Venir con vosotros era la mejor manera de conseguirlo.

Abro la boca para preguntarle de qué se trata, pero hace un gesto negativo con la cabeza.

—La pregunta no importa.

—Por supuesto que importa, joder —salto—. ¿Qué ha podido hacer que cambiases de bando? ¿Y cómo me puedes asegurar que no volverás a cambiar?

—Puede que haya sido su espía, Verdugo de Sangre. —Me mira a los ojos, y la grieta de su fachada se hace más grande—. Pero nunca he sido su aliado. La necesitaba. Necesitaba respuestas. Eso es todo cuanto te diré. Si no puedes tolerarlo, entonces ordéname que me marche, o castígame. Lo que prefieras. Solo… —Se queda callado. ¿Es preocupación lo que veo en su rostro?—. No entres en Kauf para hablar con el alcaide. Envíale un mensaje. Sácalo de sus dominios donde tiene todo su poder. Entonces haz lo que desees.

Sabía que no podía confiar en Harper. Nunca lo he hecho. Y aun así, ahora se ha sincerado: aquí, donde no tiene ningún aliado y yo tengo uno a mi espalda.

Con todo, lo inmovilizo con la mirada. No respira.

—Traicióname y te sacaré el corazón con las manos desnudas —lo amenazo.

Avitas asiente.

—No esperaría menos, Verdugo de Sangre.

—Bien. En cuanto al alcaide, no soy una novata que todavía moja la cama, Harper. Sé a qué se dedica ese monstruo: a intercambiar secretos y dolor disfrazados de ciencia y conocimiento.

Pero adora su pequeño reino nauseabundo. No querrá que se lo quiten y eso puedo usarlo en su contra.

—Envíale al viejo un mensaje —ordeno—. Dile que deseo encontrarme con él en el cobertizo de los botes esta noche. Y que venga solo.

Harper se va de inmediato, y cuando estamos seguros de que ya no puede oírnos, Faris se gira hacia mí.

—Por favor dime que no te crees que de repente está de nuestro lado.

—No tengo tiempo para descubrirlo. —Agarro las cosas de Elias y las vuelvo a meter en la grieta de la pared—. Si el alcaide sabe algo de Veturius, no compartirá ese conocimiento a cambio de nada. Querrá información. Tengo que pensar qué le voy a dar.

* * *

A la medianoche, Avitas y yo nos infiltramos en la caseta de los botes de Kauf. Las vigas anchas del tejado brillan tenuemente en la luz azul de las antorchas. El único sonido que se oye es el chapoteo ocasional que hace el río contra los laterales de las barcas.

Aunque Avitas le ha pedido al alcaide que viniera solo, estoy segura de que vendrá acompañado de sus guardias. Mientras escudriño las sombras, desenfundo la cimitarra y muevo los hombros. Los cascos de madera de los botes golpean entre sí, y fuera, los transportes de prisioneros anclados a la caseta proyectan largas sombras por las ventanas. Un viento fuerte hace traquetear el cristal.

—¿Estás seguro de que va a venir?

El Norteño asiente.

—Tiene mucho interés en hablar contigo, Verdugo. Pero…

—Bueno, bueno, lugarteniente Harper, no hay necesidad de instruir a nuestra Verdugo. No es una niña.

El alcaide, tan pálido y larguirucho como una araña de las catacumbas desproporcionada, sale de la oscuridad por el lateral de la caseta. ¿Cuánto rato lleva merodeando por ahí? Me obligo a no ir en busca de mi cimitarra.

—Tengo preguntas, alcaide. —*Eres un gusano. Un parásito patético y retorcido.* Quiero que oiga la indiferencia que hay en mi voz. Quiero que sepa que está por debajo de mí.

Se detiene a unos pasos con las manos entrelazadas a la espalda.

—¿Cómo puedo serte útil?

—¿Se ha escapado alguno de los prisioneros en las últimas semanas? ¿Alguien se ha colado o ha robado?

—Negativo en todo, Verdugo. —Aunque lo miro con atención, no veo ningún indicio de que esté mintiendo.

—¿Algún comportamiento extraño? ¿Algún guardia sorprendido en algún lugar donde no debería estar? ¿Alguna llegada de prisioneros inesperada?

—Las fragatas traen nuevos prisioneros continuamente. —El alcaide junta sus dedos largos en un gesto pensativo—. Procesé uno yo mismo hace poco. Sin embargo, ninguno era inesperado.

Siento un hormigueo en la piel. El alcaide me está diciendo la verdad, pero a la vez está escondiendo algo. Lo noto. A mi lado, Avitas cambia el peso de pierna, como si él también sintiera que algo no está bien.

—Verdugo de Sangre —dice el alcaide—. Perdóname, pero ¿por qué estás aquí, en Kauf, requiriendo esa información? Creía que tenías una misión bastante apremiante para encontrar a Elias Veturius.

Me yergo.

—¿Siempre les haces preguntas a tus oficiales superiores?

—No te ofendas. Solo me pregunto si algo habrá llevado a Veturius a venir aquí.

Me doy cuenta de cómo observa mi rostro en busca de una reacción, y me preparo para lo que sea que dirá a continuación.

—Porque si estuvieras dispuesta a decirme por qué sospechas que pueda estar aquí, entonces tal vez yo pueda compartir algo... útil.

Avitas me lanza una mirada. Una advertencia. *Empieza el juego.*

—Por ejemplo —prosigue el alcaide—, la chica con la que viaja... ¿quién es?

—Su hermano está en tu prisión. —Le ofrezco la información sin tapujos, una muestra de buena fe. *Si tú me ayudas, yo te ayudo*—. Creo que Veturius está intentando liberarlo.

La luz que desprenden los ojos del alcaide significa que le he dado algo que quiere. Durante un segundo, la culpa me invade. Si el chico está en la prisión, se lo habré puesto mucho más difícil a Elias para que lo pueda sacar de ahí.

—¿Qué significa ella para él, Verdugo de Sangre? ¿Qué poder tiene ella sobre él?

Doy un paso hacia el anciano para que pueda ver la verdad en mis ojos.

—No lo sé.

Fuera de la caseta, el viento arrecia. Suspira en los aleros, inquietante como un traqueteo mortífero. El alcaide ladea la cabeza sin parpadear con sus ojos sin pestañas.

—Di su nombre, Helene Aquilla, y te diré algo que te interesa.

Intercambio una mirada con Avitas. Él niega con la cabeza. Aprieto la mano en la cimitarra y descubro que mis palmas me resbalan por la empuñadura. Cuando era una quinto, hablé con el alcaide no más de dos veces. Pero sabía, todos los quintos lo sabían, que nos estaba observando. ¿Qué descubrió sobre mí en ese tiempo? Yo era una niña, solo tenía doce años. ¿Qué podría haber aprendido sobre mí?

—Laia. —No permito mostrar ninguna inflexión en mi voz, pero el alcaide ladea la cabeza en una evaluación fría.

—Envidia e ira —dice—. Y… ¿posesión? Una conexión. Algo completamente irracional, parece ser. Extraño…

Una conexión. La curación… la protección que no quiero sentir. Por los cielos sangrantes. ¿Ha sacado todo eso de una sola palabra? Tomo conciencia de mi rostro para evitar mostrarle lo que siento. Aun así, sonríe.

—Ah —dice en voz baja—. Veo que estoy en lo cierto. Gracias, Verdugo de Sangre. Me has dado mucho. Pero ahora debo irme. No me gusta estar alejado de la prisión durante mucho tiempo.

Como si Kauf fuera su nueva novia a la que echara de menos.

—Me prometiste información, viejo —le digo.

—Ya te he dicho todo lo que necesitas saber, Verdugo de Sangre. Tal vez no estabas escuchando. Creía que serías —el alcaide parece estar un poco decepcionado— más lista.

Los pasos del alcaide retumban en la caseta vacía mientras se aleja. Cuando llevo la mano a la cimitarra, con la intención de obligarlo a hablar, Avitas me agarra el brazo.

—No, Verdugo —susurra—. Nunca dice nada sin una razón. Piensa… Debe de habernos dado una pista.

¡No necesito una maldita pista! Aparto de un manotazo el brazo de Avitas, desenvaino la espada y me abalanzo hacia el alcaide. Y mientras lo hago, me viene a la mente; lo que ha dicho que me ha erizado el vello de la nuca. *Procesé uno yo mismo hace poco. Sin embargo, ninguno era inesperado.*

—Veturius —digo—. Lo has capturado.

El alcaide se detiene. No puedo distinguir con claridad el rostro del anciano cuando se medio gira hacia mí, pero oigo la sonrisa en su voz.

—Excelente, Verdugo. No eres tan decepcionante después de todo.

XL: *Laia*

Keenan y yo nos agachamos detrás de un árbol caído para examinar la cueva. No parece ser gran cosa.

—A ochocientos metros del río, rodeada por abetos, encarada al este, con un riachuelo al norte y un bloque de granito de lado a unos cien metros al sur. —Keenan señala cada referencia—. No puede ser ningún otro lugar.

El rebelde se aprieta un poco más la capucha. Un pequeño montículo de nieve se erige en cada uno de sus hombros. El viento silba a nuestro alrededor, arrojándonos pequeñas partículas de hielo a los ojos. A pesar de las botas forradas de piel que Keenan robó para mí en Delphinium, no puedo notar los pies. Pero al menos la tormenta ha cubierto nuestras huellas y ha tapado los lamentos espeluznantes que vienen de la prisión.

—No hemos visto ningún movimiento. —Me arrebujo en la capa—. Y la tormenta está empeorando. Estamos perdiendo tiempo.

—Sé que piensas que estoy loco —repone Keenan—. Pero no quiero que caigamos en una trampa.

—No hay nadie aquí —respondo—. No hemos visto huellas, ni señales de que haya alguien más en este bosque aparte de nosotros. ¿Y si Darin y Elias están ahí dentro heridos o muertos de hambre?

Keenan observa la cueva durante un segundo más, entonces se pone en pie.

—Está bien, vamos.

Cuando nos acercamos, mi cuerpo ya no me permite ningún tipo de cautela. Saco la daga, adelanto a Keenan y entro en la cueva.

—¿Darin? —susurro en la oscuridad—. ¿Elias? —La cueva parece estar abandonada. Pero claro, Elias se aseguraría de que nadie pudiera pensar que hay alguien dentro.

Una luz prende detrás de mí: Keenan sostiene una lámpara en alto, iluminando las paredes cubiertas de telarañas y el suelo repleto de hojas. La cueva no es muy grande, pero ojalá lo fuera. Entonces verla vacía no supondría un hecho tan determinante.

—Keenan —susurro—. Parece que nadie ha estado aquí desde hace años. Puede que Elias ni siquiera llegara hasta aquí.

—Mira. —Keenan alarga el brazo hacia una grieta profunda en el fondo de la cueva y saca una mochila. Le tomo la lámpara con la esperanza creciendo en mi interior. Keenan suelta la mochila, busca más adentro y saca un conjunto de cimitarras conocidas.

—Elias —digo y suelto el aire contenido—. Estaba aquí.

Keenan abre la mochila y saca lo que parece ser un pan de una semana y fruta mohosa.

—Hace tiempo que no pasa por aquí, o se habría comido esto. Y —Keenan me agarra la lámpara e ilumina el resto de la cueva— no hay rastro de tu hermano. La *Rathana* será dentro de una semana. Elias debería haber sacado a Darin ya.

El viento aúlla como un espíritu enfadado desesperado por liberarse.

—Podemos guarecernos aquí de momento. —Keenan deja caer su mochila—. La tormenta es demasiado violenta como para que busquemos otro sitio donde acampar.

—Pero tenemos que hacer algo —le digo—. No sabemos si Elias entró, si pudo sacar a Darin, si Darin está vivo…

Keenan me agarra de los hombros.

—Hemos llegado hasta aquí, Laia. Hemos llegado a Kauf. Apenas la tormenta se disperse, descubriremos qué ha ocurrido. Encontraremos a Elias y…

—No —dice una voz desde la entrada de la cueva—. No lo encontraréis. Porque no está aquí.

El corazón se me encoge, y me aferro a la empuñadura de la daga. Pero cuando veo las tres figuras enmascaradas que están en la entrada de la cueva, sé que me servirá de poco.

Una de las figuras se adelanta, media cabeza más alta que yo, su máscara como un mercurio brillante bajo su capucha de piel.

—Laia de Serra —dice Helene Aquilla. Si la tormenta de fuera tuviera voz, sería como la de ella: gélida, mortífera y completamente desprovista de sentimiento.

XLI: *Elias*

Darin está vivo. Está en una celda a unos metros de la mía.

Y lo están torturando hasta volverlo loco.

—Tengo que encontrar una manera de entrar en esa celda —medito en voz alta. Lo que significa que tengo que saber los horarios de los cambios de guardia y los interrogatorios. Necesito las llaves de mis esposas y de la puerta de Darin. Drusius dirige esta parte del bloque de interrogación; él custodia las llaves, pero nunca se me acerca lo suficiente como para que pueda agarrarlo.

No hay llave. Ganzúas para abrir los cerrojos, entonces. Necesito dos…

—Yo puedo ayudarte. —La voz baja de Tas se inmiscuye en mi confabulación—. Y… hay otros, Elias. Los académicos de las fosas han organizado un movimiento revolucionario; los esquiritas… hay decenas de ellos.

Las palabras de Tas tardan en calar, pero cuando lo hacen, lo miro sin aliento.

—El alcaide te despellejaría vivo… y a cualquiera que te ayudara. Absolutamente no.

Tas da un respingo ante mi respuesta vehemente.

—Tú… tú dijiste que mi miedo le da poder. Si te ayudo…

Diez infiernos. Ya tengo suficientes muertes en las manos sin tener que añadir la de un niño a la lista.

—Gracias. —Lo miro a los ojos—. Por contarme lo del artista. Pero no necesito tu ayuda.

Tas recoge sus cosas y se escurre hacia la puerta. Se detiene en el umbral durante un momento, devolviéndome la mirada.

—Elias…

—Muchos han sufrido —lo corto— por mi culpa. No más. Por favor, vete. Si los guardias te oyen hablar conmigo te castigarán.

Después de irse, me pongo de pie trastabillando, haciendo una mueca ante el dolor lacerante que siento en las manos y los pies. Me fuerzo a andar, un movimiento inconsciente que ante la ausencia de la telis se ha transformado en una hazaña de proporciones inconmensurables.

Una docena de ideas me recorren la mente, cada una más extravagante que la anterior. Y todas ellas requieren la ayuda de al menos otra persona.

El chico, una voz práctica me dice en mi interior. *El chico puede ayudarte.*

Sería mejor que lo matara yo mismo, le respondo a la voz con un siseo. *Al menos sería una muerte más rápida.*

Debo hacer esto solo. Solamente necesito tiempo, pero el tiempo es una de las muchas cosas que no tengo. Solo una hora después de que Tas se haya ido, no he hallado ninguna solución y la cabeza me empieza a dar vueltas y el cuerpo se convulsiona. *Ahora no, joder.* Pero todos los improperios y las palabras severas que me dedico a mí mismo no sirven de nada. El desmayo me lleva al suelo; primero me pone de rodillas, y luego directo a la Antesala.

* * *

—No sé por qué no me construyo una maldita casa aquí —mascullo mientras me levanto del suelo cubierto de nieve—. Tal vez podría tener algunas gallinas y plantar un jardín.

—¿Elias?

Izzi me mira desde detrás de un árbol. Una versión desgastada de ella. El corazón se me encoge al verla.

—Tenía… tenía la esperanza de que volvieras.

Miro alrededor en busca de Shaeva y me pregunto por qué no ha ayudado a Izzi a cruzar al otro lado. Cuando sujeto las manos de mi amiga, baja la vista sorprendida ante mi calor.

—Estás vivo —dice lentamente—. Uno de los espíritus me lo dijo. Un máscara. Me dijo que te paseas por el mundo de los vivos y de los muertos, pero no lo creí.

Tristas.

—Todavía no estoy muerto —le digo—. Pero no falta mucho. ¿Cómo has…? —¿Es una muestra de poca delicadeza preguntarle a un fantasma cómo ha muerto? Estoy a punto de disculparme, pero Izzi se encoge de hombros.

—Una redada marcial —responde—. Un mes después de que te fueras. Un momento estaba intentando salvar a Gibran y el siguiente estaba aquí con esa mujer plantada delante de mí… la Atrapaalmas, dándome la bienvenida al reino de los fantasmas.

—¿Qué pasó con los demás?

—Están vivos —dice Izzi—. No estoy segura de cómo lo sé, pero no tengo dudas.

—Lo siento —me disculpo—. Si hubiera estado allí, tal vez podría haber…

—Calla. —Los ojos de Izzi centellean—. Siempre piensas que todos los demás son responsabilidad tuya, Elias, pero no es así. Somos dueños de nosotros mismos y merecemos tomar nuestras propias decisiones. —La voz le tiembla con una ira inusitada—. No morí por tu culpa, morí porque quería salvar a otra persona. No te atrevas a arrebatarme eso.

Inmediatamente después de pronunciar la última palabra, su ira desaparece. Parece estar perpleja.

—Lo siento —dice con un chillido—. Este lugar… se mete dentro de ti. No me siento bien, Elias. Los demás fantasmas… se pasan todo el día llorando y lamentándose… —Su ojo se ensombrece, y da la vuelta y les gruñe a los árboles.

—No te disculpes. —Algo la está reteniendo, haciendo que esté atascada aquí, haciéndola sufrir. Siento una necesidad casi incontrolable de ayudarla—. ¿Tú... no puedes cruzar al otro lado?

Las ramas crujen por el viento, y el susurro de los fantasmas entre los árboles se acalla, como si ellos también quisieran oír la respuesta de Izzi.

—No quiero cruzar —susurra—. Tengo miedo.

La agarro de la mano y empezamos a andar antes de lanzar una mirada sombría a los árboles. Solo porque Izzi esté muerta no significa que puedan fisgonear en sus pensamientos. Para mi sorpresa, los susurros cesan, como si los fantasmas quisieran darnos privacidad.

—¿Tienes miedo de que pueda doler? —le pregunto.

Baja la vista hacia sus botas.

—No tengo familia, Elias. Solo tenía a la cocinera, y no está muerta. ¿Y si no hay nadie más esperándome? ¿Y si estoy sola?

—No creo que sea así —respondo. Veo a través de los árboles el brillo del sol en el agua—. En ese lado no se puede estar solo ni acompañado, creo que funciona diferente.

—¿Cómo lo sabes?

—No lo sé. Pero los espíritus no pueden seguir hasta que han lidiado con lo que sea que los ata al mundo de los vivos. Amor o ira, miedo o familia. Así que tal vez esas emociones no existan en ese lado. En cualquier caso, será mejor que este lugar, Izzi. Este lugar está encantado. No mereces estar atascada aquí.

Localizo un camino más adelante, y mi cuerpo se dirige hacia él por instinto. Me viene a la cabeza un colibrí de plumas blancas que una vez salió del cascarón en el patio de Quin. Me encantaba cómo desaparecía en invierno y volvía en primavera, guiado hasta casa por alguna brújula interna desconocida.

Pero ¿por qué conoces este camino, Elias, si nunca has estado en esta parte del Bosque?

Aparto la pregunta de mi mente. Ahora no es el momento.

Izzi se apoya en mí mientras el camino desciende hacia un dique recubierto de hojas secas. La senda baja de repente y nos detenemos. Un río de aguas calmadas susurra a nuestros pies.

—¿Ya está? —Izzi mira hacia las aguas claras. El sol extraño y apagado de la Antesala brilla en su pelo rubio y lo hace parecer casi blanco—. ¿Aquí es donde cruzo?

Asiento, la respuesta me viene como si siempre la hubiera sabido.

—No me iré hasta que estés preparada. Me quedaré contigo.

Levanta su ojo oscuro hacia mi cara y se parece más a su yo de siempre.

—¿Qué pasará contigo, Elias?

Me encojo de hombros.

—Estoy... —*bien, conforme, vivo*— solo —le suelto. De inmediato, me siento como un tonto.

Izzi ladea la cabeza y me posa una mano fantasmal en la cara.

—A veces, Elias, la soledad es una decisión. —Se empieza a desvanecer por los contornos, pequeñas partes de ella desaparecen delicadamente como la pelusa blanca de un diente de león—. Dile a Laia que no tuve miedo. Ella estaba preocupada por mí.

Me suelta y da un paso hacia el río. Un instante está y al siguiente ya no, se va antes de que pueda levantar una mano siquiera para despedirme. Algo me quita un poco del peso que siento dentro al ver su marcha, como si una pizca de la culpa que me asola se hubiera dispersado.

Detrás de mí, siento otra presencia. Recuerdos en el aire: el estallido de cimitarras de entrenamiento que entrechocan, carreras por las dunas, su risa y las bromas inacabables sobre Aelia.

—Tú también puedes cruzar —digo sin girarme—. Podrías ser libre, como ella. Yo te ayudaré. No tienes por qué hacerlo solo.

Aguardo con esperanza, pero la única respuesta que me da Tristas es el silencio.

* * *

Los tres días siguientes son los peores de mi vida. Si los desmayos me llevan a la Antesala, no soy consciente de ello. Lo único que experimento es dolor y los ojos azules del alcaide mientras me bombardea con preguntas. *Háblame de tu madre... una mujer fascinante. Eras un amigo cercano de la Verdugo de Sangre. ¿Siente el dolor ajeno con la misma intensidad que tú?*

Tas, con su pequeña cara preocupada, intenta mantener mis heridas limpias. *Puedo ayudarte, Elias. Los esquiritas te pueden ayudar.*

Drusius me deja preparado cada mañana para el alcaide. *No volveré a permitir que me derrotes, maldito...*

En los pocos momentos de lucidez que tengo, intento reunir información. *No te rindas, Elias. No caigas en la oscuridad.* Escucho los pasos de los guardias, el timbre de sus voces. Aprendo a identificarlos mediante las pequeñas sombras que pasan por mi puerta. Descifro sus turnos e identifico un patrón en los interrogatorios. Entonces busco mi oportunidad.

Pero ninguna aparece. Al revés, la muerte va dando círculos como un buitre paciente. Siento su sombra torcida que se acerca y enfría el aire que respiro. *Todavía no.*

Entonces, una mañana los pasos suenan fuera de mi puerta y las llaves traquetean. Drusius entra en mi celda para propinarme mi paliza matutina. Justo a la hora. Dejo que mi cabeza cuelgue con la boca abierta. Se ríe para sí mismo y se dirige hacia mí a paso tranquilo. Cuando está a unos centímetros de distancia, me agarra del pelo y me obliga a mirarlo.

—Patético. —Me escupe en la cara. *Cerdo*—. Se suponía que tenías que ser un tipo fuerte. El imponente Elias Veturius. No eres nad...

Hombre estúpido, te has olvidado de tensar las cadenas. Subo la rodilla de golpe, directa a su entrepierna. Suelta un chillido y se dobla por la mitad y no se da cuenta de que le he rodeado el cuello con una de las cadenas hasta que su cara ya se está poniendo azul.

—Tú —le gruño cuando por fin pierde la conciencia— hablas demasiado.

Lo dejo en el suelo y registro su cuerpo en busca de las llaves. Las encuentro y le coloco las esposas por si se despierta antes de lo previsto. Entonces lo amordazo.

Me asomo por las rendijas de la puerta. El otro máscara de servicio no ha venido todavía en busca de Drusius, aunque no tardará. Cuento el sonido de los pasos de ese máscara hasta que estoy seguro de que está bien lejos de mí. Entonces salgo por la puerta.

La luz de las antorchas me pica en los ojos y los entrecierro. Mi celda está al final de un pasillo corto que sale del corredor principal del bloque. Este pasillo solo contiene tres celdas, y estoy seguro de que la de mi lado está vacía. Lo que me deja solo otra celda por inspeccionar.

Tengo los dedos inutilizados por la tortura, y aprieto los dientes ante los largos segundos que me lleva trastear con las llaves. *Espabila, Elias, espabila.*

Al fin doy con la llave correcta, y un instante después, abro la puerta. Hace un chirrido sonoro, y me pongo de lado para colarme dentro. Vuelve a chillar cuando la cierro y maldigo en voz baja.

Aunque he estado solo un momento a la luz de las antorchas, tardo un poco en ajustarme a la oscuridad. Al principio no puedo ver los dibujos, pero cuando lo hago, me quedo sin aliento. Tas tenía razón. Parece que podrían cobrar vida.

La celda está en silencio. Darin debe de estar durmiendo o inconsciente. Doy un paso hacia la forma demacrada que está en una esquina. Entonces oigo el traqueteo de las cadenas y el jadeo de una respiración ardua. Un espectro devastado salta de la oscuridad, su cara a centímetros de la mía, y rodea mi cuello con unos dedos huesudos. Le faltan mechones de cabello claro en la cabeza y su cara amoratada está entrecruzada de cicatrices. Dos de sus dedos son muñones y tiene el torso cubierto de quemaduras. *Por los diez infiernos.*

—¿Quién cojones eres tú? —pregunta el espectro.

Le quito las manos de alrededor de mi cuello con facilidad, pero durante un segundo soy incapaz de hablar. Es él. Lo reconozco al instante. No porque se parezca a Laia. Incluso en la celda sombría, puedo ver sus ojos azules y su piel pálida. Pero el fuego de su mirada; solo lo he visto en otra persona. Y aunque espero que me observe con ojos de loco, a juzgar por los sonidos que he oído, me parece que están completamente cuerdos.

—Darin de Serra, soy un amigo —le digo.

Me responde con una risita sombría.

—¿Un marcial como amigo? Lo dudo.

Miro hacia la puerta por encima del hombro. No tenemos tiempo.

—Conozco a tu hermana, Laia. Estoy aquí para liberarte por petición suya. Tenemos que irnos… ahora…

—Mientes —sisea.

Oigo el sonido de un paso fuera y entonces silencio. No tenemos tiempo para esto.

—Te lo puedo demostrar. Pregúntame sobre ella. Puedo decirte…

—Puedes decirme lo que le conté al alcaide, que es todo sobre ella, joder. —Darin me mira con un odio abrasador. Debe de haber estado exagerando su dolor durante los interrogatorios para que el alcaide se creyera que era débil, porque por esa mirada, es obvio que no es ningún pusilánime. En una situación normal se ganaría mi respeto, pero ahora mismo es un maldito inconveniente.

—Escúchame. —Mantengo la voz baja pero lo bastante intensa como para atravesar su suspicacia—. No soy uno de ellos, si no, no estaría vestido así y lleno de heridas. —Le muestro los brazos, marcados con cortes del último interrogatorio del alcaide—. Soy un prisionero. Me infiltré para sacarte pero me atraparon. Ahora tengo que lograr que salgamos de aquí.

—¿Qué quiere de ella? —Darin masculla—. Dime qué quiere de mi hermana y tal vez te crea.

—No lo sé —admito—. Lo más probable es que se quiera meter en tu cabeza. Conocerte mejor preguntándote por ella. Si no has respondido a sus preguntas sobre las armas…

—No me ha hecho ninguna pregunta sobre las malditas armas —Darin se rasca la cabeza—. Solo me ha preguntado por ella.

—Eso no tiene ningún sentido —le digo—. Te capturaron por las armas. Por lo que Spiro te enseñó del acero sérrico.

Darin se queda paralizado.

—¿Cómo diantres sabes eso?

—Te lo he dicho…

—Nunca les he contado nada de eso —afirma—. Por lo que saben, soy un espía de la Resistencia. Cielos, ¿tenéis a Spiro también?

—Espera. —Levanto una mano, perplejo—. ¿Nunca te ha preguntado por las armas? ¿Solo sobre Laia?

Darin levanta la barbilla y resopla.

—El alcaide debe de estar más desesperado por la información de lo que pensaba. ¿De verdad creía que me podrías convencer de que eras amigo de Laia? Cuéntale una cosa más de ella de mi parte. Laia nunca pediría ayuda a un marcial.

Se oyen unos pasos en el pasillo. Tenemos que salir de aquí cagando leches.

—¿Les dijiste que tu hermana duerme con la mano sobre el brazalete de tu madre? —le pregunto—. ¿O que de cerca sus ojos son dorados, marrones, verdes y plateados? ¿O que desde el día que le dijiste que huyera, todo lo que ha sentido ha sido culpa, y lo único en lo que ha pensado ha sido en la manera de llegar hasta ti? ¿O que tiene un fuego en su interior con el que se puede enfrentar de sobra con cualquier máscara, si tan solo se lo creyera?

Darin se queda con la boca abierta.

—¿Quién eres?

—Ya te lo he dicho. Soy un amigo. Y ahora mismo, tengo que hacer que huyamos de aquí. ¿Puedes tenerte en pie?

Darin asiente y cojea hacia delante. Coloco su brazo alrededor de mis hombros. Nos arrastramos hasta la puerta, y oigo unos pasos de un guardia que se acercan. Sé por el ritmo con el que anda que es un legionario: siempre son más ruidosos que los máscaras. Espero con impaciencia a que se aleje.

—¿Qué te preguntó el alcaide sobre tu hermana? —le digo mientras esperamos.

—Quería saberlo todo —responde Darin en tono sombrío—. Pero rebuscaba la información. Estaba frustrado. Era como si no estuviera muy seguro de qué preguntar. Como si las preguntas no fueran suyas. Al principio intenté mentir, pero siempre me descubría.

—¿Qué le dijiste? —El guardia ya está bien lejos. Agarro la maneta de la puerta y tiro de ella con una lentitud insoportable, por miedo a que chirríe.

—De todo con tal de que parara el dolor. Cosas estúpidas: que adora el Festival de la Luna. Que podía observar cómo vuelan las cometas durante horas. Que le gusta el té con la miel suficiente como para ahogar a un oso.

El vacío que siento en el estómago desaparece. Esas palabras me son familiares. *¿Por qué son familiares?* Dirijo toda mi atención a Darin, y me mira indeciso.

—No creía que eso lo ayudaría —dice—. Nunca parecía estar satisfecho, no importaba lo que le contara. Dijera lo que le dijera, siempre pedía más.

Es una coincidencia, me digo. Entonces recuerdo algo que mi abuelo Quin solía decir: *Solo un idiota cree en las coincidencias.* Las palabras de Darin me dan vueltas en la cabeza y se relacionan con cosas aunque no quiera, dibujando líneas donde no debería haber ninguna.

—¿Le dijiste al alcaide que a Laia le encanta el estofado de lentejas en invierno? —pregunto—. ¿Que la hace sentir a salvo? O... ¿o que no quería morir sin haber visto antes la Gran Biblioteca de Adisa?

—Solía hablarle de la biblioteca todo el rato —dice Darin—. Le encanta oírlo.

Las palabras flotan por mi mente, retales de conversaciones entre Laia y Keenan que oí mientras viajábamos. *Me ha gustado hacer volar los cometas desde que era niño,* dijo un día. *Podría observarlos durante horas... Me encantaría ver la Gran Biblioteca algún día.* Y Laia, la noche antes de mi partida, sonriendo mientras se tomaba el té demasiado dulce que Keenan le había llevado. *El té bien hecho es dulce como para ahogar a un oso,* dijo.

No, por los infiernos sangrantes, no. Todo este tiempo, acechando entre nosotros. Pretendiendo preocuparse por ella. Intentando llevarse bien con Izzi. Actuando como un amigo cuando en realidad era un instrumento del alcaide.

Y su cara antes de que me fuera. Esa dureza que nunca le mostraba a Laia pero que yo sentí que estaba ahí desde el principio. *Sé lo que es hacer cosas por la gente que quieres.* Maldita sea, él debe de ser el que le informó al alcaide sobre mi llegada, aunque no tengo ni idea de cómo le pudo enviar un mensaje al viejo sin usar los tambores.

—Intenté no contarle nada importante —añade Darin—. Pensé...

Darin se queda callado cuando oye las voces estruendosas de unos soldados que se acercan. Cierro la puerta, y nos echamos atrás hacia la celda hasta que pasan de largo.

Solo que no pasan.

En vez de eso giran hacia el pasillo que da a esta celda. Mientras miro alrededor en busca de algo para defenderme, la puerta se abre de golpe y entran cuatro máscaras con las porras en ristre.

No es una pelea. Son demasiado rápidos y yo estoy herido, envenenado y muerto de hambre. Me postro; sé cuándo me superan en número, y no puedo soportar más heridas severas. Los máscaras quieren usar esas porras para machacarme la cabeza con desesperación, pero no lo hacen; en vez de eso me esposan sin miramientos y me ponen de pie de un tirón.

El alcaide entra con las manos a la espalda. Cuando nos ve a Darin y a mí uno al lado del otro, no parece estar sorprendido.

—Excelente, Elias —murmura—. Al fin, tú y yo tenemos algo de lo que vale la pena charlar.

XLII: *Helene*

El académico pelirrojo lleva la mano a su cimitarra pero se detiene al oír el siseo de dos espadas que salen de sus fundas. Con un cambio de peso rápido, se sitúa delante de Laia.

Ella se pone a su lado con una mirada formidable. No es la misma chiquilla asustada a la que curé en los aposentos de los esclavos en Risco Negro. Esa sensación de protección extraña me atenaza, la misma emoción que sentí por Elias en Nur. Alargo una mano y le toco la cara. Ella se sobresalta mientras que Avitas y Faris intercambian una mirada. Me aparto de golpe, pero no antes de comprobar con el tacto que se encuentra bien. El alivio me invade… y la rabia.

¿Acaso mi curación no significó nada para ti?

Esta muchacha tenía una canción extraña, con una belleza mística que me hacía erizar el vello de la nuca; muy diferente a la canción de Elias, pero no discordante. Livia y Hannah tomaron lecciones de canto, ¿cómo lo llamaban? *Contramelodía.* Laia y Elias son las contramelodías de cada uno. Yo soy simplemente una nota disonante.

—Sé que estás aquí por tu hermano —le digo—. Darin de Serra, espía de la Resistencia…

—No es un…

Hago callar su protesta con un movimiento de la mano.

—Me importa una mierda. Probablemente acabes muerta.

—Te aseguro que no. —Los ojos dorados de la chica sueltan chispas y tiene la mandíbula apretada—. He llegado hasta aquí a pesar de que nos estabas persiguiendo. —Da un paso adelante, pero mantengo mi posición—. Sobreviví al genocidio de la comandante…

—Unas cuantas patrullas para rodear a los rebeldes no es…

—¿Patrullas? —Su rostro hace una mueca aterrorizada—. Estáis matando a miles. Mujeres, Niños. Cabrones, tenéis un ejército entero abandonado de la mano de los cielos en los Montes Argentes…

—Ya basta —dice el pelirrojo con brusquedad, pero lo ignoro, tengo la atención puesta en lo que acaba de decir Laia.

— *… un maldito ejército…*

— *… esa perra de Risco Negro está planeando algo… Es algo grande esta vez, chica…*

Tengo que salir de aquí. Tengo una corazonada rondándome la mente y necesito estudiarla.

—Estoy aquí por Veturius. Cualquier intento de rescatarle acabará con tu muerte.

—Rescatar —dice Laia en voz inexpresiva—. De… de la prisión.

—Sí —respondo con impaciencia—. No quiero matarte, chica. Así que apártate de mi vista.

Salgo a largos pasos de la cueva hacia los bancos de nieve con la mente agitada.

—Verdugo —me llama Faris cuando ya casi hemos llegado a nuestro campamento—. No me cortes la cabeza, pero no podemos simplemente dejarlos vivos para que lleven a cabo una incursión ilegal en la prisión.

—Cada guarnición a la que fuimos en las tierras tribales iba corta de personal —le respondo—. Incluso Antium no tenía los hombres necesarios para las murallas. ¿Por qué crees que es?

Faris se encoge de hombros, desconcertado.

—Enviaron a los hombres a las zonas fronterizas. Dex escuchó lo mismo.

—Pero mi padre me dijo en sus cartas que las guarniciones de las fronteras necesitaban refuerzos. Dijo que la comandante solicitaba soldados también. A todo el mundo le faltan hombres. Decenas de guarniciones, miles de soldados. Un ejército de soldados.

—¿Te refieres a lo que ha dicho la chica sobre los Montes Argentes? —dice Faris en tono de mofa—. Es una académica... No sabe de lo que habla.

—Los Montes tienen docenas de valles lo suficientemente grandes como para esconder un ejército —le respondo—. Y solo un lugar de paso para entrar y para salir. Ambos pasos...

Avitas suelta un taco.

—Bloqueados —afirma—. Por el tiempo. Pero esos pasos nunca están bloqueados tan al inicio del invierno.

—Íbamos con tanta prisa que no nos paramos a pensarlo dos veces —comenta Faris—. Si hay un ejército, ¿para qué es?

—Puede que Marcus esté planeando atacar las tierras tribales —le digo—. O Marinn. —Ambas opciones son un desastre. El Imperio ya tiene bastante con lo que lidiar sin una guerra a gran escala. Llegamos a nuestro campamento, y le paso a Faris las riendas de su caballo—. Descubre qué está ocurriendo. Explora los Montes Argentes. Le ordené a Dex que volviera a Antium y que le dijera a la Guardia Negra que estuviera preparada.

Faris desvía la vista hacia Avitas y él me ladea la cabeza. *¿Confías en él?*

—Estaré bien —le digo—. Ahora ve.

Unos momentos después de que parta, una sombra sale del bosque. Tengo la cimitarra a medio desenvainar cuando me doy cuenta de que es un quinto, tembloroso y medio congelado. Me da una nota sin mediar palabra.

La comandante llega esta noche para supervisar la purga de los residentes académicos de la prisión de Kauf. Me reuniré con ella a medianoche, en su pabellón.

Avitas tuerce el gesto al ver mi expresión.

—¿Qué ocurre?

—El alcaide, que sale a jugar.

* * *

Cuando llega la medianoche, avanzo sigilosamente siguiendo la base del muro alto exterior de Kauf en dirección al campamento de la comandante, observando los frisos y las gárgolas que hacen que Kauf parezca un monumento ornamentado en comparación con Risco Negro. Avitas me sigue y cubre nuestras huellas.

Keris Veturia ha colocado sus tiendas a la sombra del muro al sureste de Kauf. Sus hombres patrullan el perímetro, y su pabellón se sitúa en el centro del campamento, con cinco metros de espacio vacío en tres de sus lados. La parte posterior de la tienda está arramblada a la pared resbaladiza por el hielo del muro de Kauf. No hay montones de madera, ni carros, ni siquiera un maldito caballo que podamos usar para cubrirnos.

Me detengo al borde del campamento y asiento hacia Avitas. Saca un rezón y lo lanza a lo alto de un muro de contención a unos doce metros de altura. El gancho se agarra. Me pasa la cuerda y retrocede silenciosamente por la nieve.

Cuando he subido tres metros, oigo el crujido de unas botas en la nieve. Me giro con la intención de gritarle a susurros a Avitas por ser tan jodidamente ruidoso. Sin embargo, veo un soldado que se mueve atropelladamente por entre las tiendas mientras se desabrocha los pantalones para aliviarse.

Intento agarrar un cuchillo, pero mis botas, resbaladizas por la nieve, patinan por la cuerda y se me cae la hoja. El soldado se gira al oír el sonido. Sus ojos se abren y toma aire para gritar. *¡Maldita sea!* Me preparo para saltar, pero un brazo rodea el cuello del soldado y lo deja sin aire. Avitas me mira intensamente mientras forcejea con el hombre. *¡Ve!* Vocaliza.

Rápidamente, entrelazo la cuerda con mis botas y tiro hacia arriba mano a mano. Una vez en la cima, apunto a otro muro a diez metros, directamente encima de la tienda de la comandante. Dejo que el rezón vuele. Cuando estoy segura de que está bien amarrado, me ato la cuerda alrededor de la cintura y respiro hondo, preparada para dejarme caer.

Entonces miro hacia abajo.

Lo más estúpido que podías hacer, Aquilla. Un viento helado me azota, aunque el sudor me corre por la espalda. *No vomites. La comandante no te agradecería que vaciaras tus entrañas sobre su tienda.* La mente me viaja a la segunda prueba. A la boca siempre sonriente de Elias y sus ojos plateados mientras nos ataba con la cuerda. *No te dejaré caer, te lo prometo.*

Pero él no está aquí. Estoy sola, colgada como una araña sobre un abismo. Agarro la cuerda, la pruebo una última vez y salto.

Ingravidez. Terror. Mi cuerpo choca contra el muro. Me balanceo con fiereza... *estás muerta, Aquilla.* Entonces me centro, con la esperanza de que la comandante no haya oído el alboroto desde su tienda. Me deslizo hacia abajo y me escurro con facilidad por el espacio estrecho y oscuro que hay entre la tienda y el muro de Kauf.

—... los dos servimos al mismo señor, alcaide. Su momento ha llegado. Dame tu influencia.

—Si nuestro señor quisiera mi ayuda, me la habría pedido. Este plan es tuyo, Keris, no suyo. —Aunque la voz del alcaide es llana, en su tono inexpresivo de aburrimiento se oculta un profundo recelo. No era ni por asomo tan cuidadoso cuando habló conmigo.

—Pobre alcaide —dice la comandante—. Tan leal y aun así siempre es el último en conocer los planes del señor. Cómo debe de escocerte que me escogiera a mí como el instrumento que lleve a cabo su voluntad.

—Más me escocerá si tu plan pone en peligro todo por lo que hemos trabajado. No corras este riesgo, Keris. No te estará agradecido por ello.

—Estoy acelerando el paso con el que llevamos a cabo su voluntad.

—Solo estás impulsando tus propios deseos.

—El Portador de la Noche lleva meses desaparecido. —La silla de la comandante se arrastra—. Tal vez desea que hagamos algo útil en vez de esperar sus órdenes como quintos que se enfrentan a su primera batalla. Nos quedamos sin tiempo, Sisellius. Marcus ha conseguido que lo teman en vez de que lo respeten las Gens después del numerito con la Verdugo en la Roca Cardium.

—Quieres decir después de que frustrara tu plan de fomentar la disconformidad.

—Ese plan habría tenido éxito —dice Keris— si me hubieras ayudado. No vuelvas a cometer el mismo error esta vez. Con la Verdugo fuera de juego *—todavía no, vieja bruja—* Marcus todavía es vulnerable. Si tan solo…

—Los secretos no son esclavos, Keris. No están designados para usarlos y desecharlos. Haré uso de ellos con paciencia y precisión, o no los usaré en absoluto. Debo pensar en tu petición.

—Piensa rápido. —La voz de la comandante se tiñe de esa amabilidad que es conocida por hacer que los hombres huyan despavoridos—. Mis hombres marcharán hacia Antium dentro de tres días y llegarán durante la *Rathana*. Debo irme por la mañana. No puedo reclamar mi trono si no estoy liderando mi propio ejército.

Me pongo el puño en la boca para evitar soltar una exhalación de sorpresa. *Mis hombres… mi trono… mi ejército.*

Al fin, las piezas se ponen en su lugar. Los soldados a los que les han ordenado que se presenten en otro sitio, dejando las guarniciones vacías. La falta de hombres en los terrenos interiores del Imperio. La escasez de tropas en las fronteras asediadas. Todo está relacionado con ella.

Ese ejército en los Montes Argentes no pertenece a Marcus. Le pertenece a la comandante. Y en menos de una semana lo usará para asesinarlo y proclamarse Emperatriz.

XLIII: *Laia*

Cuando la Verdugo de Sangre no puede oírme, me giro hacia Keenan.

—No voy a dejar a Elias —le digo—. Si Helene le echa las manos encima, lo llevará directo a Antium para que lo ejecuten.

Keenan hace una mueca.

—Laia, puede que ya sea demasiado tarde. No hay nada que impida que entre y se lo lleve custodiado. —Baja la voz—. Tal vez deberíamos centrarnos en Darin.

—No pienso dejar que Elias muera en sus manos —repongo—. No cuando soy la única razón por la que está en Kauf.

—Disculpa, pero el veneno se llevará a Elias pronto de todas maneras.

—¿Y por eso permitirías que lo torturaran y lo ejecutaran públicamente? —Sé que a Keenan nunca le ha gustado Elias, pero nunca pensé que su animadversión fuera tan profunda.

La luz de la lámpara titila y Keenan se pasa una mano por el pelo con el ceño fruncido. Aparta alguna de las hojas húmedas de una patada y me hace un gesto para que me siente.

—Podemos sacarlo a él también —insisto—. Solo tenemos que movernos rápido y encontrar una manera de entrar. No creo que Aquilla pueda simplemente entrar y llevárselo. Si ese fuera el caso ya lo habría hecho. No se habría tomado la molestia de hablar con nosotros.

Despliego el mapa de Elias, que ahora está manchado de suciedad y desgastado.

—Esta cueva. —Señalo a un lugar que Elias había marcado en el mapa—. Está al norte de la prisión, pero tal vez podamos entrar…

—Necesitaríamos pólvora ígnea para eso —repone Keenan—, y no tenemos.

Está bien. Señalo otro camino marcado al norte de la prisión, pero Keenan niega con la cabeza.

—Esa ruta está bloqueada, según la información que tengo, que es de hace seis meses. Elias estuvo aquí por última vez hace seis años.

Nos quedamos mirando el pergamino, y señalo hacia la parte oeste de la prisión, donde Elias dejó marcado otro camino.

—¿Qué me dices de este? Hay alcantarillas aquí. Y estaríamos expuestos, sí, pero si me puedo hacer invisible, como hice durante la redada…

Keenan me dedica una mirada penetrante.

—¿Has estado practicando eso otra vez? ¿Cuando deberías de haber estado descansando? —Ante mi silencio suelta un gruñido—. Por los cielos, Laia, necesitamos todo nuestro ingenio para sacar esto adelante. Te estás agotando, intentando controlar algo que ni siquiera comprendes… algo poco fiable.

—Lo siento —musito. Si toda la práctica al menos hubiera dado algún fruto, entonces tal vez podría argumentar que el riesgo de cansarme valía la pena. Y sí, unas pocas veces, cuando Keenan hacía guardia o iba a reconocer el terreno, sentí que casi alcanzaba esa sensación extraña y hormigueante que significa que nadie puede verme. Pero al abrir los ojos y bajar la vista, descubría que había vuelto a fallar.

Comemos en silencio, y cuando hemos acabado, Keenan se pone en pie. Yo me apresuro a imitarlo torpemente.

—Voy a explorar la prisión —me dice—. Estaré fuera durante unas horas. Vamos a ver qué puedo descubrir.

—Iré contig…

—Me resulta más fácil explorar solo, Laia —me interrumpe. Ante la mirada irritada de mi rostro, me toma la mano y me acerca a él.

—Confía en mí —dice con la boca pegada a mi pelo. Su calor alivia el frío que parece haberse instalado para siempre en mis huesos—. Será mejor así. Y no te preocupes. —Se aparta y me mira con ojos ardientes—. Encontraré una manera de que podamos entrar. Te lo prometo. Intenta descansar mientras no estoy, necesitaremos todas nuestras fuerzas en los próximos días.

Cuando se ha ido, organizo nuestras limitadas pertenencias, afilo todas mis armas y practico lo poco que Keenan ha tenido la oportunidad de enseñarme. El deseo de volver a intentar desatar mi poder me carcome. Pero la advertencia de Keenan me retumba en la mente. *Poco fiable.*

Mientras desenrollo mi saco, vislumbro la empuñadura de una de las cimitarras de Elias. Saco las armas con cuidado de su escondite. Mientras las examino, me recorre un escalofrío. Tantas almas sesgadas de esta tierra con el filo de estas espadas… algunas por mi causa.

Es espeluznante pensar en ello, y aun así descubro que las cimitarras me dan una especie de extraño consuelo. Me hacen sentir que Elias está cerca. Tal vez porque estoy tan acostumbrada a verlas salir por detrás de su cabeza formando esa familiar *V*. ¿Cuánto hace de la última vez que lo vi llevar las manos atrás en busca de estas cimitarras al primer atisbo de peligro? ¿Cuánto hace desde la última vez que oí su voz barítona alentándome o emitiendo una risa para mí? Solo seis semanas. Pero parece que fuera mucho, mucho más.

Lo echo de menos. Cuando pienso en lo que le va a ocurrir a las manos de Helene, la sangre me hierve de rabia. Si yo fuera la que se estuviera muriendo por el veneno de la nocturnia, la que estuviera encadenada en una prisión, la que se estuviera enfrentando a la tortura y la muerte, Elias no lo consentiría. Encontraría la manera de salvarme.

Devuelvo las cimitarras a sus fundas, y las fundas a su escondrijo. Me tumbo en el saco sin intención de dormir. *Solo una vez más,* pienso para mis adentros. *Si no funciona, no lo intentaré más, como me ha pedido Keenan. Pero le debo a Elias esto como mínimo.*

Mientras cierro los ojos e intento evadirme, pienso en Izzi. Sobre cómo se integraba en la casa de la comandante como si fuera un camaleón, sin ser vista ni oída. Sus pasos eran livianos y su voz apenas perceptible y lo oía y lo veía todo. Tal vez no se trate solo de un estado de mente sino también de cuerpo. Tal vez se trata de encontrar una versión tranquila de mí misma. Una versión de mí que se parezca a Izzi.

Desaparece. Humo que se evapora en el aire frío e Izzi con su pelo delante de los ojos y un máscara que se mueve sigilosamente por la noche. Mente calmada, cuerpo calmado. Me fijo en el significado de cada palabra, incluso cuando mi mente empieza a cansarse.

Y entonces lo siento, el hormigueo, primero en la punta del dedo. *Inhala. Exhala. No lo sueltes.* El hormigueo se extiende por mis brazos, mi torso, mis piernas, mi cabeza.

Abro los ojos, miro hacia abajo y casi suelto un grito de júbilo. Porque ha funcionado. Lo he hecho. He desaparecido.

Cuando Keenan vuelve a la cueva unas horas después con un fardo bajo el brazo, me pongo en pie de un salto y él suspira.

—Supongo que no has descansado —me dice—. Tengo buenas y malas noticias.

—Las malas primero.

—Sabía que dirías eso. —Deja el fardo en el suelo y empieza a desenvolverlo—. Las malas noticias: la comandante ha llegado. Los auxiliares de Kauf han empezado a cavar tumbas. Por lo que he oído, no van a salvar a ningún prisionero académico.

Mi euforia por ser capaz de desaparecer se evapora.

—Cielos. Todas esas personas… —*Deberíamos intentar salvarlas.* Es una idea tan alocada que sé que no debo decírsela en voz alta a Keenan.

—Empezarán mañana al atardecer —me dice—. A la puesta de sol.

—Darin...

—Va a estar bien, porque lo vamos a sacar antes. Conozco una manera de entrar y me he agenciado esto. —Levanta una pila de tela negra del fardo. Uniformes de Kauf.

—Los he robado de un edificio exterior de almacenaje. No engañaremos a nadie de cerca —añade—, pero si nos conseguimos mantener lo bastante alejados de miradas fisgonas los podremos usar para entrar.

—¿Cómo sabremos dónde está Darin? —pregunto—. La prisión es enorme. Y una vez dentro, ¿cómo nos desplazaremos?

Saca otro montón de tela del fardo, este más sucio. Oigo el tintineo de unas esposas de esclavo.

—Nos cambiamos —me dice.

—Mi rostro está por todo el Imperio, ¿y si me reconocen? Y si...

—Laia —me interrumpe Keenan con paciencia—. Tienes que confiar en mí.

—Tal vez... —vacilo y me pregunto si se molestará. *No seas estúpida, Laia*—. Tal vez no necesitemos los uniformes. Sé que me has dicho que no lo hiciera, pero he intentado desaparecer de nuevo. Y lo he conseguido. —Me quedo callada a la espera de su reacción, pero se limita a aguardar que prosiga—. He descubierto la manera —clarifico—. Puedo desaparecer, puedo mantenerlo.

—Muéstramelo.

Frunzo el ceño, esperaba... algo de él. Tal vez enfado o alegría. Pero claro, no ha visto lo que puedo hacer... solo me ha visto fracasar. Cierro los ojos y mantengo mi voz interior clara y calmada.

Pero una vez más, no funciona.

Diez minutos después de intentarlo, abro los ojos. Keenan, que espera calmadamente, se limita a encogerse de hombros.

—No pongo en duda que funcione algunas veces. —La amabilidad que tiñe su voz solo consigue frustrarme—. Pero no es de fiar. No podemos arriesgar la vida de Darin en ello. Una vez que lo liberemos, podrás practicar todo lo que quieras. Pero por ahora, déjalo estar.

—Pero...

—Piensa en las últimas semanas. —Keenan parece inquieto pero no me aparta la mirada. Se ha armado de valor para decir lo que sea que venga a continuación—. Si nos hubiéramos separado de Elias e Izzi, como yo propuse, la tribu de Elias estaría a salvo. Y justo antes de la redada en el campamento de Afya... no es que no quisiera ayudar a los académicos. Lo hice. Pero deberíamos haber pensado sobre lo que ocurriría como resultado. No lo meditamos y por eso Izzi murió.

Dice *deberíamos,* pero sé que quiere decir *deberías.* Noto que me arde la cara. ¿Cómo se atreve a lanzarme mis fracasos a la cara como si fuera una niña en la escuela a la que se tiene que dar una reprimenda?

Pero tiene razón, ¿no? Cada vez que he tenido que tomar una decisión, he escogido mal. Un desastre tras otro. Llevo la mano a mi brazalete, pero lo noto frío... vacío.

—Laia, no me ha importado nadie en mucho tiempo. —Keenan coloca sus manos en mis brazos—. Yo no tengo familia como tú. No me queda nada ni nadie. —Resigue el brazalete con un dedo y un cansancio repentino cubre sus movimientos—. Tú eres todo lo que tengo. Por favor, no intento ser cruel. Simplemente no quiero que te ocurra nada a ti ni a las personas que se preocupan por ti.

Debe de estar equivocado. La habilidad de desaparecer está a mi alcance, puedo sentirlo. Si solo pudiera averiguar lo que me está bloqueando. Si pudiera liberarme de ese obstáculo, lo cambiaría todo.

Me obligo a asentir y a repetir las palabras que me ha dicho antes, cuando se ha dado por vencido.

—Entonces lo haremos como lo tienes planeado. —Miro los uniformes que ha traído y la resolución que emana de sus ojos—. ¿Al anochecer? —pregunto.

—Al anochecer —asiente.

XLIV: *Elias*

Cuando el alcaide entra en mi celda, tiene la boca torcida y la frente arrugada como si se hubiera encontrado con un problema que ninguno de sus experimentos pudiera resolver.

Habla después de pasearse arriba y abajo unas cuantas veces.

—Responderás a mis preguntas al completo y con detalles. —Levanta sus ojos azul claro hacia mí—. O te cortaré los dedos uno a uno.

Sus amenazas suelen ser bastante menos contundentes; una de las razones por las que disfruta extrayendo secretos es por los juegos que lleva a cabo mientras lo hace. Lo que sea que quiera de mí, lo debe de ansiar desesperadamente.

—Sé que la hermana de Darin y Laia de Serra son la misma persona. Dime: ¿por qué viajas con ella? ¿Qué significa ella para ti? ¿Por qué te preocupas por ella?

Evito mostrar emoción alguna, pero el corazón me late a una rapidez incómoda. *¿Por qué lo quieres saber?* Quiero gritarle. *¿Qué quieres de ella?*

Cuando no respondo de inmediato, el alcaide saca un cuchillo de su uniforme y me extiende los dedos contra la pared.

—Tengo una oferta para ti —digo rápidamente.

El alcaide arquea las cejas, el cuchillo a unos centímetros de mi índice.

—Si examinas los hechos, Elias, verás que no estás en posición de hacer ofertas.

—No voy a necesitar mis dedos ni cualquier otra cosa dentro de poco. Me estoy muriendo. Así que este es el trato: te responderé a cualquier pregunta que me hagas honestamente si tú haces lo mismo.

El alcaide parece estar perplejo de verdad.

—¿Qué información te puede resultar útil a las puertas de la muerte, Elias? Oh. —Hace un mohín—. Por los cielos, no me lo digas. ¿Quieres saber quién es tu padre?

—No me importa quién sea mi padre —respondo—. En cualquier caso, estoy seguro de que no lo sabes.

El alcaide niega con la cabeza.

—Qué poca fe tienes en mí. Muy bien, Elias. Acepto tu jueguecito. Sin embargo, un pequeño ajuste de las reglas: yo hago todas las preguntas primero y, si me satisfacen tus respuestas, entonces puedes hacerme una, y solo una pregunta.

Es un trato terrible, pero no me queda otra opción. Si Keenan planea traicionar a Laia a merced del alcaide, debo saber el motivo.

El alcaide se asoma por la puerta de la celda y le ladra a un esclavo que le traiga una silla. Una niña académica la trae, su mirada se posa en mí con curiosidad. Me pregunto si será Abeja, la amiga de Tas.

Cuando el alcaide me lo indica, le cuento cómo Laia me salvó de la ejecución y cómo prometí ayudarla. Cuando me presiona, le indico que ella acabó por importarme tras llegar a conocerla en Risco Negro.

—Pero ¿por qué? ¿Posee algún conocimiento particular? Acaso está dotada de un poder que va más allá de la comprensión humana? ¿Qué es concretamente lo que hace que la valores?

Me había olvidado de las observaciones que me dijo Darin sobre el alcaide, pero ahora me vienen a la mente: *Estaba frustrado. Era como si no estuviera muy seguro de qué preguntar. Como si las preguntas no fueran suyas.*

O, me doy cuenta, como si el alcaide no tuviera ni idea de por qué estaba haciendo esas preguntas.

—Solo conozco a la chica de hace unos pocos meses —digo—. Es inteligente, valiente…

El alcaide suspira y agita una mano en gesto de desprecio.

—No quiero saber nada de cháchara de enamorados —me corta—. Piensa con tu mente racional, Elias. ¿Hay algo inusual en ella?

—Sobrevivió a la comandante —respondo con impaciencia—. Para una académica, eso es bastante inusual.

El alcaide se reclina hacia atrás, tocándose el mentón con la mirada perdida.

—Es cierto —afirma—. ¿Cómo sobrevivió? Se suponía que Marcus tenía que matarla. —Fija su vista en mí con una mirada evaluativa. La celda de repente parece estar todavía más fría—. Cuéntame sobre la prueba. ¿Qué ocurrió exactamente en el anfiteatro?

No es la pregunta que me esperaba, pero le narro lo que pasó. Cuando le describo el ataque de Marcus a Laia, me detiene.

—Pero sobrevivió —me interrumpe—. ¿Cómo? Cientos de personas la vieron morir.

—Los augures nos engañaron —respondo—. Uno de ellos se llevó el golpe dirigido a Laia. Cain nombró a Marcus vencedor y en el caos sus hermanos se llevaron a Laia.

—¿Y luego? —pregunta el alcaide—. Cuéntame el resto, no te dejes ningún detalle.

Vacilo, porque algo de todo esto parece estar mal. El alcaide se pone de pie, abre la puerta de la celda y llama a Tas. Se oye el golpeteo de unos pasos y un segundo después agarra a Tas por el cogote y aprieta su cuchillo contra el cuello del muchacho.

—Tienes razón cuando dices que morirás pronto —afirma el alcaide—. Sin embargo, este chico es joven y está relativamente sano. Miénteme, Elias, y te mostraré sus entrañas mientras todavía está vivo. Ahora, te lo repetiré: cuéntame todo lo que ocurrió con la chica después de la cuarta prueba.

Perdóname, Laia, si revelo tus secretos. Te juro que no es en balde. Observo con cuidado al alcaide mientras hablo de la destrucción de Risco Negro a manos de Laia, de nuestra huida de Serra y todo lo que ocurrió después.

Quiero ver si muestra alguna reacción cuando nombro a Keenan, pero el anciano no da ninguna señal de que conozca al rebelde más allá de lo que le estoy contando. Mi instinto me dice que su desinterés es genuino. *Por los infiernos sangrantes,* tal vez Keenan no esté trabajando para el alcaide, pero aun así, por lo que me dijo Darin, es obvio que se están comunicando de algún modo. ¿Podría ser que estuvieran los dos informando a un tercero?

El viejo se quita a Tas de encima de un empujón y el niño se aovilla en el suelo, esperando que le den permiso para irse, pero el alcaide está sumido en sus pensamientos, archivando metódicamente los hechos relevantes de la información que le acabo de proporcionar. Al notar mi mirada, sale de sus cavilaciones.

—¿Tenías una pregunta, Elias?

Un interrogador puede aprender tanto de una afirmación como de una pregunta. Las palabras de mi madre vienen a ayudarme cuando menos lo espero.

—Las preguntas que le hiciste a Darin sobre Laia. No conoces su cometido. Alguien está manejando tus cuerdas. —Observo la boca del alcaide, pues ahí es donde esconde sus verdades, en muecas de esos labios secos y demasiado finos. Mientras hablo, los aprieta casi imperceptiblemente. *Te tengo*—. ¿Quién es, alcaide?

El alcaide se pone de pie tan rápido que tumba la silla. Tas la arrastra inmediatamente fuera de la celda. Mis cadenas se aflojan cuando el alcaide baja la palanca de la pared.

—He respondido a todo lo que me has preguntado —le digo. Por los diez infiernos, ¿por qué lo intento siquiera? He sido un iluso al pensar que mantendría su promesa—. No estás cumpliendo tu parte del trato.

El alcaide se detiene en el umbral de la celda con el rostro medio girado hacia mí, completamente serio. La luz de las antorchas del pasillo incrementa los ángulos de sus pómulos y su mandíbula. Durante un momento, es como si pudiera ver la silueta fina de su calavera debajo.

—Es porque has preguntado quién es, Elias, en vez de qué es —dice el alcaide.

XLV: *Laia*

Como muchas otras noches antes de esta, el descanso me evade. Keenan duerme a mi lado con un brazo por encima de mi cadera y su frente apoyada contra mi hombro. Su respiración tranquila casi me arrulla acunando mis sueños, pero cada vez que me adentro en ellos, me despierto de golpe y me inquieto de nuevo.

¿Está vivo Darin? Si es así, y si puedo salvarlo, ¿cómo llegaremos a Marinn? ¿Estará Spiro esperando allí, como prometió? ¿Querrá Darin fabricar armas para los académicos?

¿Y qué pasa con Elias? Puede que Helene ya lo haya atrapado. O tal vez esté muerto, destruido por el veneno que le recorre el cuerpo. Si está vivo, no sé si Keenan me ayudará a salvarlo.

Pero debo salvarlo. Y no puedo dejar atrás a los demás académicos tampoco. No puedo abandonarlos para que los ejecuten en la purga de la comandante.

Empezarán mañana al atardecer. A la puesta de sol, dijo Keenan sobre las ejecuciones. Un crepúsculo sangriento entonces, y más sangriento será cuando el ocaso dé paso a la noche.

Recoloco el brazo de Keenan con cuidado y me levanto. Me pongo la capa y las botas y me escapo hacia la fría noche.

Un pavor inquietante me sobrecoge. El plan de Keenan es tan inescrutable como el interior de Kauf. Su confianza me proporciona algo de alivio, pero no el suficiente como para hacerme sentir que lo vamos a conseguir. Algo sobre todo esto me parece estar mal. Precipitado.

—¿Laia? —Keenan sale de la cueva con el pelo rojo alborotado que lo hace parecer más joven. Me ofrece su mano, y entrelazo los dedos con los suyos, sintiendo su reconfortante tacto. Menudo cambio le han hecho estos meses. No me podría haber imaginado que el combatiente de mirada sombría que conocí en Serra fuera capaz de esbozar una sonrisa así.

Keenan me mira y frunce el ceño.

—¿Estás nerviosa?

Suspiro.

—No puedo abandonar a Elias. —Por los cielos, espero no equivocarme de nuevo. Espero que insistir en esto, luchar por ello, no me lleve a otro desastre. Una imagen de Keenan tumbado en el suelo, muerto, me viene a la mente, y reprimo un escalofrío. *Elias lo haría por ti. Y meterse en Kauf es un riesgo terrible de todos modos*—. No voy a dejarlo atrás.

El rebelde ladea la cabeza con la vista puesta en la nieve. Mantengo la respiración.

—Entonces debemos encontrar la manera de sacarlo —me dice—. Aunque nos llevará más tiempo…

—Gracias. —Me inclino hacia él, respirando el viento, el fuego y el calor—. Es lo correcto. Sé que lo es.

Noto el contorno familiar de mi brazalete en la palma y me doy cuenta de que, como siempre, he llevado la mano hacia él en busca de consuelo.

Keenan me observa con ojos extraños. Solitarios.

—¿Cómo es tener algo de tu familia?

—Hace que me sienta más cerca de ellos —respondo—. Me da fuerza.

Alarga una mano, casi toca el brazalete pero deja caer la mano a conciencia.

—Es bueno recordar a los que ya no están. Tener un recordatorio en los tiempos difíciles. —Habla con voz suave—. Es bueno saber que te quisieron… que te quieren.

Se me empaña la vista. Keenan no me ha hablado nunca de su familia más allá de contarme que ya no están. Al menos yo tuve una familia. Él no ha tenido nada ni a nadie.

Mis dedos se aferran a mi brazalete, y en un impulso, me lo saco. Al principio parece como si no quisiera salir, pero le doy un buen tirón y se libera.

—Yo seré tu familia ahora —susurro mientras abro la mano de Keenan y le coloco el brazalete en la palma. Le cierro los dedos alrededor—. No soy una madre, ni un padre, ni un hermano ni hermana, tal vez, pero familia al fin y al cabo.

Respira hondo mientras observa el brazalete. Sus ojos marrones se muestran opacos, y desearía saber qué siente. Pero le respeto el silencio. Se pone el brazalete en la muñeca con una lentitud reverencial.

Un abismo se abre en mi interior, como si lo poco que me quedaba de mi familia hubiese desaparecido. Pero me compensa la manera como Keenan mira el brazalete, como si fuera lo más preciado que le hayan dado jamás. Se gira hacia mí y coloca las manos en mi cintura, cierra los ojos e inclina la cabeza contra la mía.

—¿Por qué? —susurra—. ¿Por qué me lo has dado?

—Porque alguien te quiere —le digo—. No estás solo. Y mereces saberlo.

—Mírame —murmura.

Cuando lo hago, doy un paso atrás, dolida por ver sus ojos tan angustiados, turbados, como si estuviera viendo algo que no desea aceptar. Pero un momento después, su expresión cambia. Se endurece. Sus manos, amables hace un instante, se aferran y se calientan.

Demasiado.

Los iris de sus ojos se iluminan. Me veo reflejada en ellos, y entonces siento como si estuviera cayendo en una pesadilla. Un grito me sube por la garganta, puesto que en los ojos de Keenan veo ruina, fracaso, muerte: el cuerpo maltrecho de Darin; Elias que se aleja de mí, impasible mientras desaparece en un bosque ancestral; un ejército de rostros fieros y rabiosos que avanzan; la comandante encima de mí, desenvainando su espada y atravesándome el cuello de un tajo limpio.

—Keenan —digo sin aliento—. ¿Qué...?

—Mi nombre... —Su voz cambia mientras habla, su calidez se agria y se deforma en algo infame y chirriante— no es Keenan.

Aparta los dedos de mí y echa la cabeza atrás como si lo hubiera golpeado un puño sobrenatural. Su boca se abre en un aullido silencioso y los músculos de sus antebrazos y cuello sobresalen.

Una nube de oscuridad nos envuelve y me hace caer hacia atrás.

—¡Keenan!

No puedo distinguir el blanco nítido de la nieve o las luces ondulantes del cielo. Intento golpear a ciegas a lo que sea que nos esté atacando. No puedo ver nada. Todo se oculta de mi visión hasta que la oscuridad retrocede de mi alrededor y se convierte en un figura encapuchada con soles malévolos por ojos. Me aferro al tronco de un árbol cercano y agarro mi cuchillo.

Conozco esta figura. La última vez que lo vi, le siseaba órdenes a la mujer que más me asusta en el mundo.

El Portador de la Noche. Me tiembla el cuerpo, me siento como si una mano me hubiera agarrado por dentro y ahora me apretara, esperando para ver si me rompo.

—¿Qué le has hecho a Keenan, monstruo? —Debo estar loca por gritarle así. Pero la criatura se limita a emitir una risa que es imposiblemente baja, como unas rocas que rozan bajo un mar oscuro.

—Nunca existió Keenan, Laia de Serra —dice el Portador de la Noche—. Siempre fui yo.

—Mentira. —Me aferro al cuchillo, pero la empuñadura quema como el acero recién moldeado, y lo suelto con un grito—. Keenan ha estado en la Resistencia durante años.

—¿Qué son los años cuando has vivido durante milenios? —Ante mi absurda mirada de perplejidad, la cosa —el genio— suelta un sonido extraño. Puede ser un suspiro.

Entonces se gira y susurra algo al aire mientras se eleva lentamente, como si fuera a partir. *¡No!* Me abalanzo hacia él y lo agarro, desesperada por entender qué diablos está ocurriendo.

Bajo la toga, el cuerpo de la criatura está ardiendo y es poderoso, con la musculatura prominente de un demonio en vez de la de un humano. El Portador de la Noche ladea la cabeza. No tiene cara, solo esos malditos ojos feroces. Con todo, puedo notar como me mira con desdén.

—Ah, al final la chiquilla tendrá agallas y todo —me dice—. Como la desalmada de la perra de su madre.

Me zarandea, intentando liberarse de mí, pero me aferro con fuerza, incluso mientras sofoco la repugnancia que me da su contacto. Una oscuridad desconocida crece en mi interior, una parte ancestral de mi ser que no sabía que existía.

Noto que el Portador de la Noche ya no se divierte. Se agita con violencia pero me las apaño para mantenerme sujeta.

¿Qué le has hecho a Keenan? ¿Al Keenan que conozco? ¿Al Keenan que quiero? Grito en mi mente. *¿Y por qué?* Lo miro con furia a los ojos, la oscuridad sigue creciendo y me invade. Noto señales de alarma en el Portador de la Noche, y de sorpresa. *¡Dímelo! ¡Ahora!* De repente, me siento ingrávida mientras vuelo hacia el caos de la mente del Portador. Hacia sus recuerdos.

Al principio no veo nada. Solo siento… tristeza. Un dolor que ha enterrado bajo siglos de vida. Impregna todo su ser, y aunque no tengo cuerpo, mi mente casi colapsa por su peso.

Me obligo a avanzar, y me hallo en un callejón frío del Distrito Académico de Serra. El viento me azota la ropa y oigo un grito ahogado. Me giro y veo al Portador de la Noche cambiando mientras aúlla de dolor y usa todo su poder para transformarse en un niño pelirrojo de cinco años. Sale trastabillando del callejón hacia la calle y se desploma sobre las escaleras de la entrada de una casa destartalada. Muchos intentan ayudarlo, pero no habla con nadie. No hasta que un hombre de pelo negro que me resulta dolorosamente familiar se arrodilla a su lado.

Mi padre.

Alza al niño. El recuerdo cambia a un campamento en el fondo de un cañón. Los combatientes de la Resistencia comen, charlan y entrenan con armas. Dos figuras están sentadas a una mesa, y el corazón se me encoge cuando las veo: mi madre y Lis. Le dan la bienvenida a mi padre y al niño pelirrojo. Le ofrecen un plato de estofado y se encargan de sus heridas. Lis le regala un gato de madera que mi padre talló para ella, y se sienta a lado para que no tenga miedo. Incluso mientras el recuerdo cambia de nuevo, vuelvo el pensamiento a un día frío y lluvioso en la cocina de la comandante hace meses, cuando la cocinera nos contó a Izzi y a mí una historia sobre el Portador de la Noche. *Se infiltró en la Resistencia. Tomó una forma humana y se hizo pasar por un combatiente. Se acercó a tu madre. La manipuló y la usó. Tu padre se enteró. El Portador de la Noche tuvo ayuda. Un traidor.*

El Portador de la Noche no tuvo ayuda, y no se hizo pasar por un combatiente. Él era el traidor, y se hizo pasar por un niño. Pues nadie pensaría que un huérfano pequeño y muerto de hambre podía ser un espía.

Un rugido retumba en mi mente y el Portador de la Noche intenta expulsarme de sus pensamientos. Siento cómo vuelvo a mi cuerpo, pero mi oscuridad interior gruñe y pelea, y no me permito soltarlo.

No. Me vas a mostrar más. Tengo que entenderlo.

De vuelta a los recuerdos de la criatura, veo cómo se hace amigo de mi solitaria hermana. Me incomoda su amistad, parece demasiado real. Como si él se preocupara de verdad por ella. Al mismo tiempo, le sonsaca información sobre mis padres: dónde están y qué hacen. Acecha a mi madre, con los ojos codiciosos clavados en su brazalete. Con la intensidad propia de un depredador hambriento que localiza a una presa. No lo quiere, lo necesita. Tiene que hacer que se lo dé.

Pero un día, mi madre llega al campamento de la Resistencia sin el brazalete. El Portador de la Noche ha fracasado. Siento su furia, revestida por una profunda tristeza. Entra a unos barracones iluminados por unas antorchas y habla con una mujer de rostro plateado que reconozco al instante. Keris Veturia.

Le dice a Keris dónde puede encontrar a mis padres. Le cuenta lo que estarán haciendo.

¡Traidor! ¡Los llevaste a su muerte! Le digo enfurecida, abriéndome paso en su mente. *¿Por qué? ¿Por qué el brazalete?*

Me hundo con él en las profundidades del pasado, discurriendo por los vientos hasta el lejano Bosque del Ocaso. Siento la desesperación y el pánico por su gente. Se enfrentan a un grave peligro a las manos de un aquelarre académico empeñado en robar sus poderes, y no puede llegar a ellos lo suficientemente rápido. *Demasiado tarde,* aúlla en el recuerdo. *Llego demasiado tarde.* Grita los nombres de sus congéneres cuando una onda expansiva estalla en el centro del Bosque, lanzándolo a la oscuridad.

Una explosión de plata pura, una Estrella, el arma de los académicos, usada para encarcelar a los genios. Espero que se desintegre; ya conozco la historia. Pero no lo hace. En vez de eso, se rompe en mil pedazos que se esparcen por la tierra. Fragmentos que recogen marinos, académicos, marciales y tribales y con los que fabrican collares y brazaletes, puntas de lanza y espadas.

La furia del Portador de la Noche me quita el aliento. Pues no puede simplemente recuperar esas piezas. Cada vez que encuentra una, debe asegurarse de que se la ofrezcan por voluntad propia, en completo amor y confianza. Esa es la única manera que tiene de volver a montar el arma que aprisionó a su pueblo, para que pueda liberarlos de nuevo.

El estómago me da un vuelco mientras me precipito por los recuerdos, observando cómo se transforma en esposo o amante, hijo o hermano, amigo o confidente... lo que sea necesario con tal de recuperar los fragmentos perdidos. Acaba siendo la persona en la que se ha transformado. La crea de la nada… y acaba siendo ella. Siente lo que un humano sentiría. Incluyendo el amor.

Y entonces observo el momento en el que me descubrió a mí.

Me veo a través de sus ojos: una desconocida, una chiquilla ingenua que llega a la Resistencia pidiendo ayuda. Observo mientras se da cuenta de quién soy y lo que poseo.

Es una tortura ver cómo me engañó. Cómo usó la información robada de mi hermano para conquistarme, para que confiara en él, para que me preocupara por él. En Serra, estuvo cerca, muy cerca de que me prendara de él. Pero entonces le di a Izzi la libertad que él me había ofrecido y desaparecí junto a Elias. Y su intrincado plan se hizo pedazos.

Y durante todo ese tiempo, tenía que mantener su identidad falsa en la Resistencia para poder llevar cabo el plan que hacía meses que preparaba: persuadir a los rebeldes de matar al Emperador y levantarse en armas en la revolución académica.

Dos acciones que permitieron a la comandante desatar un genocidio desenfrenado sobre mi gente. Era la venganza del Portador de la Noche por lo que los académicos les hicieron a los suyos siglos antes.

Por los cielos sangrantes.

Cientos de detalles tienen sentido de repente: lo frío que era conmigo la primera vez que nos vimos. Lo bien que parecía conocerme, aunque no le había contado todavía nada de mí misma. Cómo usaba su voz para calmarme. Lo raro que era el tiempo cuando Elias y yo partimos de Serra. Cómo los ataques de las criaturas sobrenaturales cesaron después de que llegara junto a Izzi.

No, no, mentiroso, monstruo…

En cuanto lo pienso, noto algo en su interior subyacente en cada recuerdo y que me sacude hasta los huesos: un mar de arrepentimiento que se esfuerza por ocultar, revuelto de forma demencial como si lo azotara una gran tormenta. Veo mi propia cara y entonces la de Lis. Veo a una niña con trenzas castañas que lleva puesto un collar de plata antiquísimo. Veo a un marino que sonríe y que sostiene encorvado un bastón coronado de plata.

Afligido. Es la única palabra que me viene a la mente para describir lo que veo. El Portador de la Noche está afligido.

Cuando todo el peso de lo que es esta criatura me cae encima, me quedo sin aliento, y me expulsa de su mente y de su cuerpo. Salgo despedida hacia atrás unos cinco metros, me estampo contra un árbol y me deslizo hasta el suelo, sin aire.

Mi brazalete brilla en su muñeca tenebrosa. La plata, que ha estado deslustrada y negra la mayor parte de mi vida, ahora brilla como si estuviera hecha de luz estelar.

—¿Qué eres tú? —sisea. Las palabras me traen un recuerdo: el efrit en Serra, cuando me preguntó exactamente lo mismo. *¿Me preguntas lo que soy, pero qué eres tú?*

Un gélido viento nocturno se levanta en el claro, y el Portador de la Noche se eleva con él. Todavía tiene los ojos fijos en mí, hostiles y curiosos. Entonces el viento pasa silbando y se lo lleva con él.

El bosque se queda en silencio. El cielo, tranquilo. El corazón me late desbocado como un tambor de guerra marcial. Cierro los ojos y los vuelvo a abrir, con la esperanza de despertarme de esta pesadilla. Busco con la mano el brazalete, necesito el consuelo que me ofrece, el recordatorio de quién soy, de lo que soy.

Pero no está. Estoy sola.

CUARTA PARTE

DESHECHA

XLVI: Elias

—Te estás acercando, Elias.

Cuando caigo de nuevo en la Antesala, Shaeva me está mirando. Tiene un aspecto tan fresco, y los árboles y el cielo, que parece como si esta fuera mi realidad y el mundo donde estoy despierto fuera un sueño.

Miro alrededor con curiosidad. Siempre me he despertado entre los grandes troncos del Bosque, pero esta vez estoy en un peñasco que se eleva por encima de los árboles. El río Ocaso discurre por debajo, azul y blanco bajo el cielo brillante de invierno.

—El veneno ya casi ha llegado a tu corazón —dice Shaeva.

La muerte muy pronto.

—Todavía no —me obligo a decir por los labios entumecidos, sofocando el miedo que amenaza con salir—. Tengo que preguntarte algo. Te lo suplico, Shaeva, escúchame. *—Cálmate, Elias. Hazle entender lo importante que es esto—.* Porque si muero antes de estar preparado, merodearé por estos malditos árboles para siempre. Nunca te librarás de mí.

Algo le surca el rostro, un destello de inquietud que se desvanece en menos de un segundo.

—Muy bien. Pregúntame —responde.

Hago un repaso de todo lo que me ha dicho el alcaide. *Has preguntado quién es, en vez de qué es.*

Ningún humano controla al alcaide, así que debe de ser uno de los seres místicos. Pero no me puedo imaginar a un espectro o a un efrit manipulándolo. Esas criaturas son demasiado débiles como para superarlo en una batalla de voluntad, y él escupe sobre aquellos a los que considera que tienen una mente más débil que la suya.

Pero claro, no todas las criaturas místicas son espectros o efrits.

—¿Por qué iba a estar interesado el Portador de la Noche en una chica de diecisiete años que viaja hacia Kauf para liberar a su hermano de la prisión?

El color abandona el rostro de la Atrapaalmas. Mueve la mano nerviosamente a su costado, como si estuviera intentando sujetarse en un baluarte que no existe.

—¿Por qué preguntas eso?

—Responde.

—Porque... porque tiene algo que él quiere —balbucea la Atrapaalmas—. Pero es imposible que sepa que ella lo posee. Ha estado escondido durante años y él estaba dormido.

—No tan dormido como te gustaría. Está aliado con mi madre —digo—. Y con el alcaide. El viejo le ha estado pasando información sobre Laia a alguien que viajaba con nosotros. Un rebelde académico.

Shaeva abre los ojos en un gesto de pavor y da un paso adelante con las manos extendidas.

—Toma mis manos, Elias —me ordena—. Y cierra los ojos.

A pesar de la urgencia que tiñe su voz, estoy indeciso. Ante mi abierto recelo, la Atrapaalmas aprieta los labios y da un salto hacia delante para agarrarme. Echo las manos hacia atrás, pero sus reflejos de ser místico son más rápidos.

Cuando me sujeta, el suelo bajo mis pies se sacude. Trastabillo mientras mil puertas en mi mente se abren de golpe: Laia que me explica su historia en el desierto fuera de Serra; Darin hablando con el alcaide; las rarezas de Keenan, el hecho de que fuera capaz de seguirme el rastro cuando no debería haber sido posible; la cuerda que me unía a Laia y que se desgarró en el desierto...

La Atrapaalmas fija sus ojos negros en mí y abre su propia mente. Sus pensamientos se vierten en mi cabeza como un torrente de agua blanca, y cuando ha acabado, mezcla mis recuerdos con su conocimiento y me desvela la verdad fruto de esa unión.

—Por los infiernos sangrantes y ardientes. —Trastabillo hacia atrás y me sujeto a una roca; al fin lo entiendo. *El brazalete de Laia... la Estrella*—. Es él... Keenan. Él es el Portador de la Noche.

—¿La ves, Elias? —pregunta la Atrapaalmas—. Ves la red que ha hilado para asegurarse su venganza?

—¿Para qué tantos rodeos? —Empujo la roca y me paseo por el peñasco—. ¿Por qué simplemente no mató a Laia y le robó el brazalete?

—La Estrella está regida por leyes inquebrantables. El conocimiento que llevó a su creación fue dado con amor... con confianza. —Desvía la mirada con los ojos llenos de vergüenza—. Es una magia antigua que tiene el propósito de limitar cualquier uso maligno de la Estrella. —Suspira—. Mucho no nos ha ayudado.

—Los genios que viven en la arboleda. Quiere liberarlos.

Shaeva tiene la mirada afligida mientras mira hacia el río que corre debajo.

—No deberían estar libres, Elias. Los genios eran criaturas de luz en su día, pero como con cualquier ser vivo al que encierran durante demasiado tiempo, su cautividad los ha hecho enloquecer. He intentado hacérselo entender al Portador de la Noche. De todos los genios, él y yo somos los únicos que todavía caminamos por esta tierra, pero no me hace caso.

—Tenemos que hacer algo. Cuando consiga el brazalete, matará a Laia...

—No puede matarla. Todos los que reciben la Estrella, aunque solo sea durante unos instantes, están protegidos por su poder. A ti tampoco puede matarte.

—Pero yo nunca... —*Lo toqué,* iba a decir, hasta que recuerdo que le pedí a Laia si podía verlo hace unos meses, en la cordillera serrana.

—El Portador de la Noche debe de haberle ordenado al alcaide que te matase —dice Shaeva—. Pero sus esclavos humanos no son tan obedientes como a él le gustaría, tal vez.

—Al alcaide no le interesaba Laia. —Me doy cuenta—. Quería entender mejor los motivos del Portador de la Noche.

—Mi rey no confía en nadie. —La Atrapaalmas se estremece con el aire frío. Durante un instante, parece ser poco mayor que yo—. Es probable que la comandante y el alcaide sean sus únicos aliados; no confía en los humanos. No les habrá contado nada del brazalete o de la Estrella, por si pudieran encontrar la manera de volver ese conocimiento en su contra.

—¿Y si Laia hubiese muerto de otro modo? —le pregunto—. ¿Qué habría pasado con su brazalete?

—Los que portan fragmentos de la Estrella no mueren con facilidad —responde Shaeva—. Los protege, y él lo sabe. Pero si hubiera sido el caso, el brazalete se hubiera desvanecido en la nada y el poder de la Estrella habría disminuido. Ya ha ocurrido antes.

Apoya la cabeza en las manos.

—Nadie entiende lo profundo que es su odio hacia los humanos, Elias. Si libera a los nuestros, buscarán a todos los académicos y los aniquilarán. Entonces se volverán en contra del resto de la humanidad. Su sed de sangre no tendrá fin.

—Entonces debemos detenerlo. Nos llevaremos a Laia lejos antes de que pueda hacerse con el brazalete.

—No puedo detenerlo. —Shaeva eleva la voz con impaciencia—. No me dejará. No puedo abandonar mis tierras…

SHAEVA.

Un temblor recorre el Bosque y Shaeva se gira.

—Lo saben —sisea—. Me castigarán.

—No puedes limitarte a observar. Tengo que descubrir si Laia está bien, podrías ayudarme…

—¡No! —grita Shaeva mientras da unos pasos hacia atrás—. No puedo tener nada que ver con esto. Nada. ¿No lo ves? Él… —Se lleva una mano al cuello y hace una mueca—. La última vez que lo hice enojar, me mató, Elias. Me obligó a sufrir la tortura de una muerte lenta, y entonces me trajo de vuelta. Liberó a la pobre criatura que había gobernado la tierra de los muertos antes que yo y me encadenó a este lugar como castigo por lo que hice. Estoy viva, sí, pero soy una esclava de la Antesala. Esto es obra suya. Si lo vuelvo a enojar, solo los cielos saben qué castigo me podría infligir. Lo siento... lo siento más de lo que podrías llegar a imaginar. Pero no soy rival para él.

Me lanzo hacia ella, desesperado por obligarla a ayudarme, pero da un giro y se aparta de mis manos. Sale disparada por el camino de bajada del peñasco y desaparece en unos segundos por entre los árboles.

—¡Shaeva, maldita sea! —La empiezo a perseguir y suelto uno palabrota cuando me doy cuenta de lo inútil que es.

—¿Todavía no estás muerto? —Tristas sale de detrás de los árboles mientras la Atrapaalmas desaparece—. ¿Piensas aferrarte mucho más a tu miserable existencia?

Debería preguntarte lo mismo. Pero no, pues en vez de la malicia que ya espero del fantasma de Tristas, esta vez tiene los hombros caídos, como si llevara una roca invisible en la espalda. Para evitar distracciones, me obligo a centrar toda mi atención en mi amigo. Tiene un aspecto demacrado y desesperadamente infeliz.

—Pronto estaré aquí —le respondo—. Solo me queda hasta la *Rathana*. Me faltan seis días.

—La *Rathana*. —Tristas arruga la frente mientras piensa—. Me acuerdo del año pasado. Aelia me pidió la mano esa noche. Estuve cantando todo el camino de vuelta a casa, y Hel y tú me amordazasteis para que los centuriones no me oyeran. Faris y Leander se estuvieron metiendo conmigo durante semanas.

—Solo estaban celosos de que hubieras conocido a una chica que te amaba de verdad.

—Tú me defendiste —dice Tristas. Detrás de él, el Bosque está callado, como si la Antesala estuviera conteniendo la respiración—. Siempre lo hacías.

Me encojo de hombros y aparto la mirada.

—Eso no borra el mal que he hecho.

—No he dicho lo contrario. —La ira de Tristas vuelve—. Pero tú no eres el juez, ¿no? Es mi vida la que te llevaste. Me corresponde a mí decidir si te perdono o no.

Abro la boca y estoy a punto de decirle que no debería perdonarme, pero me viene a la cabeza la reprimenda de Izzi. *Siempre piensas que todos los demás son responsabilidad tuya... Somos dueños de nosotros mismos, y merecemos tomar nuestras propias decisiones.*

—Tienes razón. —Joder, cuesta decirlo y cuesta todavía más que me lo crea. Pero mientras hablo, la furia desaparece de los ojos de Tristas—. Te han arrebatado todas las decisiones. Menos esta. Lo siento.

Tristas ladea la cabeza.

—¿Tanto costaba? —Se dirige hacia el borde del peñasco y se asoma hacia el río Ocaso—. Dijiste que no tenía por qué hacerlo solo.

—No tienes que hacerlo solo.

—Te podría decir lo mismo. —Tristas me coloca una mano en el hombro—. Te perdono, Elias. Perdónate a ti mismo. Todavía te queda tiempo entre los vivos, no lo malgastes.

Se da la vuelta y salta del peñasco con una zambullida perfecta y su cuerpo se desvanece. La única señal que significa que cruza al otro lado es una pequeña onda en el río.

Te podría decir lo mismo. Las palabras prenden una llama en mi interior, y el pensamiento que cobró vida primero con las palabras de Izzi ahora crece en una llamarada.

La afirmación contundente de Afya me viene a la mente: *No deberías desaparecer sin más, Elias. Deberías preguntarle a Laia lo que quiere.* Las súplicas enfadadas de Laia: *Te encierras. Te apartas de mí porque no quieres que me acerque. ¿Y lo que yo quiero?*

A veces la soledad es una decisión, me dijo Izzi.

La Antesala se desvanece. Cuando el frío me cala los huesos, sé que estoy de vuelta en Kauf.

También sé cómo puedo sacar a Darin de este maldito lugar. Pero no puedo hacerlo solo. Espero mientras voy planeando, tramando y, cuando Tas entra en mi celda la mañana después de saber la verdad sobre Keenan, estoy preparado.

El chico mantiene la cabeza gacha, arrastrando los pies hasta mí tan tímido como un ratoncillo. Sus piernas raquíticas tienen marcas de unos azotes recientes. Un vendaje sucio le rodea la muñeca frágil.

—Tas —susurro. El chico levanta los ojos oscuros—. Voy a salir de aquí y me llevo al artista conmigo. Y a ti también, si quieres. Pero necesito ayuda.

Tas se agacha sobre su caja de vendas y ungüentos y las manos le tiemblan mientras cambia una cataplasma en mi rodilla. Por primera vez desde que lo conozco sus ojos brillan.

—¿Qué necesitas que haga, Elias Veturius?

XLVII: *Helene*

No recuerdo arrastrarme de vuelta al muro exterior de Kauf o andar el camino hacia la caseta de los botes. Solo sé que me lleva más tiempo del que debería a causa de la ira y la incredulidad que me nublan la vista. Cuando llego a la estructura sórdida, aturdida por lo que acabo de saber de la comandante, el alcaide me está esperando.

Esta vez no viene solo. Noto sus hombres que acechan por las esquinas de la caseta. La luz azul de las antorchas revela destellos de plata: máscaras con flechas que me apuntan.

Avitas está al lado de nuestra barca, mirando de soslayo al anciano. Su mandíbula tensa es la única señal que delata que está enfadado. Su ira me tranquiliza, al menos no soy la única con frustración. Mientras me acerco, cruzo la mirada con Avitas y asiente sucintamente. El alcaide lo ha puesto al corriente.

—No ayudes a la comandante, alcaide —suelto sin preámbulos—. No le des la influencia que anhela.

—Me sorprendes —dice el alcaide—. ¿Tan leal eres a Marcus que rechazarías a Keris Veturia como Emperatriz? Es una insensatez hacer eso. La transición no sería coser y cantar, pero con el tiempo el pueblo la acabaría aceptando. A fin de cuentas, fue ella la que aplastó la rebelión académica.

—Si el destino de la comandante fuera ser Emperatriz, los augures la habrían escogido en lugar de Marcus. No sabe cómo negociar, alcaide. En el instante que tome el poder, castigará a cada Gens que alguna vez la haya contradicho, y el Imperio caerá en una guerra civil, como estuvo a punto de ocurrir hace unas semanas. Además, quiere matarte. Me lo dijo así de claro.

—Soy muy consciente de la aversión que me tiene Keris Veturia —dice—. Algo irracional, si tenemos en cuenta que servimos al mismo señor, pero creo que se siente amenazada por mi presencia. —El alcaide se encoge de hombros—. Que la ayude o no, no supone diferencia alguna. Seguirá adelante con el motín y es muy posible que triunfe.

—Entonces debo detenerla. —Y ahora hemos llegado al centro de la cuestión: el punto crucial de la negociación. Decido dejar de lado las sutilezas. Si la comandante pretende lanzar un golpe de Estado, no me queda tiempo—. Dame a Elias Veturius, alcaide. No puedo volver a Antium sin él.

—Ah, sí. —El alcaide junta los dedos—. Eso puede ser un problema, Verdugo.

—¿Qué quieres, alcaide?

Me hace un gesto para que camine con él por uno de los muelles, lejos de sus hombres y de Harper. El Norteño hace un gesto negativo brusco con la cabeza cuando lo sigo, pero no me queda otra opción. Cuando nadie puede oírnos, el viejo se gira hacia mí.

—He oído, Verdugo de Sangre, que tienes una habilidad peculiar. —Fija sus ojos en mi cuerpo con voracidad y un escalofrío me recorre la espalda.

—Alcaide, no sé qué te habrán dicho, pero...

—No me tomes por un necio. El médico de Risco Negro, Titinius, es un viejo amigo mío. Hace poco compartió conmigo la experiencia de recuperación más extraordinaria que haya presenciado jamás en el tiempo que lleva en la escuela. Elias Veturius estaba en el umbral de la muerte cuando un ungüento sureño lo salvó. Pero cuando Titinius probó el mismo ungüento en otro paciente no funcionó. Sospecha que la recuperación de Elias fue debida a otra cosa... o a alguien.

—¿Qué —repito con la mano en dirección a mi arma— quieres?

—Quiero estudiar tu poder —dice el alcaide—. Quiero entenderlo.

—No tengo tiempo para tus experimentos —le suelto—. Dame a Elias y hablaremos.

—Si te doy a Veturius, te fugarás con él. No, debes quedarte. Solo unos pocos días, no más, y entonces os soltaré a los dos.

—Alcaide, hay un maldito golpe de Estado que va a acabar con el Imperio. Debo volver a Antium para advertir al Emperador y no lo puedo hacer sin Elias. Entrégamelo y juro por mi sangre y mis huesos que volveré aquí para tu... observación tan pronto como la situación esté bajo control.

—Una promesa interesante —dice el alcaide—, pero no de fiar. —Se rasca la barbilla pensativo con una luz inquietante en los ojos—. Te enfrentas a un dilema filosófico bastante fascinante, Verdugo de Sangre. Quedarte aquí, someterte a mis experimentos y arriesgarte a que en tu ausencia el Imperio caiga a manos de Keris Veturia... o volver, detener el golpe y salvar el Imperio pero arriesgarte a abandonar a tu familia.

—Esto no es divertido. Las vidas de mi familia están en juego. Por los infiernos sangrantes, el Imperio está en juego. Si ninguna de las dos cosas te importa, entonces piensa en ti mismo, alcaide. ¿Crees que Keris te va a permitir merodear por aquí cuando se convierta en Emperatriz? Te matará a la primera oportunidad que tenga.

—Oh, creo que nuestra nueva Emperatriz considerará el conocimiento que tengo de los secretos del Imperio... persuasivo.

La sangre me hierve de odio mientras fulmino con la mirada al viejo. ¿Podría intentar colarme en Kauf? Avitas conoce bien la prisión, pasó años ahí. Pero solo somos dos contra una fortaleza llena de los hombres del alcaide.

Entonces recuerdo lo que Cain me dijo cuando empezó todo esto, justo después de que Marcus me ordenara llevarle a Elias. *Darás caza a Elias. Lo encontrarás. Pues lo que aprenderás en ese viaje, sobre ti misma, tu tierra y tus enemigos, ese conocimiento es esencial para la supervivencia del Imperio. Y para tu destino.*

Esto. A esto se refería. Todavía no sé lo que he aprendido de mí misma, pero ahora entiendo lo que está ocurriendo en mi tierra, dentro del Imperio. Entiendo lo que está planeando mi enemigo.

Iba a llevar a Elias ante Marcus para que lo ejecutara y así mostrar la fuerza del Emperador. Para darle una victoria. Pero matar a Elias no es la única manera de conseguirlo. Aplastar un golpe de Estado capitaneado por una de las combatientes más temidas del Imperio podría tener el mismo resultado. Si Marcus y yo nos encargamos de la comandante, las Gens ilustres serán reacias a enojarlo. Podremos evitar la guerra civil y el Imperio estará a salvo.

En cuanto a Elias, se me retuercen las entrañas cuando pienso que está en manos del alcaide. Pero ya no puedo preocuparme más por su bienestar. Además, conozco a mi amigo. El alcaide no será capaz de mantenerlo encerrado mucho tiempo.

—El Imperio primero, anciano —le respondo—. Puedes quedarte con Veturius… y con tus experimentos.

El alcaide me mira inexpresivo.

—*La inmadurez es la esperanza de nuestros jóvenes* —murmura—. *Son ilusos, no ven más allá.* Es de *Recuerdos,* de Rajin de Serra, el único académico al que vale la pena citar. Creo que lo escribió unos instantes antes de que Taius Primero le cortara la cabeza. Si no quieres que el destino de tu Emperador sea parecido, entonces sería bueno que te pusieras en camino.

Hace una señal a sus hombres, y unos instantes después la puerta de la caseta de los botes se cierra con un golpe detrás de ellos. Avitas camina hasta mi lado en silencio.

—Sin Veturius y con un golpe por detener —dice Avitas—. ¿Quieres explicarme tu razonamiento ahora o durante el trayecto? —pregunta.

—De camino. —Me meto en uno de los botes y agarro un remo—. Ya vamos cortos de tiempo.

XLVIII: *Laia*

Keenan es el Portador de la Noche. Un genio. Un demonio.

Aunque repito las palabras en mi cabeza, no acabo de asimilarlas. El frío me cala hasta los huesos y bajo la vista sorprendida para ver que estoy de rodillas sobre la nieve. *Levántate, Laia.* Pero soy incapaz de moverme.

Lo odio. Cielos, lo odio. *Pero lo quería, ¿no?* Estiro la mano en busca de mi brazalete, como si darme golpecitos en el brazo pudiera hacer que reaparezca. Veo la transformación de Keenan como un fogonazo en la mente y el tono burlón de su voz retorcida.

Se ha ido, me digo. *Todavía estás viva. Elias y Darin están en la prisión, y no tienen manera de salir. Tienes que salvarlos. Levántate.*

Tal vez la aflicción sea como un batalla: tras experimentarla lo suficiente, los instintos de tu cuerpo toman el control. Cuando ves que se cierne sobre ti como un escuadrón de la muerte marcial, refuerzas tu interior. Te preparas para la agonía que supone un corazón hecho trizas. Y cuando te golpea, duele, pero no tanto como esperabas, porque has apartado tu debilidad y todo cuanto queda es rabia y fuerza.

Una parte de mí quiere darle vueltas a cada momento que he pasado con esa cosa. ¿Acaso se opuso a mi misión con Mazen porque quería que estuviera sola y débil? ¿Salvó a Izzi porque sabía que nunca lo perdonaría si la dejaba atrás?

No pienses. No le des vueltas. Debes actuar. Muévete. Levántate. Hazlo ya.

Me pongo en pie. Aunque al principio no estoy segura de a dónde me dirijo, me obligo a alejarme de la cueva. La capa de nieve me llega hasta las rodillas, y me abro paso tiritando hasta que encuentro el camino que Aquilla y sus hombres deben de haber dejado. Camino hasta un riachuelo que no es más que un pequeño hilo de agua y voy siguiéndolo.

No me doy cuenta hacia dónde me encamino hasta que una figura sale de entre los árboles y se me planta delante. La visión de su máscara plateada hace que me dé un vuelco el estómago, pero actúo con aplomo y saco mi daga. El máscara levanta las manos.

—Paz, Laia de Serra.

Es uno de los máscaras de Aquilla. No es el de cabello claro o el atractivo. Este me recuerda al canto acabado de afilar de un hacha. Este es el que nos pasó por el lado a Elias y a mí en Nur.

—Tengo que hablar con la Verdugo de Sangre, por favor —le pido.

—¿Dónde está tu amigo pelirrojo?

—Se ha ido.

El máscara pestañea. Me sorprende su falta de frialdad. Sus ojos verde claro casi muestran empatía.

—¿Y tu hermano?

—Todavía está en Kauf —digo con recelo—. ¿Me llevarás ante ella?

Asiente.

—Estamos desmontando el campamento —me informa—. Estaba explorando en busca de espías de la comandante.

Me quedo parada.

—Tenéis… tenéis a Elias…

—No. Elias está todavía dentro. Tenemos algo urgente que atender.

¿Más urgente que atrapar al fugitivo más buscado del Imperio? Un rescoldo de esperanza prende en mi estómago. Creía que tendría que mentir a Helene Aquilla y decirle que no iba a

interferir con la extracción de Elias, pero no tiene planeado irse de Kauf con él de todas maneras.

—¿Por qué confiaste en Elias, Laia de Serra? —La pregunta del máscara es tan inesperada que soy incapaz de ocultar mi asombro—. ¿Por qué lo salvaste de la ejecución?

Pienso en mentir, pero me descubriría. Es un máscara.

—Elias me salvó la vida muchas veces. Le da demasiadas vueltas a las cosas y toma decisiones un tanto cuestionables que ponen en riesgo su propia vida, pero es una buena persona. —Miro al máscara, que mira al frente impasible—. Una... una de las mejores.

—Pero mató a sus amigos durante las pruebas.

—No quería hacerlo. Piensa en ello a todas horas. Creo que nunca se podrá perdonar a sí mismo.

El máscara guarda silencio, y el viento arrastra los gemidos y los suspiros de Kauf hasta nuestros oídos. Aprieto la mandíbula. *Vas a tener que entrar ahí,* me digo. *Así que acostúmbrate.*

—Mi padre era como Elias —dice el máscara tras unos instantes—. Mi madre decía que siempre veía la parte buena de las cosas donde los demás no encontraban nada.

—¿Era... también era un máscara?

—Era. Es un rasgo extraño para un máscara, supongo. El Imperio intentó quitárselo a base de entrenamiento. Tal vez fallaron y por eso murió.

No sé qué responder, y el máscara se queda callado también, hasta que la masa perversa y oscura de Kauf aparece en la distancia.

—Viví allí durante dos años. —Señala a la prisión con la cabeza—. Pasé la mayor parte del tiempo en las celdas de interrogación. Al principio lo odiaba. Turnos de guardia que duraban doce horas los siete días de la semana. Me volví de corcho ante lo que oía. Me ayudó tener un amigo.

—No sería el alcaide. —Me aparto un poco de él—. Elias me contó sobre él.

—No —dice el máscara—. Ni el alcaide ni ninguno de los soldados. Mi amigo era un esclavo académico. Una niña pequeña que se llamaba Abeja, porque tenía una cicatriz en forma de zibuesa en la mejilla.

Me lo quedo mirando perpleja. No parece ser el tipo de hombre que se haría amigo de una niña.

—Estaba tan delgada —continúa el máscara—. Solía darle comida a escondidas. Al principio me tenía miedo, pero cuando se dio cuenta de que no quería hacerle daño empezó a hablar conmigo. —Se encoge de hombros—. Cuando al fin me fui de Kauf me preguntaba a menudo sobre ella. Hace unos días, cuando llevé un mensaje al alcaide de la Verdugo de Sangre, fui en busca de Abeja y la encontré.

—¿Te recordó?

—Así es. De hecho, me contó una historia muy peculiar sobre un marcial de ojos claros que estaba encerrado en el bloque de interrogación de la prisión. Me dijo que ese prisionero se oponía a tenerle miedo al alcaide y que se había hecho amigo de uno de sus compañeros. Le dio un nombre tribal: Tas. Los niños susurran sobre ese marcial; con cuidado, por supuesto, para que el alcaide no los oiga. Son buenos guardando secretos. Le han informado al movimiento académico dentro de la prisión sobre este marcial; a esos hombres y mujeres que todavía se aferran a la esperanza de poder escapar un día.

Por los cielos sangrantes.

—¿Por qué me cuentas esto? —Miro alrededor, nerviosa. *¿Una trampa? ¿Un truco?* Es obvio que el máscara está hablando de Elias. Pero ¿con qué objetivo?

—No te puedo decir el motivo. —Su voz es casi triste—. Pero por más extraño que parezca, creo que tú, de todas las personas, serás la que lo entienda mejor.

Sacude la cabeza y me mira a los ojos.

—Sálvalo, Laia de Serra —me pide—. Por todo lo que tanto tú como la Verdugo de Sangre me habéis contado, creo que vale la pena salvarlo.

El máscara me observa y yo asiento, sin entenderlo pero aliviada de que al menos sea más humano y menos máscara.

—Haré todo lo que pueda.

Llegamos al claro donde ha alzado el campamento la Verdugo de Sangre. Helene está ajustando una silla en su caballo y cuando oye nuestros pasos y se gira su rostro plateado se contrae. El máscara se esfuma rápidamente.

—Sé que no te caigo demasiado bien —le digo antes de que me ordene que me largue—. Pero estoy aquí por dos motivos. —Abro la boca, intentando encontrar las palabras adecuadas, y decido que ser directa será lo mejor—. Primero, tengo que darte las gracias por salvarme. Debería haberlo dicho antes.

—De nada —gruñe—. ¿Qué quieres?

—Tu ayuda.

—Por los cielos sangrantes, ¿por qué iba a ayudarte?

—Porque estás abandonando a Elias —le respondo—. No quieres que muera, eso lo sé. Así que ayúdame a salvarlo.

La Verdugo de Sangre se gira de nuevo hacia su caballo, saca una capa de una de las alforjas y se la pone.

—Elias no va a morir. Probablemente esté intentando sacar a tu hermano en este mismo instante.

—No. Algo no ha ido bien ahí dentro. —Me acerco más a ella. Su mirada me corta como una cimitarra—. Sé que no me debes nada. Pero oí lo que te dijo en Risco Negro. *No nos olvides.* —La devastación que se asoma a sus ojos ante el recuerdo es repentina y pura, y la culpa me encoge el estómago.

»No lo voy a dejar atrás —le digo. Escucha ese lugar. —Helene Aquilla aparta la mirada—. Se merece algo mejor que morir aquí.

—¿Qué quieres saber?

—Algunas cosas sobre la distribución, localizaciones y suministros.

Helene resopla.

—¿Cómo se supone que vas a entrar? No te puedes hacer pasar por una esclava. Los guardias de Kauf se conocen las caras de los esclavos académicos, y una chica con tu aspecto no va a pasar inadvertida. No durarás ni cinco minutos.

—Tengo una manera de entrar —le digo—. No tengo miedo.

Una ráfaga de viento violenta hace que unos cuantos mechones rubios aleteen como pajarillos alrededor de su rostro plateado. Mientras me evalúa de arriba abajo, su expresión es indescifrable. ¿Qué es lo que siente? No es solo una máscara... eso lo aprendí la noche que me trajo del umbral de la muerte.

—Ven aquí. —Suelta un suspiro. Se arrodilla en el suelo y empieza a dibujar en la nieve.

* * *

Me dan ganas de amontonar las cosas de Keenan fuera de la cueva y prenderles fuego, pero el humo llamaría demasiado la atención. En vez de eso, sostengo su mochila apartada de mí, como si fuera contagiosa, y camino unos cuantos metros hasta que encuentro un riachuelo que discurre veloz hasta juntarse con el río Ocaso. Su mochila aterriza con un salpicón en el agua y sus armas la siguen justo después. Me irían bien unos cuantos cuchillos más, pero no quiero nada que le perteneciera.

Cuando vuelvo a la cueva, me siento en el suelo con las piernas cruzadas y decido que no me voy a mover hasta que haya dominado mi invisibilidad.

Me doy cuenta de que cada vez que la he logrado activar, Keenan no estaba presente y a menudo bastante lejos. Todas esas dudas en mí misma cuando él estaba cerca... ¿podría haberlas sembrado a propósito, para suprimir mis poderes?

¡Desaparece! Grito la palabra en mi mente como una reina a sus tropas andrajosas para un último asalto. Elias, Darin y todos los demás a los que debo salvar dependen de esto, de este poder, esta magia que sé que vive dentro de mí.

Algo me recorre el cuerpo a toda prisa, y me tranquilizo, mirando hacia abajo para ver cómo mis piernas brillan translúcidas, igual que durante la redada en la caravana de Afya.

Suelto un grito de júbilo, lo bastante alto como para que el eco de la cueva me sobresalte y la invisibilidad se desvanezca. *Bien. Trabaja en eso, Laia.*

Practico durante todo ese día, primero en la cueva y luego fuera, en la nieve. Compruebo mis límites: una rama que sostengo mientras soy invisible también se hace invisible. Pero cualquier cosa que viva o esté anclada en la tierra parece estar flotando en medio del aire.

Estoy tan centrada que al principio no oigo los pasos que se acercan. Alguien habla, y me giro en redondo mientras busco un arma.

—Mantén la calma, chica. —Reconozco el tono arrogante incluso antes de que se baje la capucha: Afya Ara-Nur—. Por los cielos, saltas a la mínima —me dice—. Aunque no te culpo. No cuando tienes que escuchar ese jaleo. —Hace un movimiento con la mano en dirección a la prisión—. Por lo que veo no está Elias. Ni tu hermano. Ni… ¿el pelirrojo?

Arquea las cejas, esperando que le dé una explicación, pero me limito a mirarla, preguntándome si es real. Lleva las trenzas atadas bajo un pañuelo y parece no haber dormido desde hace días. Estoy tan contenta de verla que podría darle un beso.

Suspira y pone los ojos en blanco.

—Hice una promesa, chica, ¿de acuerdo? Le prometí a Elias Veturius que cumpliría mi palabra hasta el final. Una mujer tribal que rompe una promesa sagrada ya es lo suficientemente infame, pero ¿hacerlo cuando además está en juego la vida de otra mujer? Eso sería imperdonable, como mi hermanito me ha estado recordando cara hora durante tres días seguidos, hasta que al final cedí a seguirte.

—¿Dónde está?

—Casi ha llegado a las tierras tribales. —Se sienta en una roca cercana y se masajea las piernas—. Por su bien, espero que así sea. Lo último que me dijo fue que tu amiga Izzi no confiaba en el pelirrojo. —Me mira expectante—. ¿Tenía razón?

—Cielos —exclamo—. No sé ni por dónde empezar.

Para cuando pongo al día a Afya de lo ocurrido en las últimas semanas, ya es noche cerrada. No comento algunas cosas, concretamente la noche en la bodega de la casa segura.

—Sé que he fracasado —reconozco. Estamos las dos sentadas dentro de la cueva, compartiendo pan llano y fruta que ha traído ella—. Tomé decisiones estúpidas…

—Cuando tenía dieciséis años —me interrumpe Afya—, salí de Nur para llevar a cabo mi primer intercambio. Yo era la mayor, y mi padre me consentía. En vez de obligarme a pasar horas interminables aprendiendo a cocinar y tejer u otras pamplinas aburridas, me tenía cerca y me enseñaba cosas del negocio.

»La mayoría de las personas de la tribu creían que me mimaba demasiado. Pero yo sabía que quería ser la zaldara de la tribu Nur después de mi padre. No me importaba que no hubiera habido una jefa tribal desde hacía más de doscientos años. Solo sabía que era la heredera de mi padre y que si no me escogían, el papel de zaldar pasaría a manos de los avariciosos de mis tíos o los inútiles de mis primos. Me concertarían matrimonio con alguna otra tribu y ese sería el fin.

—Lo lograste con creces —adivino con una sonrisa—. Y ahora mírate.

—Te equivocas —me dice—. El intercambio fue un desastre. Una farsa. Una humillación tanto para mí como para mi padre. El marcial con el que tenía planeado comerciar parecía ser lo bastante honesto, hasta que me manipuló y me engañó para agenciarse mis productos por una nimia parte de su valor real. Volví del intercambio con mil marcos de menos, la cabeza gacha y el rabo entre las piernas. Estaba convencida de que mi padre me haría casar en menos de quince días.

»Sin embargo, me dio una colleja y me gritó que irguiera la cabeza. ¿Sabes qué me dijo? *El fracaso no te define. Es lo que haces después de fracasar lo que determina si eres una líder o un malgasto de aire limpio.*

Afya se me queda mirando.

—Así que has tomado algunas malas decisiones. Yo también. Y Elias. Y todos aquellos que intentan conseguir algo difícil. Eso no es motivo para rendirte, tonta. ¿Lo entiendes?

Cavilo las palabras y rememoro los últimos meses. Basta medio segundo para que la vida se vaya al traste. Para arreglar el desbarajuste, necesito que mil cosas salgan bien. La distancia entre un instante de suerte y el siguiente me parece tan extensa como la que separa los océanos. Pero, en ese momento decido que construiré un puente entre esa distancia, una y otra vez hasta que gane. No fracasaré.

Asiento. Afya me palmea de inmediato el hombro.

—Bien. Ahora que ya hemos acabado con eso, ¿cuál es tu plan?

—Es... —Intento buscar una palabra que no haga que mi idea parezca una completa locura, pero me doy cuenta de que Afya no se va a dejar engañar—. Es descabellado —le digo al final—. Tan descabellado que no veo cómo puede funcionar.

Afya suelta una carcajada tan estruendosa que retumba por toda la cueva. No se está riendo de mí, hay una alegría genuina en su rostro mientras menea la cabeza.

—Cielos. Creía que me habías dicho que amabas las historias. ¿Has oído alguna vez una historia de un aventurero con un plan sensato?

—Bueno.... no.

—¿Y por qué crees que es eso?

Estoy completamente confundida.

—Porque... ah, porque...

Vuelve a soltar una risita.

—Porque los planes sensatos no funcionan nunca, chica —me dice—. Solo funcionan las locuras.

XLIX: *Elias*

Pasa toda una noche y un día antes de que Tas vuelva. No me dice nada y mira con intención la puerta de mi celda. Hay un leve movimiento en el parpadeo de la luz de la antorcha fuera de ella; uno de los máscaras del alcaide nos vigila. Al fin, el máscara fuera de la celda se va. Agacho la cabeza por si decide volver y mantengo la voz más sigilosa que un suspiro.

—Dime que tienes buenas noticias, Tas.

—Los soldados han trasladado al artista a otra celda. —Tas mira por encima del hombro hacia la puerta, entonces dibuja rápidamente en la mugre del suelo—. Pero lo encontré. El bloque está organizado en un círculo, ¿sí? Y el cuartel de los guardias se sitúa en el centro y —marca con una *X* el círculo— el artista está aquí —me informa. Entonces dibuja otra *X* en el fondo—. Y tú estás aquí. Las escaleras están en medio.

—Excelente —susurro—. ¿Y los uniformes?

—Abeja te puede conseguir uno, tiene acceso a la lavandería.

—¿Tiene tu plena confianza?

—Odia al alcaide. —Tas se estremece—. Incluso más que yo. No nos traicionará. Pero, Elias, no he hablado con el líder de los esquiritas, Araj. Y… —Tas me mira arrepentido—. Abeja me ha dicho que no es posible encontrar telis en ningún lado de la prisión.

Diez infiernos ardientes.

—Además —continúa Tas—, la purga académica ha empezado. Los marciales han construido una jaula en el patio donde los están reuniendo. El frío ha matado a varios, pero… —la voz le tiembla de emoción y noto que se moría de ganas de contarme esto— ha ocurrido algo más… algo precioso.

—¿Al alcaide le han salido unas ampollas que lo matarán lentamente?

Tas sonríe.

—Casi igual de bueno. Tengo un mensaje, Elias, de una chica de ojos dorados.

El corazón prácticamente me salta del pecho. No puede ser. *¿Puede ser?*

—Cuéntamelo todo. —Lanzo una mirada a la puerta. Si Tas se entretiene en mi celda más de diez minutos, uno de los máscaras vendrá para ver qué ocurre. El chico mueve las manos rápidamente para limpiarme las heridas y cambiarme los vendajes.

—La chica encontró a Abeja primero. —Me esfuerzo por escucharlo. A unas celdas de distancia, los guardias han empezado un interrogatorio y los gritos del prisionero retumban por todo el bloque—. Abeja pensó que era un fantasma, porque la voz surgía de la nada. La guio hasta unos barracones vacíos y se materializó del aire. Le preguntó a Abeja por ti, así que ella me vino a ver.

—¿Y ella era invisible? —Ante el asentimiento de Tas, me siento en el suelo, perplejo. Pero empiezo a recordar las veces que había parecido que se desvanecía de la vista. ¿Cuándo comenzó? *Después de Serra,* me doy cuenta. Después de que la tocara el efrit. La criatura solo le puso la mano encima durante un segundo, pero tal vez eso fuera suficiente para despertar algo en su interior.

—¿Qué mensaje tiene para mí?

Tas respira hondo.

—Encontré tus cimitarras —recita—. *Me alegré al verlas. Tengo una manera de entrar y que no me vean. Afya puede robar unos caballos.*

¿Qué pasa con los académicos? Las ejecuciones han empezado. El chico dice que hay un líder académico que nos puede ayudar. Si ves a mi hermano, dile que estoy aquí. Dile que lo quiero. Me dijo que volvería al caer la noche para tu respuesta.

—Está bien. Esto es lo que quiero que le digas.

Durante tres días, Tas intercambia mensajes entre Laia y yo. Habría pensado que su presencia aquí sería un truco del alcaide si no fuera porque confío en Tas y que los mensajes que me trae de vuelta desprenden la esencia de Laia: dulces, un poco formales, pero con una fuerza tras las palabras que emana de su determinación. *Camina con cuidado, Elias. No quiero que te lesiones todavía más.*

Armamos un plan lenta y dolorosamente entre Laia, Tas y yo que es una completa locura. También depende en alto grado de la competencia de Araj, el hombre que lidera a los esquiritas. Un académico al que ni siquiera conozco.

La mañana de la *Rathana* amanece como los demás días en Kauf: sin ninguna señal de que ya clarea más allá del sonido del cambio de guardia y un vago sentido interno de que mi cuerpo se está despertando.

Tas llega con un cuenco lleno de unas gachas aguadas que deja rápidamente delante de mí antes de salir corriendo. Está pálido, aterrorizado, pero cuando nuestras miradas se cruzan, me asiente fugazmente.

Cuando se ha ido, me obligo a ponerme en pie. Solo levantarme me deja sin aliento y las cadenas parecen ser más pesadas que ayer por la noche. Me duele todo, y por debajo del dolor el cansancio me ha calado hasta el tuétano. No es la fatiga de los interrogatorios o de un viaje largo. Es un cuerpo que está exhausto porque ya casi ha dejado de pelear.

Solo consigue acabar el día de hoy, me digo a mí mismo. *Entonces podrás morir en paz.*

Los siguientes minutos son un tortura parecida a las sesiones de interrogación con el alcaide. Odio esperar. Pero poco después, un olor prometedor se cuela en mi celda.

Humo.

Un instante después, voces alarmadas. Un grito. El tañido de las campanas de alarma. El estruendo frenético de los tambores.

Bien hecho, Tas. Pasan de largo unos pasos por la puerta y el brillo de la luz de la antorcha de fuera se intensifica. Los minutos transcurren y zarandeo mis cadenas con impaciencia. El fuego se extiende con rapidez, especialmente si Tas ha derramado la cantidad de combustible que le indiqué en la sección de los soldados. El humo ya entra en mi celda.

Una sombra pasa por mi puerta y observa su interior, sin duda para asegurarse de que todavía estoy bien encadenado, y entonces prosigue. Unos segundos después, oigo la llave en la cerradura, y esta se abre para revelar la figura pequeña de Tas.

—Solo he podido encontrar las llaves de la celda, Elias. —Tas se escabulle hacia dentro y me arroja una espada delgada y una ganzúa—. ¿Puedes abrir los cerrojos con esto?

Maldigo. Mi mano izquierda todavía está maltrecha por las heridas que me hizo el alcaide con los alicates, pero recojo la ganzúa. El humo se hace más espeso y mis manos más torpes.

—Rápido, Elias. —Tas mira hacia la puerta—. Todavía tenemos que sacar a Darin.

Al fin las cerraduras de mis esposas se abren con un crujido y un minuto después abro las manillas de mis tobillos. El humo de la celda es tan tupido que Tas y yo tenemos que agacharnos para respirar, pero con todo me obligo a ponerme el uniforme de guardia que me ha traído. El uniforme no puede ocultar el hedor de las celdas de interrogación o mi pelo mugriento ni mis heridas, pero es un disfraz que servirá para cruzar los pasillos de Kauf y llegar al patio de la prisión.

Nos atamos unos pañuelos mojados alrededor de la cara para aliviar la irritación por el humo. Entonces abrimos la puerta y salimos disparados de mi celda. Intento moverme veloz, pero cada paso es doloroso, y Tas desaparece de la vista pronto.

Los pasillos de piedra llenos de humo todavía no tienen llamas, aunque sus vigas de madera prenderán en breve. Pero el cuartel de los soldados que está en el centro del bloque, lleno de muebles de madera y salpicado de charcos de combustible, cortesía de Tas, se están convirtiendo con avidez en paredes de fuego. Las sombras se mueven a través del humo y los gritos retumban. Paso las escaleras tambaleándome y, unos segundos después, vuelvo la vista para ver a un máscara que aleja el humo con movimientos de la mano y se dirige hacia la salida del bloque escaleras arriba. *Excelente.* Los guardias huyen, como esperaba que hicieran.

—¡Elias! —Tas aparece por entre el humo delante de mí—. ¡Rápido! He oído a los máscaras decir que el fuego se está extendiendo en el piso de arriba!

Todas las malditas antorchas que el alcaide utiliza para iluminar este sitio al fin sirven para algo.

—¿Estás seguro de que somos los únicos prisioneros aquí abajo?

—¡Lo he revisado dos veces! —Un minuto después, llegamos a la última celda en la parte norte del bloque. Tas abre la puerta y entramos envueltos en una nube de humo.

—Soy yo —le digo a Darin con voz rasposa; tengo la garganta en carne viva—. Elias.

—Gracias a los cielos. —Darin se pone de pie a tientas y extiende sus manos esposadas—. Creía que estabas muerto. No estaba seguro de si creerle a Tas o no.

Me pongo a forzar los cerrojos. Puedo notar cómo el aire se hace más caliente y venenoso a casa segundo que pasa, pero me obligo a trabajar metódicamente. *Vamos, vamos.* El familiar clic suena, las esposas caen y salimos disparados de la celda manteniéndonos pegados al suelo. Casi hemos llegado a las escaleras cuando una cara plateada se alza imponente de entre el humo por delante de nosotros. Drusius.

—Maldito perro traidor. —Drusius agarra a Tas por el cuello—. Sabía que tenías algo que ver con esto.

Con un plegaria a los cielos para que me quede la suficiente fuerza como para al menos poder derribar a Drusius, salto hacia delante. Me esquiva dando un paso al lado y me empuja contra una pared. Hace solo un mes, habría sido capaz de usar su ataque tosco para ganarlo. Pero el veneno y los interrogatorios me han despojado de mi rapidez. Antes de que pueda detenerlo, Drusius me rodea el cuello con las manos y presiona. Capto un destello de pelo rubio mugriento y Darin hunde la cabeza en el estómago de Drusius, haciendo que el máscara se tambalee.

Toso para recuperar el aliento y me arrodillo sobre una pierna. Incluso durante los azotes de la comandante o el entrenamiento severo de los centuriones, siempre sentí mi propia resiliencia, oculta en lo más profundo de mí donde nadie la podía tocar. Pero ahora, mientras veo cómo Drusius le da la vuelta a Darin y lo deja inconsciente de un golpe en la sien, no puedo reunir esa fuerza. No la consigo encontrar.

—¡Elias! —Tas está a mi lado y me coloca un cuchillo en la mano. Me fuerzo a lanzarme sobre Drusius. Más que un salto es como si gateara hasta él, pero me queda suficiente instinto de lucha como para clavarle la daga al máscara en el muslo y retorcer el cuchillo. Drusius aúlla y me agarra del pelo, pero lo apuñalo en la pierna y el estómago repetidas veces, hasta que sus manos dejan de moverse.

—Levántate, Elias. —Tas está frenético—. ¡El fuego se extiende demasiado rápido!

—No... puedo...

—Sí puedes... y debes. —Tas tira de mí usando todo su peso— ¡Recoge a Darin! ¡Drusius lo ha dejado inconsciente!

Siento el cuerpo frágil y lento, muy lento. Exhausto por los desmayos, las palizas, el interrogatorio, el veneno y el castigo sin fin de los últimos meses.

—Levántate, Elias Veturius. —Taz me da un bofetón, y me lo quedo mirando sorprendido mientras pestañeo. Su mirada es feroz—. Me diste un nombre y quiero vivir para poder oírlo en boca de otros. Levántate.

Suelto un gruñido mientras me arrastro hasta ponerme en pie, camino hasta Darin, me arrodillo y lo cargo sobre los hombros. Trastabillo a causa del peso, aunque Kauf lo ha dejado bastante más liviano de lo que debería ser un hombre de su altura.

Con la ilusión desesperada de que no aparezca otro máscara, me tambaleo hasta las escaleras. El bloque de interrogación está completamente envuelto en llamas, las vigas del techo prenden y el humo forma una cortina tan espesa que apenas puedo ver. Subo los escalones a trompicones con Tas firmemente a mi lado.

Cíñete a lo que puedes hacer. Un paso. Un metro. Las palabras forman un canto embrollado en mi cabeza, cada vez más débil a medida que los gritos de pánico de mi cuerpo que empieza a fallar se hacen más fuertes. ¿Qué ocurrirá al final de las escaleras? Abriremos la puerta al caos o al orden, y de cualquier manera, no sé si seré capaz de cargar a Darin hasta fuera de la prisión.

El campo de batalla es mi templo. La punta de mi espada es mi sacerdote. La danza de la muerte es mi plegaria. El golpe de gracia es mi liberación. No estoy preparado para mi liberación. Todavía no. Todavía no.

Noto el cuerpo de Darin cada vez más pesado, pero ahora puedo ver la puerta que lleva fuera de la prisión. Alargo la mano a la maneta, la bajo, aprieto.

No se abre.

—¡No! —Tas da un salto y se agarra a la maneta de la puerta y la empuja con todo su ser.

Ábrela, Elias. Dejo a Darin en el suelo y tiro de la enorme maneta mientras examino el mecanismo de la cerradura. Busco una ganzúa improvisada, pero cuando meto una en la cerradura, se rompe.

Tiene que haber otra manera de salir. Doy la vuelta y arrastro a Darin hasta la mitad de las escaleras. Las vigas de madera que sostienen el peso de la piedra arden. Las llamas corren por encima de nuestras cabezas, y estoy convencido de que el mundo ha cesado de existir para todos menos para Darin, Tas y yo.

Siento los escalofríos de un desmayo, y noto como se acerca una oscuridad inexorable que hace que todo lo que he soportado hasta ahora se haga pequeño. Me caigo, mi cuerpo del todo inservible. Solo puedo escupir y ahogarme mientras Tas se inclina sobre mí y me grita algo que no puedo oír.

¿Es esto lo que sintieron mis amigos en el momento de su muerte? ¿También los consumió esta rabia inútil, que es todavía más insultante porque no sirve de nada? Porque, al final, la muerte reclama lo que se le debe, y nadie puede detenerla.

Elias, veo que Tas vocaliza con el rostro cubierto de lágrimas y hollín. *¡Elias!*

Su cara y su voz se desvanecen.

Silencio. Oscuridad.

Entonces aparece una presencia familiar. Una voz tranquila.

—Levántate. —El mundo vuelve a hacerse claro, y la Atrapaalmas está inclinada sobre mí. Las ramas desnudas del Bosque del Ocaso se alargan como dedos por encima de mi cabeza.

»Bienvenido, Elias Veturius. —Su voz es completamente amable y gentil, como si le estuviera hablando a un niño herido, pero sus ojos siguen siendo del mismo negro vacío de siempre. Me agarra del brazo como lo haría una amiga de toda la vida—. Bienvenido a la Antesala, el reino de los fantasmas. Yo soy la Atrapaalmas, y estoy aquí para ayudarte a cruzar al otro lado.

L: *Helene*

Avitas y yo llegamos a Antium justo cuando el día de la *Rathana* despunta. Los cascos de nuestros caballos repiquetean al cruzar las puertas de la ciudad mientras las estrellas aún brillan y la luz del alba todavía no acaricia las montañas escarpadas al este de la ciudad.

Aunque Avitas y yo hemos echado un ojo por el terreno que rodea la capital, no hemos visto ninguna señal de que haya un ejército, pero la comandante es lista. Puede haber infiltrado sus fuerzas en la ciudad y haberlas escondido en múltiples lugares. O tal vez esté esperando a la caída del sol para desatar su ataque.

Faris y Dex se nos unen nada más entrar en la ciudad; han visto cómo nos acercábamos desde una de las torres de vigilancia.

—Saludos, Verdugo. —Dex me estrecha la mano mientras guía su caballo para ponerlo al lado del mío. Parece no haber dormido en un año—. Los máscaras de la Guardia Negra están desplegados y aguardan tus órdenes. He asignado tres pelotones para proteger al Emperador. Otro pelotón está fuera de la ciudad explorando en busca del enemigo. El resto han tomado el mando de la guardia de la ciudad.

—Gracias, Dex. —Me alivia ver que no me pregunta sobre Elias—. Faris, informa.

—La chica tenía razón —dice la mole de mi amigo. Avanzamos esquivando carros, hombres y animales que entran a Antium a esta hora temprana—. Hay un ejército de al menos cuatro mil hombres…

—Es el de la comandante —le digo— Harper te lo puede explicar. —Cuando el camino se despeja, azuzo al caballo al galope—. Piensa bien lo que viste —le pido a Faris—. Necesito que atestigües de ello frente al Emperador.

Las calles se empiezan a llenar de mercantes que salen pronto para asegurarse los mejores sitios para las festividades de la *Rathana*. Un mercante plebeyo de cerveza avanza con dificultad por la ciudad cargado con barriles extra de sus productos para proveer a las tabernas. Los niños cuelgan lámparas azules y verdes que simbolizan este día. Todos actúan como siempre. Felices. Con todo, abren paso cuando ven a cuatro miembros de la Guardia Negra que avanzan por la calle al galope. Cuando llegamos al palacio, bajo del caballo de un salto y casi atropello al mozo de cuadra que viene a agarrar las riendas.

—¿Dónde está el Emperador? —Le suelto de golpe a un legionario que está apostado en la puerta.

—En el salón del trono, Verdugo, con el resto de la corte.

Tal y como esperaba. Los líderes de las Gens ilustres del Imperio se levantan temprano, en particular cuando quieren algo. Habrán empezado a hacer cola para hacer su solicitud al Emperador hace horas. El salón del trono estará abarrotado de hombres poderosos, hombres que pueden ser testigos de que he salvado el trono de la sed de poder de la comandante.

Me he pasado días planeando mi discurso, y a medida que nos acercamos al salón del trono, lo repaso una y otra vez en mi cabeza. Los dos legionarios que custodian las puertas intentan anunciarme, pero Dex y Faris se adelantan, los quitan de en medio y me abren las puertas. Es como tener dos arietes andantes a mis lados.

Los soldados de la Guardia Negra se alinean a intervalos en la sala, la mayoría entre los vastos tapices que representan las hazañas de los emperadores pasados. Mientras me encamino hacia el trono, visualizo al lugarteniente Sergius, el guardia negro que fue tan estúpido como para llamarme *señorita Aquilla* la última vez que estuve aquí. Me saluda con respeto cuando paso por delante de él.

Los rostros se giran para mirarme. Reconozco a los *paters* de una docena de Gens mercantes e ilustres. A través del enorme techo de cristal, las últimas estrellas dan paso a la luz del sol.

Marcus está sentado en el trono de ébano tallado y ornamentado, su habitual mueca de desprecio reemplazada por una mirada de fría ira mientras escucha el informe de un mensajero que parece que acaba de llegar del camino. Le adorna la cabeza una diadema de aristas marcadas, decorada con el diamante de cuatro caras de Risco Negro.

— ... cruzaron la frontera y están saqueando los pueblos de las afueras de Tiborum. La ciudad caerá si no se envían hombres allí de inmediato, mi señor.

—Verdugo de Sangre. —Marcus se percata de mi presencia y despacha al legionario que le está dando el informe con un movimiento del brazo—. Es bueno tenerte a la vista de nuevo. —Me repasa la silueta de arriba abajo pero entonces hace una mueca y se lleva un dedo a la sien. Me siento aliviada cuando desvía la mirada.

—*Pater* Aquillus —dice el Emperador entre dientes—. Ven y saluda a tu hija.

Mi padre se abre paso de entre las líneas de cortesanos con mi madre y mis hermanas detrás. Hannah arruga la nariz cuando me ve, como si hubiera olido algo nauseabundo. Mi madre asiente a modo de saludo y tiene las manos entrelazadas delante de ella con los nudillos blancos. Parece estar demasiado aterrorizada como para pronunciar palabra alguna. Livvy consigue sacar una sonrisa cuando me ve, pero tendría que ser muy tonta como para no darme cuenta de que ha estado llorando.

—Saludos, Verdugo de Sangre. —La mirada preocupada de mi padre pasa por Avitas, Faris y Dex antes de posarse en mí. *No está Elias,* parece que dijera. Le respondo con una inclinación de cabeza reconfortante, intentando comunicarme con los ojos. *No temas, padre.*

—Tu familia ha sido tan amable de honrarme con su presencia cada día desde que te fuiste. —La boca de Marcus se curva en una sonrisa antes de mirar detrás de mí a conciencia—. Has vuelto con las manos vacías, Verdugo.

—No con las manos vacías, Emperador —respondo—. Vengo con un asunto mucho más importante que Elias Veturius. Mientras hablamos, un ejército marcha sobre Antium, liderado por Keris Veturia. Durante meses, se ha apropiado de soldados de las tierras tribales y las regiones fronterizas para crear este ejército traidor. Por eso recibe informes de salvajes y bárbaros que atacan nuestras ciudades periféricas. —Señalo al mensajero con la cabeza. Él se aleja, con ningún interés de verse envuelto en una discusión entre la Verdugo de Sangre y el Emperador—. La comandante tiene la intención de lanzar un golpe de Estado.

Marcus ladea la cabeza.

—¿Y tienes alguna prueba de la existencia de este supuesto ejército?

—Yo lo vi, mi señor —dice Faris detrás de mí—. No hace ni dos días, en los Montes Argentes. No me pude acercar lo suficiente como para distinguir las Gens representadas, pero al menos había veinte estandartes en el aire. —El Imperio contiene doscientas cincuenta Gens ilustres. Que la comandante haya podido reunir el apoyo de tantas llama la atención de Marcus. Aprieta un puño sobre el trono.

—Su majestad —digo—. He desplegado a la Guardia Negra para que tome el control de las murallas de Antium y para que sus hombres exploren más allá de la ciudad. Es probable que la comandante ataque esta noche, así que todavía tenemos todo un día para prepararla. Pero debemos llevarlo a un lugar segu...

—¿Entonces no me has traído a Elias Veturius?

Aquí viene.

—Mi señor, era traerle a Veturius o informar sobre el golpe. El tiempo no me permitió hacer ambas cosas. Pensé que la seguridad del Imperio importaba más que un solo hombre.

Marcus se me queda mirando durante un buen rato antes de desviar la vista hacia algo detrás de mí. Oigo unos pasos familiares llenos de odio y el sonido de unas botas con suela de acero.

Imposible. Me fui antes que ella y cabalgué sin detenerme. Puede que haya llegado donde está su ejército antes que nosotros, pero la habríamos visto si se dirigiera a Antium. Hay pocos caminos que conduzcan a aquí desde Kauf.

Un parche de oscuridad en el recoveco de la sala del trono me llama la atención: una capucha con soles que brillan bajo ella. El frufrú de una capa y él desaparece. *El Portador de la Noche. El genio. Él la ha traído aquí.*

—Te lo dije, Emperador. —La voz de la comandante es suave como una serpiente que se enrosca—. La chica está perdida por su obsesión con Elias Veturius. Su inhabilidad, o su poca disposición para atraparlo, la ha llevado a urdir esta ridícula historia, además de haber desplegado a miembros valiosos de la Guardia Negra de una manera peligrosa y sin sentido. Un gesto ostentoso. Sin duda tiene la esperanza de que eso refuerce su afirmación. Debe de pensar que somos unos tontos.

La comandante me pasa por el lado para quedarse junto a Marcus. Tiene el cuerpo tranquilo y los rasgos inalterados, pero cuando me mira a los ojos, se me seca la garganta ante su furia. Si estuviera en Risco Negro ya estaría escurriéndome hacia el suelo del poste de los azotes exhalando mi último aliento.

¿Qué diantres hace aquí? Debería estar con su ejército en este momento. Vuelvo a examinar la habitación, esperando ver cómo sus hombres entran por la puerta en bandada en cualquier momento. Pero aunque veo soldados de la Gens Veturia esparcidos por toda la sala del trono, no parece ser que se estén preparando para una batalla.

—Según la comandante, Verdugo de Sangre —dice Marcus—, Elias Veturius se las apañó para quedarse atascado en la prisión de Kauf. Pero eso ya lo sabías, ¿no es así?

Sabrá que le estoy mintiendo. Inclino la cabeza.

—Así es, su majestad. Pero…

—Y aun con esas no lo has traído contigo. Aunque lo más probable es que ya hubiera muerto a estas alturas de todos modos. ¿Es correcto, Keris?

—Sí, su majestad. Al chico lo envenenaron en algún momento de su viaje —explica la comandante—. El alcaide informa que ha estado teniendo desmayos durante semanas. Lo último que oí es que a Elias Veturius le quedaban unas pocas horas de vida.

¿Desmayos? Cuando vi a Elias en Nur, parecía enfermo, pero di por hecho que era a causa de la dura marcha desde Serra.

Entonces recuerdo lo que me dijo, unas palabras que no tenían ningún sentido en ese momento pero que ahora son como un cuchillo en mi estómago: *Ambos sabemos que no me queda mucho en este mundo.*

Y el alcaide, después de decirle que volvería a ver a Elias: *La inmadurez es la esperanza de nuestros jóvenes.* Detrás de mí, Avitas respira hondo.

—La nocturnia que me dio, Verdugo —susurra—. Debió de tener la suficiente como para usarla en él.

—Tú —me giro hacia la comandante, y todo encaja—, tú lo envenenaste. Pero debiste hacerlo hace semanas, cuando descubrí tu rastro en Serra. Cuando peleaste con él. —¿Entonces mi amigo ha muerto? ¿Muerto de verdad? *No. No puede ser.* Mi mente no puede aceptarlo.

»Usaste nocturnia porque sabías que tardaría mucho en morir. Sabías que le daría caza, y mientras yo no estuviera en medio, no sería capaz de detener tu golpe. —*Por los cielos sangrantes.* Ha matado a su propio hijo, y ha estado jugando conmigo durante meses.

—La nocturnia es ilegal en el Imperio, como saben todos los presentes. —La comandante me mira como si estuviera cubierta de mierda—. ¿Te has oído, Verdugo? Y pensar que te instruiste en mi escuela. Debía de estar ciega para dejar que una inexperta como tú se graduara.

Se arma un revuelo en la sala del trono que cesa cuando doy un paso hacia ella.

—Si tan inexperta soy —respondo—, entonces me podrás explicar por qué faltan hombres en todas las guarniciones del Imperio. ¿Por qué nunca tuviste suficientes soldados? ¿Por qué faltan tantos en las fronteras?

—Necesitaba hombres para acabar con la revolución, qué si no —afirma—. El mismo Emperador dio esas órdenes de traslado.

—Pero seguías pidiendo más…

—Esto es un espectáculo vergonzoso. —La comandante se gira hacia Marcus—. Es una vergüenza para mí, mi señor, que Risco Negro haya podido engendrar a un ser de mente tan débil.

—Está mintiendo —le digo a Marcus, pero me puedo imaginar sin equivocarme cómo debo sonar; tensa y chillona contra la actitud fría de la comandante—. Su majestad, debéis creerme…

—Ya basta. —Marcus habla en un tono que hace callar a toda la habitación—. Te di la orden de traer a Elias Veturius, vivo, antes de la *Rathana*, Verdugo de Sangre. Has fracasado en llevarla a cabo. Todos los presentes en esta sala oyeron qué castigo conllevaría el fracaso. —Le hace una señal con la cabeza a la comandante y ella hace un ademán a sus tropas.

En unos segundos, los hombres de la Gens Veturia se adelantan y agarran a mis padres y mis hermanas.

De repente no noto las manos ni los pies. *No se supone que tiene que ser así. Estoy siendo leal al Imperio. Mantengo mi fidelidad.*

—Les prometí a los *paters* de nuestras grandes familias una ejecución —dice Marcus—. Y a diferencia de ti, Verdugo de Sangre, tengo la intención de mantener mi palabra.

LI: *Laia*

LA MAÑANA DE LA *RATHANA*

Cuando la noche todavía lo envuelve todo, Afya y yo dejamos la calidez de la cueva y nos dirigimos hacia Kauf en la madrugada helada. La mujer tribal porta la espada de Darin por mí, y yo me he atado las cimitarras de Elias. Solo los cielos saben que las necesitará cuando tengamos que pelear para poder salir de la prisión.

—Ocho guardias —le digo a Afya—. Y luego debes hundir las barcas restantes. ¿Lo has entendido? Si tú...

—Por los cielos, cierra el pico, ¿quieres? —Afya me hace un gesto con la mano, impaciente—. Eres como un pájaro tibbi del sur que gorjea las mismas palabras una y otra vez hasta que te dan ganas de estrujarle el precioso pescuezo. Ocho guardias, diez barcazas por asegurar y veinte botes que sabotear. No soy idiota, chica. Puedo con ello. Solo asegúrate de conseguir que la prisión prenda por dentro bien caliente. Mientras más marciales podamos pasar por la parrilla, menos nos perseguirán.

Llegamos al río Ocaso, donde debemos tomar caminos separados. Afya clava la punta de la bota en la tierra.

—Chica. —Se ajusta el pañuelo y se aclara la voz—. Tu hermano... Puede... puede que no sea el mismo que era. Una vez enviaron a un primo mío a Kauf —añade—. Cuando volvió, era distinto. Quiero que estés preparada.

La tribal se acerca al río y se pierde en la oscuridad. *No mueras,* pienso, antes de devolver mi atención al monstruoso edificio que tengo detrás.

La invisibilidad todavía me es algo incómoda, como una capa nueva que no se acaba de ajustar bien. Aunque he practicado durante días, no entiendo cómo funciona la magia, y la académica que reside en mí anhela saber más, encontrar libros que hablen de ello, consultar con otras personas que sepan cómo controlarla. *Ya llegará, Laia. Si sobrevives.*

Cuando estoy segura de que no me voy a hacer visible ante la primera señal de peligro, localizo un camino que lleva hasta Kauf y sigo con cuidado unas huellas mucho más grandes que las mías. Mi invisibilidad no me proporciona sigilo, ni esconde las señales de mis pasos.

La verja de Kauf, decorada con pinchos, está completamente levantada. No veo ningún carro que se dirija hacia la prisión, estamos en el pico del invierno y no van a llegar mercaderes. Cuando oigo el azote de un látigo, al fin entiendo por qué las puertas no están cerradas. Un grito rasga la quietud de la mañana, y veo varias figuras encorvadas y demacradas que salen por la puerta arrastrando los pies bajo la mirada implacable de un máscara. Mis manos van en busca de mi daga, aunque sé que no puedo hacer nada por ellos. Afya y yo observamos desde el bosque mientras cavaban las fosas fuera de la prisión. Observamos mientras los marciales llenaban esas fosas con cadáveres de académicos.

Si quiero que los académicos que quedan en la prisión puedan huir, no puedo revelar mi posición. Así que me quedo quieta y me obligo a mirar. A ser testigo. A recordar esta imagen para que esas vidas no se olviden.

Cuando los académicos desaparecen al doblar la esquina este del muro de Kauf, me cuelo por las puertas. Este camino me es conocido. Elias y yo nos hemos estado intercambiando mensajes durante días mediante Tas, y he venido por este lugar cada vez. Aun así, me pongo tensa cuando paso por el lado de ocho legionarios que hacen guardia a la base de la puerta de entrada de Kauf. El espacio entre mis hombros me da punzadas, y levanto la vista hacia las almenas, donde patrullan los arqueros.

Mientras cruzo el patio iluminado de la prisión, intento evitar dirigir la mirada hacia la derecha donde dos jaulas gigantes de madera contienen a los prisioneros académicos.

Pero al final no puedo evitar mirar. Dos carros, cada uno medio lleno con los muertos están aparcados al lado de la jaula más cercana. Un grupo de marciales más jóvenes sin máscara, quintos, cargan más académicos muertos, aquellos que no han sobrevivido al frío.

Abeja y muchos de los demás pueden conseguirles armas, había dicho Tas. *Ocultas en baldes y alfombras. No serán cuchillos ni cimitarras, sino puntas de lanza, flechas rotas y puños de acero.*

Aunque los marciales ya hayan matado a cientos de los míos, miles de académicos todavía aguardan en esas jaulas, esperando a la muerte. Están enfermos, hambrientos y medio congelados por el frío. Incluso aunque todo vaya según el plan, no sé si les queda suficiente fuerza como para encargarse de los guardias de la prisión llegado el momento, sobre todo si disponemos de un armamento tan básico.

Pero igualmente no es que nos quede otra opción.

A esta hora, hay pocos soldados deambulando por los pasillos cegadores de Kauf. Me muevo a hurtadillas pegada a la pared y me mantengo alejada de los guardias que están de servicio. Paso la vista brevemente por las entradas que llevan a las fosas de los académicos. Pasé por delante el primer día que vine, cuando todavía estaban ocupadas. Unos momentos después, tuve que correr para encontrar un lugar en el que vomitar.

Me dirijo hacia el pasillo de entrada, cruzo la rotonda y dejo atrás las escaleras que, según Helene Aquilla, llevan al piso superior donde están los aposentos de los máscaras y el despacho del alcaide. *Dentro de poco os llegará el turno.* Una gran puerta de acero se alza imponente en un lado de la pared de la rotonda. El bloque de interrogación. *Darin está ahí abajo. En este mismo instante. A unos metros.*

Los tambores de Kauf golpean una vez: las cinco y media de la mañana. El pasillo que conduce a los barracones marciales, la cocina y la despensa está bastante más concurrido que el resto de la prisión. Se oyen conversaciones y risas que vienen del comedor. Huelo huevos, grasa y pan quemado. Un legionario sale de golpe de una habitación justo delante de mí, y contengo la respiración cuando me pasa a un centímetro de distancia. Debe de oírme, porque se lleva la mano a la cimitarra y mira alrededor.

No me atrevo a respirar de nuevo hasta que sigue adelante. *Demasiado cerca, Laia.*

Pasa de largo las cocinas, me dijo Helene Aquilla. *El almacén del aceite está al final del pasillo. Los soldados encargados de encender las antorchas siempre van y vienen, así que sea cual fuere tu plan, tendrás que moverte con rapidez.*

Cuando encuentro el almacén, me veo obligada a esperar mientras un auxiliar de semblante taciturno carga con un barril de brea y se lo lleva rodando por el pasillo. Deja la puerta abierta un palmo, y me permite ojear lo que contiene la pequeña estancia. Los barriles de brea ocupan la base como una hilera de soldados rechonchos. Por encima están colocadas unas latas que cubren de largo como mi brazo y de ancho como mi mano. Aceite de fuego azul, la sustancia amarilla translúcida que el Imperio importa de Marinn. Apesta a hojas podridas y azufre, pero será más difícil de localizar que la brea cuando la derrame por toda la prisión.

Me lleva casi media hora vaciar docenas de botes por los pasillos traseros y la rotonda. Devuelvo cada lata al almacén cuando está vacía, con la esperanza de que nadie se dé cuenta hasta que sea demasiado tarde. Entonces me guardo tres latas más en la bolsa que ahora está mucho más abultada y entro en la cocina. Un plebeyo maneja los hornillos y berrea órdenes con aires de grandeza a los niños esclavos académicos. Los chiquillos van zumbando por el lugar, azuzados por el miedo. Por lo que parece están exentos del sacrificio que tiene lugar fuera. Tuerzo la boca repugnada. El alcaide necesita al menos unos pocos esclavos que sigan haciendo las tareas de ese lugar.

Localizo a Abeja que sujeta con brazos temblorosos una bandeja llena de platos sucios del comedor. Me coloco a su lado, deteniéndome a menudo para evitar los cuerpos escurridizos que pasan por mi alrededor. Da un brinco cuando le hablo en la oreja, pero oculta su sorpresa de inmediato.

—Abeja —le digo—. Enciende el fuego dentro de quince minutos.

Asiente imperceptiblemente, y salgo de la cocina y vuelvo a la rotonda. La torre de los tambores suena seis veces. Según Helene, el alcaide se dirigirá a las celdas del interrogación dentro de un cuarto de hora. *No queda tiempo, Laia. Muévete.*

Subo corriendo las escaleras estrechas de piedra de la rotonda. Acaban en un pasillo con vigas de madera alineado con decenas de puertas. Los aposentos de los máscaras. Mientras trabajo, los monstruos de rostro plateado salen de sus habitaciones y bajan por las escaleras. Cada vez que uno pasa, encojo el estómago y bajo la vista para asegurarme de que mi invisibilidad siga intacta.

—¿Hueles eso? —un máscara bajito con barba camina pesadamente por el pasillo junto a un compañero de complexión más atlética y se detienen a unos pasos de mí. Toma una buena bocanada de aire. El otro máscara se encoge de hombros, gruñe, y sigue su camino. Pero el máscara barbudo sigue mirando alrededor, olisqueando por las paredes como un sabueso que ha captado un aroma. Se detiene ante una de las vigas que he embadurnado con aceite y baja los ojos hacia el charco que brilla a su base.

—Qué cojones… —Mientras se arrodilla, paso por detrás de él y voy al final del pasillo. Se gira cuando oye el sonido de mis pasos con los oídos atentos. Noto cómo mi invisibilidad falla ante el chirrido de su cimitarra que sale de la funda. Agarro una antorcha de la pared. El máscara se la queda mirando boquiabierto. Me doy cuenta demasiado tarde de que mi invisibilidad se extiende hasta la madera y la brea, pero no a la llama.

Blande la espada y doy unos pasos atrás, sorprendida. Mi invisibilidad cae por completo, como un extraña onda que empieza en mi frente y baja en cascada hasta mis pies.

El máscara tiene los ojos desorbitados y se abalanza contra mí.

—¡Bruja!

Me lanzo fuera de su alcance y dirijo la antorcha al charco de aceite más cercano. Prende con un rugido, distrayendo al máscara, y uso ese momento para alejarme de él.

Desaparece, me digo a mí misma. *¡Desaparece!* Pero estoy yendo demasiado rápido... no está funcionando.

Pero debe funcionar, o estoy muerta. *Ahora,* grito en mi mente. La familiar onda me recorre justo cuando una figura alta y delgada sale por el pasillo y gira su cabeza triangular hacia mí.

Aunque no estoy segura de haberlo reconocido por la descripción de Helene, lo identifico de inmediato. Es el alcaide.

El alcaide pestañea, y no sé si me ha visto desaparecer de golpe o no. No me quedo para descubrirlo. Lanzo otra lata de aceite de fuego azul a sus pies, arranco dos antorchas de la pared y le arrojo una de ellas. Cuando grita y da un salto atrás, paso por su lado como una exhalación y bajo las escaleras a toda prisa sorteando los escalones de dos en dos, y luego suelto la última lata de aceite en el camino y lanzo la última antorcha por encima del hombro. Oigo el silbido de la llama y la barandilla de la escalera prende.

No tengo tiempo de mirar atrás. Los soldados pasan corriendo por la rotonda y el humo se vierte desde el pasillo cercano a las cocinas. *¡Bien hecho, Abeja!* Pivoto alrededor de la parte trasera de las escaleras, el lugar donde Elias dijo que se reuniría conmigo.

Unos pasos sonoros bajan por las escaleras. El alcaide ha esquivado el fuego y está en la rotonda. Agarra a un auxiliar cercano del cuello de la camisa y le grita:

—Haz que la torre de los tambores toque el mensaje de evacuación. Los auxiliares deben reunir a los prisioneros en el patio y organizar un cordón de lanceros a su alrededor para evitar que huyan. Doblad el perímetro de guardia. El resto de vosotros —su grito vigorizante capta la atención de todos los soldados que pueden oírlo— proceded con la evacuación de manera ordenada. La prisión está siendo atacada desde dentro. Nuestro enemigo busca sembrar el caos. No dejéis que lo consiga.

El alcaide se gira hacia las celdas de interrogación y abre la puerta justo cuando tres máscaras salen.

—Es un maldito infierno ahí abajo, alcaide —dice uno de ellos.

—¿Y los prisioneros?

—Solo esos dos, retenidos en sus celdas.

—¿Y mi equipamiento médico?

—Creemos que Drusius lo sacó, señor —dice otro de los máscaras—. Estoy seguro de que uno de esos mocosos académicos inició el fuego, en complot con Veturius.

—Esos niños no son humanos —dice el alcaide—. Dudo que sean capaces de hablar, mucho menos de tramar un plan para quemar la prisión. Id, aseguraos de que el resto de los prisioneros cooperen. No voy a permitir que mi dominio caiga en la locura por unas pocas brasas.

—¿Qué hacemos con los prisioneros de ahí abajo, señor? —El primer máscara señala con la cabeza hacia las escaleras que llevan al bloque de interrogación.

El alcaide niega con la cabeza mientras el humo se cuela por la puerta.

—Si no están muertos ya, lo estarán en breve. Y necesitamos a todos los hombres en el patio para controlar a los prisioneros. Cerrad esa puerta —ordena—. Que ardan.

Dicho esto, el hombre se abre camino a través del torrente de soldados ataviados de negro, dando órdenes con su voz alta y nítida mientras avanza. El máscara con el que ha hablado cierra con llave la puerta del bloque de interrogación, echa el cerrojo y coloca un candado. Me acerco a hurtadillas por detrás; necesito sus llaves. Pero cuando intento alcanzar el aro, siente mi presencia y me propina un codazo que conecta con mi estómago. Mientras me doblo en dos, sin aliento y luchando por mantener mi invisibilidad, el máscara mira por encima del hombro pero lo arrastra la marabunta de soldados que sale de la prisión.

Está bien. Fuerza bruta pues. Tiro de una de las cimitarras de Elias que llevo a la espalda y le doy tajos al candado, sin inmutarme por el ruido. Apenas se oye por encima del rugido del fuego que se acerca. Llueven chispas, pero el candando resiste. Blando la espada de Elias una y otra vez y grito de impaciencia. Mi invisibilidad va y viene, pero no me importa. Debo abrir este candado. Mi hermano y Elias están ahí abajo, ardiendo.

Hemos llegado tan lejos. Sobrevivimos a Risco Negro y a los ataques de Serra, a la comandante y al viaje hasta aquí. No puede acabar así. No me vencerá un maldito candado.

—¡Vamos! —grito. El candado cruje y cargo la siguiente estocada con toda mi rabia. Saltan las chispas y se abre al fin. Enfundo la espada y abro la puerta.

Casi de inmediato, caigo al suelo ahogándome por el nauseabundo humo que sale de dentro. A través de los ojos entrecerrados y empañados de lágrimas, observo lo que debería ser una escalera.

Pero no hay nada más que un muro de llamas.

LII: Elias

Aunque la Atrapaalmas no me hubiera dado la bienvenida al reino de la muerte, un vacío se abre en mi interior. Me siento muerto.

—¿He muerto ahogado en las escaleras de una prisión, a unos pasos de salvarme? —*¡Maldita sea!*—. Necesito más tiempo —le digo a la Atrapaalmas—. Unas pocas horas.

—Yo no escojo cuándo mueres, Elias. —Me ayuda a levantarme, su rostro compungido, como si de verdad mi muerte la afectara. Detrás de ella, otros espíritus revolotean por entre los árboles, observando.

—No estoy preparado, Shaeva. Laia está ahí arriba esperándome. Su hermano está a mi lado y se muere. ¿Para qué hemos peleado si va a acabar de esta manera?

—Pocos están preparados para la muerte. —Shaeva suspira. Ya ha dado este discurso antes—. A veces incluso los que son muy mayores, que han llevado vidas plenas, pelean contra su caricia fría. Debes aceptar…

—No. —Miro alrededor en busca de algún modo para volver. Un portal o un arma o alguna herramienta que pueda usar para cambiar mi destino. *No seas estúpido, Elias. No hay vuelta atrás. La muerte es la muerte.*

Nada es imposible. Las palabras de mi madre. Si ella estuviera aquí, acosaría, amenazaría o engañaría a la Atrapaalmas para que le diera el tiempo que quisiera.

—Shaeva, has gobernado estas tierras durante miles de años. Lo sabes todo sobre la muerte. Debe de haber alguna manera de volver, aunque sea durante poco tiempo.

Se da la vuelta con la postura tensa e inflexible. Giro a su alrededor, mi forma de fantasma es tan rápida que veo la sombra que le cruza los ojos.

—Cuando empezaron los desmayos me dijiste que me estabas observando. ¿Por qué?

—Fue un error, Elias. —Las pestañas le brillan con perlas de humedad—. Te veía igual que al resto de los humanos: un ser inferior y débil. Pero me equivoqué. Yo... nunca debería haberte traído aquí. Abrí una puerta que debería haberse quedado cerrada.

—Pero ¿por qué? —Shaeva está eludiendo la verdad—. ¿Por qué te llamé la atención en primer lugar? No es que te pases todo el día mirando con ojos tiernos al mundo humano. Estás demasiado ocupada con los espíritus.

Extiendo un brazo hacia Shaeva y me sobresalto cuando mi mano la atraviesa. *Eres un fantasma, Elias, ¿te acuerdas?*

—Después de la tercera prueba —dice Shaeva—, enviaste a muchos a la muerte. Pero no estaban enfadados. Me pareció extraño, puesto que el asesinato normalmente conlleva espíritus inquietos. Pero estos espíritus no estaban encolerizados. Aparte de Tristas, pasaron al otro lado rápidamente.

»No entendía el motivo, así que usé mi poder para ojear el mundo humano. —Entrelaza los dedos y fija su mirada negra en mí—. En las catacumbas de Serra, te encontraste con un efrit de las cuevas. Te llamó «asesino».

—*Si tus pecados fueran sangre, niño, te ahogarías en tu propio río* —añado—. Lo recuerdo.

—Lo que dijo tenía menos importancia que tu reacción, Elias. Estabas... —Frunce el ceño, considerando la palabra— Horrorizado. Los espíritus que enviaste al otro mundo estaban en paz porque tú llorabas su muerte. Acarreas dolor y sufrimientos a los que amas, pero no es tu intención. Es como si tu destino fuera dejar un rastro de destrucción. Eres como yo, o más bien como yo era.

La Antesala me parece mucho más fría ahora.

—Como tú —constato.

—No eres la única criatura viva que ha paseado por mis bosques, Elias. Los chamanes vienen aquí a veces. Los curanderos también. Para los vivos o los muertos, los lamentos son insoportables, y aun así no te incomodaron. A mí me llevó décadas aprender a comunicarme con los espíritus, pero tú lo dominaste tras unas pocas visitas.

Un siseo corta el aire y localizo el brillo familiar de la arboleda de los genios que intensifica su luminosidad. Por primera vez, Shaeva lo ignora.

—Intenté alejarte de Laia. Quería que te sintieras aislado. Quería algo de ti, así que deseé que sintieras miedo. Pero después de abordarte durante el camino a Kauf, después de que pronunciaras mi nombre, algo despertó en mi interior. Una parte reminiscente de mi antigua yo. Me di cuenta de lo equivocada que estaba de pedirte nada. Perdóname. Estaba tan harta de este lugar. Solo quería la liberación.

El brillo se hace más intenso. Parece como si los árboles temblaran.

—No lo entiendo.

—Quería que ocuparas mi lugar —dice Shaeva—. Que te convirtieras en Atrapaalmas.

Al principio creo que no la he entendido bien.

—¿Por eso me pediste que ayudara a Tristas a cruzar al otro lado?

Asiente.

—Eres humano. Por ello tienes límites que no tienen los genios. Tenía que ver si podías hacerlo. Para ser Atrapaalmas, debes de conocer la muerte de cerca, pero no puedes venerarla. Debes de haber llevado una vida en la que desearas proteger a los demás pero descubrieras que todo cuanto puedes hacer es destruir. Ese tipo de vida te dota de remordimiento.

Ese remordimiento es un pasaje por el que puede entrar el poder de la Antesala.

Shaaeeva…

Shaeva traga saliva. Estoy seguro de que oye cómo la llaman los suyos.

—La Antesala tiene conciencia, Elias. Es la magia más antigua que hay, y… —hace una mueca de disculpa— le gustas. Ya ha empezado a susurrarte sus secretos.

Me acuerdo de algo que me dijo.

—Dijiste que cuando te convertiste en Atrapaalmas, el Portador de la Noche te mató, pero luego te trajo de vuelta y te encadenó aquí. Y ahora estás viva.

—¡Esto no es vida, Elias! —insiste Shaeva—. Es como estar muerta en vida. Siempre rodeada de espíritus. Estoy atada a este lugar…

—No del todo —la corto—. Saliste del Bosque. Recorriste todo el camino para buscarme.

—Solo porque estabas cerca de mis tierras. Abandonarlas durante más de unos pocos días es una tortura. Cuanto más me alejo, más sufro. Y los genios, Elias… no sabes lo que es lidiar con mis hermanos atrapados.

¡SHAEVA! La llaman a gritos ahora, y ella se gira hacia ellos.

¡No! Grito en mi cabeza, y el suelo bajo mis pies se sacude. Los genios se callan. Y sé al instante lo que debo pedirle.

—Shaeva, hazme tu sucesor. Devuélveme a la vida, igual que hizo el Portador de la Noche contigo.

—Eres un necio —susurra sin mostrarse sorprendida por mi petición—. Acepta la muerte, Elias. Te liberarás de los deseos, las preocupaciones y el dolor. Te ayudaré a cruzar al otro lado y todo estará tranquilo y en paz. Si te conviertes en Atrapaalmas, tu vida estará llena de arrepentimiento y soledad, pues los vivos no pueden entrar en el Bosque. Los fantasmas no los toleran.

Me cruzo de brazos.

—Tal vez seas demasiado blanda con los malditos fantasmas.

—Tal vez ni siquiera seas capaz…

—Soy capaz. Ayudé a Izzi y a Tristas a cruzar. Haz esto por mí, Shaeva. Viviré, salvaré a Darin y acabaré lo que he empezado. Entonces me ocuparé de los muertos y tendré la oportunidad de redimirme por completo por todo lo que he hecho. —Doy un paso hacia ella—. Ya te has arrepentido lo suficiente. Déjame que te releve.

—Aun así tendría que enseñarte, igual que hicieron conmigo. —Puedo ver que está casi decidida por completo, pero está asustada.

—¿Le tienes miedo a la muerte?

—No —susurra Shaeva—. Temo que no entiendes la carga que estás pidiendo.

—¿Cuánto tiempo llevas esperando encontrar a alguien como yo? —Me halago a mí mismo. Tengo que volver. Tengo que sacar a Darin de Kauf—. Mil años, ¿no? ¿De verdad te quieres quedar aquí durante otros mil años, Shaeva? Dame este don y toma tú el que te ofrezco yo.

Durante un segundo, su dolor y sufrimiento, la verdad de su existencia durante el último milenio están escritos en su expresión tan claramente como si lo hubiese dicho a gritos. Veo el momento en que se decide, el momento en que reemplaza su miedo por resignación.

—Afánate —la insto—. Solo los cielos saben el tiempo que habrá pasado ya en Kauf. No quiero volver a mi cuerpo a tiempo para ver cómo se asa como un pollo.

—Es una magia antigua, Elias. No es de los genios, de los humanos ni de los efrits, sino de la propia tierra. Te llevará de vuelta al momento de tu muerte, y te dolerá.

Cuando me toma de las manos, su contacto quema más que una forja serrana. Tensa la mandíbula y suelta un lamento estridente que me sacude hasta los huesos. Su cuerpo brilla, envuelto por un fuego que la consume, hasta que ya no es Shaeva sino una criatura formada por llamas negras que se retuercen. Me suelta las manos y da vueltas a mi alrededor tan deprisa que es como si estuviera rodeado por una nube de oscuridad. Aunque soy un fantasma, siento cómo mi esencia va menguando. Caigo de rodillas y su voz me llena la cabeza. Una voz más grave retumba por debajo; es una voz antigua, la misma Antesala que toma posesión de su cuerpo de genio y habla a través de él.

—*Hijo de las sombras, heredero de la muerte, escúchame: gobernar la Antesala es iluminar el camino para los débiles, los precavidos, los caídos y los olvidados en la oscuridad que sigue a la muerte. Estarás atado a mí hasta que otro sea merecedor para liberarte. Márchate y estarás abandonando tu obligación, y te castigaré. ¿Te entregas a ello?*

—Me entrego.

Una vibración en el aire y el silencio tenso de la tierra tras un terremoto. Entonces un sonido como si el cielo se estuviera abriendo en dos. Dolor *—por los diez infiernos, dolor—*, la agonía de mil muertes, una lanza que me atraviesa el alma. Cada corazón roto, cada oportunidad perdida, cada vida segada demasiado pronto, el tormento de los que quedan atrás para lamentarse... todo me destripa sin fin. Esto va más allá del dolor, una perforación en el corazón, una estrella moribunda que me estalla en el pecho.

Mucho después de estar seguro de que no puedo soportarlo más, el dolor rescinde. Me quedo temblando en el suelo del Bosque, lleno de una sensación de pertinencia y de terror, como dos ríos gemelos de luz y oscuridad que se juntan para convertirse en algo distinto.

—Está hecho, Elias.

Shaeva se agacha a mi lado en su forma humana por última vez. Tiene el rostro surcado de lágrimas.

—¿Por qué estás triste, Shaeva? —Le seco las lágrimas con el pulgar y siento un dolor cuando las veo—. Ya no estás sola. Ahora somos compañeros de armas. Hermano y hermana.

No me sonríe.

—Solo hasta que estés preparado. Ve, hermano. Vuelve al mundo humano y acaba lo que has empezado, pero sé consciente de que no tienes mucho tiempo. La Antesala te reclamará. La magia es tu señor ahora, y no le gusta que sus sirvientes estén lejos mucho tiempo.

Deseo volver a mi cuerpo, y cuando abro los ojos veo la cara frenética de Tas. Mis piernas y brazos se han librado del cansancio que he estado sintiendo desde hace eones.

—¡Elias! —Tas gimotea aliviado—. El fuego… ¡Está por todas partes! ¡No puedo cargar con Darin!

—No tendrás que hacerlo. —Todavía siento dolor por los interrogatorios y las palizas, pero con la sangre limpia del veneno, entiendo por primera vez cómo me ha estado robando la vida poco a poco hasta que me pareció que siempre había sido una sombra de mí mismo.

Una ráfaga de fuego se eleva por las escaleras y corre por las vigas de encima, creando una pared de llamas por detrás y por delante.

La luz se distingue al final de las escaleras, visible por entre las llamas. Gritos, voces y durante un breve instante, una figura familiar más allá del fuego.

—¡La puerta, Tas! —grito—. ¡Está abierta! —Al menos, eso creo. Tas se pone de pie trastabillando, sus ojos oscuros llenos de esperanza. *¡Vamos, Elias!* Cargo el cuerpo de Darin sobre un hombro, agarro el niño académico con un brazo, subo corriendo las escaleras, atravieso el muro de llamas y penetro en la luz que hay más allá.

LIII: *Helene*

Los hombres de la Gens Veturia rodean a mis padres y hermanas. Los cortesanos apartan la vista, avergonzados y asustados ante la visión de mi familia con los brazos retorcidos a la espalda, forzados a avanzar hasta el trono y obligados a arrodillarse como criminales comunes.

Mi madre y mi padre ceden a este maltrato en silencio, y Livvy se limita a lanzarme una mirada suplicante, como si yo pudiera solucionar esto de algún modo.

Hannah se resiste: araña y patalea a los soldados, su intrincado peinado rubio se deshace por encima de sus hombros.

—¡No me castiguéis por su traición, su majestad! —grita—. No es mi hermana, mi señor. No es pariente mía.

—Silencio —le ruge Marcus—, o te mataré a ti la primera. —Hannah se queda callada. Los soldados le dan la vuelta a mi familia para que se encaren a mí. Los cortesanos ataviados con seda y piel a mi alrededor se mueven incómodos y susurran, algunos aterrorizados, otros apenas pueden contener su alegría. Localizo al nuevo *pater* de la Gens Rufia. Al ver su sonrisa vil, recuerdo el grito de su padre cuando Marcus lo lanzó por el borde de la Roca Cardium.

Marcus se pasea por detrás de mi familia.

—Creía que la ejecución tendría lugar en la Roca Cardium, pero como tantas Gens están representadas aquí, no veo por qué no deberíamos acabar con esto ya.

La comandante da un paso adelante con los ojos fijos en mi padre. Él me salvó de mi tortura, en contra de los deseos de ella. Calmó a las Gens enfadadas mientras ella intentaba sembrar la desidia, y me ayudó cuando las negociaciones fracasaron. Ahora la comandante podrá tener su venganza. Una sed de sangre salvaje y animal acecha en sus ojos. Quiere desgarrarle el cuello. Quiere bailar en su sangre.

—Su majestad —canturrea la comandante—. Sería para mí un placer ayudar en la ejecución...

—No hay necesidad, comandante —dice Marcus, indiferente—. Ya has hecho suficiente. —Las palabras cargan un significado subyacente extraño, y la comandante mira recelosa al Emperador.

Creía que estaríais a salvo, quiero decirle a mi familia. *Los augures me dijeron...*

Pero me doy cuenta de que los augures no me prometieron nada.

Me obligo a mirar a mi padre a los ojos. Nunca lo he visto tan derrotado. A su lado, el pelo dorado blanquecino de mi madre brilla como si estuviera encendido desde dentro, y su vestido forrado de piel la cubre con gracia incluso mientras se arrodilla a la espera de la muerte. Su rostro pálido es feroz.

—Fuerza, hija mía —me susurra. A su lado, Livvy toma pequeñas bocanadas de aire llenas de pánico y le susurra atropelladamente a Hannah, que está temblando.

Intento aferrarme a la cimitarra que llevo a la cintura para tomar aplomo, pero apenas la noto bajo la palma.

—Su majestad —digo—. Por favor. La comandante está de verdad planeando un golpe. Ya oíste al lugarteniente Faris. Debes escucharme.

Marcus levanta la vista hacia mí, sus ojos inexpresivos amarillos me hielan la sangre. Lentamente, saca una daga del cinturón. Es delgada y afilada, decorada con el diamante de Risco Negro en la empuñadura. Su premio por haber ganado la primera prueba, hace mucho tiempo.

—Puedo hacer que sea rápido, Verdugo —dice calmadamente—, o puedo hacerlo muy, muy despacio. Vuelve a hablar fuera de turno y verás qué opción escojo. Lugarteniente Sergius —grita. El guardia negro al que amedranté mediante el chantaje y la coacción hace tan solo unas semanas se adelanta.

—Retened a la Verdugo y sus aliados —ordena Marcus—. No nos gustaría que sus emociones les empañasen el juicio.

Sergius vacila durante un instante antes de dar señales a los demás guardias negros. Hanna solloza en voz baja y mira a Marcus con ojos suplicantes.

—Por favor —susurra—. Su majestad. Nos vamos a casar... soy su prometida. —Pero Marcus le dedica la misma atención que le daría a un mendigo.

Se gira hacia los *paters* presentes en la sala del trono y exuda poder. Ya no es un Emperador asediado, sino uno que ha sobrevivido a la rebelión académica, a intentos de asesinato y a la traición de las familias más poderosas del país.

Juguetea con la daga en la mano, y la plata refleja la luz del sol que empieza a salir. El alba ilumina la habitación con una belleza amable que me resulta repugnante cuando pienso en lo que está a punto de suceder. Marcus camina adelante y atrás por detrás de mi familia, como un depredador brutal que está decidiendo a quién matar primero.

Mi madre le susurra algo a mi padre y a mis hermanas. *Os quiero.*

—Hombres y mujeres del Imperio. —Marcus se detiene detrás de mi madre. Sus ojos me miran como brasas, y yergue la espalda y echa hacia atrás los hombros. Marcus detiene el movimiento de la daga—. Observad lo que ocurre cuando le falláis a vuestro Emperador.

La sala del trono se queda en completo silencio. Oigo cómo la hoja de plata se clava en el cuello de mi madre y el borboteo que hace mientras le cercena el cuello hasta la arteria. Se bambolea. Su mirada se desliza hacia el suelo primero y pronto sigue el cuerpo.

—¡No! —Hanna chilla, dándole voz a la desesperación que me ha atenazado el cuerpo. Noto en la boca el sabor metálico de la sangre; me he mordido el labio. Mientras los cortesanos observan, Hannah suelta lamentos como un animal herido, balanceándose sobre el cuerpo de mi madre, sin importarle nada más que su miserable dolor devastador. Livia no muestra ninguna reacción en el rostro, su mirada está confusa mientras baja la vista hacia el charco de sangre que se está formando y que le empapa el bajo de su vestido azul claro.

No puedo sentir el dolor en mi labio. Mis pies y mis piernas parecen estar en otro lugar. Esa no es la sangre de mi madre. Ese no es su cuerpo. Esas no son sus manos, blancas y sin vida. No.

El grito de Hannah me saca de mi ensimismamiento. Marcus la ha agarrado por el pelo deshecho.

—No, por favor. —Sus ojos frenéticos me buscan—. ¡Hel, ayúdame!

Intento forcejear con Sergius, un grito extraño y dolorido me emerge de la garganta. Apenas puedo oírla mientras se ahoga con sus palabras. Mi hermanita. Tenía el pelo tan suave cuando éramos niñas.

—Helly, lo siento…

Marcus le rebana el cuello con rapidez. Su rostro vacío cuando lo hace, como si la tarea requiriera toda su concentración. La suelta y el cuerpo cae con un golpe sordo al lado del de mi madre. Los mechones claros de sus cabellos se entrelazan.

Detrás de mí, la puerta de la sala del trono se abre. Marcus hace una mueca ante la interrupción.

—S-su majestad. —No puedo ver al soldado que entra, pero su voz rota me sugiere que no se esperaba encontrarse con un baño de sangre—. Un mensaje de Kauf…

—Estoy en medio de algo. Keris, encárgate tú —ladra a la comandante sin dirigirle la mirada.

La comandante se inclina y se gira para salir, ralentizando el andar cuando pasa por mi lado. Se inclina hacia delante y me pone una mano helada sobre el hombro. Estoy demasiado anestesiada como para encogerme. Sus ojos grises no tienen atisbo de remordimiento.

—Es glorioso ver cómo te deshaces, Verdugo de Sangre —susurra—. Ver cómo te rompes.

Todo el cuerpo me tiembla cuando me lanza las palabras de Cain a la cara. *Primero tengo que deshacerte. Primero, te tengo que romper.* Por los cielos sangrantes, creía que se refería a cuando matara a Elias. Pero él lo sabía. Todo ese tiempo mientras agonizaba por mi amigo, él y sus hermanos sabían qué era lo que me rompería de verdad.

Pero ¿cómo puede saber la comandante lo que me dijo Cain? Me suelta y sale de la habitación a paso tranquilo, y no tengo tiempo de cuestionármelo más porque Marcus está delante de mí.

—Tómate un momento para despedirte de tu padre, Verdugo. Sergius, suéltala.

Doy tres pasos hacia mi padre y caigo de rodillas. No puedo desviar la mirada de mi madre y mi hermana.

—Verdugo de Sangre —susurra mi padre—. Mírame.

Quiero suplicarle que me llame por mi nombre. *No soy la Verdugo. Soy Helene, tu Helene. Tu niña pequeña.*

—Mírame, hija. —Levanto la vista, esperando ver la derrota reflejada en sus ojos. Sin embargo, está calmado, sereno, aunque su susurro se rompe de la pena—. Y escucha. No puedes salvarme. No podías salvar a tu madre, o a tu hermana o a Elias. Pero todavía puedes salvar al Imperio, pues está en un peligro mucho mayor del que piensa Marcus. Pronto hordas de salvajes rodearán Tiborum, y me han llegado rumores de una flota en Karkaus rumbo al norte hacia Navium. La comandante es ajena a ello, está demasiado concentrada en la destrucción de los académicos y en afianzar su propio poder.

—Padre. —Miro a Marcus, que nos observa a unos metros—. Al cuerno con el Imperio…

—Escúchame. —La desesperación repentina de su voz me aterroriza. Mi padre no le teme a nada—. La Gens Aquilla debe permanecer poderosa. Nuestras alianzas deben permanecer poderosas. Tú debes permanecer poderosa. Cuando la guerra llegue a esta tierra desde fuera, cosa que inevitablemente ocurrirá, no podemos flaquear. ¿Cuántos marciales hay en este Imperio?

—M-millones.

—Más de seis millones —dice mi padre—. Seis millones de hombres, mujeres y niños cuyo futuro queda en tus manos. Seis millones que dependerán de tu fuerza para que el tormento de la guerra no los alcance. Tú eres todo lo que puede frenar la oscuridad. Toma mi collar.

Saco la cadena con la que solía jugar de niña con manos temblorosas. Uno de mis primeros recuerdos es mi padre inclinado hacia mí y el anillo de Aquilla colgando de su cuello con el halcón labrado en pleno vuelo reflejando la luz de la lámpara.

—Eres la *mater* de la Gens Aquilla, ahora —susurra mi padre—. Eres la Verdugo de Sangre del Imperio. Y eres mi hija. No me falles.

El momento que mi padre se echa hacia atrás, Marcus ataca. A mi padre le lleva más tiempo morir, tal vez tenga más sangre. Cuando los ojos se le oscurecen, pienso que ya no podré volver a sentir dolor. Marcus me ha drenado de toda pena. Entonces mis ojos se posan en mi hermana pequeña. *Eres una tonta, Helene. Cuando quieres a alguien, siempre hay más dolor.*

—Hombres y mujeres del Imperio. —La voz de Marcus retumba por el techo de la sala del trono. *¿Qué diablos está haciendo?*

»No soy más que un plebeyo al que le fue otorgada la carga de liderar por nuestros queridos hombres santos, los augures. —Suena casi humilde, y lo miro boquiabierta mientras desliza la mirada por el grupo de congregados formado por la más alta alcurnia del Imperio—. Pero incluso un plebeyo sabe que a veces un Emperador debe mostrar misericordia. El vínculo entre el Verdugo de Sangre y el Emperador es uno decretado por los augures. —Se dirige hacia Livia y la levanta. Ella pasa la mirada de Marcus a mí, con la boca abierta y la piel de tono grisáceo.

»Es un vínculo que debe soportar la más oscura de las tempestades —sigue el Emperador—. El primer fracaso de mi Verdugo es una de esas tempestades. Pero no soy despiadado. Tampoco deseo empezar mi reinado con promesas rotas. Firmé un acuerdo de matrimonio con la Gens Aquilla. —Me echa una mirada pétrea—. Y así debo honrarlo, casándome con la hermana pequeña de la *mater* Aquilla, Livia Aquilla, de inmediato. Con la unión de mi linaje con una de las Gens más antiguas del país, busco afianzar mi dinastía y traer gloria al Imperio una vez más. Deberíamos dejar esto —mira con repugnancia los cuerpos que yacen en el suelo— atrás. Si la *mater* Aquilla acepta, claro.

—Livia. —Solo soy capaz de pronunciar el nombre de mi hermana. Me aclaro la garganta—. ¿Livia será perdonada? —Ante el asentimiento de Marcus, me pongo de pie. Me obligo a mirar a mi hermana, porque si prefiere morir, no se lo puedo negar, incluso si significa perder lo último que me queda de cordura. Pero la realidad de lo que está ocurriendo al fin la alcanza. Veo mi propio tormento reflejado en sus ojos; pero también veo algo más. La fuerza de mis padres. Asiente.

»A-acepto —susurro.

—Bien —dice Marcus—. Nos casaremos a la puesta de sol. El resto de vosotros… salid —les ladra a los cortesanos, que observan con una fascinación horripilante—. Sergius. —El guardia negro da un paso al frente—. Lleva a mi… prometida al ala este del palacio. Asegúrate de que esté cómoda. Y segura.

Sergius escolta a Livia fuera de la sala. Los cortesanos salen en fila envueltos en silencio. Mientras yo observo el suelo delante de mí y el charco de sangre que se extiende, Marcus se acerca.

Se pone detrás y me resigue con un dedo la nuca. Me estremezco de repulsión, pero un segundo después, Marcus aparta su cuerpo.

—Calla —sisea, y cuando levanto la vista, descubro que no se dirige a mí, sino que está mirando por encima de su hombro… al vacío—. Basta.

Observo con una fascinación apagada mientras gruñe y sacude los hombros, como si se estuviera quitando de encima a alguien. Un instante después, se vuelve hacia mí, pero deja las manos quietas.

—Chica estúpida. —Su voz es un siseo suave—. Te lo dije: nunca asumas que sabes más que yo. Estaba bien al corriente del pequeño plan de Keris. Te advertí que no me desafiaras públicamente, y aun así has irrumpido vociferando sobre un golpe de Estado, haciéndome parecer débil. Si hubieras mantenido la maldita boca cerrada, esto no habría ocurrido.

Por los cielos sangrantes.

—Tú… lo sabías…

—Siempre lo sé todo. —Hunde su mano en mi pelo y tira de mi cabeza hacia arriba lejos de la visión de la sangre—. Siempre ganaré. Y ahora poseo al último miembro vivo de tu familia. Si me vuelves a desobedecer, si me fallas, hablas en mi contra o me traicionas, juro por los cielos que la haré sufrir más de lo que puedas llegar a imaginar.

Me suelta violentamente. Sus botas no emiten ningún sonido mientras se va de la sala del trono.

Me quedo sola con mis fantasmas.

LIV: *Laia*

Me aparto trastabillando de las llamas, mi invisibilidad ha desaparecido. *¡Por los cielos, no!* Darin, Elias y el pequeño Tas… no pueden haber muerto en ese infierno. No después de todo lo que hemos pasado. Me quedo sollozando y con la invisibilidad rota. Y no me importa.

—¡Tú! ¡Académica! —Unos sonidos de botas retruenan mientras se acercan, y me deslizo hacia atrás cruzando la piedra pulida de la rotonda, tratando de esquivar una mano que intenta agarrarme de un legionario que claramente piensa que soy un prisionero que ha escapado. Entrecierra los ojos, y se lanza hacia mí, sus dedos se ciernen sobre mi capa y me la arrancan. La tira al suelo y yo me aparto a gatas, entonces lanza su cuerpo sobre el mío.

—¡Buf! —El aire se me escapa de los pulmones cuando golpeo los últimos escalones de la escalera. El soldado intenta darme la vuelta y ponerme bocabajo e inmovilizarme las manos—. ¡Suéltame!

—¿Te has escapado de las jaulas? ¡Aaaagh! —Se aparta cuando le doy una patada en la entrepierna. Desenvaino mi daga, se la clavo en el muslo y la retuerzo. El soldado aúlla, y un segundo después, algo quita su peso de encima de mí y lo manda volando hacia la escalera con mi cuchillo todavía clavado en su pierna.

Una sombra llena el espacio donde estaba el marcial, familiar y completamente cambiada al mismo tiempo.

—¿E-Elias?

—Estoy aquí. —Me ayuda a ponerme en pie. Está delgado como un junco, y sus ojos casi parecen brillar en el humo espeso—. Tu hermano está aquí. Tas está aquí. Estamos vivos. Estamos bien. Y eso ha sido maravilloso. —Señala con la cabeza al soldado, que se ha arrancado la daga del muslo y ahora se aleja arrastrándose—. Estará cojeando durante meses.

Salto hacia donde está y tiro de él para abrazarlo, algo entre un sollozo y un grito erupciona de mi pecho. Ambos estamos heridos, exhaustos y apesadumbrados, pero cuando siento sus brazos a mi alrededor, cuando me doy cuenta de que es real y está aquí, vivo, creo, por primera vez, que tenemos alguna oportunidad de sobrevivir.

—¿Dónde está Darin? —Me aparto de Elias y miro alrededor esperando que mi hermano aparezca por entre el humo. Los soldados pasan corriendo por nuestro lado, desesperados por huir del fuego que se está tragando la sección marcial de la prisión—. Ten, tus cimitarras. —Me libero de las fundas cruzadas y Elias se las pone. Darin no aparece.

—¿Elias? —digo preocupada—. ¿Dónde...? —Mientras hablo, Elias se arrodilla y se echa al hombro algo del suelo. Al principio pienso que es una bolsa mugrienta llena de palos.

Entonces veo las manos. Las manos de Darin. Tiene la piel chamuscada y le falta un meñique y un dedo corazón, con todo, reconocería esas manos en cualquier sitio.

—Cielos. —Intento verle la cara, pero está oculta por mechones de pelo largo y sucio. Mi hermano nunca fue demasiado corpulento, pero ahora parece ser tan pequeño; una versión de él de pesadilla y mermada. *Puede que no sea el mismo que era,* me avisó Afya.

—Está vivo —me recuerda Elias cuando ve mi expresión—. Solo le han dado un golpe en la cabeza. Se pondrá bien.

Una pequeña figura aparece detrás de Elias con mi daga ensangrentada en la mano. Me la da y entonces me agarra los dedos.

—No deben verte, Laia —me dice—. ¡Escóndete!

Tas me lleva por el pasillo, y dejo que me invisibilidad me cubra de nuevo. Elias se sobresalta ante mi desaparición repentina. Le aprieto la mano para que sepa que estoy cerca. Delante de nosotros, las puertas de la prisión están abiertas de par en par. Un grupo de soldados está congregado fuera.

—Tienes que abrir las jaulas de los académicos —me dice Elias—. No puedo hacerlo mientras cargo con Darin. Los guardias se me echarían encima al instante.

¡Cielos! Tenía pensado prender más fuegos en el patio de la prisión para incrementar el caos.

—Tendremos que pasar sin esa distracción adicional —añade Elias—. Haré ver que llevo a Darin a las jaulas. Estaré justo detrás de ti. Tas, quédate con Laia y vigila sus espaldas. Te encontraré.

—Una cosa, Elias. —No quiero preocuparlo, pero debería saberlo—. Puede que el alcaide sepa que estoy aquí. Perdí mi invisibilidad en el piso de arriba durante un momento. Volví a activarla, pero puede que me haya visto.

—Entonces mantente lejos de él —dice Elias—. Es muy astuto, y por la manera como nos ha interrogado a Darin y a mí, estoy seguro de que le encantaría ponerte las manos encima.

Unos segundos después, salimos de la prisión hacia el patio. El frío es como un cuchillo en la cara después del calor sofocante de los calabozos.

El patio, aunque está abarrotado, no está sumido en el caos. Los prisioneros que salen de Kauf son escoltados inmediatamente. Los guardias, muchos de ellos tosiendo, con el rostro cubierto de ceniza o quemado, se sitúan en una fila donde otro soldado les examina las heridas antes de asignarles una tarea. Uno de los legionarios al cargo localiza a Elias y lo llama.

—¡Tú! ¡El de ahí!

—Deja que suelte el cuerpo —gruñe Elias, la imitación perfecta de un auxiliar huraño. Se arrebuja la capa y se va alejando mientras otro grupo de soldados sale en estampida del infierno de Kauf.

—Ve, Laia —me susurra entre dientes—. ¡Rápido!

Tas y yo echamos a correr hacia las jaulas de los académicos, que están lejos, hacia nuestra izquierda. Detrás de nosotros resuenan las voces de miles de prisioneros: marciales, tribales, marinos… incluso salvajes y bárbaros. Los marciales los han reunido en un gran círculo y han formado un cordón de lanceros de dos líneas a su alrededor.

—Aquí tienes, Laia. —Tas me pasa las llaves que robó y señala con la cabeza hacia la parte norte de la jaula—. ¡Avisaré a los esquiritas! —Se desvía, manteniéndose pegado al borde de la jaula y susurrando por entre los espacios anchos que hay entre los listones de madera.

Localizo la puerta, aunque está custodiada por seis legionarios. El barullo que hay en el patio de la prisión es lo suficientemente ruidoso como para que probablemente no me puedan oír si me acerco, pero intento andar con sigilo de todos modos. Cuando estoy a tres metros de la puerta, y tan solo a unos centímetros del legionario más cercano, se mueve, se lleva una mano a la espada y yo me quedo paralizada. Puedo oler el cuero de su armadura y las puntas de acero de sus flechas que lleva cruzadas a la espalda. *Solo un paso más, Laia. No puede verte. No tiene ni idea de que estás aquí.*

Como si estuviera sosteniendo una serpiente malhumorada, saco el aro con las llaves de mi bolsillo, apretándolo para que no tintinee. Espero hasta que uno de los legionarios se gira para decirle algo a los demás ante de meter la llave en la cerradura.

Se atranca.

Meneo la llave, al principio suavemente y luego un poco más fuerte. Uno de los soldados se gira hacia la puerta. Lo miro directamente a los ojos, pero se limita a encogerse de hombros y se da la vuelta.

Paciencia, Laia. Respiro hondo y levanto la cerradura. Como está adherida a algo que está anclado en la tierra, no desaparece. Espero que nadie esté mirando ahora mismo a esta puerta;

verían un cerrojo que flota a unos centímetros de donde debería estar, e incluso el más tonto de los auxiliares sabría que eso es sobrenatural. Vuelvo a girar la llave una vez más. *Ya casi...*

Justo entonces, algo se aferra a mi brazo: una mano de dedos largos que se enrosca como un tentáculo alrededor de mi bíceps.

—Ah, Laia de Serra —alguien cuchichea en mi oído—, qué chica tan talentosa estás hecha. Tengo mucho interés en examinar un poco más tus habilidades.

Mi invisibilidad flaquea, y las llaves caen sobre las piedras heladas con un tintineo. Levanto la vista y me encuentro con una cara alargada y puntiaguda de ojos llorosos que me observa.

El alcaide.

LV: *Elias*

Shaeva me avisó de que la Antesala me reclamaría. Mientras cruzo el patio helado de la prisión en dirección a las jaulas, lo noto, algo que me tira del pecho, como un gancho invisible.

Ya voy, grito en mi mente. *Mientras más me acoses, más lento iré, así que déjame.*

El tirón se suaviza, como si la Antesala me hubiera oído. Quince metros hasta las jaulas... trece... diez...

Entonces oigo el sonido de unos pasos. El soldado de la entrada de Kauf me ha alcanzado. Por su avance cauteloso, sé con certeza que no se ha dejado engañar por el uniforme ni por las cimitarras que llevo cruzadas a la espalda. *Por los diez infiernos.* Bueno, mucho estaban tardando en descubrir el disfraz.

Ataca. Intento evadirlo dando un paso al lado, pero el cuerpo de Darin me desequilibra y el soldado me golpea, me derriba y el cuerpo de Darin sale rodando por el suelo.

El legionario tiene los ojos desorbitados cuando la capucha se me baja.

—Prisionero suelto —berrea—. Prisi... —Agarro un cuchillo de su cinturón y se lo clavo en el costado.

Demasiado tarde. Los legionarios de la entrada de Kauf han oído sus gritos. Cuatro de los lanceros que están vigilando a los prisioneros rompen filas. Son auxiliares.

Sonrío. *No bastarán para derrotarme.*

Desenvaino las cimitarras en lo que se acerca el primer soldado, me agacho por debajo de su lanza y le propino un tajo en la muñeca. Suelta un alarido y deja ir el arma. Lo mando al suelo de un golpe en la sien, entonces pivoto y parto en dos la lanza del siguiente soldado y lo derribo con la espada atravesándole el estómago.

La adrenalina se me dispara y mis instintos de guerrero entran en juego. Recojo la lanza del soldado caído y la arrojo por los aires hacia el hombro del tercer auxiliar. El cuarto vacila, y me encargo de él con un placaje del hombro en el estómago. Su cabeza cruje contra los adoquines y no se vuelve a mover.

Una lanza me zumba al lado del oído y el dolor estalla en mi cabeza, pero no es suficiente para detenerme.

Una docena de lanceros se separa de los prisioneros. Ahora ya saben que no soy un simple prisionero a la fuga.

—¡Corred! —les grito a los prisioneros que me miran boquiabiertos mientras señalo el hueco que han dejado en el cordón—. ¡Escapad! ¡Corred!

Dos prisioneros marciales echan a correr a través del cordón hacia la verja levadiza de Kauf. Durante un momento, parece como si todo el patio los estuviera observando, conteniendo la respiración. Entonces un guardia grita, el hechizo se rompe, y centenares de presos se abalanzan sin importarles si empalan a sus compañeros en las lanzas. Los lanceros marciales intentan rellenar el hueco, pero hay miles de prisioneros que han husmeado el aroma de la libertad.

Los soldados que corren hacia mí frenan al oír los gritos de sus camaradas. Me cargo a Darin al hombro y corro hacia las jaulas de los académicos. ¿Por qué no están abiertas ya? El patio debería estar rebosante de académicos.

—¡Elias! —Tas viene a toda velocidad hacia mí—. El cerrojo está atascado. Y Laia… el alcaide…

Localizo al alcaide escabulléndose a través del patio mientras agarra a Laia por el cuello. Ella patalea desesperadamente, pero la sostiene por encima del suelo y su cara se tiñe de rojo por la falta de aire. *¡No! ¡Laia!* Me estoy ya dirigiendo hacia ella pero aprieto los dientes y me obligo a detenerme. Necesitamos abrir esas jaulas si queremos sacar a los académicos y cargarlos en las barcas.

—Ve con ella, Tas —ordeno—. Distrae al alcaide. Yo me encargo del cerrojo.

Tas sale corriendo y dejo a Darin al lado de una de las jaulas. Los legionarios que custodiaban la puerta exterior se han ido hacia Kauf en un intento de detener el éxodo masivo de prisioneros, así que dirijo mi atención al cerrojo. Está completamente atascado, y aunque intento girarlo de todas las maneras, no se abre. Dentro de la jaula, un hombre se abre camino hasta mí, solo puedo ver sus ojos oscuros a través de los listones. Tiene el rostro tan sucio que no sé decir si es joven o viejo.

—¿Elias Veturius? —pregunta en un susurro severo.

Mientras desenfundo mi cimitarra para romper el cerrojo, me aventuro a adivinar.

—¿Araj? —El hombre asiente.

—¿Por qué tardas tanto? Hemos… ¡Detrás de ti!

Su aviso me salva de que una lanza me atraviese el estómago, y a duras penas esquivo la siguiente que me arrojan. Una docena de soldados se me acercan, impertérritos por el caos que hay en la verja.

—¡El cerrojo, Veturius! —dice Araj—. ¡Rápido!

—O me das un minuto —siseo entre dientes mientras esquivo dos lanzas más con un movimiento rápido de mis cimitarras— o haces algo útil.

Araj ladra una orden a los académicos de dentro de la jaula. Unos segundos después, una descarga de rocas vuela por encima de la jaula y cae sobre los lanceros.

Ser testigo de esta táctica es como presenciar a un grupo de ratones que lanzan piedrecitas a una horda de gatos voraces. Para mi fortuna, estos ratones tienen buena puntería. Dos de los lanceros más cercanos flaquean y me dan tiempo suficiente como para girar y romper el cerrojo con un golpe de mi cimitarra.

La puerta se abre de golpe, y con un rugido los académicos salen en bandada de la jaula. Recojo una daga de acero sérrico de uno de los lanceros caídos y se la doy a Araj, que se une a los demás.

—¡Abrid la otra jaula! —grito—. ¡Tengo que ir con Laia!

Un mar de prisioneros académicos invade ahora el patio, pero la figura del alcaide sobresale por encima. Un pequeño grupo de niños académicos, Tas entre ellos, ataca al anciano. Suelta tajos con la cimitarra para mantenerlos a raya, así que ha aflojado el agarre de Laia y ella se retuerce en un intento de liberarse.

—¡Alcaide! —grito. Se gira al oír mi voz, y Laia le golpea con el talón directamente en la espinilla mientras le muerde el brazo. El alcaide alza de golpe su cimitarra, y uno de los niños académicos se escabulle hacia él y le golpea la rodilla con una sartén pesada. El alcaide ruge, y Laia consigue apartarse de él trastabillando mientras el viejo busca la daga de su cintura.

Pero no está ahí. Ahora brilla en las manos de Tas. Su pequeño rostro se contorsiona por la ira mientras se abalanza sobre el alcaide. Sus amigos revolotean alrededor del anciano, mordiendo, arañando y tirándolo al suelo, cobrándose su venganza sobre el monstruo que ha abusado de ellos desde el día que nacieron.

Tas hunde la daga en el cuello del alcaide, encogiéndose ante el chorro de sangre que brota. Los demás niños se apuran a apartarse y rodean a Laia que abraza a Tas contra su pecho. Llego a su lado unos segundos después.

—Elias —susurra Tas. No puede apartar la vista del alcaide—. Yo…

—Tú has matado a un demonio, Tas del norte. —Me arrodillo junto a él—. Estoy orgulloso de luchar a tu lado. Saca a los demás niños de aquí. Todavía no somos libres. —Alzo la vista hacia la verja, donde los guardias ahora batallan contra una horda de prisioneros enloquecidos—. Nos vemos en las barcas.

—¡Darin! —Laia me mira—. ¿Dónde…?

—Al lado de las jaulas —respondo—. No veo el momento de que despierte y le pueda cantar las cuarenta. He tenido que arrastrarlo por toda la maldita prisión.

Los tambores suenan frenéticos, y por encima del caos, apenas puedo oír los sonidos de respuesta de una guarnición lejana.

—Incluso aunque escapemos con las barcas —dice Laia mientras corremos hacia las jaulas—, tendremos que salir antes de alcanzar el Bosque del Ocaso. Y los marciales estarán esperándonos, ¿no?

—Así es —respondo—. Pero tengo un plan. —Bueno, no es exactamente un plan. Es más bien una corazonada, y una esperanza probablemente ilusoria de que pueda usar mi nuevo cargo para hacer algo bastante disparatado. Es una apuesta que dependerá de la Antesala, de Shaeva y de mi poder de persuasión.

Con Darin colgado al hombro, nos dirigimos hacia la puerta de entrada a Kauf que está inundada de prisioneros. La multitud está furibunda, hay demasiadas personas peleando por salir y demasiados marciales peleando por mantenernos dentro.

Oigo un gruñido metálico.

—¡Elias! —Laia señala hacia la verja levadiza. Empieza a bajar lenta y laboriosamente. El sonido les infunde nuevos ánimos a los marciales que pelean con los prisioneros para que no salgan, y la marabunta de gente nos aleja más de la puerta a Laia y a mí.

—¡Antorchas, Laia! —grito. Agarra dos de una pared cercana y las blandimos como si fueran cimitarras. Los que nos rodean se agachan por instinto al ver el fuego y nos permiten abrirnos paso a la fuerza.

La verja baja unos pocos metros más, ahora ya casi está al nivel de los ojos. Laia me agarra del brazo.

—Un empujón —me grita—. Juntos… ¡Ahora!

Entrelazamos los brazos, bajamos las antorchas y embestimos a través de la multitud. La empujo y pasa por debajo de la verja por delante de mí, pero se resiste y tira de mí, obligándome a cruzar junto con ella.

Entonces estamos debajo, cruzamos y pasamos corriendo por el lado de los soldados que pelean contra los prisioneros, dirigiéndonos directamente a la caseta de los botes, donde veo que dos barcazas ya se han adelantado unos cuatrocientos metros río abajo y dos más zarpan del muelle con académicos colgados de los lados.

—¡Lo consiguió! —grita Laia—. ¡Afya lo ha hecho!

—¡Arqueros! —Una fila de soldados aparece sobre el muro de Kauf—. ¡Corred!

Una lluvia de flechas se cierne a nuestro alrededor y la mitad de los académicos que corren con nosotros hacia la caseta de los botes caen. *Ya casi estamos. Casi.*

—¡Elias! ¡Laia! —Localizo las trenzas negras y rojas de Afya en la puerta de la caseta. Nos hace señas para que entremos mientras mira a los arqueros. Tiene un corte en la cara y las manos cubiertas de sangre, pero nos guía rápidamente hacia una pequeña canoa.

—Aunque me encantaría disfrutar de una aventura en bote con las masas de la plebe —dice—, creo que esto será más rápido. Espabilad.

Coloco a Darin entre dos bancos, agarro un remo y empujo para alejarnos de la caseta. Detrás de nosotros, Araj agarra a Tas y a Abeja y los suelta en la última barcaza académica y zarpa. Su gente la impulsa hacia delante con una rapidez llena de pánico. En pocos segundos la corriente nos lleva lejos de la ruina de Kauf, y hacia el Bosque del Ocaso.

—Has dicho que tenías un plan. —Laia señala hacia la línea de color verde claro del Bosque situado al sur. Darin yace entre nosotros, todavía inconsciente, con la cabeza apoyada en el regazo de su hermana—. Este puede ser un buen momento para compartirlo.

¿Qué le digo del trato que he hecho con Shaeva? ¿Por dónde empiezo?

Por la verdad.

—Lo compartiré —digo en voz lo suficientemente baja como para que solo ella pueda oírme—. Pero antes, hay otra cosa que debo contarte. Sobre cómo sobreviví al veneno. Y lo que está por venir.

LVI: *Helene*

UN MES DESPUÉS

El crudo invierno llega a Antium a lomos de una ventisca que dura tres días. La nieve instala un manto blanco sobre la ciudad tan grueso que los barrenderos académicos trabajan a todas horas para mantener las vías despejadas. Las velas que se encienden por el solsticio de invierno alumbran durante toda la noche las ventanas de la ciudad entera, desde las mansiones más ricas hasta las casuchas más pobres.

El Emperador Marcus celebrará la fiesta en el palacio imperial junto a los *paters* y las *maters* de una docena de Gens importantes. Mis espías me informan que se sellarán bastantes acuerdos: contratos de comercio y posiciones en el gobierno que afianzarán más a Marcus en el poder.

Sé que es verdad, porque yo he ayudado a organizar la mayoría de esos tratos.

Dentro de los barracones de la Guardia Negra, me siento a mi escritorio y firmo una orden para enviar un contingente de mis hombres a Tiborum. Les hemos arrebatado el puerto a los salvajes que casi se hicieron con él, pero no se han rendido. Ahora que han olido la sangre en el agua, volverán con más hombres.

Miro por la ventana hacia la ciudad blanca. Un pensamiento me revolotea por la mente, un recuerdo de Hannah y yo lanzándonos bolas de nieve hace mucho tiempo, cuando mi padre nos trajo a Antium cuando éramos niñas. Sonrío. Recuerdo. Entonces encierro la memoria en un lugar oscuro, donde no la volveré a ver, y vuelvo al trabajo.

—Aprende a cerrar tu maldita ventana, chica.

Reconozco al instante la voz rasgada. Aun así me sobresalto. Los ojos de la cocinera brillan bajo una capucha que oculta sus cicatrices. Se mantiene a distancia, preparada para escabullirse por la ventana ante la primera señal de peligro.

—Podrías usar la puerta. —Mantengo la mano sobre una daga atada a la parte de debajo de mi escritorio—. Me aseguraré de que nadie te detuviera.

—¿Así que ahora somos amigas? —La cocinera ladea su cara plagada de cicatrices y muestra los dientes en algo parecido a una sonrisa—. Qué bonito.

—Tu herida… ¿se curó del todo?

—Sigo aquí. —La cocinera se asoma por la ventana y se inquieta—. Oí lo de tu familia —dice con voz rasposa—. Lo siento.

Arqueo las cejas.

—¿Te has molestado a infiltrarte aquí solo para darme el pésame?

—Eso —responde la cocinera— y para decirte que cuando estés lista para encargarte de esa perra de Risco Negro, yo te puedo ayudar. Ya sabes cómo encontrarme.

Pienso en la carta sellada de Marcus que está sobre mi escritorio.

—Vuelve mañana y hablaremos —le digo.

Asiente y, sin emitir más que un susurro, se escabulle otra vez. La curiosidad me puede y me acerco a la ventana y observo debajo escaneando las paredes verticales aledañas en busca de un gancho, arañazos o cualquier otro indicio que rebele cómo ha escalado una pared imposible de trepar. Nada. Tendré que preguntarle sobre ese truco.

Vuelvo mi atención hacia la carta de Marcus:

Tiborum está bajo control y la Gens Serca y la Gens Aroman se han alineado. No más excusas. Es el momento de lidiar con ella.

Solo hay una *ella* de la que podría estar hablando. Sigo leyendo.

Sé silenciosa y ten cuidado. No quiero un asesinato rápido, Verdugo. Quiero una completa destrucción. Quiero que lo sienta. Quiero que el Imperio conozca mi fuerza.

Tu hermana estuvo exquisita en la cena con el embajador de Marinn anoche. Lo tranquilizó por el cambio de poder aquí. Una chica tan útil. Rezo para que se mantenga saludable y sirva a su Imperio durante mucho tiempo.

—Emperador Marcus Farrar

El quinto que está a cargo de los mensajes da un salto cuando abro la puerta del despacho. Después de darle la orden, vuelvo a leer la carta de Marcus y espero con impaciencia. Tras unos instantes, llaman a la puerta.

—Verdugo de Sangre —dice el capitán Harper cuando entra—. ¿Me has hecho llamar?

Le paso la carta.

—Necesitamos un plan. Disolvió su ejército cuando se dio cuenta de que le iba a contar a Marcus sobre el golpe de Estado, pero eso no significa que no lo pueda volver a reunir. Keris no se rendirá tan fácilmente.

—En absoluto —musita Harper—. Esto nos llevará meses. Incluso aunque no se espere un ataque de Marcus, sí anticipará uno de tu parte. Estará preparada.

—Lo sé. Por eso necesito un plan que funcione de verdad, y para ello antes tengo que encontrar a Quin Veturius.

—Nadie sabe nada de él desde que escapó de Serra.

—Sé dónde encontrarlo. Reúne un equipo y asegúrate de que Dex forme parte de él. Partiremos dentro de dos días. Puedes retirarte.

Harper asiente y vuelvo al trabajo. Como se queda quieto, levanto las cejas.

—¿Necesitas algo, Harper?

—No, Verdugo. Solo… —Es la vez que lo veo más incómodo desde que lo conozco, lo suficiente como para alarmarme. Desde la ejecución, tanto él como Dex han sido indispensables. Me apoyaron cuando redistribuí la Guardia Negra —el lugarteniente Sergius ahora está destinado en la Isla Sur— y me ayudaron sin pensarlo cuando algunos miembros de la Guardia Negra se intentaron rebelar.

—Si vamos a ir a por la comandante, Verdugo, entonces sé algo que tal vez nos pueda ser útil.

—Prosigue.

—Cuando estábamos en Nur, el día antes de la rebelión, vi a Elias. Pero nunca te lo dije.

Me reclino en la silla, con la sensación de que estoy a punto de saber más sobre Avitas Harper que el antiguo Verdugo de Sangre.

—Lo que quiero decir —continúa Avitas— es el motivo de por qué no te lo dije. Es la razón por la que la comandante siempre me tenía un ojo encima en Risco Negro y por qué me metió en la Guardia Negra. Es sobre Elias. Y… —Respira hondo—. Sobre nuestro padre.

Nuestro padre.

Nuestro padre. El suyo y el de Elias.

Tardo unos segundos en procesar las palabras. Entonces le ordeno que tome asiento, y me inclino hacia delante.

—Te escucho.

* * *

Una vez que Harper se ha ido, desafío a la nieve y el fango de las calles para dirigirme a la oficina de mensajería, donde me esperan dos paquetes de la Villa Aquilla en Serra. El primero es el regalo del solsticio de invierno de Livia. Tras asegurarme de que esté intacto, abro el segundo paquete.

Contengo la respiración al sostener la brillante máscara de Elias en la mano. Según un mensajero de Kauf, Elias y unos cuantos centenares de fugitivos académicos desaparecieron en el Bosque del Ocaso poco después de escapar de la prisión. Una docena de soldados del Imperio intentaron seguirlos, pero se toparon con sus cuerpos magullados en la linde del Bosque la mañana siguiente.

Nadie ha visto ni oído sobre los fugitivos desde entonces.

Tal vez la nocturnia mató a mi amigo, o tal vez lo hizo el Bosque. O tal vez, de algún modo, halló alguna otra manera de esquivar a la muerte. Como su abuelo y su madre, Elias siempre ha tenido una habilidad insólita para sobrevivir a las situaciones que matarían a cualquier otro.

No importa. Se ha ido, y la parte de mi corazón donde él vivía está muerta ahora. Me meto la máscara en el bolsillo; le encontraré un lugar en mis aposentos.

Me dirijo al palacio portando el regalo de Livvy bajo el brazo y rumiando sobre lo que Avitas me dijo: *La comandante me echaba el ojo en Risco Negro porque fue la última petición de mi padre. Al menos, eso es lo que sospecho. Nunca lo ha reconocido.*

Le pedí a la comandante que me asignara la misión de seguirte porque quería saber más de Elias a través de ti. No sabía nada más de mi padre de lo que me había contado mi madre. Se llamaba Renatia, y me dijo que mi padre nunca encajó en el molde al que Risco Negro lo obligaba a ajustarse. Dijo que era un hombre amable. Bueno. Durante mucho tiempo, creí que me estaba mintiendo. Yo nunca he sido nada de esas cosas, así que no podía ser verdad. Pero tal vez no heredé los mejores rasgos de mi padre. Tal vez se fueran a un hijo distinto.

Lo reprendí, por supuesto —podría haber dicho algo hace mucho tiempo— pero después de que mi ira e incredulidad se asentaran, constaté la información por lo que era: una grieta en la armadura de la comandante. Un arma que puedo usar en su contra.

Los guardias del palacio me dejan pasar al ala imperial con solo unas miradas nerviosas entre ellos. He iniciado la erradicación de los enemigos del Imperio, y empecé por aquí. Me importa bien poco si Marcus arde en los infiernos, pero que

Livvy esté casada con él la pone en riesgo. Los enemigos de él serán los de ella, y no pienso perderla.

Laia de Serra tenía el mismo tipo de amor por su hermano. Por primera vez desde que la conozco, puedo entenderla.

Hallo a mi hermana sentada fuera en el balcón que da a su jardín privado. Faris y otro guardia negro forman en las sombras a unos diez pasos. Le dije a mi amigo que no era necesario que ocupara ese puesto. Proteger a una chica de dieciocho años no es verdaderamente una posición codiciada para un miembro de las fuerzas del Verdugo de Sangre.

Si voy a matar, me dijo, *prefiero que sea mientras protejo a alguien.*

Me saluda con un movimiento de cabeza, y mi hermana levanta la vista.

—Verdugo de Sangre. —Se pone en pie pero no me abraza ni me besa como habría hecho en el pasado, aunque sé que quiere hacerlo. Hago una señal breve con la cabeza hacia su habitación. *Quiero privacidad.*

Mi hermana se gira hacia las seis chicas que están sentadas cerca, tres de las cuales tienen la piel morena y los ojos amarillos. Cuando le escribió a la madre de Marcus para pedirle a la mujer que le enviara tres chicas de la familia para que la sirvieran como damas de compañía, me quedé estupefacta, igual que todas las demás familias ilustres a las que había pasado por alto. Los plebeyos, sin embargo, todavía hablaban de ello.

Las chicas y sus compañeras ilustres desaparecen ante la orden amable de Livia. Faris y los demás miembros de la Guardia Negra se mueven para seguirnos, pero los despido con un movimiento de la mano. Mi hermana y yo entramos en su cuarto; dejo su regalo del solsticio encima de la cama y observo mientras lo abre.

Se queda sin aliento cuando la luz hace brillar los bordes plateados ornamentados de mi antiguo espejo.

—Pero es tuyo —dice Livia—. Madre…

—... querría que tú lo tuvieras. No tiene cabida en los aposentos de la Verdugo de Sangre.

—Es precioso. ¿Me lo podrás colgar?

Llamo a un sirviente para que me traiga un martillo y clavos, y cuando vuelve quito el antiguo espejo de Livvy y tapono el agujero espía que hay detrás. Marcus ordenará a sus espías que hagan uno nuevo. Pero por ahora, al menos, mi hermana y yo podemos hablar en privado.

Se sienta en la silla del tocador a mi lado mientras golpeo un clavo. Cuando hablo, mantengo la voz baja.

—¿Estás bien?

—Si me estás preguntando lo mismo que me has preguntado cada día desde la boda —Livvy arquea una ceja—, entonces sí. No me ha tocado desde la primera vez. Además, fui yo la que se acercó a él esa noche. —Mi hermana levanta el mentón—. No pienso permitir que se crea que le tengo miedo, no me importa lo que haga.

Reprimo un escalofrío. Vivir con Marcus, ser su esposa, es la vida de Livvy ahora. Mi repulsión y mi odio hacia él solo lo harán más difícil. No me contó nada de su noche de bodas, y yo tampoco he preguntado.

—Lo sorprendí el otro día hablando solo. —Livvy me mira—. No era la primera vez.

—Qué adorable. —Golpeo con el martillo un clavo—. Un Emperador que es un sádico y oye voces.

—No está loco —dice Livvy, pensativa—. Tiene el control hasta que habla de hacerte algo violento a ti... solo a ti. Entonces se pone inquieto. Creo que ve el fantasma de su hermano, Hel. Creo que por eso no te ha tocado.

—Bueno, si de verdad el fantasma de Zak lo persigue, espero que así siga. Al menos hasta...

Nos quedamos mirándonos. *Hasta que obtengamos nuestra venganza.* Livia y yo no hemos hablado de ello. Lo sobreentendimos desde el primer momento que la vi tras ese horrible día en la sala del trono.

Mi hermana se peina el pelo.

—¿Has oído algo más de Elias?

Me encojo de hombros.

—¿Y qué pasa con Harper? —lo intenta de nuevo Livia—. Stella Galerius está ansiosa por conocerlo.

—Deberías presentarlos.

Mi hermana frunce el ceño mientras me mira.

—¿Cómo está Dex? Los dos sois tan…

—Dex es un soldado leal y un lugarteniente excelente. Encontrarle esposa puede ser un poco más complicado con él. La mayoría de tus conocidas no son su tipo. Y… —levanto el espejo—, lo puedes dejar ya.

—No quiero que estés sola —dice Livvy—. Si estuvieran madre o padre o incluso Hannah, sería distinto. Pero Hel…

—Con todo el respeto, Emperatriz —digo quedamente—. Mi nombre es Verdugo de Sangre.

Suspira, y coloco el espejo y lo alineo con un toque.

—Hecho.

Veo mi reflejo. Tengo el mismo aspecto que hace unos meses, en la víspera de mi graduación. El mismo cuerpo. La misma cara. Solo los ojos son distintos. Observo la mirada fría de la mujer que tengo delante. Durante un momento, veo a Helene Aquilla. La chica que tenía esperanzas. La chica que creía que el mundo era justo.

Pero Helene Aquilla está rota. Deshecha. Helene Aquilla está muerta.

La mujer que hay en el espejo no es Helene Aquilla. Es la Verdugo de Sangre. La Verdugo de Sangre no está sola, pues el Imperio es su madre y su padre, su amante y su mejor amigo. No necesita nada más. No necesita a nadie más.

Ella está al margen.

LVII: *Laia*

Marinn se extiende más allá del Bosque del Ocaso: un vasto manto blanco salpicado de lagos cubiertos de hielo y parches de bosque. Nunca he visto un cielo tan claro y azul o respirado un aire que me haga sentir que estoy llena de vida cada vez que inhalo.

Las Tierras Libres, al fin.

Ya me gusta todo de este lugar. Me resulta familiar de la misma manera que lo serían mis padres, creo, si pudiera volver a verlos después de todos estos años. Por primera vez en meses, no noto el yugo del Imperio que me deja sin aire.

Veo como Araj les da la última instrucción a los académicos para que salgan. Su alivio es más que evidente. A pesar de que Elias nos asegurara que ningún espíritu nos importunaría, el Bosque del Ocaso se hacía cada vez más y más sobrecogedor cuanto más tiempo pasábamos en él. *Marchaos,* parecía que nos siseara. *No pertenecéis aquí.*

Araj me encuentra al lado de la cabaña abandonada que me he agenciado para Darin, Afya y yo misma, a unos cien metros de los límites del Bosque.

—¿Estás segura de que no quieres ir con nosotros? Tengo entendido que en Adisa hay curanderos que no son rival ni para el Imperio.

—Otro mes en el frío acabaría con él. —Hago un gesto con la cabeza hacia la cabaña, cuyo interior está impoluto y brilla con un fuego cálido que crepita—. Necesita descanso y calor. Si no se ha puesto bien dentro de unas semanas, buscaré un médico que venga aquí. —No le cuento a Araj mi miedo secreto más profundo: que no creo que Darin se vaya a despertar. Que creo que el golpe fue demasiado después de lo que ya había sufrido.

Que me temo que mi hermano se ha ido para siempre.

—Estoy en deuda contigo, Laia de Serra. —Araj desvía la mirada hacia los académicos que avanzan lentamente por el camino a unos quinientos metros. Cuatrocientos doce, al final. Muy pocos—. Espero verte en Adisa algún día, pronto, con tu hermano a tu lado. Tu gente necesita poder contar con alguien como tú.

Se va y llama a Tas, que se está despidiendo de Elias. Un mes de comida, baños y ropa limpia —aunque grande— han obrado maravillas en el niño. Pero ha estado taciturno desde que mató al alcaide. Lo he oído gimotear y llorar mientras duerme. El viejo todavía lo atormenta.

Me quedo mirando a Elias mientras le ofrece a Tas una de las espadas de acero sérrico que le robó a uno de los guardias de Kauf.

Tas le arroja los brazos al cuello y le susurra algo que hace que Elia sonría, y luego corretea para juntarse con el resto de los académicos.

Cuando los últimos miembros del grupo se ponen en marcha, Afya sale de la cabaña. Ella también va vestida para viajar.

—Ya he pasado demasiado tiempo lejos de mi tribu —dice la zaldara—. Solo los cielos saben lo que habrá estado haciendo Gibran en mi ausencia. Probablemente haya preñado a media docena de chicas. Voy a estar pagando sobornos para silenciar a sus furiosos padres hasta vaciar las arcas.

—Algo me dice que Gibran está bien. —Le sonrío—. ¿Te has despedido de Elias?

Asiente.

—Me oculta algo. —Desvío la mirada. Sé muy bien lo que oculta Elias. Solo a mí me ha confiado su trato con la Atrapaalmas. Y si los demás se han dado cuenta de que está ausente la mayor parte de la noche y durante largas horas del día, no les ha parecido adecuado mencionarlo.

—Más te vale asegurarte de que no te esté ocultando algo —continúa Afya—. Mala manera de conseguir meterse en la cama de alguien.

—Por los cielos, Afya —balbuceo mientras miro detrás de mí con la esperanza de que Elias no lo haya oído. Afortunadamente ha desaparecido de nuevo en el Bosque—. No me voy a meter en la cama con él, ni tengo ningún interés…

—Déjalo, chica. —Afya pone los ojos en blanco—. Me avergüenza escucharte. —Se me queda mirando un instante y entonces me da un abrazo rápido y sorprendentemente cálido.

—Gracias, Afya —le digo con el rostro entre sus trenzas—. Por todo.

Se aparta con una ceja arqueada.

—Habla de mi honor por todos lados, Laia de Serra —me dice—. Me lo debes. Y cuida de ese hermano tuyo.

Miro a Darin a través de las ventanas de la cabaña. Su pelo rubio oscuro está limpio y corto, su rostro joven y atractivo de nuevo. Me he ocupado de todas sus heridas con cuidado, y la mayoría ya no son más que cicatrices.

Pero aun así, no se ha movido, y tal vez nunca lo haga.

Unas pocas horas después de que Afya y los académicos hayan desaparecido en el horizonte, Elias sale del Bosque. La cabaña, tan silenciosa ahora que todo el mundo se ha ido, de repente parece menos solitaria.

Llama a la puerta antes de entrar y trae con él una nube de frío. Afeitado, con el pelo corto y habiendo recobrado algo de su antiguo peso, se parece más a su antiguo yo.

Menos sus ojos. Son distintos. Más pensativos, quizás. El peso de la carga que se ha puesto todavía me asombra. Aunque me lo ha explicado múltiples veces, que lo aceptó de corazón, incluso que lo quería, sigo enfadada con la Atrapaalmas. Tiene que haber alguna manera de liberarse de ese juramento. Algún modo de que Elias pueda llevar una vida normal y viajar hacia las Tierras del Sur de las que siempre ha hablado con tanto cariño. Alguna manera de que pueda visitar a su tribu y reunirse con Mamie Rila.

Por el momento, el Bosque lo tiene sujeto con un agarre férreo. Cuando por fin sale de entre los árboles, nunca es durante mucho rato. A veces incluso los fantasmas lo siguen fuera. Más de una vez, he oído el timbre grave de su voz murmurando palabras de consuelo a una alma herida. Alguna que otra vez, sale del Bosque con el ceño fruncido y con la mente puesta en algún espíritu perturbado. Sé que ha tenido muchos problemas con uno en particular. Creo que es una chica, pero no me habla de ella.

—¿Pollo muerto para ocupar la mente?

Sostiene en alto el animal flácido, y señalo al fregadero.

—Solo si lo desplumas. —Me deslizo por la encimera hasta su lado mientras trabaja—. Echo de menos a Tas, Afya y Araj —le digo—. Esto está muy callado sin ellos.

—Tas te admira —dice Elias con una sonrisa—. De hecho, creo que está enamorado.

—Solo porque le expliqué historias y lo alimenté —repongo—. Ojalá todos los chicos fueran tan fáciles de ganar. —No pretendo que el comentario suene tan mordaz y me muerdo el labio nada más decirlo. Elias levanta una de sus oscuras cejas y me lanza una mirada fugaz llena de curiosidad antes de devolver la atención al pollo medio desplumado.

—Sabes que tanto él como todos los demás académicos hablarán de ti en Adisa. Eres la chica que arrasó Risco Negro y liberó Kauf. Laia de Serra. La ceniza que espera hasta hacer arder los cimientos del Imperio.

—No es que lo hiciera yo sola —le digo—. También hablarán de ti. —Pero Elias niega con la cabeza.

—No del mismo modo. Y aunque lo hagan, yo soy el foráneo. Tú eres la hija de la Leona. Creo que los tuyos esperarán mucho de ti, Laia. Solo recuerda que no tienes que hacer todo lo que te pidan.

Resoplo.

—Si supieran lo de Kee... el Portador de la Noche, tal vez cambiarían su opinión sobre mí.

—Nos engañó a todos, Laia. —Elias le propina un corte particularmente violento al pollo—. Y un día, lo pagará.

—Tal vez ya lo esté pagando. —Pienso en el océano de tristeza en el interior del Portador de la Noche, los rostros de todos aquellos a los que quería y destruyó en su empeño por reconstruir la Estrella.

—Le confié mi corazón, y mi hermano, y mi... mi cuerpo. —No le he dado muchos detalles a Elias sobre lo que ocurrió entre Keenan y yo. Nunca tuvimos la privacidad para hacerlo. Pero ahora, quiero sacarlo—. La parte de él que no me estaba manipulando, que no estaba usando a la Resistencia, o planeando la muerte del Emperador, o ayudando a la comandante a sabotear las pruebas, esa parte de él me quería, Elias. Y una parte de mí, al menos, lo correspondía. Su traición debe tener algún coste. Debe sentirlo.

Elias mira hacia fuera por la ventana al cielo que se oscurece rápidamente.

—Es cierto —me dice—. Por lo que me dijo Shaeva, no le podrías haber dado el brazalete si no te hubiera querido de verdad. Esa magia no es unilateral.

—Así que un genio está enamorado de mí. Prefiero con creces al niño de diez años. —Llevo la mano al lugar donde había estado mi brazalete. Incluso ahora, semanas después, siento el dolor de su pérdida—. ¿Qué ocurrirá ahora? El Portador de la Noche tiene el brazalete. ¿Cuántas piezas más de la Estrella necesita? ¿Y si las encuentra y libera a sus compañeros? ¿Y si...?

Elias me pone un dedo en los labios. ¿No lo deja ahí más rato del necesario?

—Nos las apañaremos —dice—. Encontraremos la manera de detenerlo. Pero no hoy. Hoy, comemos estofado de pollo y contamos historias de nuestros amigos. Hablamos de lo que haréis tú y Darin cuando se despierte, y de lo cabreada que la chalada de mi madre estará cuando se entere de que no consiguió matarme. Nos reiremos y nos quejaremos del frío y disfrutaremos del calor del fuego. Hoy, celebramos el hecho de que todavía seguimos con vida.

* * *

En algún punto en medio de la noche, el suelo de madera de la cabaña cruje. Me levanto corriendo de la silla al lado de la cama de Darin, donde me he quedado dormida envuelta en la antigua capa de Elias. Mi hermano sigue profundamente dormido, su rostro ajeno a su alrededor. Suspiro y me pregunto por milésima vez si volverá a mí.

—Lo siento —susurra Elias detrás de mí—. No quería despertarte. Estaba en el borde del Bosque. He visto que el fuego se había apagado y pensé en traer más madera.

Me froto el sueño de los ojos y bostezo.

—¿Qué hora es?

—Faltan unas horas para el alba.

A través de la ventana de mi cama puedo ver el cielo oscuro y limpio. Pasa una estrella fugaz. Luego dos más.

—Podríamos mirarlas fuera —propone Elias—. Durará solo una hora más o menos.

Me pongo mi capa y lo sigo hasta la puerta de la pequeña cabaña. Se queda un poco apartado de mí con las manos en los bolsillos. Las estrellas fugaces caen encima nuestro cada pocos minutos. Contengo el aliento cada vez.

—Ocurre cada año. —Elias tiene los ojos fijos en el cielo—. No se puede ver desde Serra. Hay demasiado polvo.

Me entra un escalofrío a causa de la noche fría y observa mi capa con ojos críticos.

—Deberíamos conseguirte una nueva, esa no te puede calentar lo suficiente.

—Me la diste tú. Es mi capa de la suerte. No me voy a deshacer de ella... nunca. —Me arrebujo y no aparto mis ojos de los suyos mientras lo digo.

Me vienen a la mente las burlas de Afya antes de irse y me sonrojo. Pero creía firmemente en cada palabra que le dije. Elias está atado a la Antesala ahora. No tiene tiempo para otra cosa en su vida. Y aunque lo tuviera, recelo de incurrir en la ira del Bosque.

Al menos, eso me he resignado a pensar hasta ese momento. Elias ladea la cabeza y, durante un instante, el anhelo en su rostro se refleja tan claramente como si se lo hubiera explicado con detalle a las estrellas.

Debería decir algo, pero, cielos, ¿qué digo, con el rubor que me sube por la cara y la piel que me palpita bajo su mirada? Él también parece estar inseguro, y la tensión entre nosotros es tan evidente como un cielo nuboso que amenaza tormenta.

Entonces su incertidumbre se desvanece y da paso a un deseo puro y liberado que hace que se me desboque el pulso. Da un paso hacia mí y apoyo la espalda en la madera suave y desgastada de la cabaña. Tiene la respiración entrecortada como la mía, y roza mi cintura con los dedos, su mano cálida me manda chispas por el brazo, el cuello y los labios.

Me rodea la cara con las manos, esperando ver qué quiero, aunque sus ojos claros arden con necesidad.

Lo agarro del cuello de la camisa y tiro hacía mí, regocijándome ante el contacto de sus labios con los míos, ante la libertad de por fin dejarnos llevar. Pienso un instante en el beso que nos dimos hace meses en su habitación: frenético, nacido de la desesperación, el deseo y la confusión.

Esto es distinto; el fuego es más caliente, sus manos más decididas y sus labios menos apresurados. Deslizo los brazos alrededor de su cuello y me pongo de puntillas, apretando mi cuerpo contra el suyo. Su aroma a lluvia y especias me embriaga, y me besa con más fuerza. Cuando mordisqueo su labio inferior, saboreando su carnosidad, emite un gruñido bajo que le nace del fondo de la garganta.

A lo lejos, en lo profundo del Bosque, algo se mueve. Respira hondo y se aparta mientras se lleva una mano a la cabeza.

Miro hacia el Bosque. Aunque está oscuro, puedo ver cómo las copas de los árboles se mueven.

—Los espíritus —digo en voz baja—. ¿No les gusta?

—Ni un ápice. Están celosos, probablemente. —Intenta sonreír pero acaba en una mueca con los ojos llenos de dolor.

Suspiro y resigo su boca, dejo que los dedos bajen hasta su pecho y luego a su mano. Tiro de él hacia la cabaña.

—No los hagamos enfadar, entonces.

Entramos a hurtadillas en la cabaña y nos colocamos al lado del fuego con los brazos entrelazados. Al principio, estoy segura de que se va a ir, obligado por su tarea. Pero no lo hace, y pronto me relajo apoyada en él. Noto los párpados cada vez más pesados a medida que el sueño me invade. Cierro los ojos, y pienso en un sueño con cielos claros y aire libre, la sonrisa de Izzi y la risa de Elias.

—¿Laia? —dice una voz detrás de mí.

Abro los ojos de golpe. *Es un sueño, Laia. Estás soñando.* Debe de serlo, pues he querido oír esa voz desde hace meses, desde el día que me gritó que huyera. He oído esa voz en mi cabeza, animándome en los momentos más difíciles y dándome fuerza en los más oscuros.

Elias se pone de pie con los rasgos marcados por la alegría. Las piernas no me parecen funcionar, así que me toma de las manos para ayudarme a levantarme.

Me giro para mirar a los ojos a mi hermano. Durante un largo momento, todo cuanto podemos hacer es mirarnos a la cara.

—Mírate, hermanita —susurra al fin Darin. Su sonrisa es como el sol que se eleva después de la noche más larga y oscura—. Mírate.

AGRADECIMIENTOS

A mis pequeñas llamas repartidas por el mundo: a los *book bloggers* que descubren mundos para los lectores, a los artistas que se pasaron horas insuflando vida con sus dibujos a *Una llama en las cenizas*, a los fans que ríen, gritan y lloran con Laia, Elias y Helene, y que después dan a conocer su historia a los demás; nada de esto sería posible sin vosotros. Gracias, gracias de corazón.

A Kashi: gracias por tu amor incondicional, tus sándwiches de queso fundido a medianoche, tus carreras para ir a buscar helado y tus ánimos constantes. Por hacerme reír cada día y por todas las veces que tomaste las riendas para que yo pudiera escribir. Eres el mejor cuidador de dragón que hay.

A mis queridos chicos: gracias por vuestra paciencia con mamá cuando estaba trabajando. Me hacéis ser valiente. Todo esto es para vosotros.

Un inmenso agradecimiento a mi padre, cuya presencia inclaudicable es un bálsamo cuando todo lo demás está patas arriba, y a mi madre, que hace poco acabó de escalar su propia montaña y aun así me animó a hacer la cima de la mía. Eres la persona más valiente que conozco.

A Mer y Boon, gracias por las llamadas, las conversaciones en acento británico, los consejos, los chistes inapropiados, y todo el apoyo que ofrecéis sin siquiera daros cuenta.

A Ben Schrank, gracias por ver desde el principio lo que esperaba que este libro pudiera ser, y por tener la sabiduría y la paciencia necesarias para ayudarme a llevarlo a buen puerto. Soy tan afortunada de tenerte como mi editor y amigo.

A Alexandra Machinist: tus consejos, tu buen humor y tu sinceridad me mantuvieron cuerda y por el buen camino. No sé qué haría sin ti.

A Cathy Yardley; me sacaste de la oscuridad, me escuchaste, reíste conmigo y me dijiste lo que necesitaba oír: «Puedes hacerlo». Gracias.

Mi reconocimiento a Jen Loja, que nos dirige a todos con elegancia y cuya fe en esta serie ha sido todo un regalo. Gracias de corazón al fantástico equipo de Razorbill: Marissa Grossman, Anthony Elder, Theresa Evangelista, Casey McIntyre y Vivian Kirklin. Gracias a Felicia Frazies y al equipo incomparable de ventas de Penguin: Emily Romero, Erin Berger, Rachel Lodi, Rachel Cone-Gorham; al equipo de márquetin: Shanta Newlin, Lindsay Boggs, y al equipo de publicidad; y a Carmela Iaria, Alexis Watts, Venessa Carson, y al equipo de la biblioteca de la escuela. No tengo palabras para describir lo fantásticos que sois.

A Renée Ahdieh, hermana del alma y adorada admiradora de los siete, gracias por las risas, el amor, las sesiones de lágrimas y las cosas que no tienen nombre y que te convierten en la persona que eres. A Adam Silvera, las trincheras eran menos solitarias porque estábamos juntos en ellas, gracias por todo. A Nicola Yoon, mi atenta amiga, estoy muy agradecida de tenerte a mi lado. A Lauren DeStefano, gracias por las conversaciones a todas horas, las fotos de gatos, los consejos y los ánimos.

Mi agradecimiento a Heelah S. por su maravilloso sentido del humor, a Armo y a Maani por lo monos que son y a mi tía y mi tío por su apoyo incondicional y su fe en mí.

Gracias a Abigail Wen (algún día, tendremos nuestros domingos), Kathleen Miller, Stacey Lee, Kelly Loy Gilbert, Tala Abbasi, Marie Lu (¡lo logramos!), Margaret Stohl, Angela Mann, Roxane Edouard, Stephanie Koven, Josie Freedman, Rich Green, Kate Frentzel, Phyllis DeBlanche, Shari Beck y Jonathan Roberts. Un millón de gracias a todas las editoriales extranjeras, diseñadores